LA REINE SOLITAIRE

Du même auteur
aux Éditions J'ai lu

L'assassin royal:
1 - L'apprenti assassin, *J'ai lu* 5632
2 - L'assassin du roi, *J'ai lu* 6036
3 - La nef du crépuscule, *J'ai lu* 6117
4 - Le poison de la vengeance, *J'ai lu* 6268
5 - La voie magique, *J'ai lu* 6363

ROBIN HOBB

LA REINE SOLITAIRE

L'ASSASSIN ROYAL - 6

TRADUIT DE L'ANGLAIS
PAR A. MOUSNIER-LOMPRÉ

J'AI LU

Titre original :
ASSASSIN'S QUEST
(troisième partie)

Pour la très réelle Kat Ogden

Qui menaça, très tôt dans sa vie,
de devenir quand elle serait grande danseuse
de claquettes, escrimeuse, judoka, star de cinéma,
archéologue, et présidente des États-Unis.

Et qui s'approche dangereusement de la fin de sa liste.

Il ne faut jamais confondre le film et le livre.

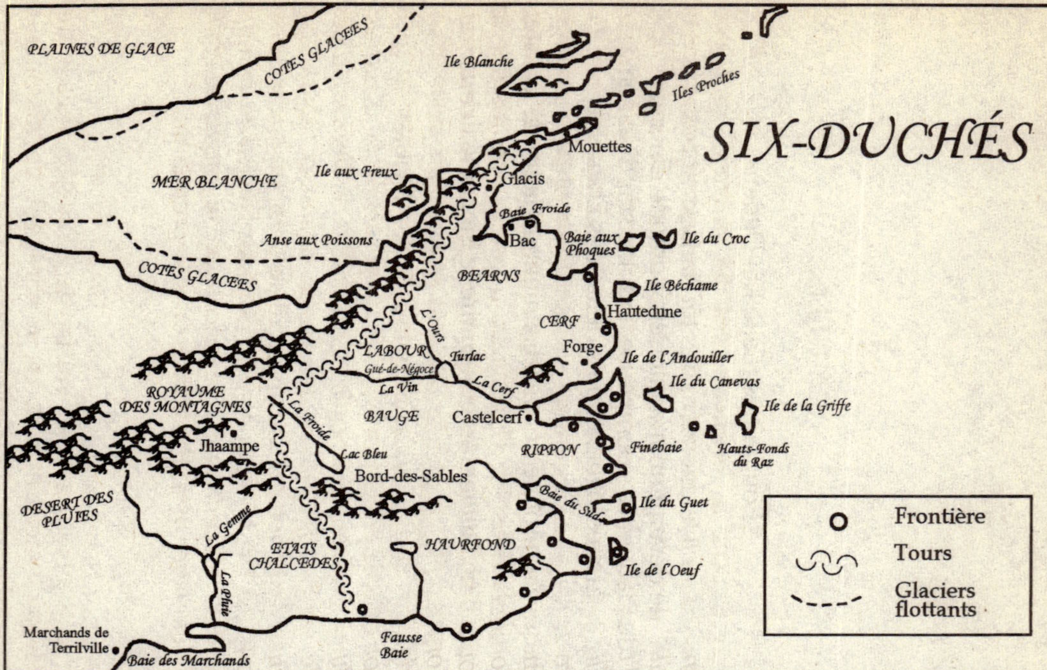
SIX-DUCHÉS
PLAINES DE GLACE
COTES GLACEES
Ile Blanche
Iles Proches
Mouettes
Ile aux Freux
MER BLANCHE
Glacis
Baie Froide
Bac
Baie aux Phoques
Ile du Croc
Anse aux Poissons
COTES GLACEES
BEARNS
Ile Béchame
Hautedune
CERF
L'Ours
Forge
LABOUR
Turlac
Ile de l'Andouiller
Gué-de-Négoce
La Vin
La Cerf
Ile du Canevas
ROYAUME DES MONTAGNES
La Froide
BAUGE
Castelcerf
Ile de la Griffe
Jhaampe
Lac Bleu
RIPPON
Finebaie
Hauts-Fonds du Raz
Bord-des-Sables
Baie du Sud
Ile du Guet
DESERT DES PLUIES
La Gemme
ETATS CHALCEDES
HAURFOND
Ile de l'Oeuf
La Pluie
Marchands de Terrilville
Baie des Marchands
Fausse Baie
Frontière
Tours
Glaciers flottants

1

LA CITÉ

À travers le royaume des Montagnes court une ancienne piste commerciale qui ne dessert plus aucune ville actuelle. On trouve des portions de cette voie d'autrefois jusque dans le sud-est, aux rives du lac Bleu. Elle ne porte pas de nom, nul ne se rappelle qui l'a tracée et rares sont ceux qui en empruntent les parties encore intactes. Par endroits, l'éclatement dû au gel, commun dans les Montagnes, a peu à peu dégradé la route ; en d'autres, les crues et les glissements de terrain l'ont réduite en pierrier. De loin en loin, un jeune Montagnard aventureux entreprend de la remonter jusqu'à son origine ; ceux qui en reviennent rapportent d'extraordinaires histoires de cités en ruine et de vallées envahies de vapeurs où fument des étangs sulfureux ; ils parlent aussi de la nature inhospitalière du territoire que traverse la route. On n'y trouve guère de gibier, disent-ils, et nulle archive ne mentionne que quiconque ait jamais eu envie de chercher avec insistance où elle prenait fin.

*

Je tombai à genoux sur la rue enneigée. Puis je me relevai lentement tout en m'efforçant de rassembler mes souvenirs. M'étais-je enivré ? La nausée, la tête qui tournait correspondaient à l'ivresse, mais pas la cité silencieuse au lustre sombre où je me trouvais. Je promenai mes regards alentour : j'étais sur une place, à l'ombre d'une espèce de monument de pierre. Je battis des paupières, fermai étroitement les yeux puis les rouvris. La lumière nébuleuse continuait de brouiller ma vue : j'y voyais à peine à la distance de ma main tendue. En vain, j'attendis que mes yeux s'habituent à la vague clarté des étoiles. En revanche, je me mis à frissonner de froid et j'entrepris de déambuler sans bruit par les rues vides. Ma prudence naturelle me revint rapidement, suivie du souvenir indistinct de mes compagnons, de la tente, de la route tranchée net ; mais entre ces images brumeuses et le fait de me retrouver dans cette rue, il n'y avait rien.

Je me retournai pour voir le chemin que j'avais suivi mais l'obscurité avait tout englouti derrière moi. Même les traces de mes pas étaient peu à peu comblées par les flocons humides qui tombaient lentement. Je clignai les yeux pour chasser la neige de mes cils et scrutai les alentours : des murs luisants d'humidité se dressaient de part et d'autre de la rue. La lumière qui éclairait la scène demeurait pour moi un mystère : elle ne possédait pas de source et elle était partout insuffisante ; il n'y avait nulle part d'ombres profondes ni de ruelles ténébreuses, mais je n'arrivais pas à voir vers où j'allais. La taille et le style des bâtiments, la destination des rues demeuraient une énigme.

Je sentis l'affolement me gagner et je le repoussai : mes sensations présentes me rappelaient trop vivement la façon dont j'avais été abusé par l'Art dans le château de Royal. Je n'osais pas l'utiliser de crainte de percevoir la trace infecte de Guillot dans la cité ; cependant, si j'avançais à l'aveuglette en espérant ne pas être l'objet d'une manœuvre, je risquais de tomber dans un piège. Je fis donc halte à l'abri d'un mur et m'efforçai de me ressaisir. J'essayai encore une fois de me rappeler comment j'étais arrivé là, depuis combien de temps j'avais quitté mes compagnons et pourquoi, mais rien ne me vint. Je tendis mon Vif dans l'espoir de trouver Œil-de-Nuit, mais ne perçus rien de vivant ; n'y avait-il vraiment aucune créature dans les environs, ou mon sens du Vif me faisait-il à nouveau défaut ? Je n'en savais rien. Quand je tendais l'oreille, je n'entendais que le vent ; mon odorat ne m'indiquait que la pierre mouillée, la neige fraîche et quelque part, peut-être, une rivière. L'affolement m'envahit de nouveau et je me radossai au mur.

Tout à coup, la ville s'anima autour de moi. Je m'aperçus que je me trouvais contre le mur d'une auberge dont s'échappaient les sons d'une sorte de fifre et des voix qui entonnaient une chanson inconnue. Un chariot me rasa dans un grondement de tonnerre, puis un jeune couple passa devant l'entrée de la ruelle en courant, main dans la main, riant aux éclats. La ville inconnue était plongée dans la nuit mais elle ne dormait pas. Je levai les yeux vers les hauteurs extraordinaires de ses édifices étrangement pointus et je vis des lumières briller dans les étages supérieurs. Au loin, un homme appelait quelqu'un d'une voix forte.

Mon cœur battait la chamade. Que m'arrivait-il donc ? Je rassemblai ma volonté et pris la résolution d'en apprendre le plus possible sur cette cité ; j'attendis qu'un chariot chargé de tonnelets de bière fût passé devant l'entrée de ma ruelle, puis je m'écartai du mur.

Aussitôt, le silence retomba et tout ne fut plus qu'obscurité luisante. Éteints, les chants et les rires de la taverne ; disparus, les passants dans les rues. Je me risquai jusqu'à l'entrée de la ruelle et jetai un coup d'œil prudent à droite et à gauche. Rien. Rien que la neige humide qui tombait lentement. Au moins, me dis-je, le temps est plus clément ici que sur la route au-dessus ; même si je devais passer la nuit à l'extérieur, je ne souffrirais pas trop.

J'errai quelque temps par la cité. À chaque carrefour, je prenais l'avenue la plus large, et finis par m'apercevoir que je descendais ainsi peu à peu. L'odeur de la rivière devenait de plus en plus forte. Je m'assis un moment au bord d'un vaste bassin circulaire qui avait peut-être contenu une fontaine ou servi à des lavandières. Aussitôt la ville se réveilla : un voyageur s'approcha pour faire boire son cheval à un abreuvoir à sec, si près que j'aurais pu le toucher. Il ne me remarqua pas mais j'observai l'étrangeté de son habit et la curieuse facture de sa selle. Un groupe de femmes passa devant moi, bavardant et riant ; elles portaient de longs vêtements droits qui tombaient souplement de leurs épaules et voletaient autour de leurs mollets ; leurs cheveux blonds descendaient aux hanches et leurs bottes sonnaient sur le pavé de la rue. Comme je me levais pour leur adresser la parole, elles disparurent, et la lumière avec elles.

Par deux fois encore, je ramenai la cité à la vie avant de comprendre qu'il me suffisait pour cela de toucher un mur veiné de cristal. Je rassemblai tout mon courage et entrepris de me déplacer en laissant mes doigts frôler les parois des édifices ; aussitôt, la ville s'animait devant mes pas. Il faisait nuit et la neige tombait toujours sans bruit, mais les chariots n'y laissaient nulle trace. J'entendis claquer des portes dont le bois s'était décomposé depuis longtemps et je vis des gens franchir d'un pas léger une profonde rigole creusée dans une rue par quelque violente pluie d'orage. Il m'était difficile de ne voir en eux que des spectres alors qu'ils échangeaient de joyeux saluts : c'était moi l'invisible, qui passais inaperçu parmi eux.

Enfin, je parvins devant un large fleuve noir qui coulait doucement sous les étoiles. Plusieurs appontements immatériels s'y avançaient et deux immenses vaisseaux étaient ancrés dans le courant, le pont éclairé. Des muids et des balles de marchandises attendaient sur le quai d'être embarqués ; un attroupement s'était formé autour de quelque jeu de hasard et l'honnêteté d'un des participants était hautement mise en doute. Ces gens n'étaient pas habillés comme les rats de rivière que l'on trouvait en Cerf et leur langage était différent mais, pour le reste, ils étaient manifestement de la même race. Soudain, une rixe éclata qui tourna à l'échauffourée générale avant de s'éteindre vivement au coup de sifflet de la ronde de nuit, les combattants s'égaillant avant l'arrivée de la garde municipale.

J'écartai ma main du mur et demeurai un moment sans bouger dans l'obscurité zébrée de neige pendant que mes yeux s'habituaient au manque de lumière. Vaisseaux, quais, foule, tout avait disparu ; mais l'eau noire et silencieuse coulait toujours, fumant dans l'air glacé. Je m'en approchai et je sentis le pavage devenir de plus en plus accidenté sous mes pieds : les crues avaient envahi la rue à plusieurs reprises et nul n'avait réparé les dégâts. Je me retournai vers la ville pour en étudier la ligne et je distinguai les silhouettes vagues de flèches et de murs écroulés. Encore une fois, je tendis mon esprit et encore une fois je ne perçus aucune vie.

Je revins au fleuve. La configuration du terrain éveillait en moi un vague souvenir. Ce n'était pas exactement ici, je le savais, mais j'avais la certitude qu'il s'agissait du fleuve dans lequel j'avais vu Vérité plonger ses mains et ses bras et les ressortir chatoyants de magie. D'un pas circonspect, je m'avançai sur le pavage rompu jusqu'au bord du fleuve : il avait l'aspect de l'eau, il sentait l'eau. Je m'accroupis et réfléchis. J'avais entendu parler de mares de bitume recouvertes d'eau, et je savais que l'huile flotte sur l'eau ; peut-être sous l'eau noire coulait-il un autre fleuve, un fleuve de pouvoir argenté ; peut-être plus loin, en amont ou en aval, se trouvait l'affluent d'Art pur que j'avais vu dans ma vision.

J'ôtai ma moufle et dénudai mon bras, puis je posai ma main à plat sur le courant ; je sentis son baiser glacé contre ma paume nue. Je tendis mes sens dans l'espoir de détecter la présence d'Art sous la surface, mais en vain. Peut-être, cependant, si j'enfonçais mon bras dans le liquide, l'en retirerais-je brillant de pouvoir... Je me mis au défi de m'y risquer.

Mon courage n'alla pas plus loin. Je n'étais pas Vérité ; je connaissais la force de son Art et j'avais vu à quel point son immersion dans la magie avait éprouvé sa volonté. Je ne pouvais rivaliser avec lui. Il avait suivi la route d'Art pendant que je... L'énigme me revint tout à coup : quand avais-je quitté la route d'Art et mes compagnons ? Jamais, peut-être. Peut-être rêvais-je, tout simplement. Je me passai de l'eau glacée sur le visage ; rien ne changea. Je me griffai, mais cela ne prouvait rien : qui savait si je n'étais pas capable de rêver la douleur ? Je n'avais trouvé aucune réponse dans cette cité inconnue et morte, rien que de nouvelles questions.

Résolument, je me détournai et repris le chemin par lequel j'étais venu. J'y voyais mal et la neige comblait rapidement les traces que j'avais laissées ; à contrecœur, je collai mes doigts au mur le plus proche : il me serait plus facile de retrouver ma route ainsi, car la cité vivante offrait plus de points de repère que son cadavre. Cependant, tandis que je suivais à pas pressés les rues enneigées, je me demandais à quelle époque avaient vécu les gens de cette ville. Avais-je été témoin des événements d'une nuit vieille d'un siècle ? Si j'étais arrivé une autre nuit, aurais-je assisté aux mêmes scènes ou à celles d'une autre nuit de l'histoire de la cité ? Ces fantômes de gens se percevaient-ils comme vivants et n'étais-je qu'une ombre froide et incongrue qui traversait subrepticement leur existence ? Par un effort de volonté, je m'interdis de réfléchir davantage à des questions auxquelles je n'avais pas de réponse : il me fallait retrouver le chemin par lequel j'étais venu.

Peut-être mes souvenirs s'étaient-ils estompés, ou j'avais pris un mauvais embranchement ; le résultat fut le même : je me retrouvai dans une rue que j'étais sûr de n'avoir jamais vue. J'effleurai du doigt la façade d'une rangée d'échoppes, toutes barricadées pour la nuit. Je passai devant deux amoureux en train de s'étreindre sous un porche ; un chien fantôme me croisa sans m'adresser le plus petit reniflement inquisiteur.

Malgré le temps relativement doux, je commençais à avoir froid et la fatigue me gagnait. Je jetai un coup d'œil au ciel : le matin n'allait plus tarder. Le jour aidant, peut-être pourrais-je monter dans les étages supérieurs d'un bâtiment afin d'observer la région alentour ; peut-être, à mon réveil, me rappellerais-je comment j'étais arrivé ici. Sans réfléchir, je me mis en quête d'une avancée de toit ou d'un abri avant de m'apercevoir que rien ne m'empêchait d'entrer dans un des édifices ; pourtant, c'est avec un sentiment de gêne que je choisis une porte et la franchis. La main en contact avec un mur, je vis un intérieur mal éclairé ; des tables et des étagères étaient décorées de délicats objets en faïence et en verre ; un chat dormait près d'une cheminée dont on avait couvert les braises de cendre pour la nuit. Lorsque j'écartai les doigts du mur, tout devint froid et ténébreux ; je les replaquai donc à la paroi et faillis trébucher sur les vestiges d'une des tables. J'en ramassai les morceaux à tâtons, les portai jusqu'à l'âtre et, à force de persévérance, j'allumai un vrai feu là où couvaient les braises fantômes.

Quand il eut bien pris et que je pus me réchauffer à ses flammes, sa lumière vacillante me montra la pièce sous un jour nouveau. Les murs étaient nus et le sol jonché de débris ; disparus, les beaux ornements de faïence et de verre, bien qu'il subsistât çà et là quelques morceaux d'étagères ; je rendis grâce à ma chance qu'elles eussent été en bon chêne, sans quoi le bois en eût pourri depuis longtemps. Je décidai d'étendre mon manteau sur le sol pour m'isoler du froid de la pierre et j'espérai que mon feu me tiendrait assez chaud. Puis je m'allongeai, fermai les yeux et m'efforçai de ne pas penser à des chats fantômes ni aux spectres qui occupaient les lits à l'étage supérieur.

Je voulus dresser mes remparts d'Art avant de dormir mais cela revenait à essayer de se sécher les pieds debout dans une rivière. Plus je m'approchais du sommeil, plus j'avais du mal à me rappeler où se trouvaient mes frontières : dans mon monde, qu'est-ce qui était de moi et qu'est-ce qui était des êtres que j'aimais ? Je rêvai d'abord de Kettricken, d'Astérie, de Caudron et du fou qui erraient çà et là, des torches à la main, tandis qu'Œil-de-Nuit ne cessait d'aller et venir en gémissant. Ce n'était pas un songe agréable et je m'en détournai pour m'enfoncer davantage en moi-même. Du moins le crus-je.

Je reconnus la chaumière familière, la pièce simple, la table rustique, l'âtre bien rangé, le lit étroit à la couverture proprement bordée. Molly, en chemise de nuit, était assise près de la cheminée et berçait Ortie en fredonnant une chanson qui parlait d'étoiles et d'étoiles de mer ; pour ma part, je n'avais aucun souvenir de berceuse et celle-ci me charmait autant qu'Ortie. Les grands yeux de la petite ne quittaient pas le visage de Molly ; elle tenait l'index de sa mère dans son petit poing. Molly reprenait sans cesse la chanson mais je ne sentais en elle nulle lassitude. J'aurais pu assister à cette scène un mois, une année durant, sans jamais m'ennuyer. Cependant, les paupières de l'enfant se fermèrent, puis se rouvrirent aussitôt ; elles se fermèrent une deuxième fois, plus lentement, et restèrent closes. Sa petite bouche fit une moue, comme si elle tétait dans son sommeil ; ses cheveux noirs commençaient à boucler. Molly se pencha pour effleurer des lèvres le front d'Ortie.

Elle se leva d'un mouvement où l'on sentait la fatigue et porta l'enfant à son lit ; elle ouvrit la couverture, déposa la petite, la borda, puis retourna auprès de la table pour souffler la bougie unique qui éclairait la pièce. À la lueur de l'âtre, je la vis se glisser doucement dans le lit près de l'enfant et tirer les couvertures sur elles deux. Elle ferma les yeux, poussa un soupir et ne bougea plus. Je reconnus l'épuisement dans son sommeil de plomb et je me sentis soudain honteux : cette existence dure, réduite à la stricte survie, ce n'était pas ce que j'avais imaginé pour elle et encore moins pour notre enfant. Sans Burrich, la vie serait encore plus rude pour elles. Je m'enfuis devant cette vision en me promettant que leur situation s'arrangerait, que je m'en occuperais personnellement – dès que possible.

*

« Je pensais trouver la situation améliorée à mon retour, mais c'est trop beau pour être vrai, dans un sens. »

C'était la voix d'Umbre ; penché sur une table dans une pièce qu'emplissait la pénombre, il étudiait un manuscrit. Un chandelier éclairait son visage et la carte déroulée devant lui ; il paraissait fatigué mais de bonne humeur ; ses cheveux gris étaient dépeignés ; sa chemise blanche à demi ouverte était sortie de sa culotte si bien qu'elle pendait à sa taille comme une jupe. Le vieillard naguère maigre était devenu mince et musclé. Il avala une longue gorgée d'une chope fumante et secoua la tête. « Apparemment, la guerre de Royal contre les Montagnes n'avance pas d'un pouce. À chaque assaut contre une ville frontalière, les troupes de l'Usurpateur feignent d'attaquer puis se retirent. Il n'y a aucun effort concerté pour s'emparer du territoire qu'elles ont dévasté, aucun rassemblement de troupes pour marcher sur Jhaampe. À quoi joue-t-il ?

— Viens ici, je vais te montrer. »

Umbre quitta son manuscrit des yeux, l'air mi-amusé, mi-agacé. « Je réfléchis sérieusement et ce n'est pas dans ton lit que je trouverai la réponse que je cherche. »

La femme rejeta les couvertures, se leva et s'approcha sans bruit de la table ; elle se déplaçait comme un chat en chasse : sa nudité n'était pas vulnérabilité mais protection. Sa queue de guerrier s'était défaite et ses longs cheveux lui tombaient en dessous des épaules. Elle n'était plus jeune et, bien des années plus tôt, une épée avait laissé un sillon le long de ses côtes ; elle restait cependant belle à couper le souffle, redoutable et pourtant féminine. Elle se pencha sur la carte à côté d'Umbre et pointa le doigt. « Regarde ici, ici et ici. Si tu étais Royal, pourquoi attaquerais-tu ces trois villes simultanément avec des forces insuffisantes pour tenir l'une ou l'autre ? »

Comme Umbre ne répondait rien, elle tapota un autre endroit de la carte. « Aucune de ces attaques n'était inattendue : les troupes montagnardes massées ici avaient été déroutées sur ces deux villages, tandis qu'une deuxième force se rendait au troisième. Tu vois maintenant où les troupes montagnardes ne se trouvaient pas, pendant ce temps ?

— Mais il n'y a rien d'intéressant, par là !

— Rien, en effet. Mais il existait là autrefois une route commerciale qui passait par le petit col, là, et qui continuait donc vers le cœur des Montagnes. Elle évite Jhaampe et, à cause de cela, ne sert plus guère aujourd'hui. La plupart des marchands cherchent des voies qui leur permettent de vendre et de commercer à Jhaampe comme dans les villes de moindre importance.

— Quelle valeur pour Royal ? Cherche-t-il à s'en emparer ?

— Non, on n'y a vu aucun mouvement de troupes.

— Où mène-t-elle ?

— Aujourd'hui ? Nulle part, sinon à quelques villages isolés. Mais c'est une excellente voie de déplacement pour une petite force qui voudrait aller vite.

— Et où va-t-elle ?

— Elle se perd dans la végétation à Shishoe. » Elle tapota un nouveau point sur la carte. « Mais elle conduirait notre hypothétique groupe de guerriers loin à l'intérieur des Montagnes, à l'ouest de Jhaampe, bien au-delà de toutes les troupes qui patrouillent le long des frontières, et sans se faire remarquer.

— Mais quel serait son but ? »

La femme haussa les épaules et sourit en voyant l'œil d'Umbre quitter la carte. « Qui sait ? Une tentative d'assassinat sur le roi Eyod ? Un essai pour reprendre ce bâtard qu'on prétend se terrer dans les Montagnes ? À toi de me le dire. C'est davantage ta spécialité que la mienne. Empoisonner les puits de Jhaampe ? »

Umbre blêmit soudain. « Une semaine s'est déjà écoulée. Ils doivent être à pied d'œuvre. » Il secoua la tête. « Que faire ?

— À ta place, j'enverrais un courrier rapide au roi Eyod, une jeune cavalière, l'avertir qu'il a peut-être des espions dans le dos.

— Oui, c'est sans doute le mieux », acquiesça Umbre. Une soudaine lassitude perçait dans sa voix. « Où sont mes bottes ?

— Du calme. La messagère est partie hier ; actuellement, les pisteurs du roi Eyod doivent déjà examiner la route en question. Ses pisteurs sont excellents, je peux te l'affirmer. »

Umbre la considéra d'un air pensif qui n'avait rien à voir avec la nudité de la femme. « Tu sais la qualité de ses pisteurs, mais ça ne t'a pas empêchée d'envoyer une de tes propres cavalières sur le seuil même du roi pour le prévenir d'une missive écrite de ta propre main.

— Je ne voyais pas l'intérêt de faire attendre de telles nouvelles. »

Umbre lissa la courte barbe qui lui couvrait les joues. « Quand je t'ai demandé ton aide, tu m'as répondu que tu travaillerais pour l'argent et non par patriotisme ; que, pour une voleuse de chevaux, un côté de la frontière valait l'autre. »

Elle s'étira en faisant rouler ses épaules, puis elle vint se camper devant lui, les mains sur les hanches, dans une attitude de tranquille assurance. Ils avaient presque la même taille. « Peut-être m'as-tu gagnée à ta cause. »

Les yeux verts d'Umbre brillèrent comme ceux d'un félin en chasse. « Ah oui ? » fit-il d'un ton rêveur en se rapprochant d'elle.

Je me réveillai en sursaut et me retournai plusieurs fois, mal à l'aise. J'étais à la fois honteux d'avoir épié Umbre et envieux de lui. Je tisonnai mon feu et me recouchai en songeant que Molly, elle aussi, dormait seule, réchauffée seulement par la petite présence de notre fille contre elle. C'était un maigre réconfort et je dormis mal le restant de la nuit.

Quand je rouvris les yeux, un carré de soleil voilé tombait sur moi de la fenêtre démunie de volets. De mon feu ne restaient que des cendres mais il ne faisait pas très froid. À la lumière du jour, la salle où je me trouvais avait un aspect lugubre ; j'allai jeter un coup d'œil dans la pièce voisine, à la recherche d'un escalier qui me mènerait aux étages supérieurs d'où j'aurais une meilleure vue sur la cité, mais je ne découvris que les vestiges branlants de marches de bois sur lesquelles je n'osai pas me risquer, fût-ce pour une courte ascension. Il faisait aussi plus humide ; les murs et le sol glacés et moisis me rappelèrent les cachots de Castelcerf. Je quittai la boutique pour me retrouver sous un soleil qui me parut presque chaud. La neige tombée pendant la nuit fondait par plaques. J'ôtai mon bonnet pour laisser le vent attiédi jouer dans mes cheveux. Le printemps, me souffla une partie de moi-même ; l'air sentait le renouveau.

Je m'étais attendu que le jour estompe les habitants fantômes de la ville ; mais non : la lumière paraissait au contraire leur donner plus de substance. La pierre noire aux veines d'une matière semblable à du quartz avait été largement employée dans la construction des murs et il me suffisait d'en toucher le moindre morceau pour voir la vie s'éveiller autour de moi ; cependant, même lorsque mes doigts n'effleuraient rien, il me semblait encore distinguer des silhouettes, entendre le murmure de leurs bavardages et percevoir le bruit de leurs pas. J'errai quelque temps à la recherche d'un bâtiment élevé et en bon état de conservation qui m'offrirait le point de vue que je désirais. De jour, la ville paraissait beaucoup plus délabrée que je ne l'avais cru : des dômes s'étaient effondrés et sur certains édifices couraient des fissures verdies de mousse ; chez d'autres, des pans entiers de murs s'étaient abattus, leurs salles ouvertes à tous les vents et les rues à leur pied emplies de décombres que je devais franchir non sans difficulté. Rares parmi les plus élevés étaient les bâtiments totalement intacts, certains s'appuyant l'un contre l'autre tels des ivrognes. Enfin, j'en aperçus un qui me parut correspondre à mes attentes. Il dressait sa haute flèche au-dessus de ses voisins et je dirigeai mes pas dans sa direction.

Une fois à son pied, je passai un moment à le contempler, me demandant s'il s'était agi d'un palais : de grands lions de pierre en gardaient l'escalier et les murs extérieurs étaient de la même matière noire qui constituait apparemment le matériau de base de la cité ; mais des silhouettes humaines et animales y étaient fixées, toutes taillées dans une même pierre blanche et luisante. L'austère contraste du noir et du blanc et la vaste échelle de ces représentations les rendaient presque écrasantes. Une géante tenait une charrue derrière un attelage de bœufs monstrueux ; une créature ailée, un dragon peut-être, occupait à elle seule un mur entier. Je gravis lentement les vastes degrés qui menaient à l'entrée, et il me parut alors que le murmure de la cité devenait plus fort et prenait une réalité plus obsédante. Un manuscrit à la main, un jeune homme souriant descendait rapidement les marches ; je m'écartai pour éviter de le heurter mais, comme il passait près de moi, je ne perçus rien de son essence, puis je me retournai, interdit : il avait les yeux jaune d'ambre.

Les grandes portes étaient closes et verrouillées mais leur bois si pourri qu'une petite poussée suffit à en arracher la serrure. Un des battants s'ouvrit tandis que l'autre s'effondrait, me sembla-t-il, avec soulagement. Je jetai un coup d'œil à l'intérieur avant d'entrer : d'épaisses fenêtres couvertes de poussière et striées de coulures laissaient pénétrer la lumière du soleil d'hiver ; des grains de poudre de bois projetés par la porte démolie dansaient dans l'air. Je m'attendais presque à voir voleter des chauves-souris, des pigeons, ou courir se cacher un ou deux rats, mais rien, pas même une vague odeur de tanière. À l'instar de la route, la cité écartait les animaux sauvages. Quand j'entrai, mes bottes soulevèrent légèrement la poussière qui couvrait le sol.

Les lambeaux d'anciennes tapisseries pendaient aux murs, un banc de bois gisait écroulé dans un coin. Levant les yeux, je vis un plafond loin au-dessus de ma tête. À elle seule, cette salle aurait pu contenir les terrains d'exercice tout entiers de Castelcerf, et je m'y sentais minuscule. Mais à l'autre bout je distinguai le début d'un escalier de pierre qui s'élevait avant de se perdre dans l'obscurité. Alors que je m'y dirigeais, j'entendis des murmures affairés, et soudain les degrés se peuplèrent de personnages à longue robe qui allaient et venaient ; la plupart tenaient à la main des manuscrits ou d'autres documents et leur ton indiquait la discussion d'affaires graves. Ils présentaient de subtiles différences avec les hommes dont j'avais l'habitude : leurs yeux avaient une teinte trop vive, leur charpente était plus allongée ; pourtant, cela mis à part, leur aspect restait ordinaire. Je supposai que la salle où je me trouvais avait dû abriter des débats juridiques ou législatifs : seules de telles préoccupations pouvaient inscrire de tels plis sur tant de fronts et une expression renfrognée sur tant de visages. Nombre de ces personnages, vêtus d'une robe jaune et de jambières noires, arboraient un insigne en métal à l'épaule, et je jugeai qu'il s'agissait de fonctionnaires. Comme je gravissais l'escalier, puis un suivant à partir du premier étage, le nombre de ces robes jaunes ne cessa d'augmenter.

À chaque palier, de larges baies vitrées éclairaient plus ou moins les marches. Au premier, je ne vis que l'étage supérieur du bâtiment voisin ; au second, j'avais acquis un point de vue sur certains toits ; au troisième, je dus traverser une salle pour accéder à un nouvel escalier. À en juger par la taille des fragments de tapisserie, cet étage avait dû présenter un aspect encore plus opulent que les précédents. Je commençais à percevoir des fantômes de meubles en plus des occupants, comme si, là, la magie s'affermissait. Je rasais les murs, répugnant à me laisser traverser par ces gens sans percevoir le moindre contact. Autre signe indubitable du caractère administratif du bâtiment, de nombreuses banquettes s'alignaient le long des murs, prévues pour recevoir ceux qui devaient attendre, et des scribes de petit rang, assis à des tables, inscrivaient les renseignements tirés des documents qu'on leur présentait.

Je gravis un nouvel escalier mais me trouvai arraché momentanément à ma quête par la vision d'un immense vitrail, au-delà duquel se distinguait une vue dégagée de la ville. L'image représentée sur le vitrail était celle d'une femme et d'un dragon ; loin de s'opposer, ils paraissaient se parler. La femme avait les cheveux et les yeux noirs, et un bandeau rouge vif lui ceignait le front ; elle tenait un objet dans la main gauche, mais s'agissait-il d'une arme ou d'un bâton de fonction ? Je n'étais pas en mesure de le dire. Le dragon, gigantesque, arborait un collier serti de joyaux, mais rien dans son port ni son attitude n'indiquait la domestication. De longues minutes, je demeurai en contemplation devant cette représentation dont la lumière avivait les teintes poussiéreuses, avant de pouvoir en détacher mon regard, percevant, me semblait-il, en elle une signification que je ne saisissais pas tout à fait. Enfin, je m'en détournai afin de pouvoir examiner la salle située au-dessus.

Mieux éclairée que les autres, elle était de vastes dimensions et d'un seul tenant, quoique nettement plus petite que celle du rez-de-chaussée. De hautes fenêtres étroites de verre blanc alternaient avec des sections de mur ornées de frises où apparaissaient des scènes tant guerrières qu'agrestes. Bien qu'attiré par ces représentations, je n'en dirigeai pas moins résolument mes pas vers un nouvel escalier ; celui-ci, étroit, montait en colimaçon vers ce que j'espérais être la tour que j'avais aperçue de l'extérieur. Les esprits de la cité y paraissaient moins nombreux.

L'ascension s'avéra plus raide et plus longue que je ne l'avais prévu et, avant d'avoir atteint le sommet, j'avais déjà dégrafé manteau et chemise. Par intervalles, des ouvertures à peine plus larges que des meurtrières éclairaient les degrés en spirale ; près de l'une d'elles, une jeune femme se tenait contemplant la cité, une expression désespérée dans ses yeux lavande. Elle avait un aspect si réel que je me surpris à lui demander pardon en la contournant ; elle ne me prêta nulle attention, naturellement, et, avec un frisson, j'eus à nouveau ce sentiment que c'était moi le spectre en ces lieux. L'escalier comptait quelques paliers avec des portes qui donnaient sans doute sur d'autres salles, mais elles étaient verrouillées et le temps paraissait avoir œuvré là avec plus de miséricorde : l'air sec des niveaux supérieurs avait préservé le bois et le métal. Que se cachait-il derrière cette solidité que rien n'était venu entamer ? Des trésors rutilants ? Le savoir des millénaires écoulés ? Des ossements en poussière ? Aucun battant ne céda sous ma poussée et, comme je poursuivais ma montée, j'espérais ne pas trouver au sommet, pour prix de mes efforts, une porte fermée à clé.

La cité tout entière restait pour moi un mystère. L'animation spectrale dont elle grouillait formait un contraste absolu avec son complet abandon d'aujourd'hui. Je n'avais noté aucun signe de combat et les seuls bouleversements que j'avais observés semblaient résulter des agitations profondes de la terre. Je passai devant de nouvelles portes verrouillées. Eda elle-même savait-elle ce qu'elles cachaient ? On ne ferme une porte à clé que si on a l'intention de revenir. Où s'en étaient-ils allés, ces gens qui occupaient encore leur ville sous forme de fantômes ? Pourquoi cette ville au bord du fleuve avait-elle été abandonnée, et quand ? Les Anciens y avaient-ils résidé ? S'agissait-il des dragons que j'avais vus représentés sur les édifices et le vitrail ? Certaines personnes adorent les énigmes ; moi, cela me donnait la migraine, en complément de la faim qui ne me lâchait pas et que je sentais croître depuis l'aurore.

Je parvins enfin à la salle du sommet. Elle s'ouvrit autour de moi, ronde, avec un toit en dôme ; les murs étaient composés de seize pans dont huit en verre épais, sales et pleins de dégoulinures. Ils adoucissaient le soleil d'hiver qui les traversait, ce qui donnait à la pièce un aspect à la fois lumineux et opaque. Une des vitres était brisée et les morceaux de verre gisaient tant à l'intérieur qu'au-dehors de la salle, car un étroit parapet courait sur toute la circonférence extérieure de la tour. Une vaste table était abandonnée à demi effondrée au milieu du pavage. Deux hommes et trois femmes, tous munis de baguettes, discutaient en gesticulant autour d'elle. Un des hommes paraissait très en colère. Je contournai la table et les fonctionnaires fantômes et gagnai une porte étroite qui, s'ouvrant sans difficulté, me donna accès à un balcon.

Une balustrade en bois courait le long du parapet mais je préférai ne pas m'y appuyer, et, tout en oscillant entre l'étonnement et la peur de tomber, j'entrepris de faire le tour du beffroi. Au sud, une large vallée fluviale s'ouvrait ; dans le lointain, apparaissait le liséré de monts bleu sombre qui soutenaient le pâle ciel d'hiver. Le fleuve ondulait comme un grand serpent léthargique dans la proche vallée où j'apercevais des villes au loin. De l'autre côté du fleuve, la vallée se poursuivait, vaste et verdoyante, parsemée de forêts épaisses et de fermes bien ordonnées qui surgissaient et disparaissaient tour à tour lorsque je secouais la tête pour me débarrasser les yeux des spectres. Je vis un large pont noir qui franchissait le cours d'eau et une route qui le prolongeait. Où menait-il ? Brièvement, j'aperçus aussi des tours scintiller au loin ; j'écartai ces fantômes et distinguai au loin un lac dont s'élevait de la vapeur dans la lumière voilée du soleil. Vérité se trouvait-il dans ces parages ?

Je tournai mes regards vers le sud-est et j'écarquillai les yeux. Là, peut-être, se trouvait la réponse à certaines de mes questions. Toute une partie de la cité avait disparu, purement et simplement. On ne voyait ni ruines ni déblais noircis par le feu, rien qu'une vaste fracture ouverte dans la terre, comme si quelque géant y avait fiché un coin monstrueux. Le fleuve s'y était introduit telle une langue brillante pointant dans la cité. Des restes de bâtiments demeuraient accrochés au bord tandis que des rues s'interrompaient brutalement au ras de l'eau. Des yeux, je suivis la gigantesque blessure de la terre : malgré la distance, il était visible qu'elle se poursuivait au-delà du fleuve ; la fissure destructrice s'était enfoncée telle une lance jusqu'au cœur de la cité. L'eau placide brillait comme de l'argent sous le ciel hivernal. Un brusque tremblement de terre avait-il anéanti la ville ? Je secouai la tête : non, il en demeurait une trop grande partie debout. La catastrophe avait sans nul doute été de grande ampleur mais, à mon sens, elle n'expliquait pas la mort de la cité.

Lentement, je fis quelques pas vers le nord de la tour. La forêt d'édifices se dressait à mes pieds, et je distinguais au-delà des vignobles et des champs. Plus loin encore, une étendue boisée traversée par une route ; les Montagnes se trouvaient à plusieurs jours de cheval. Je hochai pensivement la tête ; selon tous les points de repère que j'avais relevés, c'est par là que j'avais dû arriver – et pourtant je n'avais aucun souvenir du trajet. Je m'adossai au mur en me demandant que faire. Si Vérité était dans la cité, je ne percevais pas le moindre signe de sa présence. J'aurais voulu me rappeler pourquoi j'avais abandonné mes compagnons et quand ? *Rejoins-moi*, *rejoins-moi*, soufflait une voix au fond de moi. Une lassitude écrasante s'emparait de moi et je n'avais plus qu'une envie : m'allonger sur place et mourir. J'essayai de me convaincre qu'il s'agissait de l'effet de l'écorce elfique, mais mon état évoquait davantage le contrecoup d'échecs trop souvent répétés. Je rentrai dans la salle pour m'abriter du vent glacé.

Comme je franchissais la fenêtre brisée, un bout de bois roula sous mon pied et faillit me faire tomber. M'étant ressaisi, je baissai les yeux et m'étonnai :

comment avais-je pu ne pas voir près de l'ouverture ces restes d'un petit feu ? De la suie avait noirci une partie du verre encore accroché au cadre de la fenêtre ; je me baissai pour l'effleurer prudemment et examinai mon doigt : il était noir. La suie n'était plus fraîche mais elle ne datait pas de plus de quelques mois, sans quoi les intempéries de l'hiver l'eussent délavée. Je m'écartai et tentai de faire travailler mon esprit fatigué. Le feu était à base de bois mais on y trouvait des branchettes prélevées sur des arbres ou des buissons. Quelqu'un s'était donné le mal de transporter des brindilles et des rameaux jusqu'en haut de cette tour pour allumer ce feu. Pourquoi ? Pourquoi ne pas avoir utilisé des débris de la table ? Et pourquoi monter si haut pour faire un feu ? À cause de la vue ?

Je m'assis près des cendres et m'efforçai de réfléchir. Le fait de m'adosser au mur donna de la substance aux fantômes qui se querellaient. L'un d'eux cria quelque chose à un autre, puis traça une ligne imaginaire en travers de la table écroulée à l'aide de sa baguette. Une des femmes prit l'air buté, les bras croisés, tandis qu'une autre souriait d'un air froid en tapotant le bois du bout de sa baguette. En me traitant d'idiot, je me relevai d'un bond pour examiner les restes du meuble.

À l'instant où je compris que j'avais une carte sous les yeux, je sus que c'était Vérité qui avait fait le feu. Un sourire béat m'étira les lèvres. Mais bien sûr ! Une tour à hautes fenêtres qui dominait la ville et la campagne environnante, et, au milieu de la salle, une vaste table sur laquelle reposait la carte la plus étrange que j'eusse jamais vue ; au lieu d'être dessinée sur du parchemin, elle était constituée d'argile qui reproduisait le relief du pays. Elle s'était brisée lorsque la table s'était effondrée mais on voyait que le fleuve était fait d'éclats brillants de verre noir. Des modèles réduits des bâtiments longeaient les routes tirées au cordeau, de minuscules fontaines étaient pleines d'éclats de verre bleu et on avait même planté des baguettes aux feuilles de laine verte pour figurer les plus grands arbres de la cité. Çà et là, de petits cristaux devaient représenter, je pense, les points cardinaux et leurs secteurs intermédiaires. Tout y était, même de petits cubes figurant les étals du marché. Malgré son état, la maquette ravissait l'œil par ses détails. Je souris, certain que quelques mois à peine après le retour de Vérité à Castelcerf, il y aurait une table et une carte similaires dans sa tour d'Art.

Sans prêter attention aux fantômes, je me penchai sur elle pour refaire en sens inverse le chemin que j'avais suivi. Je localisai sans mal la tour où je me trouvais ; cette partie était malheureusement fort abîmée, mais je ne doutais pas de mon trajet tandis que mes doigts suivaient la route que mes pieds avaient empruntée la nuit précédente. Une fois encore, je m'émerveillai de la rectitude des rues et de la précision avec laquelle elles se croisaient. Je ne me rappelais plus précisément où je m'étais « éveillé », mais je fus en mesure d'en circonscrire avec certitude l'emplacement dans un quartier assez réduit de la ville. Mon regard revint à la tour et je notai soigneusement le nombre de carrefours à franchir et de tournants à prendre pour revenir à mon point de départ. Une fois là, peut-être, en cherchant bien, découvrirais-je un indice qui réveillerait le souvenir des jours qui me manquaient ? Je regrettai soudain de ne pas disposer d'un bout de parchemin et d'une plume pour dessiner les contours de la région environnante – et c'est alors que l'intérêt du feu m'apparut brusquement.

Vérité s'était servi d'un bout de bois charbonneux pour tracer sa carte. Mais sur quel support ? Je promenai mes regards sur la salle mais il n'y avait pas de tentures aux parois ; en revanche, les murs qui séparaient les fenêtres étaient constitués de plaques de pierre blanche, avec des gravures qui... Je me levai pour y regarder de plus près, et là, je restai bouche bée. Je posai la main sur la pierre froide, jetai un coup d'œil par la vitre sale, puis je suivis du doigt le fleuve que je voyais au loin et trouvai le tracé lisse de la route qui le franchissait. La vue qu'on avait de chaque ouverture était représentée sur le panneau qui la bordait, avec de petits glyphes et symboles qui indiquaient peut-être le nom des villes ou des propriétés. J'essayai de nettoyer la vitre mais la crasse se trouvait surtout à l'extérieur.

La signification de la vitre brisée m'apparut soudain : Vérité avait fracassé cette baie pour avoir une meilleure vue de la région qui s'étendait derrière, puis il avait allumé un feu et employé l'extrémité brûlée d'un morceau de bois pour dessiner quelque chose, sans doute sur la carte qu'il avait emportée de Castelcerf. Mais quoi ? Je m'approchai de la fenêtre pour étudier les panneaux qui l'encadraient. Une main avait frotté celui de gauche en laissant une empreinte dans la poussière ; j'appliquai ma propre main dans la trace de la paume de Vérité. Il avait nettoyé ce panneau, regardé par la fenêtre, puis copié quelque chose sur sa carte. Sans aucun doute, il s'agissait de sa destination. Les indications de la plaque de pierre correspondaient-elles avec les tracés de sa carte ? En cet instant, je regrettai de ne pas avoir sur moi la copie de Kettricken pour comparer les deux représentations.

Par la fenêtre, je voyais les Montagnes au nord ; c'était de là que j'étais venu. Je scrutai le panorama, puis m'efforçai de le rapporter au panneau près de moi. Les spectres tremblotants du passé ne m'aidaient guère : un instant je contemplais une région boisée, l'instant d'après des vignobles et des champs. Le seul trait commun à ces deux visions restait le ruban noir d'une route qui s'en allait tout droit vers les Montagnes. Du doigt, je suivis cette route sur le panneau jusqu'aux piémonts ; là, elle bifurquait et des glyphes étaient inscrits dans la pierre ; de plus, un petit éclat de cristal avait été serti là dans la plaque.

Je me collai le nez au panneau et scrutai les symboles. Correspondaient-ils aux indications de la carte de Vérité ? Kettricken les reconnaîtrait-elle ? Je quittai la salle haute et me hâtai de descendre les escaliers en passant à travers des fantômes qui paraissaient gagner en substance : j'entendais clairement leurs paroles, à présent, et j'entr'apercevais les tapisseries qui ornaient autrefois les murs, dont beaucoup représentaient des dragons. « Les Anciens ? « demandai-je tout haut et ma question se répercuta, frémissante, du haut en bas de l'escalier.

Je cherchai un support sur quoi écrire. Les tapisseries n'étaient plus que des chiffons humides qui tombaient en lambeaux au moindre contact ; le peu de bois qui demeurait dans les salles était vieux et pourri. Je défonçai une porte qui donnait sur une pièce intérieure, espérant trouver quelque chose de bien conservé, et découvris des murs garnis de casiers en bois dont chacun contenait un manuscrit. Les parchemins semblaient substantiels, de même que les instruments posés sur la table au milieu de la pièce. Mais, au bout de mes doigts tâtonnants, je ne sentis que des fantômes de documents, secs et fragiles comme des cendres. J'aperçus un empilement de vélins neufs sur une étagère d'angle ; j'écartai les débris désagrégés et mis finalement à jour un fragment utilisable dont la surface ne dépassait pas celle de mes deux mains. Il était raide et jauni mais pouvait encore servir. Un lourd récipient de verre muni d'un bouchon contenait des restes d'encre desséchée. Le manche en bois des instruments d'écriture avait disparu, mais l'extrémité métallique avait survécu et elle était assez longue pour que je puisse la tenir convenablement. Armé de ces accessoires, je remontai dans la salle à la carte.

J'humectai l'encre avec de la salive et je frottai le

bec de la plume sur la pierre du pavage jusqu'à ce qu'il eût retrouvé son brillant. Puis je rallumai ce qui subsistait du feu de Vérité car le ciel de l'après-midi se couvrait et la lumière qui tombait par les fenêtres sales baissait. Je m'agenouillai devant le panneau que la main de Vérité avait nettoyé et reportai sur le cuir raidi tout ce que je pouvais du tracé de la route, des Montagnes et des autres caractéristiques de la représentation. Avec difficulté, j'observai les glyphes minuscules et en copiai autant que je le pus sur le vélin. Peut-être Kettricken saurait-elle en tirer quelque chose ? Peut-être, en comparant mes dessins maladroits avec la carte qu'elle détenait, découvririons-nous quelque trait commun entre eux ? De toute façon, je ne pouvais espérer mieux. Le soleil se couchait et mon feu n'était plus que braises quand j'achevai ma tâche. J'examinai mes gribouillages d'un air lugubre : mon travail n'aurait ébloui ni Vérité ni Geairepu, mais il faudrait bien s'en satisfaire. Quand je fus certain que l'encre était sèche, je glissai le vélin sous ma chemise, ne tenant pas à ce que la pluie ni la neige brouille mes dessins.

La nuit tombait quand je quittai la tour. Mes compagnons fantômes avaient regagné depuis longtemps leur foyer pour dîner ; dans les rues, des foules de gens rentraient chez eux ou sortaient pour quelque réjouissance vespérale ; je me glissai entre elles et passai devant des auberges et des tavernes d'où la lumière et des voix joyeuses paraissaient jaillir à flots. Pour moi, il était de plus en plus difficile de distinguer la réalité des rues désertes et des bâtiments abandonnés et particulièrement pénible de longer, le ventre grondant et la gorge sèche, des auberges où des spectres s'empiffraient et se congratulaient joyeusement.

Mes projets étaient simples : je comptais descendre jusqu'au fleuve et m'y désaltérer, après quoi je ferais mon possible pour retourner au premier quartier de la cité dont j'avais le souvenir ; là, je trouverais un abri pour la nuit et, au matin, je prendrais la direction des Montagnes. J'espérais stimuler ma mémoire en suivant le chemin que j'avais sans doute emprunté pour venir.

J'étais en train de boire, à genoux au bord de l'eau glacée, appuyé d'une main sur le pavé, quand le dragon apparut. Du ciel jusque-là vide tomba une lumière dorée, puis j'entendis le bruit de vastes ailes qui battaient, tel celui, vrombissant, d'un faisan en plein vol. Autour de moi, les gens crièrent, certains de surprise et d'effroi, d'autres de ravissement. La créature fondit vers nous, puis se mit à décrire des cercles près du sol ; sous le vent de son passage, les bateaux tanguèrent et le fleuve se couvrit de rides. Elle effectua un dernier cercle, puis plongea brusquement dans l'eau où elle s'immergea entièrement. La lumière dorée qui émanait d'elle s'éteignit et la nuit n'en parut que plus noire.

Par réflexe, je me rejetai en arrière pour éviter la vague fantôme qui bondit vers la rive lorsque le fleuve absorba le gigantesque plongeon du dragon. Alentour, les gens observaient l'eau avec l'air d'attendre quelque chose, et je suivis leur regard. Tout d'abord, je ne vis rien ; puis l'onde s'ouvrit et une immense tête en émergea. L'eau qui en ruisselait courait, scintillante, le long du cou serpentin et doré qui apparut ensuite. Tous les contes que j'avais pu entendre décrivaient les dragons comme des vers, des lézards ou des serpents ; mais, en voyant celui-ci surgir du fleuve et déployer ses ailes dégoulinantes, je me pris à songer à un oiseau ; des images de cormorans gracieux s'élevant de la mer après avoir plongé pour attraper un poisson ou de faisans au plumage vivement coloré me vinrent à l'esprit devant l'émersion de la formidable créature rivalisant en taille avec les navires du port, son envergure géante ridiculisant leur voilure. Le monstre enfin s'arrêta sur la berge et débarrassa ses ailes écailleuses d'une pluie de gouttelettes, le terme « écaille » ne rendant d'ailleurs pas justice aux plaques chamarrées qui la recouvraient, celui de « plume » impliquant quant à lui une notion trop aérienne. Seule une plume faite d'or délicatement martelé aurait peut-être évoqué un pennage proche de celui du dragon.

Sans me prêter la moindre attention, la créature sortit du fleuve si près de moi, pétrifié de plaisir et d'émerveillement, que, si elle avait été réelle, j'aurais été trempé par l'eau qui ruisselait encore de ses ailes déployées, chaque goutte qui retombait portant le chatoiement caractéristique de la magie pure. Le dragon fit une nouvelle halte sur la rive, les griffes de ses quatre grandes pattes profondément enfoncées dans la terre humide, puis il replia soigneusement ses ailes et nettoya sa longue queue fourchue. Je baignais dans la lumière dorée qui illuminait la foule de plus en plus considérable. Alors je détournai les yeux du dragon pour regarder les gens qui m'entouraient : une expression de bonheur et de profonde déférence éclairait leur visage. Avec les yeux brillants d'un gerfaut et le port d'un étalon, le dragon se dirigea vers eux. La presse s'ouvrit devant lui en murmurant des compliments empreints d'un très profond respect.

« Un Ancien ! » fis-je tout haut, le suivant sans quitter du bout des doigts les murs des bâtiments, emporté dans le mouvement de la cohue extasiée, tandis qu'à pas lents et solennels le dragon remontait la rue. En grand nombre, des gens se déversaient des tavernes, ajoutant leurs louanges à celles de la foule suivant pas à pas la progression de l'animal fabuleux. Manifestement, l'événement était d'importance et moi-même j'ignorais ce que j'espérais découvrir en restant sur ses talons. À vrai dire, je crois n'avoir obéi alors à aucune idée particulière, sinon celle de suivre cette immense et charismatique créature. Je comprenais en tout cas à présent la raison de l'exceptionnelle largeur des artères principales de la cité.

Comme le dragon s'arrêtait devant un vaste bassin de pierre, les gens se bousculèrent pour avoir l'honneur de manier une sorte de treuil. Accrochés à une chaîne en boucle, des seaux s'élevèrent les uns après les autres pour le remplir en déversant leur contenu de magie liquide ; quand il fut plein à ras bord du fluide chatoyant, l'Ancien courba gracieusement le cou et but. C'était peut-être de l'Art fantôme qu'il absorbait, mais cette vision n'en réveilla pas moins chez moi une vieille soif insidieuse. À deux reprises encore le bassin fut rempli et à deux reprises l'Ancien le vida avant de poursuivre sa route. Je lui emboîtai le pas, fasciné par le spectacle dont je venais d'être témoin.

Soudain apparut devant nous la vaste fracture qui défigurait la forme symétrique de la cité. J'accompagnai la procession jusqu'au bord et là je vis tous ceux qui m'entouraient, hommes, femmes et Ancien, disparaître à mesure qu'ils s'avançaient d'un pas insouciant dans le vide. Bientôt, je me retrouvai seul sur la berge de la crevasse béante, et n'entendis plus que le vent qui murmurait en frôlant l'eau immobile dans les profondeurs. Les étoiles apparaissaient dans de rares trouées du ciel chargé et se reflétaient sur l'onde noire. Les secrets que j'aurais pu apprendre sur les Anciens s'étaient engloutis depuis longtemps dans le cataclysme.

À pas lents, je m'éloignai en me demandant à quel monde appartenait l'Ancien et pour quelles raisons. Le revoyant boire le pouvoir d'argent miroitant comme je l'avais vu, je frémis à nouveau.

Il me fallut quelque temps pour revenir jusqu'au fleuve ; là, je me concentrai pour me rappeler ce que j'avais vu sur la carte. La faim creusait en moi une sphère qui me rongeait les côtes, mais je refusai d'y prêter attention et m'engageai dans les rues de la cité. Par un effort de volonté, je parvins à traverser une foule d'ombres braillardes et agitées mais la résolution me manqua quand la garde municipale chargea, montée sur ses énormes chevaux : je me plaquai d'un bond contre un mur et fis la grimace en entendant les impacts des gourdins. Aussi irréelle fût-elle, je fus soulagé de laisser derrière moi la bruyante échauffourée. Je pris à droite dans une rue un peu plus étroite que les autres et passai trois nouveaux carrefours.

Soudain je m'arrêtai. C'était ici. Je reconnaissais la place où je m'étais retrouvé la veille à genoux dans la neige ; et là, ce pilier érigé au milieu... je me rappelais en effet une espèce de monument ou de sculpture qui se dressait au-dessus de moi. Je m'en approchai. Lui aussi était taillé dans cette roche noire et veinée de cristal scintillant que l'on retrouvait partout dans la cité ; à mes yeux fatigués, il paraissait émettre la même mystérieuse lumière – qui n'en était pas une – que les bâtiments ; la lueur soulignait les symboles profondément gravés dans la surface de ses flancs. Je fis lentement le tour du pilier. Certains glyphes, j'en étais sûr, m'étaient familiers et ressemblaient peut-être à ceux que j'avais copiés plus tôt. Cet objet était-il donc un poteau indicateur sur lequel étaient portées des destinations qui correspondaient aux différents points de la boussole ? Du bout du doigt, je suivis un des symboles qu'il me semblait reconnaître.

La nuit se repliait sur moi et une houle de vertige me submergea. Je voulus m'agripper à la colonne pour ne pas tomber mais je la manquai et, déséquilibré, fis quelques pas trébuchants. Mes mains tendues ne trouvèrent rien à quoi s'accrocher et je m'affalai à plat ventre dans la neige durcie par le froid. Je restai un moment étendu à terre, la joue contre la route glacée, à cligner inutilement des yeux pour percer les ténèbres ; puis quelque chose de chaud et de compact atterrit sur mon dos. *Mon frère !* s'exclama Œil-de-Nuit d'un ton joyeux. Il poussa son museau froid contre mon visage et me gratta la tête d'une patte pour me réveiller. *Je savais que tu reviendrais ! Je le savais !*

2

LE CLAN

Une partie de l'épais mystère qui entoure les Anciens provient de ce que les rares représentations que nous avons d'eux se ressemblent très peu entre elles. Cela est vrai non seulement des tapisseries et des manuscrits, qui sont des copies d'ouvrages plus anciens et peuvent donc contenir des erreurs, mais aussi des quelques images qui ont subsisté depuis l'époque du roi Sagesse. Certaines évoquent une similitude avec les dragons des légendes : on y retrouve les ailes, les serres, la peau écailleuse et les vastes proportions, mais d'autres, non ; sur une tapisserie au moins, l'Ancien est montré sous la forme d'un homme, quoique de très grande taille et avec la peau dorée. Les représentations ne sont même pas d'accord sur le nombre de membres que possédait cette race bienveillante : dans certains cas, on lui voit jusqu'à quatre pattes et deux ailes ; dans d'autres, elle n'a pas d'ailes et marche comme les humains.

Une théorie a été avancée, selon laquelle la rareté des écrits sur les Anciens proviendrait de ce qu'autrefois le savoir qu'on en avait était considéré comme allant de soi. De même que nul aujourd'hui n'aurait l'idée de rédiger un manuscrit sur les attributs les plus évidents d'un cheval, car cela n'aurait aucun intérêt, personne à l'époque n'aurait songé qu'un jour les Anciens feraient partie de la légende, et cela se tient jusqu'à un certain point.

Mais il suffit de jeter un coup d'œil aux textes et aux tapisseries où apparaissent des chevaux sous l'aspect d'animaux qui appartiennent à la vie courante pour s'apercevoir que cette hypothèse est erronée : si les Anciens avaient été si intimement liés à l'existence des humains, leurs représentations auraient dû au contraire abonder.

*

Au bout d'une heure ou deux dont je ne conserve qu'un souvenir confus, je me retrouvai dans la yourte avec le reste de la troupe. La nuit me paraissait d'autant plus froide que la journée avait été presque chaude dans la cité. Nous nous serrâmes les uns contre les autres, emmitouflés dans nos couvertures. Mes compagnons me dirent que je n'avais disparu au bord de la falaise que la nuit précédente ; je leur racontai tout ce que j'avais vu dans la ville, et de part et d'autre régna une certaine incrédulité. L'inquiétude qu'avait suscitée ma disparition m'émouvait et me donnait des remords tout à la fois ; Astérie avait manifestement pleuré, tandis que Caudron et Kettricken avaient l'œil cerné de qui n'a pas dormi ; l'état du fou était encore pire : blême, muet, il avait les mains qui tremblaient légèrement. Il nous fallut quelque temps à tous pour nous remettre. Pour le repas, Caudron avait préparé le double de ce que nous mangions ordinairement et chacun avala sa portion de bon appétit, en dehors du fou qui ne paraissait pas en avoir la force. Pendant que les autres, assis en rond autour du brasero, écoutaient mon récit, il se roula en boule sous ses couvertures, le loup mussé contre lui. Il semblait complètement épuisé.

Quand j'eus raconté mes aventures pour la troisième fois, Caudron dit d'un ton énigmatique : « Eh bien, remerciez Eda d'avoir été drogué d'écorce elfique avant d'être emporté, sans quoi vous n'auriez jamais réussi à conserver vos esprits.

« "Emporté", dites-vous ? » répétai-je aussitôt.

Elle me lança un regard noir. « Vous savez ce que je veux dire. » Nous la dévisagions tous et elle nous regarda tour à tour. « Par le poteau indicateur ou... enfin, appelez-le comme vous voulez. Il doit y avoir un rapport avec eux. » Seul le silence répondit à ses paroles. « Ça me semble évident : il nous a quittés et il est arrivé à la cité par une de ces colonnes ; et il est revenu par le même moyen.

— Mais pourquoi n'ont-elles emporté personne d'autre ? objectai-je.

— Parce que vous êtes le seul à être sensible à l'Art parmi nous.

— Ont-elles été façonnées par l'Art elles aussi ? » demandai-je de but en blanc.

Elle soutint mon regard. « J'ai observé le poteau à la lumière du jour : il a été taillé dans une pierre noire à larges veines de cristal brillant, comme les murs de la ville que vous avez décrite. Avez-vous touché les deux poteaux ? »

Je réfléchis un instant. « Je crois, oui. »

Elle haussa les épaules. « Eh bien, voilà. Un objet imprégné d'Art peut conserver dans sa masse l'intention de celui qui l'a fabriqué. Ces colonnes ont été érigées pour faciliter les déplacements de ceux qui savaient s'en servir.

— Je n'ai jamais rien entendu de semblable ; comment savez-vous tout cela ?

— Je fonde seulement des hypothèses sur ce qui me paraît évident, répliqua-t-elle. Et je n'en dirai pas davantage. Je vais me coucher ; je suis très fatiguée. Nous avons passé la nuit et la plus grande partie de la journée à vous chercher et à nous faire du mauvais sang pour vous ; et quant aux heures où nous aurions pu nous reposer, le loup, là, n'a pas cessé de hurler. »

De hurler ?

Je t'appelais. Tu ne répondais pas.

Je ne t'ai pas entendu, sans quoi j'aurais prêté l'oreille.

Je commence à être inquiet, petit frère. Des forces t'attirent, t'emportent là où je ne peux te suivre et ferment ton esprit au mien. Aujourd'hui, je n'ai jamais été aussi proche d'être accepté dans une meute, mais si je te perds, même cela me sera interdit.

Tu ne me perdras pas, promis-je, tout en me demandant si je pourrais tenir cette promesse. « Fitz ? fit Kettricken d'un ton circonspect.

— Je suis là, répondis-je.

— Jetons un coup d'œil à la carte que vous avez copiée. »

Je sortis le vélin de mon paquetage tandis qu'elle faisait de même de son côté, et nous comparâmes les deux. Il était difficile d'y trouver des similitudes car les échelles étaient différentes ; mais nous finîmes par juger que la zone représentée par la maquette de la cité avait une certaine ressemblance avec la section de route dessinée sur la carte de Kettricken. « Apparemment, dis-je en indiquant une des destinations portées sur son manuscrit, la cité serait par ici. Si je ne me trompe pas, ceci correspond à ceci et ceci à cela. »

La carte qu'avait emportée Vérité était une copie de celle, plus ancienne et passée, de Kettricken ; la piste que je désignais désormais sous le nom de route d'Art y apparaissait, mais de façon curieuse, sous l'aspect d'un chemin qui naissait dans les Montagnes et s'achevait abruptement sur trois destinations différentes. La signification de ces points d'arrivée était autrefois notée sur la carte, mais les indications n'étaient plus aujourd'hui que des taches floues. À présent, nous disposions de ma copie de la cité et ces points y apparaissaient aussi ; l'un d'eux désignait la cité elle-même, aussi nous intéressâmes-nous aux deux autres.

Kettricken étudia les symboles que j'avais reportés de la maquette. « J'ai déjà vu des signes de ce genre de temps en temps, dit-elle, l'air mal à l'aise. Plus personne ne sait vraiment les déchiffrer mais on en connaît encore quelques-uns. On les trouve surtout dans des endroits inattendus ; dans certains sites des Montagnes, il existe des pierres levées qui portent de telles marques, comme à l'extrémité ouest du pont de la Grande Crevasse. Nul ne sait quand elles ont été gravées ni pourquoi. On pense que certaines indiquent des tombes mais, selon d'autres, elles servaient à signaler des frontières.

— Pouvez-vous déchiffrer ces symboles ?

— Quelques-uns, oui. Ils sont utilisés dans un jeu où l'on se lance des défis ; certains sont plus forts que d'autres... » Elle se tut pour continuer d'examiner mes griffonnages. « Aucun ne correspond exactement à ceux que je connais, reprit-elle enfin d'un ton empreint de déception. Celui-ci ressemble presque au glyphe qui veut dire "pierre", mais je n'ai jamais vu les autres.

— Eh bien, c'est un de ceux qui étaient inscrits ici. » Je m'efforçai de conserver une voix enjouée. Le mot « pierre » ne m'évoquait absolument rien. « C'est la destination la plus proche de nous, j'ai l'impression. Souhaitez-vous que nous nous y rendions tout d'abord ?

— J'aurais aimé voir la cité, intervint le fou à mi-voix. J'aurais aimé voir le dragon. »

Je hochai lentement la tête. « La ville et la créature valent d'être vues. C'est un grand savoir qui nous attendrait là-bas si nous avions le temps de faire des recherches. Si je n'avais pas eu la tête pleine du *Rejoins-moi, rejoins-moi* de Vérité, ma curiosité m'aurait incité à pousser davantage mes explorations, je pense. » Je ne leur avais pas parlé de mes rêves de Molly et d'Umbre ; ils ne regardaient que moi, tout comme mon envie douloureuse de rentrer, auprès de ma femme et de ma fille.

« Sans doute, acquiesça Caudron ; et sans doute aussi vous seriez-vous ainsi attiré encore davantage d'ennuis. Une question me vient : Vérité aurait-il pu vous lier à lui pour vous obliger à rester sur la route et vous garder à l'écart des distractions ? »

Je m'apprêtais à la relancer sur les connaissances qu'elle semblait posséder sur l'Art, quand le fou répéta entre haut et bas : « J'aurais aimé voir la cité.

— Nous devrions tous nous coucher maintenant, fit Kettricken. Nous nous lèverons au point du jour et nous forcerons le pas demain. Savoir que Vérité est passé par la cité avant FitzChevalerie me redonne courage mais m'emplit aussi de sombres pressentiments. Il faut le retrouver rapidement ; je ne supporte plus de me demander chaque nuit pourquoi il n'est pas revenu.

— Vient le Catalyseur pour changer la chair en pierre et la pierre en chair. Sous son toucher s'éveilleront les dragons de la terre ; la cité endormie tremblera et s'éveillera sous ses pas. Vient le Catalyseur. » La voix du fou était rêveuse.

« Les écrits de Damir le Blanc », ajouta Caudron avec révérence. Elle me regarda et une fugitive expression d'agacement envahit ses traits. « Des siècles de textes et de prophéties, et c'est à vous qu'on aboutit ?

— Ce n'est pas ma faute », répondis-je bêtement. J'étais déjà en train de m'enfouir sous mes couvertures en songeant avec nostalgie à la journée presque chaude que j'avais passée. Le vent soufflait et j'étais glacé jusqu'aux os.

Je commençais à m'assoupir quand le fou passa sa main tiède sur mon visage. « Je suis content que tu sois vivant, murmura-t-il.

— Merci », répondis-je. J'évoquai le damier et les pions de Caudron, afin d'empêcher mon esprit de s'évader pendant la nuit, et je venais de revoir le problème qu'elle m'avait posé, quand je me redressai soudain en m'écriant : « Fou ! Ta main est chaude ! Ta main est chaude !

— Rendormez-vous », me dit Astérie d'un ton irrité.

Je ne lui prêtai nulle attention. Je tirai le bout de couverture qui couvrait le visage du fou et lui touchai la joue. Il ouvrit lentement les yeux. « Tu es chaud, fis-je. Tu vas bien ?

— Je n'ai pas l'impression d'avoir chaud, répondit-il d'un ton pitoyable. J'ai froid et je suis épuisé. »

Je me hâtai d'alimenter le brasero pendant qu'autour de moi les autres occupants de la tente se réveillaient. À l'autre bout de la tente, Astérie m'observait à travers la pénombre.

« Le fou n'est jamais chaud, expliquai-je à mes compagnons en m'efforçant de leur faire comprendre l'urgence de la situation. Il a toujours la peau fraîche au toucher ; et là, il est chaud.

— Ah oui ? fit Astérie d'un ton étrangement ironique.

— Est-il malade ? demanda Caudron d'une voix endormie.

— Je l'ignore. Je ne l'ai jamais connu malade.

— Cela m'arrive rarement, intervint le fou à mi-voix. Mais j'ai déjà eu ce genre de fièvre. Recouche-toi et dors, Fitz ; tout ira bien. La fièvre sera tombée au matin, je pense.

— Même dans le cas contraire, il faudra voyager demain, dit Kettricken, implacable. Nous avons déjà perdu une journée ici.

— Perdu une journée ? m'exclamai-je presque avec colère. Nous avons gagné une carte, ou du moins de nouveaux détails, et nous savons maintenant que Vérité a séjourné dans la cité. Pour ma part, je n'ai aucun doute qu'il s'y soit rendu par le même moyen que moi ni même peut-être qu'il soit réapparu à l'endroit précis où nous nous trouvons. Nous n'avons pas perdu une journée, Kettricken : nous avons économisé toutes celles qu'il nous aurait fallu pour trouver un chemin qui nous mène à ce qui reste de la route en contrebas, puis pour explorer la cité, et enfin revenir sur nos pas. Si ma mémoire est bonne, vous aviez proposé de prendre une journée rien que pour découvrir comment descendre l'éboulement. Eh bien, voilà qui est fait et nous avons découvert ce que nous voulions savoir. « Je m'interrompis, inspirai profondément et m'imposai de m'exprimer calmement. « Je ne chercherai à forcer personne, mais si le fou n'est pas en état de voyager demain, je ne partirai pas non plus. »

Une étincelle s'alluma dans les yeux de Kettricken et je me raidis, prêt au combat. Mais le fou intervint alors. « En état ou non, je vous accompagnerai demain, assura-t-il.

— La question est donc réglée », acquiesça rapidement Kettricken. Puis, d'un ton plus humain, elle demanda : « Fou, puis-je faire quelque chose pour vous ? Je vous traiterais avec moins de dureté si l'urgence n'était pas si grande. Je n'ai pas oublié, et je ne l'oublierai jamais, que sans vous je ne serais jamais arrivée vivante à Jhaampe. »

Je sentis qu'il y avait là un épisode que j'ignorais, mais je gardai mes interrogations pour moi.

« Ça ira. Je suis seulement... Fitz ? Puis-je te demander un peu d'écorce elfique ? Rien d'autre n'a réussi à me réchauffer autant la nuit dernière.

— Bien sûr. » Et je me mis à fouiller mon paquetage.

« Fou, je vous déconseille d'en prendre, intervint Caudron. C'est une plante dangereuse et qui fait souvent plus de mal que de bien. Qui sait si vous n'êtes pas malade aujourd'hui parce que vous en avez absorbé hier ?

— Ce n'est pas un produit puissant à ce point, rétorquai-je d'un ton dédaigneux. Je m'en sers depuis de nombreuses années et je ne m'en suis jamais mal porté. »

Caudron eut un grognement ironique. « Ou bien vous n'êtes pas assez sage pour vous en être aperçu. Mais c'est un simple qui réchauffe et qui donne de l'énergie à la chair, même si elle abrutit l'esprit.

— Je m'en suis toujours senti revigoré plutôt qu'abruti », contrai-je en ouvrant le petit paquet que j'avais tiré de mon sac. Sans que je lui demande rien, Caudron se leva pour aller mettre de l'eau à chauffer. « Je n'ai jamais remarqué que l'écorce elfique m'émousse l'esprit, repris-je.

— Ceux qui en prennent s'en rendent rarement compte, rétorqua-t-elle. Et si elle donne un coup de fouet momentané, on le paye toujours par la suite. On ne triche pas avec le corps, jeune homme. Vous le comprendrez mieux quand vous aurez mon âge. »

Je me tus. En repensant aux innombrables fois où j'avais eu recours à l'écorce elfique pour me remettre d'aplomb, j'avais la désagréable impression qu'elle avait raison, en partie du moins – pourtant cela ne m'empêcha pas de préparer deux chopes d'infusion au lieu d'une. Caudron secoua la tête en me regardant d'un air désapprobateur, mais elle se recoucha et ne dit plus rien. Je m'assis aux côtés du fou et nous bûmes. Quand il me rendit sa chope, sa main me parut plus chaude qu'avant et je l'en avertis :

« Ta fièvre augmente.

— Non ; c'est simplement la chaleur de la chope dans ma paume. »

Je ne l'écoutai pas. « Tu trembles comme une feuille.

— Un peu, oui », reconnut-il. Soudain, sa détresse fut la plus forte. « Je n'ai jamais eu aussi froid de ma vie. J'ai mal au dos et aux mâchoires à force de trembler. »

Couche-toi près de lui, me suggéra Œil-de-Nuit, et le grand loup se pressa encore davantage contre lui. J'ajoutai mes propres couvertures à celles du fou, puis m'allongeai à côté de lui. Il ne dit rien mais ses frissons s'apaisèrent un peu.

« Je ne me rappelle pas t'avoir jamais vu malade à Castelcerf, lui murmurai-je.

— Ça m'est arrivé, mais très rarement et je le cachais. Si tu te souviens, le guérisseur me supportait difficilement et je le lui rendais bien. Je n'avais pas envie de confier ma santé à ses purges ni à ses fortifiants ; d'ailleurs, ce qui est efficace pour ton espèce n'a parfois aucun effet sur la mienne.

— Est-elle donc si différente ? » demandai-je après un silence. Il avait abordé là un sujet dont nous n'avions guère parlé, même en passant.

« Par certains côtés, oui », fit-il dans un soupir. Il porta la main à son front. « Mais quelquefois je me surprends moi-même. » Il inspira, puis relâcha brusquement sa respiration, comme si une douleur l'avait un instant saisi. « Peut-être ne suis-je même pas malade. J'ai subi quelques transformations au cours de l'année écoulée – comme tu l'as remarqué. » Il avait ajouté cette dernière phrase dans un souffle.

« Tu as grandi et pris des couleurs, acquiesçai-je.

— Cela en fait partie, en effet. » Un sourire apparut sur son visage puis s'effaça aussitôt. « Je crois que je suis presque adulte. »

Je haussai les épaules. « Il y a des années que je te considère comme un homme fait. À mon avis, tu es devenu adulte avant moi.

— Ah bon ? Voilà qui est plaisant ! » fit-il à mi-voix, et, l'espace d'un instant, je le retrouvai presque tel qu'il était autrefois. Ses yeux se fermèrent lentement. « Je vais dormir », me dit-il.

Sans répondre, je m'enfonçai davantage à ses côtés dans les couvertures et dressai à nouveau mes remparts mentaux. Puis je sombrai dans un assoupissement sans rêves qui n'avait rien d'un sommeil insouciant.

Je m'éveillai avant le point du jour avec un sentiment de menace. Près de moi, le fou dormait à poings fermés. Je posai ma main sur son visage et le trouvai encore chaud et emperlé de transpiration. Je me levai et bordai les couvertures autour de lui, puis j'ajoutai un ou deux de nos précieux bouts de bois dans le brasero et m'habillai sans bruit. Œil-de-Nuit fut aussitôt sur le qui-vive.

Tu sors ?

Je vais seulement renifler les alentours.

Veux-tu que je t'accompagne ?

Non, tiens chaud au fou. Je n'en ai pas pour longtemps.

Es-tu sûr que tu n'auras pas d'ennuis ?

Je ferai très attention, je te le promets.

Le froid du dehors me fit l'effet d'une gifle. Il faisait un noir d'encre. Au bout d'un moment, ma vue s'accommoda à la nuit mais je ne distinguais toujours guère davantage que la tente. Des nuages cachaient les étoiles. Je demeurai immobile dans le vent glacé, tous les sens tendus dans l'espoir de découvrir ce qui m'avait troublé ; ce n'était pas avec l'Art mais avec le Vif que je sondais les ténèbres. Je sentis notre groupe et la faim des jeppas serrés les uns contre les autres : ils ne tiendraient pas longtemps en ne mangeant que du grain. Un souci de plus. Je le chassai de mon esprit et poussai mes sens encore plus loin. Je me raidis. Des chevaux ? Oui. Et des cavaliers ? J'en eus l'impression. Œil-de-Nuit surgit soudain à mes côtés.

Tu les sens ?

Le vent souffle dans le mauvais sens. Veux-tu que j'aille voir ?

Oui, mais discrètement.

Naturellement. Occupe-toi du fou : il a gémi quand je l'ai quitté.

Dans la tente, je réveillai Kettricken. « Je crois qu'il y a du danger, lui dis-je à mi-voix. Des chevaux montés, peut-être sur la route en arrière de nous. Je n'en suis pas encore certain.

— Le temps que nous en soyons sûrs, ils seront sur nous, répondit-elle avec une froide détermination. Que tout le monde se lève. Je veux que nous soyons prêts à partir à l'aube.

— Le fou a encore de la fièvre, fis-je en secouant Astérie par l'épaule.

— S'il reste ici, il n'aura plus de fièvre, il sera mort – et vous aussi. Le loup est-il allé se renseigner ?

— Oui. » Elle avait raison, je le savais, mais il ne m'en fut pas moins pénible de réveiller le fou. Il était comme hébété. Pendant que les autres remballaient le matériel, je réussis à lui faire enfiler son manteau et des jambières supplémentaires, puis je l'emmitouflai dans nos couvertures et demeurai près de lui pendant que nos compagnons démontaient la tente et la chargeaient sur un jeppa.

« Quel poids un de ces animaux est-il capable de porter ? demandai-je à Kettricken.

— Plus que celui du fou ; mais ils ont l'échine trop étroite pour les chevaucher confortablement et ils deviennent ombrageux avec un cavalier sur le dos. Nous pourrions installer le fou sur l'un d'eux pendant quelque temps, mais il ne serait pas à l'aise et le jeppa serait difficile à maîtriser. »

Bien que ce fût la réponse que j'avais prévue, elle ne me réjouit pas pour autant.

« Quelles nouvelles du loup ? » fit Kettricken.

Je tendis mon Vif vers Œil-de-Nuit et je fus effrayé de l'effort qu'il me fallut fournir pour toucher son esprit. « Six cavaliers, répondis-je à la reine.

— Amis ou ennemis ?

— Il n'a aucun moyen de le savoir. » Puis, m'adressant au loup : *Comment sont leurs chevaux ?*

Apparemment délicieux.

Grands comme Suie ou petits comme ceux des Montagnes ?

Entre les deux. Il y a une mule de bât.

« Ils montent des chevaux et non des poneys des Montagnes », dis-je à Kettricken.

Elle secoua la tête. « En général, on ne se sert pas de chevaux si haut dans les Montagnes, chez moi ; on emmène des poneys ou des jeppas. Partons du principe que ce sont des ennemis et agissons en conséquence.

— Allons-nous nous enfuir ou combattre ?

— Les deux, naturellement. »

Elle avait déjà tiré son arc d'un paquetage et elle était en train de tendre la corde. « Pour commencer, il faut trouver un meilleur endroit pour préparer une embuscade ; ensuite, nous attendrons. Allons-y. »

Ce fut plus facile à dire qu'à faire. Seule l'égalité de la route nous permit de reprendre notre chemin, car l'aube était encore lointaine quand nous nous mîmes en marche. Astérie, à l'avant, menait les jeppas, et j'accompagnais le fou derrière elle, tandis que Caudron avec son bâton et Kettricken avec son arc fermaient la colonne. J'essayai d'abord de laisser le fou marcher par lui-même, mais il avançait lentement, en zigzag, et, comme les jeppas nous distançaient inexorablement, je compris que je devais intervenir. Je plaçai son bras gauche sur mes épaules, passai mon bras droit autour de sa taille et l'obligeai à forcer l'allure. Peu de temps après, il haletait, épuisé par l'effort qu'il devait faire pour ne pas traîner les pieds. La chaleur anormale de son corps m'effrayait. Pourtant, je le poussai impitoyablement en avant en formant le vœu qu'un abri se présente bientôt.

Quand nous en trouvâmes un, ce ne fut pas sous des arbres accueillants mais entre les crocs acérés de rochers éboulés. Un grand pan de montagne s'était détaché en emportant plus de la moitié de la route, dont ce qui restait disparaissait sous un énorme amoncellement de pierres et de terre. Astérie et les jeppas contemplaient l'éboulis d'un air dubitatif quand le fou et moi les rejoignîmes clopin-clopant. Je fis asseoir mon compagnon sur une pierre et il demeura là, prostré, les yeux clos, la tête courbée. Je resserrai les couvertures autour de lui et allai me planter près d'Astérie.

« Le glissement de terrain est ancien, dit-elle. Nous n'aurons peut-être pas trop de mal à l'escalader.

— Peut-être », répondis-je tout en cherchant du regard par où commencer l'ascension. La neige recouvrait les blocs de rochers. « Si je passe le premier avec les jeppas, pourrez-vous me suivre avec le fou ?

— Je pense. » Elle jeta un coup d'œil à l'intéressé. « Comment va-t-il ? »

Je ne perçus que sollicitude dans sa question, aussi ravalai-je mon agacement. « Il avance tant bien que mal, pourvu qu'on le soutienne. Ne bougez pas tant que le dernier animal n'est pas arrivé en haut ; ensuite, suivez notre trace. »

La ménestrelle acquiesça, mais sans enthousiasme. « Ne vaudrait-il pas mieux attendre Kettricken et Caudron ? »

Je réfléchis un instant. « Non. Si les cavaliers nous rattrapent, je ne tiens pas à me trouver acculé à ce mur de pierre. Il faut franchir l'éboulis. »

Je regrettai l'absence du loup, car il avait le pied plus sûr que moi et des réflexes beaucoup plus vifs que les miens.

Je ne peux pas te rejoindre sans qu'ils me voient. Le roc est à pic au-dessus et en dessous de la route, et ils sont entre toi et moi.

Ne t'en fais pas. Garde-les à l'œil et tiens-moi au courant. Avancent-ils vite ?

Ils font marcher leurs chevaux au pas et ils discutent beaucoup entre eux. L'un est gros et il est fatigué de chevaucher. Il parle peu mais ne se hâte pas. Sois prudent, mon frère.

Je pris une profonde inspiration et, comme aucun emplacement ne valait mieux qu'un autre pour entamer l'ascension, je m'en remis au hasard. Ce ne furent d'abord que des pierres éparpillées sur la route, mais au-delà se dressait une muraille d'énormes blocs mêlés à de la terre caillouteuse et des rochers instables aux arêtes aiguës. Je m'aventurai avec précaution sur ce terrain traître ; le jeppa de tête me suivit et les autres lui emboîtèrent le pas sans hésitation. Je m'aperçus bientôt que la neige portée par le vent s'était plaquée en minces couches sur les rochers et qu'elle dissimulait souvent des creux et des fissures. Je posai une fois le pied sur une de ces plaques et m'enfonçai jusqu'au genou dans une crevasse. J'en extirpai ma jambe avec précaution et repris ma progression.

Le courage faillit me manquer lorsque je pris le temps d'observer ce qui m'entourait. D'un côté, une longue pente de débris rocheux montait jusqu'au pied d'une falaise à pic, et je me déplaçais sur un versant encombré de pierres et de rochers en équilibre précaire dont je ne voyais pas la fin. Si cet équilibre se rompait, je roulerais cul par-dessus tête au milieu de la pierraille déchaînée qui me précipiterait dans la profonde vallée en contrebas, et je n'aurais pas la moindre brindille, pas le moindre rocher stable à quoi me raccrocher. Du coup, le plus petit événement prit une importance démesurée : les tiraillements inquiets du jeppa sur la corde que je tenais, un changement de l'orientation du vent, même les mèches de cheveux qui me tombaient dans les yeux devenaient soudain des menaces mortelles. Par deux fois, je dus avancer à quatre pattes ; le reste du temps, je progressais à croupetons en regardant attentivement où je posais les pieds, en éprouvant lentement la solidité du terrain.

La file de jeppas restait derrière moi, à la suite de

l'animal de tête. Ils étaient moins précautionneux que moi : j'entendais souvent des pierres bouger sous leurs sabots et les cailloux qu'ils délogeaient s'en allaient rebondissant dans la pente avant de se perdre dans le vide. Chaque fois, je craignais que cela ne déstabilise d'autres rochers plus gros qui déclencheraient un glissement général. Les bêtes n'étaient pas attachées, sauf celle de tête dont je tenais la longe et, à tout instant, je redoutais d'en voir une glisser jusqu'en bas de la pente ; elles restaient derrière moi comme des bouchons sur un filet. Loin au-delà, Astérie et le fou suivaient leurs traces. Je m'arrêtai une fois pour observer mes compagnons et je me fis d'âpres reproches en me rendant compte des difficultés auxquelles je les exposais. Ils avançaient moitié moins vite que moi, qui progressais déjà à une allure d'escargot ; Astérie tenait fermement le fou tout en regardant attentivement où elle mettait les pieds, et je crus que mon cœur allait cesser de battre quand elle trébucha et que le fou tomba à plat ventre à côté d'elle. Elle leva les yeux et me vit qui la regardais ; d'un geste irrité, elle me fit signe de continuer mon chemin, et j'obéis. Il n'y avait rien d'autre à faire.

L'éboulis s'interrompit aussi brutalement qu'il avait commencé ; je dégringolai avec soulagement sur la surface unie de la route, suivi du jeppa de tête, puis des autres animaux qui descendirent en sautant d'escarpements en rochers comme autant de chèvres. Dès qu'ils furent tous arrivés, je jetai un peu de grain sur la route pour les maintenir ensemble et remontai sur l'épaulement rocheux.

Je ne vis nulle part la ménestrelle ni le fou.

Ma première impulsion fut de retraverser l'éboulis au pas de course, mais je me forçai à marcher lentement en suivant les traces que les jeppas et moi avions laissées ; les vêtements colorés du fou et de la ménestrelle devaient être visibles de loin dans ce paysage aux tons gris, noirs et blancs, et je ne me trompais pas : Astérie était assise immobile au milieu d'un pierrier, le fou étendu à côté d'elle.

« Astérie ! » appelai-je à mi-voix.

Elle leva la tête. Elle avait des yeux immenses. « Tout s'est mis à bouger autour de nous ; d'abord de petits cailloux, puis de plus gros. Je me suis arrêtée pile le temps que tout se calme. Mais je ne peux pas relever le fou et le transporter. » Manifestement, elle s'efforçait de conserver une voix calme.

« Ne bougez pas. J'arrive. »

Je distinguai nettement la zone de pierraille qui s'était détachée ; en roulant, des cailloux avaient laissé des traces dans la neige. De l'œil, je mesurai l'étendue du déplacement, tout en regrettant de ne pas m'y connaître mieux en avalanches. Le mouvement de l'éboulis paraissait avoir commencé bien au-dessus d'eux et s'être poursuivi en contrebas. Nous nous trouvions encore loin du précipice mais si le pierrier reprenait son déplacement, il nous emporterait rapidement dans le vide. J'évacuai mes émotions et m'efforçai de réfléchir logiquement.

« Astérie ! fis-je à mi-voix, ce qui était inutile car son attention était entièrement fixée sur moi. Venez me rejoindre très lentement et avec précaution.

— Et le fou ?

— Laissez-le sur place. Une fois que vous serez en sécurité, je retournerai le chercher. Si je m'approche, nous risquons tous les trois d'être en danger. »

C'est une chose de voir la logique d'un acte, c'en est une autre de s'obliger à s'en tenir à une résolution qui ressemble à de la lâcheté. J'ignore quelles étaient les pensées d'Astérie lorsqu'elle se redressa lentement ; elle demeura néanmoins courbée et progressa vers moi à pas comptés, à demi accroupie. Pendant ce temps, je me mordais la lèvre pour m'empêcher de lui crier de se dépêcher. Par deux fois, des cailloux se dérobèrent sous mes pieds ; ils dégringolèrent la pente en en délogeant d'autres qui disparurent par-dessus le bord du précipice. À chaque reprise, la ménestrelle se figea, les yeux braqués sur moi, l'air désespéré. De mon côté, immobile, je me demandais stupidement que faire si elle commençait à être emportée par les rochers : me précipiterais-je vers elle en vain ou la regarderais-je disparaître en conservant pour toujours le souvenir de ses yeux suppliants ?

Enfin, elle parvint sur les rocs relativement plus stables où je me tenais. Elle s'agrippa à moi et je la serrai contre moi ; elle tremblait comme une feuille. Au bout d'un long moment, je la saisis par les bras et l'écartai de moi. « Continuez jusqu'à la route ; ce n'est plus très loin. Une fois arrivée, restez-y et maintenez les jeppas groupés. Vous m'avez compris ? »

Elle hocha brièvement la tête et prit une profonde inspiration, puis elle se mit à suivre à pas prudents la piste que nous avions laissée, les jeppas et moi. J'attendis qu'elle fût à bonne distance pour m'approcher du fou avec précaution.

Je pesais davantage que la ménestrelle et les rocs bougeaient en grinçant sous mes pas. Peut-être valait-il mieux emprunter un chemin plus haut ou plus bas qu'elle sur la pente ? L'idée me vint de retourner auprès des jeppas me munir d'une corde, mais à quoi la fixer ? Tout à mes réflexions, je ne cessais d'avancer, un pas à la fois. Le fou ne remuait plus.

La rocaille se mit en mouvement autour de moi ; les cailloux me frappèrent les chevilles et se dérobèrent sous mes pieds. Je me pétrifiai ; je sentis que je commençais à déraper et, sans pouvoir me maîtriser, je plongeai en avant. Le glissement des cailloux s'accéléra. Je ne savais plus que faire. J'envisageai de me jeter à plat ventre afin de mieux répartir mon poids, mais je jugeai aussitôt que l'éboulement m'emporterait d'autant plus vite. Aucune des pierres qui roulaient ne dépassait la taille de mon poing mais elles étaient très nombreuses. Je me figeai donc sur place et comptai jusqu'à dix avant que l'avalanche se calme.

Il me fallut faire appel à tout mon courage pour avancer d'un pas : je scrutai le sol devant moi et choisis un emplacement qui paraissait moins instable que les autres. J'y posai doucement le pied et cherchai où placer le deuxième. Le temps que je parvienne auprès du corps prostré du fou, le dos de ma chemise était trempé de sueur et j'avais les mâchoires douloureuses à force de les serrer. Je m'accroupis doucement près de lui.

Astérie lui avait rabattu le coin de la couverture sur le visage ; il avait l'air d'un cadavre sous son linceul. Je tirai le tissu et le trouvai les yeux clos. Sa peau avait pris une teinte que je n'avais jamais vue : la pâleur mortelle de son visage à Castelcerf avait viré au jaunâtre dans les Montagnes, mais elle était à présent cadavérique. Il avait les lèvres sèches et crevassées, les cils encroûtés d'une matière jaune, et il était toujours chaud au toucher.

« Fou ? » dis-je doucement, mais il ne réagit pas. Je continuai à parler en espérant qu'une partie de lui-même m'entendrait. « Je vais devoir te porter. Le terrain est instable et, si je dérape, nous dégringolons jusqu'en bas. Alors, une fois dans mes bras, tu devras rester parfaitement immobile. Tu as compris ? »

Il inhala un peu plus profondément, et je pris cela pour un assentiment. Je m'agenouillai en contrebas de lui et passai les bras sous son corps. Comme je me redressais, la blessure de mon dos me tirailla durement, et je sentis la sueur perler sur mon visage. Je restai un moment à genoux, le dos droit, le fou dans mes bras, en m'efforçant de maîtriser ma douleur et de garder l'équilibre. Je relevai une jambe et tentai de me remettre lentement debout mais alors une petite avalanche de cailloux se déclencha autour de moi ; je résistai à l'impulsion de serrer le fou contre moi et de m'enfuir. Le bruit sec des pierres qui ricochaient se poursuivit un moment, puis cessa. L'effort qu'il me fallait fournir pour demeurer parfaitement immobile me faisait trembler. J'enfonçais jusqu'aux chevilles dans la pierraille instable.

« FitzChevalerie ? »

Je tournai lentement la tête. Kettricken et Caudron nous avaient rattrapés ; elles se tenaient en amont de moi, loin au-dessus de la plaque de pierres descellées, et elles paraissaient épouvantées de ma situation. Kettricken fut la première à se reprendre.

« Caudron et moi allons poursuivre notre chemin au-dessus de vous ; restez où vous êtes et bougez le moins possible. Astérie et les jeppas sont-ils parvenus de l'autre côté ? » Je lui répondis d'un infime hochement de tête ; la salive me manquait pour parler.

« Je vais chercher une corde et je reviens. Je vais faire aussi vite que la prudence l'impose. »

Nouveau hochement de tête de ma part. Il aurait fallu que je me torde pour les voir, aussi m'en gardai-je bien ; je ne regardai pas non plus en contrebas. Le vent soufflait autour de moi, les pierres crissaient à mes pieds, et je baissai les yeux sur le visage du fou. Il ne pesait guère pour un homme fait ; il avait toujours été mince, avec une charpente légère, et il avait toujours compté davantage sur sa langue que sur ses poings et ses muscles pour se défendre ; pourtant, je sentais son poids augmenter sans cesse dans mes bras. Le cercle de douleur s'étendait peu à peu dans mon dos jusque dans mes bras.

Le fou s'agita légèrement. « Ne bouge pas », chuchotai-je.

Il ouvrit les yeux et me regarda. De la langue, il essaya de s'humecter les lèvres. « Que se passe-t-il ? fit-il d'une voix croassante.

— Nous nous tenons immobiles au milieu d'une

avalanche », murmurai-je. J'avais la gorge si sèche que j'avais du mal à parler.

« Je crois que j'arriverai à tenir debout tout seul, dit-il d'une voix faible.

— Ne bouge pas ! » ordonnai-je.

Il inspira un peu plus profondément. « Pourquoi es-tu toujours là quand je me mets dans ce genre de situation ? demanda-t-il d'un ton rauque.

— Je pourrais te poser la même question, répondis-je, ce qui était injuste.

— Fitz ? »

Au prix d'une douloureuse torsion du dos, je me tournai vers Kettricken. Sa silhouette se découpait sur le ciel ; elle était accompagnée d'un jeppa, celui de tête, et elle portait un rouleau de corde à l'épaule, dont l'extrémité était fixée au bât de l'animal.

« Je vais vous lancer la corde. N'essayez pas de l'attraper, laissez-la passer près de vous, puis ramassez-la et attachez-la autour de votre taille. Compris ?

— Oui. »

Ma réponse était inaudible mais elle hocha la tête pour m'encourager. Un instant plus tard, la corde tomba près de moi. Elle déclencha une petite avalanche qui me mit le cœur au bord des lèvres. La corde s'étalait sur les pierres, à moins d'une longueur de bras de mon pied ; je la regardai et le désespoir s'empara de moi. Néanmoins, je fis appel à toute ma volonté.

« Fou, peux-tu t'accrocher à moi ? Il faut que j'essaye d'attraper la corde.

— Je peux me tenir debout, je pense, répéta-t-il.

— Ce sera peut-être nécessaire, admis-je à contrecœur. Tiens-toi prêt à tout ; mais avant tout accroche-toi à moi.

— Seulement si tu promets de t'accrocher à la corde.

— Je vais faire mon possible », répondis-je d'un ton lugubre.

Mon frère, ils se sont arrêtés là où nous avons campé hier soir. Sur les six hommes...

Plus tard, Œil-de-Nuit !

Trois sont descendus comme tu l'as fait, et les trois autres restent avec les chevaux.

Plus tard !

Le fou s'agrippa tant bien que mal à mes épaules. Les satanées couvertures qui l'emmaillotaient me gênaient considérablement ; je le tins par le bras gauche et dégageai plus ou moins ma main et mon bras droits. Soudain, je dus résister à une impulsion ridicule d'éclater de rire : que je me sentais balourd dans cette situation périlleuse ! J'avais envisagé bien des façons de mourir mais celle-ci ne m'était jamais venue à l'esprit. Je croisai les yeux du fou et j'y lus une envie de rire hystérique. « Prêt », dis-je et, en m'accroupissant, je me tendis vers la corde. Tous les muscles de mon corps hurlèrent et s'engourdirent.

Je manquai la corde d'un empan. Je jetai un coup d'œil en haut de la pente où Kettricken et les jeppas attendaient avec inquiétude, et il me vint à l'esprit que j'ignorais ce qui se passerait une fois que j'aurais atteint la corde ; mais mes muscles étaient déjà trop tendus pour prendre le temps de me poser des questions. J'approchai encore la main et sentis en même temps mon pied droit déraper.

Tout se produisit simultanément. Le fou resserra convulsivement sa prise sur moi, tandis que le versant en dessous de nous se mettait en mouvement. Je saisis la corde mais continuai à glisser vers le bas. Juste avant qu'elle se tende, je parvins à en entortiller une boucle autour de mon poignet. Au-dessus de nous, Kettricken fit avancer le jeppa au pied sûr ; je vis l'animal vaciller sous notre poids, puis assurer sa prise au sol et continuer de se déplacer le long de la zone du glissement. La corde se tendit et mordit dans mon poignet et ma main, mais je tins bon.

J'ignore comment je réussis à ramener mes pieds sous moi, mais j'effectuai des mouvements de marche tandis que la colline s'en allait sous moi. J'oscillais comme un pendule au bout de la corde qui me fournissait juste assez de résistance pour me maintenir au-dessus des pierres qui descendaient dans un bruit de tonnerre. Soudain, je sentis sous mes pieds un terrain plus ferme. Mes bottes étaient remplies de petits cailloux mais, sans y prêter attention, je conservai ma prise sur la corde et marchai régulièrement sur la zone de glissement. Nous étions à présent très en dessous du chemin que j'avais choisi mais je refusais de voir à quel point nous nous étions rapprochés du précipice : tous mes efforts visaient à tenir le fou tant bien que mal, à m'accrocher à la corde et à continuer de marcher.

Tout à coup, nous fûmes hors de danger. Je me trouvai dans une zone aux rochers de plus grande taille, exempte de la rocaille instable qui avait failli nous coûter la vie. Au-dessus de nous, Kettricken continuait d'avancer régulièrement, et nous avec elle, puis nous prîmes pied sur la route avec bonheur. Quelques minutes plus tard, nous foulions un sol plat et enneigé. Je lâchai la corde et tombai lentement à genoux, le fou dans mes bras. Je fermai les yeux.

« Tenez, buvez un peu d'eau. » C'était la voix de Caudron, qui me tendait une outre pendant que Kettricken et Astérie me prenaient le fou des bras. Je bus un peu, puis fus pris de tremblements pendant un petit moment. Tout mon corps me paraissait meurtri. Comme j'étais assis par terre à me remettre, une pensée revint me hanter, et je me redressai en vacillant.

« Six hommes, et trois sont descendus comme moi », a-t-il dit.

À mon bredouillage, tous les regards se portèrent sur moi. Caudron faisait boire de l'eau au fou, qui n'en paraissait pas en meilleur état. Inquiète et mécontente,

Caudron avait les lèvres pincées. Je savais ce qu'elle redoutait ; mais la crainte que m'avait inspirée le loup primait.

« Qu'avez-vous dit ? » demanda Kettricken d'une voix douce, et je compris qu'elle croyait que mon esprit battait encore la campagne.

« Œil-de-Nuit les suit : six hommes à cheval, un animal de bât. Ils ont fait halte à notre précédent bivouac, et il a dit que trois d'entre eux sont partis comme moi.

— À la cité, voulez-vous dire ? » demanda Kettricken d'une voix lente.

À la cité, répéta Œil-de-Nuit en écho. Kettricken hocha la tête et j'en eus froid dans le dos.

« Comment est-ce possible ? murmura Astérie. Caudron nous a dit que le poteau indicateur n'avait eu d'effet sur vous que parce que vous aviez été formé à l'Art. Aucun autre d'entre nous n'en a été affecté.

— Ce doit être des artiseurs », fit doucement Caudron avec un regard interrogateur à mon adresse.

Il n'existait qu'une seule réponse. « C'est le clan de Royal », dis-je avec un frisson d'angoisse. La nausée me saisit : ils étaient épouvantablement proches et ils étaient capables de me faire horriblement mal. La crainte de la souffrance m'envahit, mais je m'efforçai de conserver mon calme.

Gauchement, Kettricken me tapota le bras. « Fitz, ils auront du mal à franchir cet éboulis. Avec mon arc, je puis les tirer comme des lapins à mesure qu'ils traverseront. » C'était ma reine qui m'offrait son aide, qui proposait de protéger l'assassin royal. Quelle ironie ! Pourtant, son geste m'apaisa, même si je savais pertinemment que son arc ne servirait à rien contre le clan.

« Ils n'ont pas besoin de venir ici pour m'attaquer, ni Vérité. » Je pris une profonde inspiration et ajoutai soudain : « Ils n'ont pas besoin de nous suivre physiquement ici pour s'en prendre à nous. Alors pourquoi ont-ils fait tout ce chemin ? »

Le fou se redressa sur un coude et se passa une main sur son visage terreux. « Peut-être n'est-ce pas toi qu'ils cherchent, fit-il d'une voix lente. Peut-être veulent-ils autre chose.

— Quoi ? demandai-je d'une voix tendue.

— Quel était l'objet de la quête de Vérité ? » Il parlait faiblement mais il semblait réfléchir consciencieusement.

« L'aide des Anciens ? Royal n'a jamais cru en eux. Il ne les considérait que comme un moyen d'écarter Vérité de son chemin.

— Peut-être. Mais il savait que la rumeur de la mort de Vérité était une fabrication de sa part. Toi-même, tu nous as dit que le clan nous espionnait ; et dans quel but, sinon pour découvrir où se trouvait Vérité ? À l'heure qu'il est, Royal doit se demander autant que la reine pourquoi Vérité n'est pas revenu ; et il doit aussi se demander quelle mission a pu être assez importante pour empêcher le bâtard de le tuer. Réfléchis, Fitz. Tu as laissé un sillage de sang et de chaos. Royal désire sans doute savoir où il mène.

— Mais pourquoi se rendraient-ils à la cité ? » dis-je, et puis une question plus inquiétante me vint : « Comment connaissaient-ils le moyen de s'y rendre ? Moi, j'y suis parvenu par hasard mais, eux, comment le savaient-ils ?

— Peut-être sont-ils plus forts que vous dans l'Art. Peut-être le poteau leur a-t-il parlé, ou peut-être en savaient-ils plus long que vous auparavant. » Caudron s'exprimait avec précaution, mais il n'y avait pas de « peut-être » dans son ton.

Tout devint soudain très clair. « J'ignore pourquoi ils sont là mais, ce que je sais, c'est que je vais les tuer avant qu'ils trouvent Vérité ou qu'ils me causent davantage d'ennuis. » Et je me levai lourdement.

Astérie, toujours assise, me dévisageait. Je pense qu'elle prit conscience à cet instant de ce que j'étais véritablement : non pas un petit prince romantique qui accomplirait un jour quelque exploit héroïque, mais un tueur – et même pas très doué.

« Reposez-vous d'abord un peu », me conseilla Kettricken d'un ton calme et sans jugement.

Je fis non de la tête. « Je souhaiterais pouvoir le faire, mais l'occasion est là et je ne dois pas la manquer. Je ne sais pas combien de temps ils vont rester dans la cité ; assez longtemps, j'espère. Je ne compte pas les affronter : je ne suis pas de taille contre eux dans le domaine de l'Art et je ne puis pas combattre leur esprit. Mais je puis tuer leur corps. S'ils ont laissé leurs chevaux, leurs gardes et leurs vivres sur place, je devrais être en mesure de m'en emparer ; alors, à leur retour, ils seront coincés : plus de provisions, plus d'abri. Nul gibier à des lieues à la ronde, quand bien même ils sauraient encore chasser. C'est une chance qui ne se représentera pas. »

Kettricken hocha la tête mais à contrecœur ; Astérie, elle, paraissait sur le point de se trouver mal ; le fou s'était enfoui dans ses couvertures. « Je devrais t'accompagner », fit-il à mi-voix.

Je le regardai et m'efforçai de gommer toute trace d'amusement dans ma voix. « Toi ?

— J'ai le sentiment... que je dois t'accompagner. Que tu ne dois pas y aller seul.

— Je ne serai pas seul. Œil-de-Nuit m'attend. » Je tendis rapidement mon esprit et trouvai mon compagnon : il était couché à plat ventre dans la neige, en dessous de la piste où se tenaient les gardes et les chevaux. Ils avaient allumé un petit feu et y faisaient cuire leur repas. L'odeur aiguisait l'appétit du loup.

Nous allons manger du cheval cette nuit ?

Nous verrons, répondis-je. Puis, à Kettricken : « Puis-je vous emprunter votre arc ? »

Elle me le tendit de mauvaise grâce. « Savez-vous vous en servir ? » demanda-t-elle.

C'était une très belle arme. « Pas très bien, mais suffisamment. Ils n'ont pas d'abri, pour ainsi dire, et ils ne s'attendent pas à se faire attaquer. Avec de la chance, j'arriverai à en abattre un avant même qu'ils se rendent compte de ma présence.

— Vous allez tirer sur eux sans sommation ? » fit Astérie d'une voix défaillante.

Une expression de désenchantement avait envahi son visage. Je fermai les yeux et me concentrai sur ma tâche. *Œil-de-Nuit ?*

Veux-tu que je précipite les chevaux du haut de la falaise ou simplement que je les chasse sur la piste ? Ils ont déjà senti mon odeur et ils sont inquiets ; mais les hommes n'y font pas attention.

J'aimerais récupérer les vivres qu'ils transportent, si c'est possible. Pourquoi me sentais-je plus mal à l'aise à l'idée de tuer un cheval qu'un homme ?

Nous verrons, répondit Œil-de-Nuit d'un ton entendu. *La viande, c'est de la viande*, ajouta-t-il.

Je passai le carquois de Kettricken sur mon épaule. Le vent forcissait à nouveau, promesse de neige à venir. L'idée d'avoir à retraverser l'éboulis me liquéfiait les entrailles ; mais je me répétais : « Je n'ai pas le choix. » Je vis Astérie se détourner de moi : manifestement, elle avait pris ma remarque comme la réponse à sa question, ce qui n'était d'ailleurs pas faux. « Si j'échoue, je vous rejoindrai, dis-je. Éloignez-vous le plus possible, marchez jusqu'à la nuit noire. Si tout va bien, je vous rattraperai bientôt. » Je m'accroupis auprès du fou. « Peux-tu marcher ?

— Oui, un moment, répondit-il d'une voix éteinte.

— S'il le faut, je le porterai », fit Kettricken avec une assurance tranquille. Je la regardai, grande et forte femme, et sus qu'elle ne mentait pas. Je hochai brièvement la tête.

« Souhaitez-moi bonne chance, leur dis-je, puis je me dirigeai vers l'éboulis.

— Je vous accompagne », déclara soudain Caudron. Elle venait de relacer ses bottes et elle se leva. « Donnez-moi l'arc, et suivez-moi attentivement. »

Je restai coi un moment. « Pourquoi ? demandai-je enfin.

— Parce que je sais ce que je fais en franchissant ces rochers, et que je sais me servir d'un arc plus que « suffisamment ». Je gage que je suis capable d'en étendre deux avant qu'ils sachent que nous sommes là.

— Mais...

— Elle s'est très bien débrouillée sur l'éboulis, fit Kettricken d'un ton calme. Astérie, occupez-vous des jeppas ; moi, je prends le fou. » Elle nous adressa un regard indéchiffrable. « Rattrapez-nous le plus vite possible. »

Je me rappelai que j'avais tenté naguère de semer Caudron. Si elle devait m'accompagner, je préférais l'avoir à mes côtés plutôt qu'elle ne me tombe dessus à l'improviste. Je lui jetai un regard noir mais acquiesçai.

« L'arc, fit-elle.

— Vous savez vraiment vous en servir ? » demandai-je en le lui tendant à contrecœur.

Un curieux sourire lui déforma les lèvres et elle regarda ses doigts tordus. « Je n'affirmerais pas être capable d'une chose si c'était faux. J'ai conservé certains de mes vieux talents », ajouta-t-elle à mi-voix.

Nous entreprîmes à nouveau la traversée des rochers éboulés, Caudron en tête ; elle tâtait le terrain du bout de son bâton et je la suivais à distance comme elle me l'avait ordonné. Sans mot dire, elle observait sans cesse la pierraille à ses pieds et l'endroit où elle désirait nous mener. J'étais incapable de discerner ce qui déterminait son chemin, mais les cailloux instables et la neige cristalline demeuraient immobiles sous ses pas ; la traversée paraissait si facile que je commençais à me sentir ridicule.

Ils mangent, et aucun ne monte la garde.

Je transmis l'information à Caudron, qui se contenta de hocher la tête. Pour ma part, je me tracassais : serait-elle en mesure d'accomplir ce dont elle se disait capable ? Savoir se servir d'un arc est une chose, c'en est une autre d'abattre un homme en train de manger paisiblement. Je songeai à l'objection d'Astérie et me demandai de quel bois il fallait être pour faire une sommation avant de tirer sur les trois hommes. Je posai la main sur le pommeau de mon épée ; après tout, c'était bien ce que m'avait promis Umbre des années plus tôt : tuer pour mon roi sans l'honneur ni la gloire du soldat sur le champ de bataille – d'ailleurs, je ne voyais guère d'honneur ni de gloire dans mes souvenirs de combats.

Soudain, nous nous trouvâmes en train de descendre le long de la pierraille de l'éboulis, sans bruit et avec précaution. « Il nous reste un bout de chemin à parcourir, fit Caudron à mi-voix. Mais une fois arrivés, laissez-moi choisir mon point d'attaque et tirer mon premier coup. Dès que l'homme sera mort, montrez-vous et attirez leur attention. Ils ne penseront peut-être pas à me chercher, ce qui peut me donner l'occasion d'un nouveau coup au but.

— Avez-vous déjà pratiqué ce genre de chasse ? fis-je dans un murmure.

— Ce n'est pas très différent de notre jeu, Fitz. À partir de maintenant, plus un mot. »

Je compris alors qu'elle n'avait jamais tué de cette façon, si même elle avait déjà tué un homme, et je commençai à me demander s'il était judicieux de lui avoir confié l'arc ; pourtant, égoïstement, j'étais heureux de sa présence. Peut-être le courage venait-il à me manquer ?

Peut-être es-tu en train d'apprendre qu'une meute est utile dans ce genre de cas.

Peut-être.

La route n'offrait nulle cachette : au-dessus et en dessous de nous, la montagne était à pic. La piste elle-même était plate et nue. Nous contournâmes un épaulement et le camp nous apparut en pleine vue ; les trois gardes, insouciants, étaient assis autour du feu, occupés à manger et à bavarder. Les chevaux nous sentirent et se mirent à s'agiter avec de petits reniflements ; mais comme la présence du loup les inquiétait depuis quelque temps déjà, les hommes n'y prêtèrent pas attention. Caudron encocha une flèche et poursuivit sa marche, l'arc tout prêt. L'affaire fut simplement expédiée ; ce fut un massacre laid et sans pitié, mais simple : Caudron lâcha sa flèche lorsqu'un des hommes remarqua notre approche et il la reçut en pleine poitrine ; les deux autres se dressèrent d'un bond, se tournèrent vers nous et plongèrent vers leurs armes. Mais dans ce court laps de temps, Caudron avait encoché une nouvelle flèche et l'avait lancée sur le malheureux à l'instant où il tirait l'épée. Œil-de-Nuit surgit brusquement derrière le survivant, le jeta au sol et le maintint le temps que je me précipite pour l'achever d'un coup d'épée.

Tout s'était passé très vite, presque sans bruit. Trois hommes étaient étendus dans la neige, à côté de six chevaux suants et agités, et d'une mule impassible. « Caudron, allez voir ce qu'ils transportent comme vivres », dis-je à la vieille femme qui considérait la scène d'un atroce regard fixe. Elle tourna les yeux vers moi, puis hocha lentement la tête.

Je fouillai les cadavres à la recherche d'indices. Ils ne portaient pas les couleurs de Royal mais l'origine de deux d'entre eux était évidente aux traits de leur visage et à la coupe de leurs vêtements : c'étaient des Baugiens. Quand je retournai le troisième, je crus que mon cœur allait s'arrêter de battre : je l'avais connu à Castelcerf – guère, mais assez pour savoir qu'il se nommait Suif. Je m'accroupis et scrutai son visage, honteux de ne pas pouvoir me rappeler plus de détails sur lui. Il avait dû suivre Royal à Gué-de-Négoce, comme beaucoup de serviteurs. Je m'efforçai de me convaincre que son histoire n'avait pas d'importance, qu'elle s'arrêtait là. Je fermai mon cœur et fis ce que j'avais à faire.

Je jetai les cadavres au bas de la falaise, et, pendant que Caudron fouillait leurs vivres et faisait le tri de ce qu'elle pensait pouvoir rapporter avec mon aide, je dépouillai les chevaux de leurs harnais et de leur sellerie que je précipitai dans l'abîme à la suite des corps. Puis j'ouvris les paquetages et n'y découvris guère que des vêtements chauds. L'animal de bât ne transportait qu'une tente et du matériel du même type. Je ne trouvai aucun papier, mais quel usage des membres d'un clan auraient-ils eu d'instructions écrites ?

Chasse les chevaux le plus loin possible sur la route, dis-je à Œil-de-Nuit. *Ça m'étonnerait qu'ils reviennent ici de leur propre chef.*

Toute cette viande, et tu veux que je l'éloigne ?

Si nous en tuons un ici, ce sera davantage que nous ne pourrons en manger et en transporter ; le reste suffirait à nourrir les trois hommes à leur retour. Ils ont emporté de la viande séchée et du fromage. Je veillerai à ce que tu aies le ventre plein ce soir.

À contrecœur, Œil-de-Nuit m'obéit. Il fit courir les chevaux plus loin et plus vite qu'il n'était nécessaire, je pense, mais au moins il leur laissa la vie sauve. J'ignorais quelles étaient leurs chances de survie dans les Montagnes ; ils finiraient sans doute dans le ventre d'un félin ou sous la forme d'un festin pour les corbeaux, et je ressentis soudain une terrible lassitude.

« Nous repartons ? » demandai-je bien inutilement à Caudron, et elle acquiesça de la tête. Elle avait empaqueté une bonne quantité de nourriture, mais je n'étais pas sûr d'être capable d'en avaler la moindre bouchée. Ce que nous ne pouvions emporter et qui n'était pas comestible pour le loup, nous le précipitâmes par-dessus la falaise. Je promenai mon regard sur les alentours. « Si j'osais, je pousserais volontiers cette colonne dans le vide », dis-je à Caudron.

Elle me regarda comme si je lui avais proposé de s'en charger. « Moi aussi, j'ai peur de la toucher », fit-elle enfin, et nous nous détournâmes du pilier.

Le soir s'avançait sur les Montagnes quand nous remontâmes la route, et la nuit le suivait de près. Dans une quasi-obscurité, je restai sur les talons de Caudron et du loup dans la traversée de l'éboulis. Aucun d'entre eux ne paraissait avoir peur et je me sentis soudain trop épuisé pour craindre de ne pas survivre à notre marche. « Ne laissez pas votre esprit s'égarer », me dit Caudron d'un ton de réprimande alors que nous parvenions au bout de l'amas rocheux et prenions pied sur la route ; elle me prit le bras et l'agrippa fermement. Nous suivîmes la route plate et droite qui tranchait le flanc de la montagne dans une absence presque complète de lumière. Le loup partait en éclaireur et revenait souvent vérifier si nous ne déviions pas. *Le camp n'est plus très loin*, me dit-il d'un ton encourageant lors d'un de ses retours.

« Depuis combien de temps faites-vous ça ? » me demanda Caudron au bout d'un moment.

Je ne fis pas semblant de ne pas comprendre. « Depuis l'âge de douze ans, à peu près.

— Combien d'hommes avez-vous tués ? »

La question n'était pas aussi froide qu'elle le paraissait, et j'y répondis avec sérieux : « Je n'en sais rien. Mon... professeur m'a recommandé de ne pas tenir de comptes. Pour lui, c'était néfaste. » Ce n'étaient pas ses termes exacts ; je me les rappelais avec précision. « Après le premier, cela n'a plus d'importance, avait dit Umbre. Nous savons ce que nous sommes. La quantité ne rend ni meilleur ni pire. »

Je réfléchissais au sens de ses paroles quand Caudron dit dans le noir : « J'ai tué, une fois. »

Je ne répondis pas. Qu'elle me raconte son expérience si elle le désirait, mais je n'avais pas envie de lui tirer les vers du nez.

Son bras au creux du mien se mit à trembler légèrement. « Je l'ai tuée sur un coup de colère. Je ne pensais pas en être capable car elle avait toujours été plus forte que moi. Mais j'ai survécu et elle est morte. Alors on a brûlé mon don et on m'a rejetée ; on m'a exilée pour toujours. » Sa main chercha la mienne et la serra fort. Nous continuâmes à cheminer. Devant nous, je distinguai une maigre lueur : sans doute le brasero allumé dans la tente.

« Ce que j'avais fait était inconcevable, reprit Caudron d'un ton las. Cela ne s'était jamais produit jusqu'alors. Oh, entre clans, si, bien sûr, une fois de temps en temps, à de longs intervalles, pour les faveurs du roi. Mais j'ai provoqué en duel d'Art un membre de mon propre clan et je l'ai tué. Et c'était impardonnable. »

3

LA COURONNE AU COQ

Il est un jeu qu'on pratique chez les Montagnards, difficile à apprendre et difficile à maîtriser ; c'est une combinaison de cartes et de runes : il y a dix-sept cartes, ordinairement de la taille d'une main et faites de bois aux teintes claires. Sur chacune figure un emblème de la tradition montagnarde, comme le Vieux Tisserand ou Celle-qui-Piste ; ces images, très stylisées, sont généralement peintes sur des contours préalablement brûlés. Les trente et une runes sont gravées sur des pierres grises particulières aux Montagnes, et on y trouve incisés les symboles de la Pierre, de l'Eau, de la Pâture, etc. Les cartes et les runes sont toutes distribuées aux joueurs, d'habitude au nombre de trois, et elles ont, par tradition, des valeurs différentes suivant leurs combinaisons. C'est, dit-on, un jeu très ancien.

*

Nous regagnâmes la tente en silence. Ce que Caudron m'avait dit était si énorme que je ne voyais rien à répondre : les centaines de questions qui me venaient à l'esprit auraient paru ridicules. Elle détenait les réponses et choisirait le moment de me les révéler, je le savais à présent. Œil-de-Nuit me rejoignit rapidement et sans bruit. Il se colla à mes talons.

Elle a tué dans sa meute ?

Apparemment.

Ça arrive. Ce n'est pas bon, mais ça arrive. Transmets-le-lui.

Pas maintenant.

Personne ne dit grand-chose quand nous parvînmes à la tente ; nul n'avait envie de savoir. Je déclarai donc à mi-voix : « Nous avons tué les gardes, chassé les chevaux et jeté les provisions par-dessus la falaise. »

Astérie nous dévisagea d'un air d'incompréhension, ses yeux noirs écarquillés comme ceux d'un oiseau. Kettricken nous versa de la tisane, puis ajouta les vivres que nous avions rapportés aux nôtres qui s'amenuisaient. « Le fou va un peu mieux », fit-elle pour alimenter la conversation.

Je le regardai, endormi sous ses couvertures, et je ne pus m'empêcher d'en douter : il avait les yeux creux ; la transpiration avait plaqué ses cheveux fins sur son crâne et son sommeil agité les avait dressés en épis ; néanmoins, quand je posai la main sur son visage, je le trouvai frais. Je ramenai la couverture sur lui. « A-t-il mangé quelque chose ? demandai-je à Kettricken.

— Il a bu un peu de soupe. Je crois qu'il va s'en tirer, Fitz. Je l'ai déjà vu malade, à Lac-Bleu, pendant un jour ou deux ; c'étaient les mêmes symptômes, fièvre et faiblesse. Il m'a dit alors que ce n'était peut-être pas une maladie mais une mutation que subissait son espèce.

— Il m'a tenu à peu près les mêmes propos hier », dis-je. Elle me donna un bol de soupe chaude. Un instant, j'en trouvai l'odeur agréable, puis elle eut soudain les relents de celle que les gardes affolés avaient répandue sur la route enneigée. Je serrai les dents.

« Avez-vous pu voir les membres du clan, hier ? » me demanda Kettricken.

Je fis non de la tête, puis me contraignis à parler tout

haut. « Non ; mais il y avait un grand cheval et les vêtements que contenaient ses fontes auraient convenu à Ronce. Dans d'autres, j'ai trouvé des habits bleus tels que les apprécie Carrod – et des vêtements austères pour Guillot. »

J'eus du mal à prononcer leurs noms, comme si, d'une certaine façon, je redoutais d'évoquer ceux qui les portaient. Mais j'évoquais aussi ceux que j'avais condamnés à mort. Doués de l'Art ou non, les Montagnes les tueraient ; pourtant, je ne tirais aucune fierté de mon geste, et je ne serais convaincu de sa réussite qu'une fois que j'aurais vu leurs ossements : tout ce que je savais pour le moment était qu'ils avaient peu de chances de m'attaquer cette nuit. Un instant, je les imaginai revenant au pilier en s'attendant à trouver nourriture, feu et abri, et ne découvrant que froid et obscurité. Ils ne verraient pas le sang sur la neige.

La soupe se refroidissait. Je me forçai à la manger par bouchées que j'avalais sans chercher à les goûter. Suif jouait du siffle-sou ; je le revis soudain, assis sur les marches de l'office, en train de divertir quelques filles de cuisine, et je fermai les yeux en souhaitant vainement me souvenir de quelque chose de mauvais chez lui. Son seul crime, je le craignais, avait été de s'être trompé de maître.

« Fitz ! » Caudron me donna un coup de coude dans les côtes.

« Je ne divaguais pas ! protestai-je.

— Eh bien, vous n'auriez pas tardé. La peur a été votre alliée aujourd'hui en vous maintenant concentré. Mais vous devrez dormir cette nuit, et alors, il faudra bien garder votre esprit. Quand ils arriveront au pilier, ils reconnaîtront votre ouvrage et ils se mettront à votre poursuite. Vous ne croyez pas ? »

J'en étais persuadé mais il était inquiétant de l'entendre dire tout haut. J'aurais aimé que Kettricken et Astérie ne soient pas témoins de notre conversation.

« Eh bien, faisons une petite partie de notre jeu, voulez-vous ? » me dit Caudron d'un ton enjôleur.

Nous jouâmes quatre fois, suivant diverses règles, et je gagnai à deux reprises. Puis elle disposa des pions presque tous blancs sur le damier et me fournit un caillou noir grâce auquel je devais emporter la partie. Je m'efforçai de me concentrer car cela m'avait souvent réussi par le passé, mais j'étais épuisé ; je me surpris à me rappeler que j'avais quitté Castelcerf depuis plus d'un an sous la forme d'un cadavre ; plus d'un an que je n'avais pas dormi dans un lit à moi ; plus d'un an que je n'avais pris de repas régulièrement ; plus d'un an que je n'avais pas tenu Molly dans mes bras, plus d'un an qu'elle m'avait demandé de ne plus la revoir.

« Fitz, cessez. »

Je quittai des yeux la grille de jeu pour trouver Caudron qui m'examinait attentivement.

« Vous ne pouvez pas vous permettre ça. Vous devez être fort.

— Je suis trop fatigué pour être fort.

— Vos ennemis ont fait preuve de négligence aujourd'hui : ils ne s'attendaient pas à ce que vous les découvriez. Ils ne commettront plus la même erreur.

— Non, ils mourront, j'espère, répondis-je avec un entrain que j'étais loin de ressentir.

— Ce ne sera pas si facile, répliqua Caudron sans savoir à quel point ses paroles me glaçaient. Vous avez dit qu'il faisait tiède dans la cité. Une fois qu'ils s'apercevront que leurs victuailles ont disparu, ils y retourneront : ils y trouveront de l'eau, et ils ont sans doute emporté des vivres pour la journée. Je ne pense pas que nous puissions les négliger. Et vous ?

— Non, sans doute. »

Œil-de-Nuit, couché à mes côtés, se redressa près de moi avec un gémissement inquiet. J'étouffai mon accablement, puis calmai le loup d'une caresse. « J'aimerais simplement, fis-je à mi-voix, dormir un moment, c'est tout, seul dans mon esprit, à rêver mes propres rêves, sans craindre d'aller je ne sais où ni de subir une attaque ; sans craindre de succomber à ma soif de l'Art. Dormir, tout simplement. » Je m'étais adressé à Caudron sans détour, en sachant à présent qu'elle comprenait ce que je voulais dire.

« Cela, je ne puis vous le donner, répondit-elle calmement. Je ne puis que vous fournir le jeu. Faites-lui confiance ; des générations d'artiseurs s'en sont servis pour maintenir ce genre de périls en respect. »

Et je me penchai donc à nouveau sur la grille pour fixer le jeu dans mon esprit ; et, quand je m'allongeai auprès du fou, je l'avais encore devant les yeux.

Cette nuit-là, je flottai, à l'instar d'un oiseau à nectar, quelque part entre le sommeil et l'état de veille ; je parvins à atteindre un lieu en lisière du sommeil et à m'y maintenir en réfléchissant au jeu de Caudron. À plusieurs reprises, je repris conscience de la lueur du brasero et des silhouettes vagues qui m'entouraient ; plus d'une fois, je touchai la joue du fou : sa peau paraissait de plus en plus fraîche et son sommeil plus profond. Kettricken, Astérie et Caudron assurèrent tour à tour la veille cette nuit-là, et j'observai que le loup partageait celle de la reine : ils ne me faisaient pas encore assez confiance pour me donner un tour de garde à moi tout seul, et je m'en sentis égoïstement soulagé.

Juste avant l'aube, je m'éveillai encore une fois ; tout était calme. Je vérifiai la température du fou, puis me rallongeai et fermai les yeux dans l'espoir de grappiller encore quelques moments de repos. Mais je vis alors, avec d'horribles détails, un œil gigantesque, comme si clore les miens l'avait ouvert. Je fis tout mon possible pour rouvrir mes paupières, je me tendis avec acharnement vers l'éveil, mais en vain. Une terrifiante attraction s'exerçait sur mon esprit, tel un courant de fond sur un nageur. J'y résistai de toute ma volonté. L'éveil était juste à ma portée, telle une bulle dans laquelle je pourrais me réfugier si je parvenais à la toucher ; mais cela m'était impossible. Je luttais, mes traits se tordaient sous l'effort que je faisais pour ouvrir mes paupières indociles.

L'œil m'observait. Noir et immense, ce n'était pas l'œil de Guillot mais de Royal. Il me regardait et il se délectait de mes affres, je le savais. Me tenir cloué ainsi, comme une mouche sous un bol en verre, ne semblait lui donner aucun mal et, malgré mon affolement, je compris que, s'il avait pu faire plus, il ne s'en serait pas privé. Il avait franchi mes remparts mais il n'avait pas le pouvoir d'aller au-delà des simples menaces. Néanmoins, c'était assez pour me glacer le cœur.

« Bâtard », dit-il d'un ton affectueux. Le terme se répandit sur mon esprit comme une vague glacée. La menace qu'il recelait m'envahit. *« Bâtard, je suis au courant de l'existence de l'enfant – et de ta catin, Molly. À bon chat bon rat, Bâtard. »* Il s'interrompit et son amusement grandit à la mesure de ma terreur. *« À propos, comment est son chat, Bâtard ? La trouverais-je divertissante ? »*

« NON ! »

Je m'arrachai à lui et perçus un instant la présence de Carrod, de Ronce et de Guillot. Je m'échappai.

Je me réveillai soudain, sortis à quatre pattes de mes couvertures et me ruai hors de la yourte, sans bottes ni manteau. Œil-de-Nuit me suivit en grondant dans toutes les directions. Le ciel était noir et constellé, l'air glacé. J'en aspirai plusieurs goulées tremblantes en m'efforçant de calmer la peur qui me nouait l'estomac. « Que se passe-t-il ? » fit Astérie d'une voix inquiète. Elle était de garde devant la tente.

Je me contentai de secouer la tête, incapable d'exprimer l'horreur de ce que je venais de vivre. Je laissai passer un moment, puis rentrai dans la tente.

J'étais couvert de sueur comme si j'avais avalé du poison. Je m'assis au milieu de mes couvertures en désordre sans pouvoir m'empêcher de haleter : plus je cherchais à calmer mon affolement, plus il prenait d'ampleur. *Je suis au courant de l'existence de l'enfant – et de ta catin.* Ces mots se répétaient sans cesse en moi. Caudron s'agita, puis se leva et vint s'asseoir près de moi. Elle posa les mains sur mes épaules. « Ils se sont infiltrés en vous, c'est ça ? »

Je hochai la tête en essayant d'avaler malgré ma gorge sèche.

Elle prit une outre d'eau et me la tendit. J'en bus une gorgée, faillis m'étouffer, puis réussis à boire encore. « Pensez au jeu, me dit-elle d'un ton pressant. Débarrassez votre esprit de tout ce qui n'est pas le jeu.

— Le jeu ! m'exclamai-je violemment, ce qui réveilla le fou et Kettricken en sursaut. Le jeu ? Royal est au courant de l'existence de Molly et d'Ortie ! Il les menace, et je suis impuissant à les protéger ! Je ne peux rien faire ! » Je sentis l'affolement me gagner à nouveau, comme une fureur sans objet. Le loup gémit, puis émit un grondement.

« Ne pouvez-vous pas les artiser, les prévenir, je ne sais pas ? demanda Kettricken.

— Non ! fit Caudron. Il ne doit même pas penser à elles. »

Kettricken m'adressa un regard où se mêlaient l'excuse et la certitude de son bon droit. « Je crains qu'Umbre et moi n'ayons eu raison : la princesse sera plus en sécurité dans le royaume des Montagnes. N'oubliez pas qu'il avait pour mission d'aller la chercher. Reprenez courage : peut-être Ortie est-elle déjà avec lui, en route pour un endroit sûr, hors d'atteinte de Royal. »

Caudron attira mon regard. « Fitz, concentrez-vous sur le jeu, rien que sur le jeu. Les menaces de Royal pouvaient n'être qu'une ruse destinée à trahir celles que vous aimez. Ne parlez pas d'elles ; ne pensez pas à elles. Tenez : regardez. » De ses vieilles mains tremblantes, elle écarta mes couvertures et déplia le tissu de jeu. Elle laissa tomber des pierres dans sa main et en choisit des blanches pour recréer le problème. « Résolvez ceci. Concentrez-vous dessus et uniquement sur cela. »

C'était presque impossible. En regardant ces pierres blanches, je me dis que c'était une tâche stupide. Quel joueur pouvait être à la fois aussi maladroit et myope pour laisser un jeu se dégrader en un amas de pierres blanches ? Résoudre ce problème n'avait aucun intérêt ! Pourtant, je fus incapable de me coucher pour dormir : j'osai à peine cligner des paupières de peur de revoir cet œil. Si j'avais vu Royal tout entier ou ses deux yeux, cela aurait peut-être été moins affreux ; mais cet œil désincarné paraissait tout voir, éternel, inéluctable. Je contemplai les pions jusqu'au moment où ils parurent flotter au-dessus des jonctions des lignes. Une seule pierre noire pour trouver un ordre gagnant dans ce méli-mélo... Une seule pierre noire... Je la tenais au creux de la main et la frottais du pouce.

Toute la journée suivante, tandis que nous descendions la route le long de la montagne, le caillou ne quitta pas ma main. Du bras, je soutenais le fou accroché à mon cou. Je m'efforçais de me concentrer sur ces deux seuls faits.

Mon compagnon paraissait aller mieux : il n'avait plus de fièvre, bien qu'il fût incapable d'ingérer nourriture solide ni même tisane. Caudron l'obligea à boire de l'eau, mais il finit par s'asseoir et à refuser sans un mot. Apparemment, il avait aussi peu envie de parler que moi. Astérie et Caudron armée de son bâton menaient notre petite procession, le fou et moi suivions les jeppas et Kettricken, l'arc tendu, surveillait notre arrière-garde. Le loup, lui, allait et venait sans cesse le long de notre colonne, parfois loin en avant, parfois le long de la piste que nous laissions.

Œil-de-Nuit et moi en étions revenus à une sorte de lien muet : il comprenait que je ne souhaitais pas penser et il faisait de son mieux pour ne pas me distraire ; en revanche, il était toujours effrayant de le sentir tenter d'user du Vif pour communiquer avec Kettricken. *Je n'ai vu personne derrière nous*, lui disait-il en passant auprès d'elle lors d'un de ses déplacements incessants, puis il partait en éclaireur loin devant les jeppas et Astérie ; enfin, il revenait auprès de la reine et l'assurait sans s'arrêter que la route était libre devant nous. Je m'efforçais de me persuader qu'elle faisait simplement confiance au loup pour m'avertir en cas de danger, mais je soupçonnais qu'elle s'accordait de plus en plus à son Vif.

La route était désormais en pente très raide et, à mesure que nous descendions, le paysage changeait. En fin d'après-midi, l'à-pic au-dessus de notre piste devint moins abrupt ; des arbres tordus et des rochers moussus commencèrent à poindre de part et d'autre. La neige fondit peu à peu et il n'en demeura que des plaques sur le versant, tandis que la route devenait noire et sèche ; des touffes d'herbe jaune commençaient à verdir du pied, à la base du remblai de la piste. Les jeppas, affamés, se montraient de plus en plus rétifs, et je faisais de vagues efforts de Vif pour leur faire comprendre que de meilleurs pâturages les attendaient plus loin, mais je n'étais sans doute pas assez familier avec eux pour leur imposer une impression durable. Je tâchais de limiter mes pensées au fait qu'il y aurait davantage de bois pour le feu du soir et au soulagement que la pente de la route nous ramenât vers des régions plus clémentes.

Une fois, le fou indiqua une plante basse aux boutons blancs. « Ce doit être le printemps à Castelcerf, en ce moment, dit-il à mi-voix, puis, plus rapidement : Pardon ! Ne fais pas attention à moi ; je regrette.

— Tu te sens mieux ? lui demandai-je en chassant résolument toute idée de fleurs printanières, d'abeilles et de bougies au parfum de Molly.

— Un peu. » Il avait la voix tremblante et prit une brusque inspiration. « Je voudrais bien pouvoir marcher moins vite.

— Nous allons bientôt bivouaquer », lui répondis-je car je savais que nous ne pouvions ralentir l'allure. Un sentiment d'urgence me poussait toujours en avant et je pensais qu'il venait de Vérité. Ce nom-là aussi, je le repoussai de mon esprit. Alors que je suivais la vaste route en plein jour, je craignais que le regard de Royal ne fût qu'à un clin d'œil de moi et que, s'il s'ouvrait, il me tînt à nouveau sous son emprise. L'espace d'un instant, j'espérai que Carrod, Guillot et Ronce souffraient eux aussi de la faim et du froid, puis je me rendis compte qu'il n'était pas non plus sans risque de songer à eux.

« Ainsi, tu as déjà été malade ? dis-je au fou, surtout pour penser à autre chose.

— Oui, à Lac-Bleu. Ma dame la reine a dépensé l'argent réservé aux vivres pour louer une chambre afin de me protéger de la pluie. » Il me dévisagea soudain. « Crois-tu que ça aurait pu en être la cause ?

— La cause de quoi ?

— De la mort de son enfant... »

Il s'interrompit ; j'essayai de trouver quoi répondre. « Je ne pense pas qu'il y ait eu de rapport, fou. Elle a simplement subi trop d'aléas pendant qu'elle portait l'enfant.

— Burrich aurait dû l'accompagner et me laisser sur place. Il aurait mieux su s'occuper d'elle. Je ne réfléchissais pas clairement à l'époque...

— Alors, moi, je serais mort, observai-je, et d'autres malheurs seraient arrivés. Fou, il ne sert à rien de jouer à ce petit jeu avec le passé. Nous en sommes là aujourd'hui et nous ne pouvons agir qu'à partir du moment présent. »

À cet instant, je perçus la solution au problème de Caudron. Elle était tellement évidente que je m'étonnai de ne pas en avoir été frappé aussitôt – et puis je compris : chaque fois que j'étudiais la grille, je me demandais comment les pierres blanches en étaient arrivées à une disposition aussi chaotique ; je ne voyais que les déplacements illogiques qui avaient précédé les miens. Mais ces mouvements n'avaient plus d'importance une fois que je tenais la pierre noire. Un demi-sourire me tordit les lèvres et mon pouce frotta le caillou noir.

« Là où nous en sommes aujourd'hui... dit le fou, et je sentis que son humeur était proche de la mienne.

— D'après Kettricken, il se pourrait que tu ne sois pas vraiment malade ; que ce dont tu souffres soit... particulier à ta nature. » Le simple fait d'effleurer ce sujet me mettait mal à l'aise.

« C'est bien possible. Tiens, regarde. » Il retira une de ses moufles et se griffa la joue ; des traces blanchâtres apparurent là où étaient passés les ongles ; il les frotta et la peau s'en alla en poudre sous sa paume ; le dos de sa main se desquamait comme après des cloques.

« On dirait de la peau qui part après un coup de soleil, dis-je. Penses-tu que ce soit dû au temps que nous avons subi ?

— Ça aussi, c'est possible – sauf que, si ça se passe comme la dernière fois, chaque partie de mon corps va peler et me démanger ; et j'y gagnerai un peu plus de couleur. Mes yeux sont-ils en train de changer ? »

Pour ne pas le désobliger, je soutins son regard ; j'avais beau bien le connaître, ce n'était pas facile. Ses globes oculaires si pâles s'étaient-ils assombris ? « Ils sont peut-être un peu plus foncés, comme de la bière brune à la lumière. Que va-t-il t'arriver ? Vas-tu encore avoir de la fièvre et changer de couleur ? »

Il resta un moment sans mot dire. Puis :

« Peut-être ; je n'en sais rien.

— Comment, tu n'en sais rien ? fis-je avec un brin d'agacement. Comment étaient les gens de ta famille ?

— Pareils à toi, jeune crétin : humains ! Quelque part dans mon ascendance, il y a eu un Blanc, et, en moi, ce sang ancien resurgit, ce qui se produit rarement. Mais je ne suis pas plus blanc qu'humain. Croyais-tu que j'étais courant chez mon peuple ? Je te l'ai dit : je suis une anomalie, même parmi ceux qui partagent mon lignage mêlé. T'imaginais-tu que plusieurs Prophètes blancs naissaient à chaque génération ? On ne nous aurait pas pris très au sérieux, dans ce cas. Non : pour le temps de ma vie, je reste l'unique Prophète blanc.

— Mais tes professeurs, avec toutes les archives qu'ils possèdent, selon toi, n'auraient-ils pu te prévenir de ce qui allait advenir ? »

Il sourit mais il y avait de l'amertume dans sa voix. « Justement, mes professeurs étaient trop certains de savoir ce qui allait advenir ; ils ont décidé de régler mon enseignement à leur façon, de me révéler ce qu'ils pensaient quand ils m'y jugeraient prêt. Or, quand mes prophéties se sont avérées différentes de ce qu'ils avaient prévu, cela ne leur a pas plu ; ils ont cherché à interpréter mes propres paroles ! Il avait existé d'autres Prophètes blancs, mais lorsque j'ai voulu leur faire comprendre que j'étais celui de cette génération, ils n'ont pas pu l'accepter. Ils m'ont montré des tonnes de documents pour tenter de me convaincre de mon impudence ; mais, moi, plus je lisais, plus ma certitude grandissait. J'ai essayé de leur dire que mon époque était presque arrivée, et tout ce qu'ils ont pu me recommander a été d'attendre et d'étudier encore pour m'en assurer. Nous ne nous sommes pas quittés dans les meilleurs termes. J'imagine leur effarement en me voyant partir si jeune, alors même que je l'avais prophétisé depuis des années ! » Il eut un curieux sourire d'excuse. « Peut-être que si j'avais achevé mon instruction, nous saurions mieux comment nous y prendre pour sauver le monde. »

Je me sentis tout à coup comme un creux dans l'estomac : j'en étais venu à tant me reposer sur la foi que le fou, lui au moins, savait ce que nous faisions ! « Que sais-tu réellement de l'avenir ? »

Il prit une profonde inspiration puis la relâcha lentement. « Seulement que nous le construisons ensemble, Fitzounet. Seulement que nous le construisons ensemble.

— Mais je croyais que tu avais étudié toutes ces archives et toutes ces prophéties...

— Je l'ai fait. Et, quand j'étais plus jeune, j'ai fait bien des rêves, et j'ai même eu des visions. Mais je te l'ai déjà dit : rien n'est précis. Écoute, Fitz : si je te montrais de la laine, un métier à tisser et des ciseaux à tondre, me dirais-tu : Ah, mais oui, c'est le manteau que je porterai un jour ? Pourtant, une fois le manteau sur le dos, il te serait facile de déclarer : Bien sûr, tous ces objets prédisaient le manteau à venir.

— Mais alors, à quoi bon ? demandai-je, désespéré.

— À quoi bon ? répéta-t-il. Ah ! Je n'y ai jamais vraiment réfléchi dans ces termes. À quoi bon... »

Nous cheminâmes un moment en silence. Je voyais bien l'effort qu'il lui en coûtait de rester à ma hauteur et je regrettai que nous n'eussions pas pu faire franchir la zone d'éboulis à l'un des chevaux.

« Sais-tu déchiffrer les signes du temps, Fitz ? Ou les traces des animaux ?

— Pour le temps, certains, oui ; mais je suis plus doué pour les animaux.

— Mais, dans l'un ou l'autre art, es-tu toujours sûr de toi ?

— Jamais. On n'est certain de rien tant que l'aube ne s'est pas levée ou qu'on n'a pas acculé la bête.

— Eh bien, c'est ainsi quand je lis l'avenir : je ne suis jamais certain... Par pitié, arrêtons-nous un instant ! Il faut que je reprenne mon souffle et que je boive une gorgée d'eau ! »

J'obéis à contrecœur. Il y avait un rocher moussu sur le bord de la route et il s'y assit. Non loin de là poussaient des conifères d'une essence que je ne connaissais pas, et je les observai un moment ; puis j'allai m'asseoir auprès du fou et notai aussitôt une nette différence. L'influence de la route était aussi subtile que le bourdonnement des abeilles mais, quand elle cessa brusquement, cela me fut parfaitement perceptible. Je bâillai pour me déboucher les oreilles et me trouvai soudain l'esprit plus clair.

« Il y a des années, j'ai eu une vision », dit le fou ; il but encore un peu d'eau, puis me passa l'outre. « J'ai vu un cerf noir qui émergeait d'un gisement de pierre noire et brillante. Quand j'ai vu pour la première fois les murailles sombres de Castelcerf qui s'élevaient au-dessus des eaux, j'ai songé : “Ah, c'est ça que ça voulait dire !” Et aujourd'hui je vois un jeune bâtard dont l'emblème est un cerf et qui avance sur une route de pierre noire : c'est peut-être ce que signifiait le songe ; je l'ignore. Mais mon rêve a été dûment archivé, et un jour, dans les années à venir, des sages se mettront d'accord sur son sens. Sans doute longtemps après notre mort à tous les deux. »

Je lui posai alors une question qui me tracassait depuis longtemps. « D'après Caudron, il existe une prophétie à propos de mon enfant... l'enfant du Catalyseur...

— En effet, confirma le fou d'un ton calme.

— Alors, tu penses que Molly et moi sommes condamnés à perdre Ortie au profit du trône des Six-Duchés ?

— Ortie... J'aime bien ce nom, tu sais. Beaucoup.

— Tu n'as pas répondu à ma question, fou.

— Repose-la-moi dans vingt ans. Ces choses sont beaucoup plus faciles à comprendre avec du recul. » Le regard oblique qu'il me lança me fit comprendre qu'il n'en dirait pas plus sur le sujet. J'essayai une nouvelle piste.

« Tu as donc fait tout ce chemin pour éviter que les Six-Duchés ne tombent aux mains des Pirates rouges. »

Il m'adressa un regard curieux, puis se mit à sourire de toutes ses dents d'un air presque stupéfait. « C'est l'idée que tu t'en fais ? Que nous nous acharnons à simplement sauver les Six-Duchés ? » J'acquiesçai et il secoua la tête. « Fitz, Fitz ! Je suis ici pour sauver le monde. La prise des Six-Duchés par les Pirates rouges ne serait que la première pierre qui déclenche l'avalanche. » Encore une fois, il inspira profondément. « Je sais que les massacres des Pirates rouges te semblent une catastrophe, mais les malheurs qu'ils infligent aux tiens ne sont pas davantage qu'un bouton sur les fesses du monde. Si ce n'était que ça, si ce n'était qu'une bande de barbares qui s'emparent de la terre d'autrui, il ne s'agirait que de la mécanique ordinaire de l'existence. Non : ils constituent la première tache de poison qui se dissémine dans une rivière. Fitz, oserai-je te le révéler ? Si nous échouons, la dissémination s'accélérera. La forgisation est en train de devenir une coutume, que dis-je, un amusement pour les puissants. Regarde Royal et sa “justice du Roi” : il y a déjà succombé. Il fait plaisir à son corps à l'aide de drogues et s'insensibilise l'âme à coups de divertissements brutaux ; oui, et il propage la maladie à ceux qui l'entourent et qui finissent par ne plus tirer de satisfaction que de compétitions où le sang coule, jusqu'au moment où les distractions n'offrent plus d'intérêt que si des existences sont en jeu. La vie elle-même est avilie ; l'esclavage se répand car, s'il est acceptable de tuer un homme pour le plaisir, n'est-il pas encore plus judicieux de le monnayer ? »

Il s'était exprimé avec une force et une passion croissantes. Soudain, il reprit son souffle et se pencha en avant ; je posai la main sur son épaule mais il se contenta de secouer la tête. Au bout d'un moment, il se redressa. « En vérité, je te le dis, parler avec toi est plus fatigant que marcher. Crois-moi sur parole, Fitz : les Pirates rouges constituent un danger grave, mais ce sont encore des amateurs, des bricoleurs ; j'ai eu des visions du cycle où ils vont prospérer et je souhaite ne jamais le connaître ! »

Il se remit debout avec un soupir et me tendit le bras ; je le pris au creux du mien et nous reprîmes notre cheminement. Il m'avait donné ample matière à réflexion et je gardai le silence la plupart du temps. Je profitai de ce que le terrain s'adoucissait pour marcher à l'écart de la route mais le fou ne se plaignit pas d'avoir à progresser sur un sol plus accidenté.

Comme nous nous enfoncions toujours davantage dans la vallée, l'air se réchauffait et les arbres étaient plus feuillus. Le soir venu, nous arrivâmes dans une région au relief si doux que nous pûmes planter la tente à bonne distance de la route. Avant l'heure du coucher, je montrai à Caudron la solution à son problème et elle hocha la tête d'un air apparemment satisfait, puis elle entreprit aussitôt de disposer les cailloux pour une nouvelle énigme. Je l'arrêtai d'un geste.

« Je ne crois pas que j'en aurai besoin cette nuit. Je n'ai qu'une envie : dormir.

— Ah oui ? Alors, vous devriez n'avoir qu'une envie : ne plus jamais vous réveiller. »

J'en restai pantois.

Elle se remit à préparer le jeu. « Vous êtes seul contre trois, qui forment un clan, fit-elle d'un ton radouci. Et il est possible qu'ils soient quatre, en réalité. Si les frères de Royal savaient artiser, il est très probable qu'il y a lui-même une certaine aptitude ; avec l'aide des autres, il pourrait apprendre à leur prêter son énergie. » Elle se pencha vers moi et baissa le ton, bien que nos compagnons fussent occupés aux corvées du camp. « Vous n'ignorez pas qu'on peut tuer avec l'Art ; souhaiterait-il vous infliger un sort plus doux ?

— Mais si je dors à l'écart de la route... »

Elle m'interrompit. « Le pouvoir de la route est semblable au vent qui souffle sur tous sans discernement ; en revanche, les désirs mauvais d'un clan sont pareils à une flèche dont vous êtes la seule cible. Par ailleurs, vous ne pouvez pas dormir sans vous inquiéter de la femme et de l'enfant ; or, chaque fois que vous pensez à eux, il y a une possibilité que le clan les voie par vos yeux. Vous devez vous emplir l'esprit d'autre chose. »

Je me penchai sur le tissu de jeu.

Quand je me réveillai le lendemain, des gouttes crépitaient sur les peaux de la tente. Je restai allongé à les écouter, soulagé qu'il ne neige plus mais tourmenté à l'idée de passer une journée sous la pluie. Avec une acuité que je ne possédais plus depuis des jours, je sentis les autres s'éveiller à leur tour ; j'avais presque l'impression de m'être reposé. À l'autre bout de la yourte, Astérie observa d'une voix ensommeillée : « La route nous a menés de l'hiver au printemps hier. »

À côté de moi, le fou s'agita, se gratta, puis marmonna : « C'est bien les ménestrels, ça : il faut toujours qu'ils exagèrent tout.

— Vous allez mieux, je vois », répliqua Astérie.

Œil-de-Nuit passa la tête par l'entrée de la tente, un lapin dégouttant de sang entre les crocs. *La chasse aussi est meilleure.*

Le fou s'assit au milieu de ses couvertures. « Il propose de partager ça avec nous ? »

Ma proie est ta proie, petit frère.

J'eus un pincement au cœur en l'entendant appeler

le fou « frère ». *D'autant plus que tu en as déjà mangé deux ce matin ?* lui lançai-je d'un ton ironique.

Personne ne t'obligeait à rester au lit toute la nuit.

Je me tus un instant. *Je n'ai pas été un très bon compagnon pour toi, ces derniers jours,* fis-je d'un ton d'excuse.

Je comprends. Nous ne sommes plus seuls tous les deux. Maintenant, nous sommes une meute.

Tu as raison, répondis-je avec humilité. *Mais ce soir je compte bien chasser avec toi.*

Le Sans-Odeur peut nous accompagner s'il en a envie. Il ferait un bon chasseur, s'il essayait : son odeur ne le trahirait jamais.

Je transmis le message au fou : « Non seulement il t'offre de partager sa viande mais il t'invite à chasser avec nous ce soir. »

Je m'attendais que le fou refuse la proposition : même à Castelcerf, il n'avait jamais manifesté le moindre intérêt pour la chasse. Pourtant, il inclina gravement la tête à l'adresse d'Œil-de-Nuit et dit : « J'en serais honoré. »

Nous levâmes rapidement le camp et nous mîmes bientôt en marche ; comme la veille, je longeais la route et je m'en sentais l'esprit clarifié. Le fou avait littéralement dévoré au petit déjeuner et paraissait presque avoir retrouvé sa personnalité d'autrefois : il demeura sur la route mais toujours à portée de voix et me tint toute la journée des propos enjoués. Œil-de-Nuit, lui, ne cessait d'aller et venir en éclaireur de la colonne, comme d'habitude, et souvent au galop. Le temps plus clément semblait revigorer tout le monde ; la pluie légère céda bientôt la place à un soleil qui jouait à cache-cache avec les nuages, et de la terre montait une vapeur à l'odeur mouillée. Seule mon inquiétude constante pour la sécurité de Molly et la crainte assidue que Guillot et ses acolytes ne lancent un assaut contre mon esprit m'empêchaient de voir dans tout cela une belle journée. Caudron m'avait recommandé de ne pas songer à l'un ou l'autre problème, de peur d'attirer l'attention du clan ; aussi portais-je ma peur comme une pierre noire et glacée au fond de moi en me répétant que je ne pouvais rien y faire.

Des pensées incongrues me traversaient sans cesse l'esprit. Je ne pouvais voir un bouton de fleur sans m'interroger : Molly s'en serait-elle servie comme parfum ou comme colorant dans son travail ? Je me surpris à me demander si Burrich se débrouillait aussi bien avec une cognée de bûcheron qu'avec une hache de combat, et si cela suffirait à les sauver : si Royal était au courant de leur existence, il leur enverrait des soldats ; mais pouvait-il être au courant de leur existence sans savoir précisément où ils se trouvaient ?

« Arrêtez ! » fit sèchement Caudron en accompagnant son ordre d'un petit coup de bâton sur la tête. Je revins brusquement à la réalité. Depuis la route, le fou nous observait avec curiosité.

« Que j'arrête quoi ? répliquai-je.

— De penser à tout cela ! Vous savez de quoi je parle. Si vous aviez pensé à autre chose, je n'aurais jamais pu vous surprendre par-derrière. Retrouvez votre discipline ! »

J'obéis à contrecœur et me reconcentrai sur le jeu dont elle m'avait demandé la solution la veille.

« Voilà qui est mieux, me dit Caudron à mi-voix.

— Mais que faites-vous ici, à propos ? m'exclamai-je. Je croyais que vous meniez les jeppas, Astérie et vous !

— Nous sommes arrivées à un embranchement de la route, marqué par un autre pilier. Nous voulons que la reine le voie avant de continuer. »

Le fou et moi pressâmes le pas en laissant à Caudron le soin d'aller apporter la nouvelle à Kettricken. Nous trouvâmes Astérie assise sur un ouvrage en pierre ornementé au bord de la route tandis que les jeppas broutaient voracement. Sur un grand pavage circulaire entouré d'herbe, un monolithe se dressait. On aurait pu croire qu'il serait couvert de mousse et encroûté de lichen, mais non : la pierre noire était lisse et propre, en dehors de la poussière qu'y avaient déposée le vent et la pluie. Je restai à contempler la colonne et à en étudier les symboles tandis que le fou en faisait le tour, et j'étais en train de me demander si l'une ou l'autre des marques correspondait à celles que j'avais relevées sur la carte quand le fou s'écria : « Il y avait un village ici, autrefois ! » Et il fit un large geste des bras.

Je relevai les yeux et compris alors ce qu'il voulait dire : on voyait des dépressions dans l'herbe où, plus courte qu'ailleurs, elle devait recouvrir d'anciennes voies pavées ; une large piste rectiligne, qui avait peut-être été une rue, traversait la prairie et se poursuivait sous les arbres. Des maisons et des boutiques qui l'avaient bordée, seuls restaient des chicots de pierre envahis de mousse et de plantes grimpantes ; des arbres poussaient là où des foyers avaient cuit des aliments et des gens pris leurs repas. Le fou monta sur un gros bloc de pierre pour examiner les environs. « Ça a peut-être été une ville de belle taille, à une époque. »

Sa remarque n'avait rien d'absurde : si cette route avait été la grande voie commerciale que j'avais vue par le biais de l'Art, il était tout naturel qu'une agglomération ou un marché eût surgi à chacun de ses carrefours. J'imaginais celle-ci par une belle journée de printemps, alors que les fermières y apportaient des œufs et des légumes frais, que les tisserands suspendaient leurs nouvelles productions bien en vue pour appâter le chaland, que...

Une fraction de seconde, une foule emplit le cercle autour du pilier. La vision n'allait pas plus loin que le pavage : c'était seulement dans l'aura de la pierre noire que les gens riaient, gesticulaient et marchandaient entre eux. Une jeune fille couronnée d'une torsade de vigne traversa la presse en se retournant vers quelqu'un derrière elle, et je suis prêt à jurer qu'elle croisa mon regard et me fit un clin d'œil. Je crus entendre qu'on m'appelait et tournai la tête : sur une estrade se tenait une femme habillée d'un vêtement fluide qui chatoyait, comme tissé d'or ; elle portait une couronne en bois doré décorée de têtes de coq et de plumes artistement sculptées et peintes. Son sceptre n'évoquait guère qu'un plumeau mais elle l'agitait à gestes royaux comme si elle proclamait quelque décret ; dans le cercle, les gens hurlaient de rire ; pour ma part, je ne pouvais quitter du regard sa peau blanche comme neige et ses yeux sans couleur. Elle me regardait en face.

Astérie me gifla violemment, si fort que j'entendis craquer mes vertèbres. Je la dévisageai, stupéfait, la bouche pleine de sang à cause de ma joue entaillée par mes dents. Elle leva de nouveau son poing serré, et je compris alors que ce n'était pas une gifle qu'elle m'avait donnée ; je reculai précipitamment en saisissant son poignet au vol. « Mais cessez donc ! criai-je, furieux.

— Cessez vous-même ! répondit-elle d'un ton haletant. Et faites-le cesser lui aussi ! » D'un geste plein de colère, elle indiqua le fou toujours perché sur sa pierre, figé dans une excellente imitation de statue : il ne respirait pas, ne battait même pas des paupières. Et puis je le vis commencer à tomber, raide comme le roc.

Je m'attendais à le voir effectuer un saut périlleux à mi-chute et atterrir avec brio sur ses pieds comme il l'avait si souvent fait quand il amusait la cour du roi Subtil ; mais il s'écroula de tout son long dans l'herbe et ne bougea plus.

Je restai un moment abasourdi, puis je me ruai auprès de lui. Je le pris sous les aisselles et le traînai à l'écart du cercle et de la pierre noire sur laquelle il était monté. Un obscur instinct me le fit adosser au tronc d'un chêne, à l'ombre. « Allez chercher de l'eau ! » ordonnai-je sèchement à la ménestrelle, qui cessa aussitôt de tourner autour de moi en me morigénant pour courir jusqu'aux jeppas prendre une outre pleine.

Je posai les doigts sur la gorge du fou et y sentis la vie battre régulièrement. Il avait les yeux seulement mi-clos et l'air d'un homme à moitié sonné. Je l'appelai et lui tapotai la joue jusqu'à ce qu'Astérie revînt avec l'eau demandée. Je débouchai l'outre et en fis couler un filet sur son visage ambré ; il demeura tout d'abord sans réaction, puis il eut un hoquet, recracha de l'eau par les narines et enfin se redressa brusquement. Ses yeux étaient vides d'expression. Soudain il me vit et il eut un sourire rayonnant. « Quel peuple ! Quelle journée ! On annonçait le dragon de Réalder, et il m'avait promis de m'emmener voler avec lui... » Il fronça tout à coup les sourcils et promena son regard autour de lui, l'air égaré. « Ça s'efface, ça s'efface comme un rêve, et il en reste moins qu'une ombre... »

Je m'aperçus soudain que Caudron et Kettricken étaient arrivées. L'air de cafarder une faute, Astérie leur raconta tout ce qui s'était produit pendant que j'aidais le fou à boire un peu d'eau. Quand elle eut terminé, Kettricken avait la mine grave mais Caudron se mit à nous invectiver. « Le Prophète blanc et le Catalyseur ! s'écria-t-elle d'un ton révolté. Mieux vaudrait vous donner vos vrais noms : le fou et l'idiot ! Vous ne pouviez rien faire de plus bête ! Il n'a aucune formation ! Comment peut-il se protéger du clan ? »

J'interrompis sa tirade.

« Savez-vous ce qui s'est passé ? demandai-je.

— Je... Non, bien sûr que non. Mais je suis capable d'émettre des hypothèses : la pierre sur laquelle il se trouvait doit être une pierre d'Art, de la même matière que la route et les piliers, et, cette fois, le pouvoir de la route s'est emparé de vous deux au lieu de n'emporter que vous.

— Saviez-vous que ça pouvait se produire ? » Je n'attendis pas sa réponse. « Pourquoi ne pas nous avoir prévenus ?

— J'en ignorais tout ! répondit-elle, puis, d'un ton de remords : Je ne faisais que le soupçonner, et je n'aurais jamais imaginé que l'un de vous aurait la stupidité de...

— Peu importe ! » coupa le fou. Il éclata soudain de rire et se releva en repoussant mon bras. « Ah ! Je n'ai jamais rien ressenti de tel depuis mon enfance. Cette certitude, cette puissance ! Caudron ! Voulez-vous entendre la parole d'un Prophète blanc ? Alors, écoutez et réjouissez-vous comme je me réjouis ! Non seulement nous sommes à l'endroit où nous devons nous trouver, mais nous sommes aussi au moment où nous devons y être. Toutes les circonstances coïncident, nous nous rapprochons sans cesse du centre de la toile. Toi et moi ! » Il me prit soudain la tête entre les mains et appuya son front contre le mien. « Nous sommes même ceux que nous devons être ! » Il me lâcha brusquement et s'éloigna en pirouettant. Il effectua le saut périlleux que j'avais attendu plus tôt, atterrit sur ses pieds, fit une profonde révérence et se remit à éclater d'un rire exultant. Nous le regardions tous, ahuris.

« Vous êtes en grand danger ! lui lança Caudron d'un ton sévère.

— Je sais, répliqua-t-il sur un ton presque sincère, puis il ajouta : Je vous l'ai dit : nous sommes exactement là où il nous faut être. » Il se tut un instant, et me demanda tout à trac : « As-tu vu ma couronne ? N'était-elle pas magnifique ? Je me demande si j'arriverai à la refaire de mémoire.

— J'ai vu la couronne au coq, répondis-je avec circonspection. Mais je n'ai aucune idée de la signification de tout cela.

— Non ? » Il pencha la tête de côté en me regardant, puis sourit d'un air apitoyé. « Ah, Fitzounet, je te l'expliquerais si je le pouvais. Ce n'est pas que je veuille faire des mystères, mais ces secrets-là défient les simples mots. Ils sont plus qu'à moitié ressentis ; on sent leur justesse. Peux-tu me faire confiance en cela ?

— Tu as retrouvé ton entrain ! » fis-je, stupéfait. Je n'avais plus vu ses yeux briller ainsi depuis le jour où il avait fait hurler de rire le roi Subtil.

« Oui, répondit-il avec douceur. Et quand nous en aurons terminé, je te promets que tu l'auras retrouvé toi aussi. »

Les trois femmes, qui se sentaient exclues, nous regardaient d'un œil noir. Devant l'indignation d'Astérie, l'air de reproche de Caudron et l'exaspération de Kettricken, je ne pus retenir un grand sourire béat et, derrière moi, j'entendis le fou glousser. Et, nous eûmes beau faire, il nous fut impossible d'expliquer à leur complète satisfaction ce qui s'était exactement passé – ce ne fut pourtant pas faute d'essayer.

Kettricken sortit les deux cartes en notre possession et les consulta, puis Caudron exigea de m'accompagner quand j'emportai la mienne afin de comparer les symboles que j'y avais notés avec ceux du pilier. Nombre d'entre eux étaient semblables, en effet, mais le seul que Kettricken reconnut fut celui qu'elle avait déjà désigné : « pierre ». Quand je proposai sans enthousiasme de vérifier si la colonne me transporterait comme l'avait fait l'autre, Kettricken s'y opposa fermement, et, à ma grande honte, je dois avouer que j'en fus soulagé. « Nous avons entamé cette aventure ensemble et je compte bien que nous la finirons ensemble », déclara-t-elle d'un air sombre. Je le savais : elle nous soupçonnait, le fou et moi, de lui cacher quelque chose.

« Que conseillez-vous, dans ce cas ? lui demandai-je d'un ton humble.

— Ce que j'ai suggéré dès le début : que nous suivions cette vieille route qui s'en va sous les arbres. Apparemment, elle correspond à celle qui est marquée ici ; il ne devrait pas nous falloir plus de deux jours pour en atteindre l'extrémité – surtout en nous mettant en marche tout de suite. »

Et, sans autre forme de procès, elle se leva et fit avancer les jeppas d'un claquement de langue. Celui de tête obéit aussitôt et les autres suivirent docilement. La reine les conduisit sur la route à longues enjambées régulières.

« Eh bien, en avant, tous les deux ! » fit sèchement Caudron en s'adressant au fou et à moi. Elle brandit son bâton et j'eus l'impression qu'elle eût bien aimé pouvoir s'en servir sur nous comme d'une badine pour ramener un mouton égaré ; mais nous emboîtâmes le pas aux jeppas sans discuter, Astérie et Caudron derrière nous.

Ce soir-là, le fou et moi quittâmes l'abri de la tente pour accompagner Œil-de-Nuit. Caudron et Kettricken trouvaient l'idée peu avisée mais je les avais assurées que nous serions des plus prudents, et le fou avait promis de ne pas me perdre de vue. Caudron avait levé les yeux au ciel mais n'avait rien dit ; à l'évidence, on nous soupçonnait toujours d'idiotie congénitale ; pourtant, on ne nous avait pas empêchés de sortir. Astérie observait un silence boudeur mais, comme nous n'avions pas eu de mots, je supposais que son humeur ne me concernait pas. Comme nous nous éloignions du feu, Kettricken dit à mi-voix : « Veille sur eux, loup », et Œil-de-Nuit lui répondit en agitant la queue.

Il nous fit rapidement quitter la route herbue pour nous emmener dans les collines boisées. L'ancienne voie s'enfonçait régulièrement dans une région de plus en plus arborée, et les bois dans lesquels nous nous déplacions étaient composés de bouquets de chênes séparés par de vastes prairies. Je distinguai des traces de sangliers mais nous n'en rencontrâmes aucun, à mon grand soulagement ; en revanche, le loup chassa et tua deux lapins qu'il daigna nous laisser porter. Comme nous regagnions le camp en faisant un détour, nous tombâmes sur un ruisseau à l'eau douce et glacée ; du cresson poussait en abondance le long d'une de ses rives. Le fou et moi pêchâmes à la main jusqu'à ce que nous eussions les mains et les bras engourdis de froid ; alors que je sortais un dernier poisson de l'eau, il éclaboussa de sa queue le loup qui, ravi, fit un bond en arrière, puis claqua des mâchoires en une feinte réprimande. Par jeu, le fou prit de l'eau dans le creux de ses mains et la jeta sur lui ; Œil-de-Nuit sauta en l'air pour attraper les gouttes scintillantes. Quelques instants plus tard, nous nous amusions comme des fous à nous asperger mutuellement, mais je fus le seul à dégringoler dans le ruisseau quand le loup se jeta sur moi. Le fou et Œil-de-Nuit me regardèrent d'un air hilare sortir de l'eau, dégouttant et transi de froid, et je ne pus m'empêcher d'éclater de rire. J'étais incapable de me rappeler quand j'avais ri pour la dernière fois d'un événement aussi bête. Nous rentrâmes tard au camp, mais avec une bonne provision de viande, de poisson et de cresson.

Un petit feu accueillant flambait devant la tente. Caudron et Astérie avaient déjà préparé du gruau ; cependant, devant la nourriture fraîche, Caudron s'offrit à refaire de la cuisine. Pendant qu'elle s'activait, Astérie ne me quitta pas des yeux, jusqu'au moment où je lui demandai d'un ton agacé : « Qu'y a-t-il ?

— Pourquoi êtes-vous tous trempés ?

— Ah ! Œil-de-Nuit m'a poussé dans le ruisseau où nous avons pêché. » En me rendant à la tente, je donnai au passage un petit coup de genou au loup. Il fit mine de me mordre la jambe.

« Et le fou aussi est tombé ?

— Nous nous sommes amusés à nous asperger », avouai-je avec un sourire forcé, qu'elle ne me rendit pas. Elle émit au contraire un grognement de dédain. Je haussai les épaules et pénétrai dans la yourte. Occupée à étudier sa carte, Kettricken leva les yeux mais ne fit pas de réflexion. Je fouillai dans mon paquetage et finis par trouver des vêtements secs, sinon propres. Profitant de ce que la reine avait le dos tourné, je me changeai rapidement ; nous avions tous pris l'habitude de nous accorder mutuellement une forme d'intimité qui consistait à ne pas tenir compte de ce genre de choses.

« FitzChevalerie », fit-elle tout à coup d'un ton qui exigeait toute mon attention

J'enfilai ma chemise et la boutonnai. « Oui, ma reine ? » Je m'agenouillai auprès d'elle en pensant qu'elle souhaitait me consulter à propos de la carte. Mais elle la posa à côté d'elle et se tourna vers moi. Ses yeux bleus se plantèrent dans les miens.

« Nous formons un petit groupe et nous dépendons chacun les uns des autres, me déclara-t-elle de but en blanc. Toute friction au sein de notre compagnie fait le jeu de notre ennemi. »

Comme elle n'ajoutait rien, je pris mon ton le plus humble : « Je ne comprends pas pourquoi vous me dites cela. »

Elle soupira en secouant la tête. « Je le craignais. Et je fais peut-être plus de mal que de bien en en parlant. Astérie se tourmente de vos attentions envers le fou. »

J'en demeurai coi. Le regard bleu de Kettricken me transperça, puis elle détourna les yeux. « Elle est persuadée que le fou est une femme et que vous avez eu un rendez-vous galant avec lui ce soir. Elle est chagrinée que vous la dédaigniez si complètement. »

Je retrouvai l'usage de la parole. « Ma dame reine, je ne dédaigne pas maîtresse Astérie. » Sous le coup de l'indignation, j'avais pris un ton formaliste. « En vérité, c'est elle qui évite ma compagnie et maintient une distance entre nous depuis sa découverte que j'ai le Vif et que j'entretiens un lien avec le loup. Respectant son désir, je n'ai pas cherché à lui imposer mon amitié. Quant à ses affirmations sur le fou, vous devez sûrement les trouver aussi ridicules que moi.

— Vraiment ? me demanda Kettricken d'une voix douce. Tout ce que je puis dire avec certitude, c'est que ce n'est pas un homme comme les autres.

— Je ne vous contredirai pas là-dessus, répondis-je. Il est unique parmi tous les gens que je connais.

— Ne pouvez-vous manifester un peu de gentillesse à la ménestrelle, FitzChevalerie ? fit tout à coup Kettricken. Je ne vous demande pas de la courtiser, seulement de l'empêcher de se ronger de jalousie. »

Les lèvres serrées, je fis taire mes sentiments et m'efforçai de trouver une réponse courtoise. « Ma reine, je lui offrirai mon amitié comme je l'ai toujours fait. Néanmoins, ces derniers temps, elle n'a guère manifesté qu'elle voulût l'accepter, sans parler d'aller plus loin. Mais, sur cette question, je ne la dédaigne pas davantage que toute autre : mon cœur est déjà pris. Il n'est pas plus juste de prétendre que je dédaigne Astérie que d'affirmer que vous me dédaignez parce que votre cœur est plein de mon seigneur Vérité. »

Kettricken me lança un regard curieusement surpris et parut troublée un instant. Puis elle baissa les yeux sur la carte qu'elle tenait encore. « C'est bien ce que je craignais : je n'ai fait qu'empirer les choses en vous en parlant. Je suis si fatiguée, Fitz ! Le désespoir alourdit sans cesse mon cœur, et voir Astérie malheureuse est comme du sable frotté contre ma peau à vif. Je ne cherchais qu'à régler la situation entre vous ; pardonnez-moi si je me suis ingérée dans vos affaires. Mais vous êtes encore un jeune homme avenant et ce n'est pas la dernière fois que vous aurez de tels soucis.

— Avenant ? » J'éclatai d'un rire à la fois incrédule

et amer. « Avec cette tête balafrée et ce corps délabré ? Un de mes cauchemars est que, lorsque Molly me reverra, elle se détourne de moi avec horreur ! Avenant ! » Je baissai la tête, la gorge soudain trop serrée pour parler. Mon ancien aspect ne me manquait pas trop, mais je redoutais que Molly dût un jour poser les yeux sur mes cicatrices.

« Fitz... dit Kettricken d'une voix douce, d'une voix d'amie et non plus de reine. En tant que femme, je vous affirme que, malgré vos cicatrices, vous êtes loin du monstre que vous vous croyez. Vous êtes encore un jeune homme avenant, par des aspects qui n'ont rien à voir avec vos traits physiques, et, si mon seigneur Vérité n'emplissait pas mon cœur, je ne vous dédaignerais pas. » Elle tendit la main et fit courir ses doigts frais sur la vieille balafre de ma joue, comme si son contact pouvait la faire disparaître. Mon cœur fit un bond dans ma poitrine, écho de la passion de Vérité amplifié par ma gratitude pour ses paroles.

« Vous méritez bien l'amour de mon seigneur, dis-je gauchement, le cœur prêt à éclater.

— Oh, ne me regardez pas avec ces yeux ! » répondit-elle d'un ton douloureux. Elle se leva soudain, la carte plaquée sur sa poitrine comme un bouclier, et sortit.

4

LE JARDIN DE PIERRE

Château-Basin, petite forteresse de la côte de Cerf, tomba peu de temps avant que Royal se couronnât roi des Six-Duchés. De nombreux villages furent détruits pendant cette terrible époque et on n'a jamais pu établir de véritable décompte des vies perdues. Les forts mineurs comme Basin étaient de fréquentes cibles pour les attaques des Pirates rouges, dont la stratégie consistait à s'en prendre aux villages et aux petits châteaux pour affaiblir la défense générale du royaume. Le seigneur Bronze, qui commandait Château-Basin, était un vieil homme, ce qui ne l'empêcha pas de diriger ses soldats contre l'assaut ; malheureusement, les lourds impôts prélevés afin d'assurer la protection de l'ensemble du littoral avaient diminué ses ressources et les fortifications du château étaient en mauvais état. Le seigneur Bronze fut parmi l'un des premiers à périr, et les Pirates n'eurent guère de mal à s'emparer de la forteresse avant de la réduire par le feu et l'épée en l'amoncellement de pierrailles qu'elle est aujourd'hui.

*

À la différence de la route d'Art, celle que nous suivîmes le lendemain avait subi les ravages du temps. Autrefois, c'était sans doute une large voie de circulation, mais l'avancée de la forêt n'en avait laissé qu'une piste étroite et si, pour moi, marcher sans avoir à me soucier à tout instant que la route ne me vole mon esprit était presque un délice, mes compagnons pestèrent à mi-voix contre le terrain accidenté, les racines, les branches tombées et autres obstacles que nous dûmes affronter toute la journée. Pour ma part, je gardais mes pensées pour moi-même et savourais le contact de la mousse épaisse qui recouvrait l'antique pavage, l'ombre des arbres aux branches bourgeonnantes qui s'arquaient au-dessus de nous et le bruit de fuite de quelque animal dans les sous-bois.

Œil-de-Nuit était dans son élément ; il s'en allait en avant de notre groupe, puis revenait au galop et trottait un moment aux côtés de Kettricken ; enfin, il repartait rôder dans la forêt. Une fois, il arriva près du fou et de moi-même à toute allure, s'arrêta, la langue pendante, pour annoncer que nous chasserions le sanglier ce soir-là, car il y en avait des traces en abondance. Je relayai le message au fou.

« Je n'ai pas perdu de sanglier, je ne vois pas pourquoi j'irais en chercher un », répliqua-t-il d'un ton hautain. J'étais assez d'accord avec lui : la cicatrice que Burrich portait à la cuisse m'avait rendu plus que méfiant envers ces grands animaux aux dangereuses défenses.

Des lapins, suggérai-je à Œil-de-Nuit. *Chassons plutôt des lapins.*

Des lapins pour des lapins ! repartit-il avec dédain, et il partit comme un éclair.

Je laissai passer l'insulte. Il faisait juste assez frais pour rendre la marche agréable et, à sentir les odeurs de la forêt verdissante, j'avais l'impression de rentrer chez moi. Kettricken avançait en tête, perdue dans ses pensées, tandis que Caudron et Astérie nous suivaient, absorbées dans leur conversation. La vieille femme avait toujours tendance à marcher moins vite que le reste du groupe, mais elle paraissait avoir acquis de l'énergie et de la force depuis le début de notre voyage. La ménestrelle et elle se trouvaient à bonne distance de nous quand je demandai à mi-voix au fou : « Pourquoi laisses-tu Astérie croire que tu es une femme ? »

Il se tourna vers moi, fit bouger ses sourcils de haut en bas et m'envoya un baiser. « Mais ne suis-je pas belle, jeune prince ?

— Je ne plaisante pas ! Elle te prend pour une femme et elle est persuadée que tu es amoureux de moi. Elle s'imagine que nous avions un rendez-vous galant hier soir.

— Et ce n'était pas le cas, grand timide que tu es ? » Il me lança une œillade appuyée.

« Fou... dis-je d'un ton menaçant.

— Ah ! » Il soupira soudain. « Peut-être la vérité est-elle que je crains de lui montrer ma preuve, de peur qu'ensuite tous les hommes ne la déçoivent », fit-il en se désignant d'un geste sans équivoque.

Je le regardai dans les yeux jusqu'à ce qu'il reprenne son sérieux. « Quelle importance, ce qu'elle croit ? fit-il. Laisse-la croire ce qui est le plus facile pour elle.

— C'est-à-dire ?

— Elle avait besoin d'un confident et c'est moi qu'elle a choisi pendant quelque temps ; peut-être était-il plus facile pour elle de se persuader que j'étais une femme comme elle. » Il soupira de nouveau. « Depuis le temps que je vis parmi vous, c'est la seule chose à laquelle je n'ai jamais pu m'habituer : l'importance que vous attachez au sexe de chacun.

— Pourtant, il est important de... »

Il m'interrompit. « Fadaises ! s'exclama-t-il. C'est une question de tuyauterie, ni plus ni moins. En quoi est-ce important ? »

Je le dévisageai, incapable de trouver une réponse ; pour moi, c'était tellement évident que cela allait sans dire. « Ne pourrais-tu pas simplement lui assurer que tu es un homme et qu'on n'en parle plus ? demandai-je au bout d'un moment.

— Mais on continuerait à en parler, Fitz », répondit-il d'un ton avisé. Il franchit un arbre qui barrait la piste et attendit que je le rejoigne. « Car alors elle voudrait savoir pourquoi, si je suis un homme, je ne la désire pas, et elle trancherait : ce serait soit une anomalie chez moi, soit quelque chose qu'elle percevrait comme une imperfection chez elle. Non ; je ne crois pas qu'il faille s'exprimer sur ce sujet ni dans un sens ni dans l'autre. Mais Astérie a le défaut de tous les ménestrels : elle croit que tout, même les questions les plus intimes, doit faire l'objet d'une discussion – ou mieux, d'une chanson. Ah oui ! »

Il prit soudain une pose au milieu de la piste forestière, une pose qui évoquait si fort Astérie lorsqu'elle s'apprêtait à déclamer que j'en fus effrayé et que je me retournai vers elle à l'instant où le fou entonnait une chanson entraînante.

Dites, quand le fou pisse,
C'est à quel angle, selon vous ?
Et si ses chausses glissent,
Voit-on un tube ou bien un trou ?

Mon regard revint sur le fou : il s'inclinait avec les fioritures qui marquaient souvent la fin de ses exhibitions. J'avais envie à la fois d'éclater de rire et de rentrer sous terre. Je vis Astérie rougir et s'avancer vers nous, l'œil menaçant, mais Caudron la retint par la manche et lui glissa quelques mots à l'oreille d'un air sévère, puis elles nous foudroyèrent toutes deux du regard. Ce n'était pas la première pitrerie du fou à me mettre dans l'embarras, mais celle-ci était une de ses plus affûtées. J'adressai un geste d'impuissance aux deux femmes, puis me retournai vers le fou : il suivait le chemin en cabriolant. Je me hâtai de le rattraper.

« Ne t'es-tu pas dit que tu risquais de la blesser ? lui demandai-je avec colère.

— J'y ai songé autant qu'elle a songé à mes sentiments lorsqu'elle a commencé à répandre ses allégations sur moi. » Il pivota brusquement en agitant sous mon nez un long doigt fin. « Avoue-le : tu m'as questionné sur le sujet sans te demander un instant si cela pouvait ou non froisser ma vanité. Comment réagirais-tu si j'exigeais la preuve que tu es bien un homme ? Ah ! » Ses épaules tombèrent soudain et toute énergie parut le quitter. « Se perdre en paroles sur un tel sujet, avec tout ce que nous devons encore affronter ! N'en parle plus, Fitz, et j'en ferai autant. Qu'elle me désigne au féminin si cela l'amuse ; je ferai de mon mieux pour ne pas y prêter attention. »

J'aurais dû me taire mais je n'en fis rien. « Elle croit que tu m'aimes, voilà tout », dis-je pour me justifier.

Il m'adressa un regard étrange. « Mais c'est vrai.

— Non, enfin, comme une femme aime un homme. »

Il prit une inspiration. « Et comment est-ce ?

— Je veux dire... » J'étais presque en colère qu'il fît semblant de ne pas comprendre. « En couchant ensemble, en...

— C'est comme ça qu'un homme aime une femme ? En couchant avec elle ?

— Ça en fait partie ! » J'étais soudain sur la défensive mais j'ignorais pourquoi.

Il haussa les sourcils et déclara calmement : « Tu recommences à confondre amour et tuyauterie.

— C'est autre chose que de la tuyauterie ! » criai-je, et un oiseau s'envola tout à coup en croassant. Je jetai un coup d'œil à Caudron et Astérie qui échangeaient un regard intrigué.

« Je vois », fit-il. Il resta un moment songeur pendant que je marchais devant lui à grandes enjambées. Puis il me demanda : « Dis-moi, Fitz, était-ce Molly que tu aimais ou ce qu'il y avait sous ses jupes ? »

Ce fut à mon tour de me sentir offensé mais je refusai de me laisser réduire au silence. « J'aime Molly et tout ce qui est elle. » La chaleur que je sentais monter à mes joues m'était odieuse.

« Voilà, tu l'as dit toi-même, répondit le fou comme si j'avais fait une démonstration à sa place. Et moi, je t'aime et tout ce qui est toi. » Il inclina la tête ; sa question suivante recelait un défi. « Ne me le rends-tu pas ? »

Il avait l'air attentif. Pour ma part, je me mordais les doigts d'avoir entamé cette conversation. « Tu sais bien que je t'aime, dis-je enfin, à contrecœur. Après tout ce qui s'est passé entre nous, comment peux-tu en douter ? Mais je t'aime comme un homme en aime un autre... » À cet instant, le fou me lança une œillade à la fois paillarde et moqueuse, puis une lueur s'alluma subitement dans ses yeux et je compris qu'il me préparait un tour épouvantable.

Il bondit sur un tronc abattu et, de là, il adressa un regard de triomphe à la ménestrelle en s'écriant d'une voix théâtrale : « Il m'aime, il l'a dit ! Et moi aussi je l'aime ! » Puis, avec un grand éclat de rire, il sauta au sol et partit sur la piste à toutes jambes.

Je me passai la main dans les cheveux, puis franchis lentement l'arbre tombé ; derrière moi, j'entendis le rire de Caudron et les marmonnements furieux d'Astérie. Je marchai en silence dans la forêt en me repentant de ne pas avoir eu le bon sens de tenir ma langue. La ménestrelle devait bouillir de rage. Elle m'adressait déjà rarement la parole auparavant – j'avais accepté qu'elle considère mon Vif comme une sorte d'abomination, car elle n'était pas la première à s'en effrayer, mais au moins elle me manifestait une certaine tolérance –, et désormais sa colère aurait un aspect plus personnel. Un nouveau petit bout qui s'en allait du peu qui me restait ; une partie de moi-même regrettait amèrement l'intimité que nous avions partagée un temps ; je regrettais le réconfort de la sentir dormir contre mon dos ou me saisir brusquement le bras pendant que nous nous promenions. J'avais cru avoir fermé la porte de mon cœur à ce genre de besoins, mais cette chaleur humaine toute simple me manquait soudain.

Comme si ce sentiment avait ouvert une brèche dans mes murailles, je songeai tout à coup à Molly – et à Ortie, toutes deux en danger à cause de moi. Ma gorge se noua brusquement. Je ne dois pas penser à elle, me dis-je en m'efforçant de me rappeler que j'étais impuissant : je n'avais aucun moyen de les prévenir sans les trahir, ni d'arriver jusqu'à elles avant les séides de Royal. Il ne me restait qu'à me fier à la force du bras de Burrich et à me raccrocher à l'espoir que Royal ne savait pas où elles se trouvaient.

Je sautai un petit ruisseau et tombai nez à nez avec le fou qui m'attendait. Il m'emboîta le pas sans prononcer une parole ; son humeur folâtre paraissait lui avoir passé.

Je me rappelai que j'ignorais presque complètement où habitaient Molly et Burrich. Certes, je connaissais le nom d'un village proche mais, tant que je gardais ce renseignement par-devers moi, ils ne risquaient rien.

« Ce que tu sais, je peux le savoir.

— Qu'as-tu dit ? » demandai-je au fou, saisi. Ses propos avaient si précisément répondu à mes pensées qu'un frisson glacé m'avait traversé.

« J'ai dit : Ce que tu sais, je peux le savoir, répéta-t-il d'un air absent.

— Pourquoi ?

— C'est bien ce que je me demande : pourquoi aurais-je envie de savoir ce que tu sais ?

— Non : pourquoi as-tu dit ça ?

— En vérité, Fitz, je l'ignore. Ces mots se sont présentés à mon esprit et je les ai prononcés. Je tiens souvent des propos auxquels je n'ai pas bien réfléchi. » On eût presque dit une excuse.

« Moi aussi », répondis-je. Je gardai ensuite le silence mais j'étais inquiet. Depuis l'incident du pilier, le fou paraissait avoir retrouvé une partie de sa personnalité de Castelcerf ; ce soudain regain de confiance et d'énergie me faisait plaisir mais me troublait aussi : je craignais qu'il ne plaçât trop de foi dans sa déclaration sur le déroulement des événements tel qu'il devait s'opérer ; je n'oubliais pas non plus que sa langue acérée avait plus tendance à mettre les conflits à nu qu'à les résoudre. J'en avais personnellement senti la pointe à plusieurs reprises mais, dans le contexte de la cour du roi Subtil, cela n'avait rien d'étonnant. Ici, dans un groupe réduit, elle semblait beaucoup plus effilée, et je me demandais s'il m'était possible d'émousser son humour. Je secouai la tête puis évoquai résolument le dernier problème que m'avait soumis Caudron et le gardai à l'esprit tout en franchissant les obstacles de la forêt et en évitant les branches basses.

L'après-midi tirait à sa fin et notre chemin s'enfonçait de plus en plus au creux d'une vallée. En un certain point, l'ancienne piste nous offrit une vue du paysage en contrebas ; je distinguai les branches tombantes et couvertes de perles vertes de saules qui mettaient leurs feuilles, et les troncs rosés de bouleaux à papier dressés au-dessus d'une épaisse prairie ; plus loin au fond du vallon, j'aperçus les extrémités marron des massettes de l'année passée. La luxuriance de l'herbe et des fougères indiquait un terrain marécageux aussi sûrement que l'odeur de l'eau stagnante ; en voyant le loup revenir de sa dernière errance trempé jusqu'aux flancs, je sus que je ne m'étais pas trompé.

Nous arrivâmes bientôt devant un nouvel obstacle : en des temps reculés, un cours d'eau impétueux avait emporté un pont et dévoré la route de part et d'autre de son lit. À présent, la rivière, réduite à un mince filet, coulait, argentée, dans un lit de gravier mais les arbres abattus sur les berges attestaient de sa fureur lors des crues. Un chœur de grenouilles se tut brusquement à notre approche. Bondissant de rocher en rocher, je pus franchir le ruisseau à pied sec, mais nous n'avions guère progressé qu'un second cours d'eau croisait notre chemin, et, entre me mouiller les pieds et me mouiller les bottes, je choisis la première solution. L'eau était glacée, mais cela présentait l'avantage – le seul, d'ailleurs – de m'insensibiliser contre les arêtes des cailloux du fond ; enfin, parvenu sur la rive d'en face, je renfilai mes bottes. Notre petit groupe avait resserré ses rangs à mesure que le chemin devenait plus difficile, et nous reprîmes notre marche ensemble et en silence. Des merles sifflaient et les premiers insectes de l'année bourdonnaient.

« Que de vie il y a ici ! » fit Kettricken à mi-voix ; ses paroles parurent flotter dans l'air immobile et tiède, et j'acquiesçai involontairement. La vie abondait autour de nous, tant végétale qu'animale ; elle saturait mon Vif et semblait emplir l'air comme une brume. Après les pierres nues des montagnes et la route d'Art déserte, ce foisonnement de vie avait quelque chose de capiteux.

C'est alors que je vis le dragon.

Je m'arrêtai brusquement et levai le bras pour imposer silence et immobilité à mes compagnons, qui parurent saisir aussitôt le sens de mon geste. Leurs regards suivirent le mien ; Astérie émit un hoquet de surprise et le loup se hérissa. Nous contemplâmes la créature qui n'avait pas bougé.

Verte et dorée, elle était étendue dans l'ombre mouchetée des arbres. Elle se trouvait trop loin de la piste pour que j'en visse plus que des fragments entre les troncs, mais ils étaient déjà très impressionnants. Sa tête immense, aussi longue qu'un cheval, reposait, profondément enfoncée dans la mousse ; le seul œil que je pouvais voir était clos ; une sorte de vaste crête d'écailles plumeuses, couleur d'arc-en-ciel, s'étalait, flasque, le long de son cou. Des touffes semblables au-dessus des yeux lui donnaient un air presque comique, sauf qu'il ne pouvait rien y avoir de comique chez un être aussi étrange et gigantesque. Je distinguai une épaule écailleuse et, serpentant entre deux arbres, un tronçon de queue. Des feuilles mortes amassées le long du dragon lui faisaient comme un nid.

Après un long moment où chacun retint son souffle, nous échangeâmes un coup d'œil. Kettricken leva les sourcils en me regardant, mais je m'en remis à sa décision d'un petit haussement d'épaules. Je n'avais aucune idée des dangers que nous courions ni de la façon d'y faire face ; avec d'infinies précautions et sans le moindre bruit, je tirai mon épée, qui me parut soudain ridicule : autant valait affronter un ours avec un couteau de table. J'ignore combien de temps nous restâmes ainsi, immobiles, mais j'eus l'impression d'une éternité. Au bout d'un moment, mes muscles commencèrent à me faire mal à force de crispation. Les jeppas s'agitaient impatiemment mais demeurèrent en ligne tant que Kettricken obligea leur chef à se tenir tranquille ; enfin, d'un petit geste, elle nous fit lentement reprendre notre route.

Une fois que la bête endormie eut disparu derrière nous, je respirai un peu plus librement ; puis, brutalement, vint la réaction : des courbatures naquirent dans ma main serrée sur la garde de mon épée et tous mes muscles s'amollirent. J'écartai de mon visage mes cheveux poisseux de sueur, puis me tournai pour échanger un regard de soulagement avec le fou. Ses yeux étaient fixés derrière moi, pleins d'une expression incrédule. Je pivotai rapidement et, comme des oiseaux en vol, les autres imitèrent mon mouvement.

Encore une fois nous nous arrêtâmes, pétrifiés, muets, pour voir un second dragon plongé dans le sommeil.

Celui-ci était vautré dans l'ombre profonde d'un bosquet de conifères. Comme le premier, il était enfoncé dans la mousse et les débris végétaux, mais là s'arrêtait la ressemblance : sa longue queue sinueuse s'enroulait autour de lui telle une guirlande et ses écailles lisses luisaient d'un somptueux brun cuivré ; je vis des ailes repliées contre son corps étroit, un long cou rabattu sur son dos comme celui d'une oie endormie et une tête qui évoquait également celle d'un oiseau, jusqu'au bec qui rappelait celui d'un faucon. Du front jaillissait une corne brillante extrêmement acérée. Les quatre membres repliés sous le corps me firent songer à un cerf plus qu'à un lézard. Appeler de telles créatures des dragons me paraissait incongru, mais je ne disposais d'aucun autre terme pour désigner des êtres comme ceux-ci.

Encore une fois, nous demeurâmes immobiles tandis que les jeppas s'agitaient nerveusement. Kettricken rompit soudain le silence. « Je ne crois pas qu'ils soient vivants. Ce doit être d'habiles sculptures. »

Ce n'était pas ce que m'indiquait mon sens du Vif. « Ils sont tout ce qu'il y a de vivants ! » l'avertis-je à mi-voix. Je commençai à tendre mon esprit vers l'un d'eux mais Œil-de-Nuit s'affola brusquement et je ramenai mon Vif à moi. « Ils dorment très profondément, comme s'ils hibernaient encore après un hiver très froid ; mais je sais qu'ils sont vivants. »

Pendant que Kettricken et moi discutions, Caudron avait décidé d'aller se rendre compte par elle-même. Je vis la reine écarquiller les yeux et me retournai en redoutant de voir le dragon éveillé ; mais c'est Caudron que je vis, sa main ridée posée sur le front immobile de la créature. Elle parut trembler lors du contact, puis elle sourit presque avec tristesse et caressa la corne en spirale. « Quelle beauté ! fit-elle d'un air pensif. Quel art ! »

Elle s'adressa à nous tous. « Regardez comme les plantes grimpantes de l'an passé se sont enroulées autour du bout de sa queue ! Voyez comme il gît profondément enfoncé dans les feuilles accumulées depuis une vingtaine d'années, ou peut-être un siècle ! Et pourtant la moindre de ses écailles est restée luisante, tant l'ouvrage est parfait ! »

Astérie et Kettricken s'approchèrent avec des exclamations d'émerveillement et de ravissement, et bientôt les trois femmes furent accroupies près de la sculpture, chacune attirant l'attention des autres sur les moindres détails de la créature. Elles admiraient les écailles amoureusement gravées des ailes, la grâce fluide des sinuosités de la queue et tous les autres prodiges qu'avait opérés l'artiste. Mais, pendant qu'elles désignaient tel détail ou touchaient tel autre avec avidité, le loup et moi restions en retrait. Œil-de-Nuit avait l'échine tout hérissée ; loin de gronder, il émettait un gémissement si aigu qu'on eût presque dit un sifflement. Au bout d'un moment, je m'aperçus que le fou ne s'était pas joint aux trois femmes ; il contemplait le dragon de loin, les yeux agrandis, comme un avare contemplerait un tas d'or plus grand que dans ses rêves les plus fous ; même ses joues pâles paraissaient rosées.

« Fitz, venez voir ! Ce n'est que de la pierre, si bien sculptée qu'on la jurerait vivante ! Et tenez ! En voici un autre, avec des andouillers de cerf et un visage humain ! » Kettricken tendit le doigt et j'aperçus une nouvelle forme étendue sur le sol de la forêt. La reine et ses deux compagnes délaissèrent leur première trouvaille pour observer la nouvelle en s'exclamant derechef sur sa beauté et la finesse de ses détails.

Je m'avançai avec l'impression d'avoir les jambes en plomb, le loup serré contre moi. Quand je me tins près du dragon cornu, je vis un cocon pelucheux d'araignée fixé dans le creux d'un sabot. Nulle respiration ne soulevait les côtes de la créature et je ne sentis émaner d'elle aucune chaleur. Enfin, par un effort de volonté, je touchai la pierre froide. « C'est une statue », dis-je tout haut comme pour me convaincre de ce que niait mon Vif. Je promenai mon regard autour de moi ; au-delà de l'homme-cerf qu'Astérie admirait toujours, Caudron et Kettricken souriaient devant une autre sculpture, semblable à un sanglier couché sur le flanc ; les défenses qui pointaient de sa hure devaient avoir la même taille que moi ; sous tous les aspects, elle ressemblait au cochon sauvage qu'Œil-de-Nuit avait tué, si l'on omettait son gigantisme et ses ailes repliées.

« J'ai repéré au moins une dizaine de ces sculptures, annonça le fou. Et, derrière ces arbres, j'ai découvert une colonne gravée qui ressemble à celles que nous avons déjà vues. » Avec curiosité, il posa la main sur la peau d'un des dragons et faillit la retirer en faisant la grimace à son contact glacé.

« Je ne peux pas croire que ce ne soit que de la pierre sans vie, lui dis-je.

— Moi non plus, je n'ai jamais vu un tel réalisme dans une sculpture », acquiesça-t-il.

Je ne cherchai pas à lui expliquer qu'il m'avait mal compris et m'absorbai dans mes réflexions : ici, je percevais de la vie alors qu'il n'y avait que de la pierre froide sous ma main ; c'était le contraire avec les forgisés : à l'évidence, une vie violente mouvait leur corps mais mon Vif ne les sentait que comme de la pierre. Je m'efforçai d'établir un rapport entre ces deux expériences mais seule demeura la comparaison incongrue qui m'était venue.

Je jetai un coup d'œil autour de moi : mes compagnons s'étaient égaillés dans la forêt et passaient d'une sculpture à l'autre, s'appelant et poussant des cris de ravissement chaque fois qu'ils en découvraient une nouvelle ensevelie sous le lierre ou les feuilles mortes.

Je les suivis lentement. Nous étions peut-être arrivés à la destination indiquée sur la carte – c'était même presque certain, si le cartographe avait respecté son échelle. Cependant, pourquoi ici ? Quel intérêt présentaient ces statues ? J'avais tout de suite saisi l'importance de la cité : il s'agissait peut-être du lieu d'origine des Anciens. Mais ceci ?

Je pressai le pas pour rattraper Kettricken, et la trouvai à côté d'un taureau ailé. Il dormait, les pattes repliées sous lui, ses puissantes épaules resserrées, son lourd museau près des genoux. C'était la réplique parfaite d'un taureau, depuis les vastes cornes jusqu'à la touffe de poils au bout de la queue. Ses sabots fendus étaient enfouis dans l'humus et donc invisibles, mais ils existaient sûrement. La reine avait les bras écartés pour mesurer l'envergure des cornes. Comme tous les autres, le dragon avait des ailes qui reposaient sur son vaste dos noir.

« Pourrais-je voir la carte ? demandai-je à Kettricken, qui émergea de sa rêverie avec un sursaut.

— J'ai déjà vérifié, répondit-elle à mi-voix. Je suis convaincue que c'est bien la zone indiquée : nous avons franchi les vestiges de deux ponts de pierre, ce qui correspond à ce que montre le document, et la marque que porte la colonne trouvée par le fou est semblable à celle que vous avez copiée dans la ville et qui désignait cette destination. À mon avis, nous nous trouvons sur ce qui était autrefois les rives d'un lac – c'est du moins ainsi que j'interprète la carte.

— Les rives d'un lac... » Je hochai la tête tout en réfléchissant à ce que m'avait montré la carte de Vérité. « Peut-être. Il se serait envasé, puis transformé en marécage, c'est possible. Mais alors, que signifient toutes ces statues ? »

D'un geste vague, elle désigna la forêt. « Il s'agissait peut-être d'un jardin ou d'une espèce de parc. »

Je promenai mon regard autour de moi, puis secouai

la tête. « Ça ne ressemble à aucun jardin de ma connaissance. Les statues ont l'air d'avoir été disposées au hasard ; or, un jardin ne doit-il pas avoir une certaine unité, un certain thème ? C'est du moins ce que m'a expliqué Patience. Ici, je ne vois que des sculptures vautrées au sol, sans le moindre signe de sentier, de parterre, ni de... Kettricken ? Toutes les statues représentent-elles des créatures endormies ? »

Elle réfléchit un moment, le front plissé. « Je crois, oui ; et il me semble que toutes possèdent des ailes.

— Alors, nous sommes peut-être dans un cimetière, dis-je, et il y aurait des tombes sous ces créatures. Nous sommes peut-être en présence d'un art héraldique étrange qui symboliserait ainsi les caveaux de différentes familles. »

Kettricken regarda autour d'elle d'un air pensif. « C'est une possibilité, en effet ; mais pourquoi cela apparaîtrait-il sur une carte ?

— La même question se pose pour un jardin », répliquai-je.

Nous passâmes le reste de l'après-midi à explorer les environs, et nous découvrîmes de nouveaux animaux en grand nombre. Il y en avait de toute sorte et de tout style, mais ils étaient invariablement ailés et endormis, et ils se trouvaient là depuis très longtemps. En y regardant de plus près, j'observai que c'étaient les arbres qui avaient poussé autour des statues, et non les statues qui avaient été déposées entre eux. Certaines étaient presque enfouies sous la mousse et l'humus ; de l'une d'elles, on ne voyait plus rien sinon un énorme museau muni de crocs qui saillait du sol marécageux ; ses crocs dénudés avaient des reflets d'argent et les pointes acérées.

« Pourtant, je n'en ai pas trouvé une seule qui soit fissurée ou à laquelle manque le moindre éclat : chacune paraît aussi parfaite qu'au jour de sa création ; d'autre part, je n'ai pas réussi à comprendre comment on a donné ces couleurs à la pierre ; on ne dirait pas de la peinture ni de la teinture, et les intempéries n'ont pas l'air de les avoir ternies. »

J'exposais mes réflexions à mes compagnons, réunis autour du feu de camp du soir, tout en tirant avec le peigne de Kettricken sur les nœuds de mes cheveux mouillés. En fin d'après-midi, je m'étais éclipsé pour me laver de la tête aux pieds pour la première fois depuis que nous avions quitté Jhaampe, et aussi tenter de nettoyer certains de mes vêtements. Revenu au bivouac, je m'étais aperçu que tous mes compagnons avaient eu à peu près la même idée que moi ; l'air renfrogné, Caudron mettait du linge à sécher sur un dragon ; Kettricken avait les pommettes plus roses que d'habitude et elle avait retressé ses cheveux encore humides ; quant à Astérie, elle paraissait avoir oublié sa colère contre moi ; de fait, elle avait l'air de nous avoir tous oubliés : le regard perdu dans les flammes du feu de camp, elle arborait une expression méditative, et il me semblait voir dans sa tête les mots et les notes culbuter en tous sens pour s'assembler au mieux. Je me demandais comment se déroulait le processus, s'il se rapprochait de l'effort à fournir pour résoudre les problèmes que me soumettait Caudron, et j'éprouvais une curieuse impression à observer son visage en sachant qu'une chanson était en train de prendre forme dans son esprit.

Œil-de-Nuit vint appuyer sa tête contre mon genou. *Je n'aime pas dormir au milieu de ces pierres vivantes*, me confia-t-il.

« On dirait qu'ils peuvent s'éveiller d'un instant à l'autre », observai-je.

Avec un soupir, Caudron s'était assise près de moi devant le foyer ; elle secoua lentement sa vieille tête. « Ça m'étonnerait », fit-elle à mi-voix. On l'eût dite presque au bord des larmes.

« Eh bien, puisque leur mystère nous demeure insoluble et que les vestiges de la route s'arrêtent ici, nous laisserons les dragons demain et reprendrons notre périple, annonça Kettricken.

— Que ferez-vous, demanda le fou à voix basse, si vous ne trouvez pas Vérité à la dernière destination indiquée par la carte ?

— Je l'ignore, avoua Kettricken sur le même ton, mais je ne compte pas m'en inquiéter avant l'heure. Je puis encore agir ; tant que je n'aurai pas épuisé cette solution, je ne perdrai pas espoir. »

J'eus l'impression qu'elle en parlait comme d'un jeu dans lequel il lui restait un dernier coup à jouer qui pouvait encore mener à la victoire, et puis je me dis que j'avais dû passer trop de temps à me concentrer sur les problèmes de Caudron. D'un coup sec, je débarrassai mes cheveux d'un ultime nœud, après quoi je les nouai en queue.

Accompagne-moi à la chasse avant que la lumière ait complètement disparu.

« Je crois que je vais aller à la chasse avec Œil-de-Nuit, ce soir », annonçai-je en me levant ; je m'étirai, puis haussai les sourcils d'un air interrogateur à l'adresse du fou, mais il paraissait perdu dans ses réflexions et ne réagit pas. Comme je m'éloignais du feu, Kettricken m'appela. « Ne risquez-vous rien, tout seul ?

— Nous sommes loin de la route d'Art. Je viens de connaître ma journée la plus paisible depuis pas mal de temps – enfin, par certains côtés.

— Nous sommes peut-être loin de la route d'Art mais nous ne nous en trouvons pas moins au cœur d'une région autrefois occupée par des artiseurs, et ils ont laissé leur empreinte partout. Vous ne pouvez vous prétendre en sécurité dans ces collines. Vous ne devriez pas y aller seul. »

Œil-de-Nuit, impatient de se mettre en chemin, émit un petit gémissement du fond de la gorge ; j'étais tout aussi pressé que lui de partir avec lui, de me mettre à l'affût, de courir, de me déplacer dans la nuit sans pensées humaines, mais je ne voulais pas négliger l'avertissement de Caudron.

« Je vais avec lui », déclara soudain Astérie. Elle se leva et s'épousseta les mains sur les hanches. Si quelqu'un en dehors de moi trouva sa décision étrange, il ne le manifesta pas. Je m'attendais au moins à un adieu moqueur de la part du fou mais il garda les yeux dans le vague, perdus dans l'obscurité. J'espérais qu'il n'était pas en train de retomber malade.

Ça te dérange si elle nous accompagne ? demandai-je à Œil-de-Nuit.

Il poussa un soupir résigné, puis s'en alla dans la pénombre au petit trot. Je le suivis plus lentement et la ménestrelle m'emboîta le pas.

« Est-ce qu'il ne faudrait pas le rattraper ? » fit-elle quelques instants plus tard. La forêt et le crépuscule se refermaient sur nous ; Œil-de-Nuit était invisible mais je n'avais pas besoin de le voir.

« Quand nous chassons, répondis-je, non dans un murmure mais tout de même à voix basse, nous allons chacun de notre côté. Si l'un de nous lève du gibier, l'autre arrive promptement pour intercepter l'animal ou participer à la poursuite. »

Mes yeux s'étaient habitués à la faible lumière. Notre battue nous entraînait loin des statues, dans une partie de la forêt que la main de l'homme n'avait pratiquement pas touchée. Les fragrances du printemps étaient fortes ; les grenouilles et les insectes chantaient tout autour de nous. Je tombai bientôt sur la sente d'un animal et me mis aussitôt à la suivre ; Astérie me talonnait, non sans bruit mais sans trop de maladresse non plus. Lorsqu'on se déplace dans la forêt, de jour ou de nuit, on peut se mouvoir avec elle ou contre elle ; certains savent s'y prendre instinctivement, d'autres n'y arrivent jamais. Astérie se mouvait avec la forêt, se baissait pour passer sous certaines branches basses et contournait les autres tandis que nous avancions dans la nuit ; elle n'essayait pas de se frayer de force un chemin dans les taillis que nous rencontrions mais se tournait au contraire de côté pour éviter de s'empêtrer dans leurs branches ramifiées.

Tu fais tellement attention à elle que tu ne verrais pas un lapin même si tu marchais dessus ! me morigéna Œil-de-Nuit.

À cet instant, un lièvre détala d'un buisson au ras de mon sentier. Je me lançai à sa poursuite, plié en deux pour mieux le suivre. Il était beaucoup plus rapide que moi mais, je le savais, il y avait toutes les chances pour qu'il décrive un cercle ; je savais aussi qu'Œil-de-Nuit se précipitait pour l'intercepter. J'entendais Astérie qui s'efforçait de rester derrière moi mais je n'avais pas le temps de penser à elle : j'essayais de ne pas perdre de vue le lièvre qui zigzaguait entre les arbres et se faufilait sous les souches. Par deux fois, je faillis l'attraper, et par deux fois il m'échappa grâce à un demi-tour foudroyant. Mais, la seconde fois, il se rua droit dans les mâchoires du loup. Œil-de-Nuit bondit, cloua l'animal au sol à l'aide de ses pattes avant, puis saisit son petit crâne entre ses crocs et, d'une secousse brusque, lui brisa la nuque.

J'avais éventré notre proie et sorti les entrailles pour le loup quand Astérie nous rejoignit. Œil-de-Nuit avala voracement les viscères. *Si on allait en chercher un autre ?* proposa-t-il, sur quoi il s'enfonça rapidement dans la nuit.

« Il vous abandonne toujours la viande comme ça ? me demanda la ménestrelle.

— Il ne me l'abandonne pas, il me la confie. C'est la meilleure heure pour chasser et il espère donc attraper une autre proie sans tarder. Si ce n'est pas le cas, il sait que je lui aurai gardé la viande et que nous partagerons plus tard. » J'accrochai le lièvre à ma ceinture, puis je me mis en marche dans l'obscurité, la cuisse battue par le petit corps chaud.

« Ah ! » fit la ménestrelle, et elle me suivit. Peu de temps après, comme en réponse à une remarque que j'aurais faite, elle déclara : « Votre lien de Vif avec le loup ne me choque pas.

— Moi non plus », répondis-je à voix basse. Quelque chose m'irritait dans les mots qu'elle avait choisis. Je continuai à fureter le long de la sente, la vue et l'ouïe en alerte ; j'entendais les pas étouffés d'Œil-de-Nuit sur ma gauche, en avant de moi, et j'espérais qu'il rabattrait du gibier vers moi.

Quelques instants plus tard, Astérie reprit : « Et je ne parlerai plus du fou au féminin – quels que soient mes soupçons.

— C'est bien », répondis-je sans m'engager. Je ne ralentis pas mon allure.

Ça m'étonnerait vraiment que tu fasses un bon chasseur ce soir.

Ce n'est pas moi qui l'ai voulu.

Je sais.

« Désirez-vous aussi que je m'excuse ? fit la ménestrelle d'une voix basse et tendue.

— Je... euh... bafouillai-je avant de me taire, car j'ignorais de quoi elle parlait exactement.

— Parfait, dit-elle d'un ton glacé mais résolu. Je vous présente mes excuses, seigneur FitzChevalerie. »

Je me retournai brusquement face à elle. « Pourquoi faites-vous ça ? » demandai-je. J'avais renoncé à m'exprimer à voix basse, et je sentis Œil-de-Nuit passer le sommet de la colline pour chasser seul.

« Ma dame la reine m'a ordonné de cesser de semer la discorde dans le groupe. Elle a dit que le seigneur FitzChevalerie portait de nombreux fardeaux dont j'ignorais tout et qu'il ne méritait pas d'endurer en plus ma désapprobation », déclara-t-elle d'un ton formaliste.

Je m'interrogeai : quand cette conversation avait-elle

eu lieu ? Mais je n'osai pas m'en enquérir. « Rien de tout ça n'était nécessaire », fis-je. Je me sentais bizarrement honteux, comme un enfant gâté qui a boudé jusqu'à ce que ses camarades cèdent à son caprice. Je pris une profonde inspiration, décidé à m'exprimer avec franchise et à voir ce qui en sortirait. « Je ne sais pas pourquoi vous m'avez retiré votre amitié, en dehors du fait que je vous ai révélé mon Vif, et je ne comprends pas non plus vos soupçons envers le fou, ni ce qui en eux vous met en colère. La tension qui règne entre nous m'est odieuse et j'aimerais que nous soyons amis comme avant.

— Vous ne me méprisez donc pas d'avoir porté témoignage que vous aviez reconnu l'enfant de Molly ? »

Je cherchai au fond de moi ces sentiments perdus ; il y avait longtemps que je n'y avais même plus pensé. « Umbre était déjà au courant de son existence, dis-je à mi-voix. Il aurait trouvé un moyen, même si vous n'aviez pas été là. C'est un homme qui a beaucoup de... ressources. Et j'ai fini par comprendre que vous ne vivez pas selon les mêmes règles que moi.

— Autrefois, si, répondit-elle doucement. Il y a longtemps, avant que le fort ne soit mis à sac et moi laissée pour morte. Après, il m'a été difficile de faire confiance aux règles : on m'avait dépouillée de tout ; le beau, le bon, le véridique avaient été dévastés par le mal, la convoitise et l'avidité. Non : par quelque chose d'encore plus vil que la convoitise et l'avidité ; par un mobile que je n'arrivais même pas à comprendre. Alors que les Pirates me violaient, ils ne paraissaient en tirer aucun plaisir – du moins, pas le genre de plaisir que... Ils se moquaient de ma souffrance et de mes efforts pour leur échapper ; ceux qui regardaient riaient en attendant leur tour. » Son regard était perdu dans les ténèbres du passé. Je crois qu'elle parlait autant pour elle-même que pour moi, à la recherche d'un sens qui défiait toute appréhension. « On aurait dit que quelque chose les poussait, mais ce n'était pas une convoitise ni une avidité qu'on pouvait assouvir. Ils avaient le pouvoir de m'infliger ce qu'ils m'ont fait, alors ils me l'ont infligé, c'est tout. J'avais toujours été persuadée, de façon puérile peut-être, que, si on se pliait aux règles, on était protégé, qu'on ne risquait rien de ce genre. Après, je me suis sentie... flouée, stupide, naïve d'avoir cru que des idéaux pouvaient me protéger. L'honneur, la courtoisie, la justice... rien de tout ça n'existe, Fitz. Nous y prétendons tous et nous les brandissons comme autant de boucliers, mais ils ne gardent que de ceux qui portent les mêmes boucliers. Contre ceux qui les ont rejetés, ce ne sont plus des boucliers, mais seulement de nouvelles armes que ces hors-la-loi utiliseront pour faire souffrir. »

J'éprouvai un instant de vertige. Jamais je n'avais entendu une femme décrire de tels événements en y mettant si peu de passion. La plupart du temps, d'ailleurs, on n'en parlait pas ; on évoquait rarement les viols commis lors des attaques des Pirates rouges, les grossesses qui s'ensuivaient parfois, enfin les bâtards que des femmes des Six-Duchés mettaient au monde. Je pris soudain conscience que j'étais immobile depuis longtemps et que le froid de la nuit me gagnait. « Rentrons au camp, dis-je abruptement.

— Non, répondit-elle. Pas tout de suite. J'ai peur de pleurer et je préfère que ça se passe dans le noir. »

La nuit était presque complètement tombée ; je conduisis Astérie sur une sente plus large que la première et nous nous assîmes sur le tronc d'un arbre abattu. Autour de nous montaient les chants d'amour des grenouilles et des insectes.

« Ça va ? demandai-je au bout d'un moment.

— Non, ça ne va pas, répliqua-t-elle. J'ai besoin que vous compreniez : je n'ai pas vendu votre enfant pour rien, Fitz ; je ne vous ai pas trahi gratuitement. D'ailleurs, je n'avais même pas envisagé la situation sous cet angle, au début. Qui ne désirerait que sa fille devienne princesse, puis reine ? Qui ne lui souhaiterait des vêtements fins et un beau palais ? Je ne pensais pas que vous ni votre maîtresse considéreriez cela comme un malheur pour la petite.

— Molly est mon épouse, dis-je à mi-voix mais elle ne m'entendit sans doute pas.

— Et puis, même après avoir compris que ça ne vous plairait pas, j'ai révélé l'existence de votre enfant, en sachant que ça me vaudrait une place ici, à vos côtés, pour être témoin de... de ce que vous allez faire ; pour voir ce qu'aucun autre ménestrel n'a jamais vu, comme ces statues, aujourd'hui, parce que c'était ma seule chance d'avoir un avenir. Il me faut une chanson, je dois assister à un événement qui m'assurera pour toujours une place d'honneur parmi les ménestrels, qui me garantira ma soupe et mon vin quand je serai trop vieille pour voyager de château en château.

— N'auriez-vous pas pu choisir de prendre un mari pour partager votre vie et vos enfants ? demandai-je. Apparemment, vous attirez l'œil des hommes sans trop de mal ; il y en aurait sûrement eu un qui...

— Nul homme ne veut d'une femme stérile pour épouse », dit-elle. Sa voix se fit monocorde. « À la chute de Château-Basin, Fitz, on m'a laissée pour morte, et je suis restée au milieu des cadavres, certaine de mourir bientôt car je n'imaginais pas de continuer à vivre. Autour de moi, les bâtiments étaient en flammes, les blessés criaient et je sentais l'odeur de la chair brûlée... » Elle se tut. Quand elle reprit, ce fut d'un ton un peu plus égal. « Mais je ne suis pas morte. Mon corps était plus fort que ma volonté. Le deuxième jour, je me suis traînée jusqu'à un puits et j'ai bu ; quelques autres rescapés m'ont découverte là. J'avais survécu et je pensais m'en tirer mieux que beaucoup – jusqu'à ce que, deux mois plus tard, j'aie acquis la certitude que ce qu'on m'avait infligé était pire que la mort : je savais que je portais un enfant engendré par une de ces créatures.

« Je suis donc allée voir une guérisseuse qui m'a donné des herbes, sans le moindre résultat. Je suis retournée la voir et elle m'a mise en garde, en affirmant que, si les plantes n'avaient pas eu d'effet, mieux valait laisser la nature suivre son cours. Mais je me suis rendue chez une autre guérisseuse, qui m'a remis une autre potion ; celle-ci... celle-ci m'a fait saigner. L'enfant a été éliminé ainsi, mais je n'ai pas cessé de saigner. J'ai à nouveau consulté les guérisseuses, toutes les deux, mais ni l'une ni l'autre n'a pu m'aider. Elles m'ont dit que mes saignements s'arrêteraient d'eux-mêmes avec le temps ; mais la première m'a prévenue que je ne pourrais sans doute plus jamais concevoir. » Sa voix devint tendue, puis se voila. « Vous trouvez indécente ma façon de me conduire avec les hommes, je le sais ; mais une fois qu'on a été violée, tout devient... différent – pour toujours. Je sais maintenant que ça peut m'arriver à tout instant, alors, ainsi, je décide au moins quand et avec qui. Je n'aurai jamais d'enfants, et par conséquent pas d'homme à demeure ; pourquoi donc ne pas en profiter ? J'ai eu des doutes sur ce sujet, vous savez, à cause de vous, jusqu'à Œil-de-Lune ; là, j'ai eu à nouveau la démonstration que j'avais raison, et je me suis rendue à Jhaampe en me sachant libre de tout faire pour assurer ma survie, car il n'y aura jamais ni homme ni enfant pour s'occuper de moi quand je serai vieille. » D'une voix chevrotante, elle ajouta : « Parfois, je me dis que la forgisation aurait été préférable...

— Non ! Ne dites jamais ça ! Jamais ! » Je n'osais pas la toucher, mais elle se tourna subitement vers moi et enfouit son visage contre ma poitrine ; je passai un bras autour de ses épaules et m'aperçus qu'elle tremblait. Je me sentis forcé de confesser ma stupidité. « Je n'avais pas compris. Quand vous avez annoncé que les soldats de Ronce avaient violé certaines des femmes... j'ignorais que vous en faisiez partie.

— Ah ! fit-elle d'une toute petite voix. Et moi, j'ai cru que vous n'y attachiez pas d'importance. J'ai entendu des gens en Bauge affirmer que le viol ne gêne que les vierges et les femmes mariées ; je pensais que, de votre point de vue, une traînée comme moi n'avait eu que ce qu'elle méritait.

— Astérie ! » Une bouffée de colère irrationnelle me prit à l'idée qu'elle pût me croire à ce point insensible, et puis je réfléchis : j'avais vu son visage couvert de meurtrissures ; pourquoi n'avais-je rien deviné ? Je n'avais même jamais abordé avec elle le sujet de ses doigts brisés sur ordre de Ronce ; cela m'avait soulevé le cœur mais je n'avais pas réagi par peur de représailles pires encore contre elle ; j'avais supposé qu'elle le savait et qu'elle m'avait retiré son amitié simplement à cause de mon loup. Et elle, qu'avait-elle pensé de ma réserve envers elle ?

« J'ai été cause de bien des souffrances dans votre vie, dis-je. Ne croyez pas que j'ignore la valeur des mains d'une ménestrelle, ni que les viols dont vous avez été victime me laissent indifférent. Si vous souhaitez en parler, je suis prêt à écouter ; parfois, cela soulage...

— Et parfois non », rétorqua-t-elle. Elle se serra soudain plus fort contre moi. « Le jour où vous vous êtes présenté devant nous tous et que vous avez décrit en détail tout ce que Royal vous avait infligé, j'ai souffert pour vous ce jour-là, mais cela n'a rien changé à ce que vous aviez subi. Non, je ne tiens pas à en parler, ni même à y penser. »

Je portai sa main à mes lèvres et baisai doucement les doigts qu'on avait brisés à cause de moi. « Je ne confonds pas ce qu'on vous a fait et ce que vous êtes, dis-je. Quand je vous regarde, je vois Astérie Chant-d'Oiseau la ménestrelle. »

Je la sentis hocher la tête contre ma poitrine et je compris que je ne m'étais pas trompé : elle et moi partagions la même crainte et nous ne voulions pas être considérés comme des victimes.

Je demeurai immobile, en silence, et songeai encore une fois que, même si nous retrouvions Vérité, même si, par miracle, son retour modifiait l'issue de la guerre et nous donnait la victoire, cette victoire viendrait beaucoup trop tard pour certains. La route que j'avais suivie était longue et fatigante, mais je persistais à espérer trouver au bout une existence que j'aurais librement choisie. Cet espoir, Astérie ne l'avait même pas : si loin qu'elle fuie à l'intérieur du pays, elle n'échapperait jamais aux séquelles de la guerre. Je la serrai contre moi et je sentis sa souffrance saigner en moi. Quelques minutes plus tard, ses tremblements s'apaisèrent.

« Il fait nuit noire, dis-je. Mieux vaut regagner le camp. »

Elle soupira mais se redressa et me prit la main. Je voulus l'entraîner vers le bivouac mais elle me retint. « Faites l'amour avec moi, fit-elle avec simplicité. Rien qu'ici et maintenant, avec douceur et amitié. Pour... effacer l'autre. Donnez-moi au moins cela de vous-même. »

J'avais envie d'elle. J'avais envie d'elle avec une violence qui n'avait rien à voir avec l'amour, ni même guère, je pense, avec le désir. Elle était tiède, vivante, et nous y aurions trouvé un réconfort naturel et chaleureux ; si j'avais pu faire l'amour avec elle et que cela ne change rien au regard que je portais sur moi-même ni à mes sentiments pour Molly, je l'aurais fait. Mais ce que je ressentais pour Molly ne cessait pas d'exister lorsque nous étions loin l'un de l'autre ; j'avais donné à Molly ce droit de propriété sur moi et je ne pouvais l'annuler simplement parce que nous étions séparés pour quelque temps ; cependant, je ne voyais pas comment expliquer à la ménestrelle qu'en choisissant Molly, je ne la rejetais pas, elle ; aussi dis-je : « Œil-de-Nuit revient. Il a attrapé un lapin. »

Astérie se rapprocha de moi et me caressa le cou de la main. Ses doigts suivirent la ligne de ma mâchoire, puis effleurèrent mes lèvres. « Renvoyez-le, murmura-t-elle.

— Je ne pourrais pas l'envoyer assez loin pour qu'il ne sache pas tout de ce que nous partagerions », répondis-je avec sincérité.

Sa main s'immobilisa. « Tout ? » demanda-t-elle d'un ton atterré.

Tout. Le loup vint s'asseoir près de nous, un lapin entre les crocs.

« Nous sommes liés par le Vif. Nous partageons tout. »

Elle retira sa main et s'écarta de moi, puis baissa les yeux sur la silhouette noire du loup. « Alors, tout ce que je viens de vous dire...

— Il le comprend à sa façon, pas comme un humain, mais...

— Qu'en pensait Molly ? » fit-elle brusquement.

J'inspirai brutalement ; je ne m'attendais pas que notre conversation prît ce tour. « Elle n'a jamais été au courant », répondis-je. Œil-de-Nuit repartit en direction du campement et je le suivis, quoique plus lentement ; Astérie m'emboîta le pas.

« Et quand elle sera au courant ? insista-t-elle. Elle acceptera ce... partage ? Comme ça ?

— Sans doute pas », marmonnai-je à contrecœur. Pourquoi Astérie me forçait-elle toujours à penser à ce que j'avais toujours évité d'envisager ?

« Et si elle vous oblige à choisir entre le loup et elle ? »

Je m'arrêtai un instant, puis repris ma marche, un peu plus vite cette fois. La question restait en suspens dans mon esprit mais je refusais de l'étudier. C'était impossible, on n'en arriverait jamais là ! Pourtant, une voix chuchotait tout au fond de moi : « Si tu dis la vérité à Molly, on en arrivera là, forcément.

— Vous allez la mettre au courant, n'est-ce pas ? » Astérie me talonnait sur la seule question que je ne voulais pas affronter.

« Je n'en sais rien, répondis-je, lugubre.

— Ah ! » Au bout d'un moment, elle reprit : « Quand un homme dit ça, en général ça signifie : "Non, mais je jouerai de temps en temps avec l'idée de façon à me convaincre que j'y viendrai un jour ou l'autre."

— Voulez-vous bien vous taire, s'il vous plaît ? » Ma voix était sans force.

Astérie me suivit en silence. « J'ignore qui je dois plaindre, vous ou elle, observa-t-elle finalement.

— Les deux, peut-être », fis-je d'un ton glacial. Je ne voulais plus aborder le sujet.

Le fou était de garde quand nous parvînmes au camp ; Caudron et Kettricken dormaient. « Bonne chasse ? » demanda-t-il d'un ton amical.

Je haussai les épaules. L'air satisfait, couché aux pieds du fou, Œil-de-Nuit était déjà en train de dévorer le lapin qu'il avait rapporté. « Assez bonne », répondis-je en levant le second lapin. Le fou le prit et l'accrocha d'un geste désinvolte au piquet de la yourte.

« Pour le petit déjeuner », me dit-il calmement. Il jeta un rapide coup d'œil à la ménestrelle mais, s'il s'aperçut qu'elle avait pleuré, il n'en tira nulle plaisanterie ; j'ignore également ce qu'il lut sur mon visage, car il ne fit aucun commentaire. Astérie pénétra dans la tente derrière moi. J'ôtai mes bottes et m'enfonçai avec soulagement sous mes couvertures. Quand je sentis la ménestrelle se coller contre mon dos quelques instants plus tard, je ne m'en étonnai guère et jugeai qu'elle avait dû me pardonner, mais cela ne m'aida pas à trouver le sommeil.

Je finis néanmoins par m'endormir. J'avais dressé mes murailles mentales, et pourtant, par je ne sais quel miracle, je fis un rêve qui ne devait rien à personne. Je rêvai que j'étais assis près du lit de Molly et que je veillais sur son sommeil et celui d'Ortie ; le loup était à mes pieds, tandis que, sur un tabouret au coin de la cheminée, le fou hochait la tête, apparemment très content. Le tissu de jeu de Caudron était déplié au milieu de la table, mais les cailloux noirs et blancs avaient été remplacés par de minuscules statues de dragons, de mêmes couleurs mais toutes différentes. Les pierres rouges étaient devenues des navires et c'était à moi de jouer. Je tenais le pion qui pouvait me permettre de gagner la partie, mais n'avais qu'un désir : regarder Molly dormir. C'était un rêve presque paisible.

5

L'ÉCORCE ELFIQUE

Nombre d'anciennes « Prophéties blanches » relatent la trahison du Catalyseur ; voici ce que dit Colum le Blanc de cet épisode : « Par son amour il est trahi et son amour est trahi aussi. » Un scribe et prophète moins connu, Gant le Blanc, y ajoute ces détails : « Le cœur du Catalyseur est à nu devant quelqu'un en qui il a une foi absolue. Toute confiance est donnée et toute confiance est trahie. L'enfant du Catalyseur est remis aux mains de ses ennemis par quelqu'un dont l'amour et la fidélité ne sauraient être mis en question. » Les autres prophéties sont plus ambiguës, mais dans tous les cas il est sous-entendu que le Catalyseur est trahi par une personne qui a sa confiance implicite.

*

Tôt le lendemain matin, tout en mangeant des morceaux de lapin rôti, Kettricken et moi consultâmes à nouveau la carte. Nous n'en avions presque plus besoin car nous la connaissions par cœur mais elle nous servait de support pour indiquer ce dont nous discutions. Du bout du doigt, Kettricken suivit une ligne à demi effacée sur le parchemin abîmé. « Nous allons devoir retourner à la colonne qui se dresse au milieu d'un cercle, puis suivre la route d'Art sur une certaine distance au-delà – jusqu'à la destination finale, je pense.

— Je ne tiens guère à remettre le pied sur cette route, dis-je en toute franchise ; même quand je marche à côté d'elle, cela m'épuise. Mais il n'y a pas moyen de l'éviter, j'imagine.

— Pas que je sache, non. »

Elle était trop préoccupée pour me manifester beaucoup de compassion. Je la regardai : de son abondante chevelure blonde et brillante ne subsistait plus qu'une tresse courte, faite à la va-vite ; le vent et le froid avaient marqué son visage, gercé ses lèvres et creusé au coin de ses yeux et de sa bouche de fines rides qui s'ajoutaient aux plis soucieux de son front, et ses vêtements étaient tachés et usés. La reine des Six-Duchés n'aurait même pas été engagée comme chambrière à Gué-de-Négoce. J'eus soudain envie de lui rendre courage mais je ne voyais pas comment faire, aussi me contentai-je de déclarer : « Nous irons là-bas et nous retrouverons Vérité. »

Ses yeux croisèrent les miens et elle répondit en s'efforçant d'insuffler foi à son regard et à sa voix : « Oui, nous le retrouverons. » Mais, dans ses paroles, je ne perçus que du courage.

Nous avions monté et démonté notre camp si souvent que la tâche ne nécessitait plus aucune réflexion de notre part ; nous agissions avec ensemble, presque comme un organisme unique. Comme un clan, me dis-je.

Comme une meute, me reprit Œil-de-Nuit. Il me poussa la main du museau ; j'interrompis mon travail pour lui gratter consciencieusement les oreilles et la gorge. Il ferma les yeux de plaisir et rabattit les oreilles en arrière. *Si ta femelle t'oblige à me renvoyer, ça me manquera beaucoup.*

Je ne l'accepterai pas.

Tu crois qu'elle te forcera à choisir ?

Je refuse d'y songer pour l'instant.

Ah ! Il se laissa tomber sur le flanc, puis roula sur le dos pour que je puisse lui gratter le ventre. Il dénuda ses crocs en un sourire carnassier. *Tu vis dans l'instant et tu refuses de songer à ce qui risque d'arriver. Mais, moi, j'ai découvert que je ne peux guère penser qu'à ce qui risque de se produire. J'ai été heureux, ces derniers jours, mon frère : vivre avec d'autres, chasser ensemble, partager la viande... Mais la chienne hurlante avait raison hier soir. Il faut des petits pour faire une meute. Et ton petit...*

Je suis incapable d'y réfléchir pour le moment. Je dois penser seulement à ce qu'il me faut faire aujourd'hui pour survivre et à tout ce qui me reste à accomplir avant de pouvoir espérer rentrer chez moi.

« Fitz ? Ça va ? »

C'était Astérie ; elle me secouait par le coude. Soudain tiré de mes réflexions, je me tournai vers elle. La chienne hurlante... Je réprimai un sourire. « Ça va. J'étais avec Œil-de-Nuit.

— Ah ! » Elle jeta un coup d'œil au loup à ses pieds et je sentis l'effort qu'elle faisait pour comprendre ce que nous partagions. Puis elle haussa les épaules. « Prêt à partir ?

— Si les autres le sont, oui.

— Apparemment, c'est le cas. »

Elle alla aider Kettricken à charger le dernier jeppa. Je cherchai le fou des yeux et le vis assis, muet, sur son paquetage ; une de ses mains reposait légèrement sur un des dragons de pierre et il avait une expression lointaine. Par-derrière et sans bruit, je m'approchai de lui. « Ça va ? » demandai-je à mi-voix.

Comme toujours, il ne sursauta pas. Il se contenta de tourner vers moi ses yeux pâles ; son visage exprimait un désir inassouvi, sans la moindre trace de son habituelle causticité. « Fitz, as-tu déjà eu l'impression de te rappeler quelque chose, mais de ne rien trouver dès que tu te mettais à chercher ?

— Parfois, oui, répondis-je. Je crois que ça arrive à tout le monde.

— Non, là, c'est différent, dit-il. Depuis que je suis monté sur la pierre, avant-hier, et que j'ai entr'aperçu le monde d'autrefois qui vivait là... j'ai sans cesse d'étranges et vagues souvenirs qui me reviennent. Lui, par exemple. » Il flatta doucement la tête du dragon, caresse amoureuse sur un crâne reptilien en forme de coin. « Je me rappelle presque l'avoir connu. » Il m'adressa soudain un regard implorant. « Qu'as-tu vu, toi, quand j'y étais ? »

J'eus un petit haussement d'épaules. « On aurait dit une place de marché entourée de boutiques et remplie de gens qui faisaient leur métier. Une journée active, quoi.

— M'as-tu vu ? me demanda-t-il à voix très basse.

— Je n'en suis pas certain. » Cette conversation me mit soudain très mal à l'aise. « Là où tu te trouvais, il y avait quelqu'un d'autre, une femme. Elle te ressemblait, dans un sens : elle était très pâle et elle jouait les bouffons, je crois. Tu as parlé de sa couronne, sculptée en forme de coq, avec la tête et la queue.

— Ah ? Fitz, je n'ai guère de souvenir de ce que j'ai dit juste après. Je ne me rappelle que l'impression, et la rapidité avec laquelle elle s'est effacée. L'espace d'un instant, j'ai été relié à tout, j'ai fait partie de tout. C'était un sentiment merveilleux, comme un jaillissement d'amour ou la vue de la beauté parfaite, ou... » Il n'arrivait plus à trouver ses mots.

« L'Art donne ce genre d'impression, fis-je doucement. Ce que tu as ressenti, c'est son attraction ; c'est à cela que les artiseurs doivent sans cesse résister, sans quoi ils s'y font engloutir.

— J'ai donc artisé, murmura-t-il pour lui-même.

— Quand tu t'es réveillé, tu étais en pleine extase ;

tu as parlé du dragon comme de quelqu'un que tu devais présenter. Ça n'avait pas grand sens. Attends, laisse-moi me souvenir... Le dragon de Réalder, qui avait promis de t'emmener voler.

— Ah ! C'est mon rêve de la nuit dernière ! Réalder... C'était ton nom. » Tout en parlant, il caressait la tête de la statue, et il se produisit alors un événement des plus étranges. Ce que mon Vif captait de la créature augmenta soudain et Œil-de-Nuit vint d'un bond se placer à côté de moi, les poils hérissés. Ceux de ma nuque s'étaient dressés eux aussi, et je reculai, m'attendant à voir la statue reprendre brusquement vie. Le fou nous regarda d'un air perplexe. « Qu'y a-t-il ?

— Les statues nous semblent vivantes, à Œil-de-Nuit et à moi ; or, quand tu as prononcé ce nom, celle-ci a failli se réveiller.

— Réalder », répéta le fou à titre d'expérience. Je retins mon souffle mais ne perçus aucune réaction. Je secouai la tête et le fou me regarda. « Ce n'est que de la pierre, Fitz, de la pierre froide et magnifique. Tu as peut-être les nerfs un peu à vif. » D'un geste amical, il me prit par le bras et nous rejoignîmes la piste à demi effacée. Nos compagnons étaient déjà hors de vue, à part Caudron qui nous attendait, appuyée sur son bâton et l'œil noir. Instinctivement, je pressai le pas. Quand nous parvînmes auprès d'elle, elle me prit par l'autre bras, puis, d'un signe impérieux, elle fit signe au fou de nous précéder ; nous le suivîmes mais à moindre allure, et quand il fut assez loin devant nous, elle serra mon bras d'une poigne de fer et demanda : « Eh bien ? »

Un instant, je la dévisageai d'un œil vide, puis : « Je n'ai pas encore trouvé la solution, répondis-je d'un ton d'excuse.

— C'est évident », fit-elle avec sévérité. Elle se suçota un moment les dents, se tourna vers moi, les sourcils froncés, ouvrit la bouche pour parler puis secoua vivement la tête. Cependant, elle ne me lâcha pas le bras.

Je passai la plus grande partie de la journée à marcher en silence à côté d'elle en réfléchissant au jeu qu'elle m'avait donné à résoudre.

Je ne connais rien d'aussi fastidieux que de parcourir en sens inverse le chemin qu'on vient de suivre alors qu'on est pressé d'arriver quelque part. Cependant, nous ne nous guidions plus sur une route antique quasi invisible sous la végétation, mais sur nos propres traces à travers la forêt marécageuse et les collines, et nous allâmes donc plus vite au retour qu'à l'aller. Avec le changement de saison, les jours s'allongeaient et Kettricken força notre marche jusqu'à l'orée du crépuscule ; c'est ainsi que, lorsque nous montâmes le camp ce soir-là, une seule colline nous séparait encore de la place de pierre noire, et c'est à cause de moi, je pense, que Kettricken décida de nous faire passer une nuit de plus sur l'ancienne route ; de fait, je n'avais nulle envie de dormir plus près que nécessaire du carrefour.

Allons-nous chasser ? demanda Œil-de-Nuit d'un ton avide dès que le bivouac fut installé.

« Je pars à la chasse », annonçai-je à la cantonade. Caudron leva les yeux vers moi, l'air désapprobateur.

« Restez bien à l'écart de la route d'Art », me prévint-elle.

À ma grande surprise, le fou se leva. « Je vais les accompagner, si ça ne dérange pas le loup. »

Le Sans-Odeur est le bienvenu.

« Cela nous fait plaisir que tu viennes avec nous ; mais tu es sûr de te sentir assez fort ?

— Si je me fatigue trop, je peux toujours faire demi-tour », répondit le fou.

Quand nous nous mîmes en chemin dans le crépuscule qui allait s'assombrissant, Kettricken étudiait sa carte et Caudron prenait son tour de garde. « Ne tardez pas trop ou j'irai moi-même vous chercher, me dit-elle d'un ton menaçant. Et restez à l'écart de la route d'Art », répéta-t-elle.

Quelque part au-dessus des arbres flottait la pleine lune, et sa lumière tombait en cascades sinueuses à travers les nouvelles feuilles pour éclairer nos pas. Pendant quelque temps, nous nous contentâmes de marcher ensemble dans le sous-bois agréablement dégagé. Les sens du loup augmentaient l'acuité des miens ; la nuit était pleine d'odeurs de végétation, de cris de petites grenouilles et du bourdonnement des insectes nocturnes. L'air était plus vif que dans la journée. Nous tombâmes sur la sente d'un animal et la suivîmes ; le fou resta à notre hauteur sans dire un mot ; j'inspirai profondément, puis expirai. Malgré tout ce qui se passait dans mon monde, je ne pus m'empêcher de remarquer : *C'est bon.*

Oui, c'est vrai. Ça me manquera.

Il pensait aux propos d'Astérie le soir précédent, je le savais. *Inutile de songer à des lendemains qui n'arriveront peut-être jamais. Chassons*, répondis-je, et nous chassâmes. Pendant que le fou et moi continuions sur la piste, le loup coupa à travers bois pour rabattre le gibier vers nous. Nous nous déplacions en communion avec la forêt et glissions presque sans bruit à travers la nuit, les sens en alerte. Je vis un porc-épic, mais je n'eus pas envie de le tuer, et encore moins de le dépecer avec moult précautions avant de pouvoir manger. Je voulais un gibier facile, ce soir. Non sans mal, je persuadai Œil-de-Nuit de chercher une autre proie. *Si nous ne trouvons rien d'autre, nous pourrons toujours revenir le tuer. Ces bêtes-là ne sont pas rapides*, observai-je.

Il acquiesça à contrecœur et nous nous remîmes à quêter. Sur le versant dégagé d'une colline encore chaude de soleil, Œil-de-Nuit repéra le mouvement d'une oreille et l'éclat d'un œil. En deux bonds, il fut sur le lapin ; son mouvement en fit détaler un deuxième qui s'enfuit vers le sommet ; je lui donnai la chasse, mais le fou me cria qu'il rentrait au camp. À mi-pente, je me rendis compte que je ne rattraperais pas l'animal : j'étais fatigué de la longue marche de la journée et le lapin terrorisé courait pour sauver sa vie. Quand je parvins en haut de la colline, il avait disparu ; je m'arrêtai, le souffle court. Le vent de la nuit soufflait lentement entre les arbres, et j'y captai une odeur à la fois inconnue et curieusement familière. Comme je me redressais, narines largement ouvertes pour essayer de l'identifier, Œil-de-Nuit arriva en courant sans bruit auprès de moi. *Fais-toi petit !* m'ordonna-t-il.

Sans prendre le temps de réfléchir, je me tapis au sol et jetai des coups d'œil à droite et à gauche à la recherche d'un danger.

Non ! Fais-toi petit dans ta tête !

Cette fois, je saisis aussitôt ce qu'il voulait dire et dressai éperdument mes murailles mentales. Son flair, supérieur au mien, avait instantanément associé la vague odeur qui flottait dans l'air avec celle des vêtements contenus dans les fontes de Ronce. Je me plaquai le plus possible contre la terre et vérifiai et revérifiai mes remparts intérieurs, tout en me disant que la présence de Ronce dans les environs relevait pratiquement de l'impossible.

La peur peut constituer un excellent aiguillon pour l'esprit, et je compris tout à coup ce qui aurait dû m'être évident depuis le début : nous n'étions pas loin de la place du carrefour et de sa colonne noire ; les symboles gravés sur ses poteaux indicateurs ne servaient pas seulement à désigner les destinations des routes convergentes : ils signalaient où l'on arrivait lorsqu'on voyageait à l'aide des colonnes. Là où il s'en trouvait une, on pouvait se transporter à la suivante ; une enjambée suffisait pour se rendre de l'antique cité à n'importe quel lieu marqué d'un glyphe. En cet instant même, les trois membres du clan n'étaient peut-être qu'à quelques pas de moi.

Non, il n'y en a qu'un, et il est loin de nous. Sers-toi de ton nez, si tu laisses dormir ta cervelle, me dit Œil-de-Nuit d'un ton à la fois rassurant et cinglant. *Veux-tu que je le tue ?* ajouta-t-il négligemment.

Oui, s'il te plaît. Mais fais attention à toi.

Œil-de-Nuit émit un petit grognement dédaigneux. *Il est plus gras que le sanglier que j'ai abattu ; il souffle et il sue rien qu'à descendre la piste. Ne bouge pas, petit frère, pendant que je me débarrasse de lui.* Et, silencieux comme la mort, le loup disparut dans la forêt.

Je restai tapi au sol une éternité, dans l'attente d'un grondement, d'un cri, du bruit de quelqu'un qui court dans les taillis, mais rien. J'avais beau faire, je ne sentais plus la moindre trace de l'odeur. Tout à coup, je ne pus plus demeurer ainsi sans rien faire : je me relevai et suivis les traces du loup, aussi discret et dangereux que lui. Pendant notre chasse, je n'avais guère fait attention à la direction que nous avions prise, mais je me rendais compte à présent que nous étions beaucoup plus proches de la route d'Art que je ne le croyais, et notre bivouac aussi.

Un échange d'Art me parvint tout à coup comme une musique lointaine. Je me pétrifiai, forçai mon esprit à se taire et à laisser leur Art effleurer mes sens sans y répondre.

Je suis tout près. C'était Ronce, haletant d'excitation et de peur. Je le sentis immobile, en attente. *Oh, que je n'aime pas cet endroit ! Mais alors, pas du tout !*

Du calme. Il suffit d'un contact. Touche-le comme je te l'ai montré, et ses murailles s'effondreront. Guillot s'adressait à lui comme un maître à son apprenti.

Et s'il a un poignard ?

Il n'aura pas le temps de s'en servir. Crois-moi : aucune défense mentale ne peut résister à ce contact, je te le promets. Tu n'as qu'à le toucher ; j'arriverai à travers toi et je m'occuperai du reste.

Pourquoi moi ? Pourquoi pas toi ou Carrod ?

Tu préférerais vraiment être à la place de Carrod ? De toute manière, c'est toi qui tenais le Bâtard en ton pouvoir et qui as eu la bêtise de vouloir le mettre en cage. Achève la mission que tu aurais dû mener à bien il y a longtemps – à moins que tu n'aies envie de subir encore une fois la colère de notre roi ?

Je perçus le frisson d'effroi de Ronce, et je me pris à trembler, moi aussi, car j'avais perçu une autre présence : Royal était là. Les pensées étaient celles de Guillot, mais – j'ignore comment – quelque part Royal les entendait lui aussi. Ronce savait-il aussi clairement que moi que Royal prendrait plaisir à le faire souffrir encore, qu'il me tue ou non ? Que le souvenir de la torture qu'il lui avait infligée était si agréable que Royal ne pouvait plus penser à lui sans se rappeler la plénitude qu'il avait alors ressentie, brièvement ?

Pauvre Ronce ! Je n'aurais pas voulu être à sa place !

Là ! C'était le Bâtard ! Trouve-le !

En toute logique, j'aurais dû alors mourir, car Guillot m'avait découvert, il avait capté la pensée que j'avais négligemment laissé flotter en l'air. Ma bouffée de compassion envers Ronce avait suffi. Il se mit à clabauder sur ma piste comme un molosse. *Je le tiens !*

Suivit un instant d'immobilité tendue. Le cœur cognant dans ma poitrine, j'envoyai mon Vif tout autour de moi, mais ne trouvai rien de plus gros qu'une souris dans les environs. Je sentis Œil-de-Nuit en contrebas de moi, qui s'éloignait vite et sans bruit ; pourtant, Ronce avait dit se rapprocher de moi ; avait-il inventé un moyen de se protéger de mon Vif ? À cette idée, je sentis mes genoux mollir.

Quelque part tout en bas de la colline, j'entendis le fracas d'un corps dans les halliers et un cri humain. Le loup l'a eu, me dis-je.

Non, mon frère, ce n'est pas moi.

C'est à peine si je compris la pensée du loup : je venais de recevoir un choc d'Art qui m'avait laissé étourdi sans que je puisse en percevoir l'origine. Mes sens se contredisaient mutuellement, comme si j'étais plongé dans de l'eau et que je la ressentisse comme du sable. Sans idée bien claire de ce que je faisais, je me lançai dans une course trébuchante vers le bas de la colline.

Ce n'est pas lui ! Guillot, furieux et très agité. *Qu'est-ce que c'est ? Qui est-ce ?*

Un silence atterré. *C'est ce monstre, le fou !* Soudain, une immense colère. *Où est le Bâtard ? Ronce, espèce de crétin de bon à rien ! Tu nous as tous livrés au Bâtard !*

Cependant, ce ne fut pas moi mais le loup qui fonça sur Ronce. Même de la distance où je me trouvais, j'entendais ses grondements. Dans les bois sombres en dessous de moi, un loup se jeta sur Ronce, qui poussa un tel hurlement d'Art à la vue de ses mâchoires rapaces que Guillot en fut un instant distrait. J'en profitai aussitôt pour ériger mes murailles et me précipitai pour me joindre à Œil-de-Nuit dans son attaque physique contre Ronce.

Il était dit que je devais être déçu : ils se trouvaient beaucoup plus loin que je ne le croyais, et je ne vis même pas Ronce, sinon par les yeux du loup. Aussi gros et maladroit qu'il parût, il s'avéra excellent coureur une fois Œil-de-Nuit sur ses talons ; néanmoins, mon compagnon aurait fini par le rattraper s'il en avait eu le temps : au premier bond qu'il fit, il ne saisit que le manteau de Ronce qui s'en débarrassa en tournoyant sur lui-même ; à sa deuxième attaque, il arracha un bout de chausse en même temps qu'un morceau de chair, mais Ronce continua de fuir comme s'il était indemne. Œil-de-Nuit le vit arriver sur la place aux pavés noirs et se précipiter vers la colonne, la main tendue devant lui dans un geste implorant ; il plaqua sa paume sur la pierre scintillante et disparut soudain dans le pilier. Le loup raidit les pattes pour freiner et glissa sur le pavage lisse en direction du monolithe, en se ramassant sur lui-même dans une attitude protectrice, comme si Ronce s'était jeté dans un brasier. Il s'arrêta à un empan de la pierre et se mit à gronder furieusement, non seulement de colère mais aussi de frayeur. Tous ces événements, je les suivis alors que je me trouvais à une colline de là, en train de courir en trébuchant dans le noir.

Tout à coup, une vague d'Art passa sur moi. Sans aucune manifestation physique, elle me jeta néanmoins à terre, le souffle coupé ; je me retrouvai étourdi, les oreilles bourdonnantes, totalement ouvert, incapable de résister si quelqu'un voulait prendre possession de moi. Je demeurai allongé au sol, pris de nausées, à demi assommé, et ce fut peut-être ce qui me sauva, car en cet instant je ne sentis plus aucune trace d'Art en moi.

En revanche, je percevais celui des autres, et leurs échanges d'Art n'avaient aucun sens ; je n'en retirais qu'une impression de terreur absolue. Puis ils s'éloignèrent, comme balayés par le fleuve d'Art lui-même, et je dus me retenir de les poursuivre tant ce que je ressentais d'eux était stupéfiant : on eût dit qu'ils avaient été réduits en petits fragments. Leur confusion de moins en moins perceptible vint clapoter vaguement contre ma conscience, et je fermai les yeux.

J'entendis soudain Kettricken qui criait mon nom d'une voix éperdue.

Œil-de-Nuit !

Je suis déjà en route. Rejoins-moi ! répondit le loup d'un ton sévère, et j'obéis.

J'étais couvert d'égratignures et de terre, et mon pantalon était déchiré au genou, quand je parvins enfin à la yourte. Caudron m'attendait devant l'entrée. Le feu brûlait comme un signal d'alarme. À la vue de la vieille femme, les battements de mon cœur s'apaisèrent un peu : je craignais qu'ils n'eussent été attaqués. « Qu'y a-t-il ? demandai-je en me dirigeant à grands pas vers elle.

— Le fou », répondit-elle, et puis elle ajouta : « Il y a eu de grandes clameurs et nous nous sommes précipitées dehors ; là, nous avons entendu le loup gronder ; nous avons suivi ses grondements et nous avons découvert le fou. » Elle secoua la tête. « J'ignore ce qui lui est arrivé. »

Alors que je la contournais pour pénétrer sous la tente, elle me saisit le bras – elle possédait une force étonnante pour une femme de son âge – et m'obligea à la regarder. « On vous a attaqués ? demanda-t-elle d'une voix tendue.

— D'une certaine façon, oui. » Je lui relatai brièvement ce qui s'était passé, et elle écarquilla les yeux quand j'évoquai la vague d'Art.

Quand j'eus fini, elle hocha la tête d'un air sinistre ; manifestement, j'avais confirmé ses soupçons. « C'est après vous qu'ils en avaient mais c'est lui qu'ils ont attrapé. Il ne sait absolument pas se protéger, et, si cela se trouve, ils le tiennent encore.

— Quoi ? Mais comment ? fis-je, abasourdi.

— Rappelez-vous ce qui s'est produit sur la place : vous avez été liés par l'Art, tous les deux, même si ça n'a duré qu'un instant, par la force de la pierre et la force de ce que vous êtes. Ça a laissé un... une espèce de chemin. Plus deux personnes se lient souvent, plus le rapport entre elles se renforce ; le temps passant, ce rapport devient un lien, semblable à celui d'un clan. Ces liens, les artiseurs peuvent les visualiser s'ils les cherchent ; souvent, ce sont comme des portes de derrière, des issues non gardées qui permettent l'accès à l'esprit d'un artiseur. Cette fois, cependant, c'est du fou et non de vous qu'ils se sont emparés. »

Devant l'expression de mon visage, elle lâcha mon bras, et j'entrai dans la tente. Un petit feu brûlait dans le brasero. Kettricken était agenouillée près du fou et lui parlait à voix basse, d'un air grave ; Astérie ne le quittait pas des yeux, assise pâle et immobile sur ses couvertures, tandis que le loup faisait sans cesse le tour de la yourte déjà bondée, les poils hérissés.

J'allai vivement me mettre à genoux à côté du fou, mais la vue de ses traits me fit reculer. Je pensais le trouver inconscient et inerte ; or, tout au contraire, il était rigide, ses yeux étaient ouverts et bougeaient par à-coups, comme s'il était témoin de quelque terrible combat qui nous restait invisible. Je lui touchai le bras : la raideur des muscles et le froid de la chair m'évoquèrent un cadavre. « Fou ? » dis-je. Rien dans son attitude n'indiqua qu'il m'eût entendu. « Fou ! » criai-je en me penchant sur lui ; je le secouai par les épaules, d'abord doucement, puis plus violemment, mais en vain.

« Gardez votre main en contact avec lui et artisez-le, m'ordonna Caudron d'un ton bourru. Mais attention : s'ils le tiennent toujours, vous vous mettez en danger vous aussi. »

À ma grande honte, je dois avouer que j'hésitai un instant : malgré toute l'affection que je portais au fou, je redoutais toujours Guillot. Enfin, une seconde et une éternité plus tard, je posai ma main sur son front.

« N'ayez pas peur », me dit Caudron bien inutilement. Ce qu'elle ajouta faillit me paralyser : « S'ils le tiennent encore, ils ne tarderont pas à emprunter le lien qui vous rattache à lui pour s'emparer de vous aussi. Vous n'avez pas le choix : vous devez les combattre à partir de son esprit. Allez-y, à présent. »

Elle plaça la main sur mon épaule et, l'espace d'un instant, je fus pris de vertige : c'était la main de Subtil qui puisait en moi l'énergie de l'Art. Puis Caudron me donna une petite tape rassurante. Je fermai les yeux, sentis le front du fou sous ma paume, et j'abaissai mes murailles.

Le fleuve d'Art roulait, comme en crue, et je tombai dedans. Un instant pour m'orienter... J'éprouvai une seconde de terreur en sentant Guillot et Ronce aux extrêmes limites de ma perception. Quelque chose provoquait chez eux une grande agitation. Je m'écartai d'eux comme d'un fourneau brûlant et rétrécis mon point de concentration : le fou, le fou, rien que le fou. Je le cherchai et faillis le trouver. Oh, il était plus qu'étrange, et davantage encore ! Il fuyait, m'évitait comme une carpe dorée dans un bassin plein d'algues, comme les mouches brillantes qui dansent devant les yeux quand on a été ébloui par le soleil ; autant vouloir attraper le reflet de la lune sur un étang immobile à minuit que tenter de saisir cet esprit lumineux. Lors de brefs éclairs de lucidité, je percevais sa beauté et sa puissance, je comprenais ce qu'il était et m'en émerveillais, et l'instant suivant cette compréhension avait disparu.

Soudain, avec une perception intuitive digne du jeu des cailloux, je sus ce que je devais faire. Plutôt que d'essayer de l'attraper, je l'entourai ; sans faire le moindre effort pour l'envahir ou le capturer, j'englobai tout ce que je voyais de lui et le tins à l'écart de tout mal. Cette tactique me rappela mes premières leçons d'Art : Vérité l'avait souvent appliquée pour m'aider à me contenir en moi-même quand le courant de l'Art menaçait de m'éparpiller. J'affermis le fou tandis qu'il se regroupait en lui-même.

Je sentis soudain une main fraîche se refermer sur mon poignet. « Arrête, fit-il doucement. S'il te plaît », dit-il encore, et je m'étonnai qu'il crût nécessaire de rajouter cette formule. Je me retirai de lui et ouvris les yeux, puis je battis des paupières et, à ma grande surprise, je frissonnai sous l'effet de la sueur glacée dont j'étais couvert. Le fou ne pouvait pas paraître plus pâle qu'il ne l'était naturellement, mais son regard et sa bouche avaient une expression incertaine, comme s'il n'était pas sûr d'être réveillé. Mes yeux croisèrent les siens et j'eus presque l'impression d'avoir conscience de son essence ; il existait en effet un lien d'Art entre nous, ténu comme un fil d'araignée, mais bel et bien là. Si mes nerfs n'avaient pas été aussi sensibilisés par ma recherche, je ne l'aurais sans doute même pas perçu.

« Ce n'était pas un plaisir, fit-il à mi-voix.

— Je regrette, répondis-je doucement. Je craignais qu'ils ne te tiennent, alors je suis allé te chercher. »

Il agita faiblement la main. « Oh, il ne s'agit pas de toi ; je parlais des autres. » Il déglutit, comme s'il avait le cœur au bord des lèvres. « Ils étaient en moi, dans mon esprit, dans mes souvenirs, et ils cassaient tout, ils souillaient tout comme des enfants odieux qui n'obéissent à aucune règle. Ils... » Ses yeux devinrent vitreux.

« Était-ce Ronce ? demandai-je d'une voix douce.

— Ah, oui, c'est ça ! C'est son nom, bien qu'il s'en souvienne à peine, maintenant. Guillot et Royal se sont emparés de lui pour user de lui à leur gré. Ils sont entrés en moi à travers lui en pensant t'avoir trouvé... » Il se tut un instant. « Enfin, je crois. Que puis-je savoir de tout cela ?

— L'Art permet d'étranges intuitions. Ils n'ont pas pu s'emparer de votre esprit sans laisser transparaître une bonne part du leur », expliqua Caudron de mauvaise grâce. Elle enleva une petite casserole pleine d'eau fumante du brasero et reprit à mon intention : « Donnez-moi votre écorce elfique. »

Je tendis aussitôt la main vers mon paquetage sans pouvoir m'empêcher de remarquer d'un ton acerbe : « Je croyais que cette plante était dangereuse, d'après vous.

— Elle l'est, répondit-elle sèchement, mais pour les artiseurs. Dans son cas, elle peut lui fournir la protection qu'il est incapable de s'assurer lui-même. Ils essaieront à nouveau, j'en suis sûre : s'ils peuvent l'envahir, ne fût-ce qu'un instant, ils se serviront de lui pour mettre la main sur vous. C'est une vieille astuce.

— Je n'en avais jamais entendu parler », dis-je en lui remettant mon paquet d'écorce elfique. Elle fit tomber quelques copeaux dans une chope et y ajouta de l'eau bouillante, après quoi elle fourra calmement ma réserve d'écorce dans son propre paquetage. Manifestement, ce n'était pas de la distraction de sa part et je renonçai à réclamer mon bien : c'était inutile.

« Comment se fait-il que vous en sachiez si long en matière d'Art ? » lui demanda le fou d'un ton ironique. Il avait retrouvé en partie sa personnalité.

« Peut-être ai-je appris en écoutant au lieu de poser sans cesse des questions indiscrètes, répliqua-t-elle d'un ton cassant. Et maintenant, buvez-moi ça », ajouta-t-elle comme si elle considérait le chapitre comme clos. Si je ne m'étais pas senti aussi inquiet, j'aurais trouvé comique de voir le fou se faire clouer le bec avec autant d'efficacité.

Il prit la chope mais me regarda par-dessus le bord. « Que s'est-il passé, vers la fin ? Ils me tenaient, et, tout à coup, tout n'a plus été que tremblement de terre, déluge et feu à la fois. » Il plissa le front. « Et puis j'ai disparu, comme éparpillé. Je ne me retrouvais plus moi-même. Ensuite, tu es arrivé...

— Quelqu'un aurait-il l'amabilité de m'expliquer ce qui est arrivé ce soir ? » demanda Kettricken d'un ton légèrement agacé.

Je m'attendais que Caudron réponde mais elle garda le silence.

Le fou baissa sa chope de tisane. « C'est difficile à expliquer, ma reine. Imaginez deux brutes qui font irruption dans votre chambre, vous tirent de votre lit et se mettent à vous secouer tout en vous appelant par un nom qui n'est pas le vôtre. Quand ils se sont aperçus que je n'étais pas le Fitz, leur fureur contre moi n'a fait que croître ; à cet instant, un tremblement de terre s'est déclenché, ils m'ont lâché, et j'ai dégringolé plusieurs volées d'escalier. C'est une image, naturellement.

— Ils t'ont lâché ? » fis-je, ravi. Je me tournai aussitôt vers Caudron. « Ils ne sont donc pas aussi astucieux que vous le craigniez ! »

La vieille femme me regarda d'un œil noir. « Ni vous autant que je l'espérais, marmonna-t-elle d'un ton sinistre. L'ont-ils lâché, ou bien une explosion d'Art les y a-t-elle obligés ? Et, si c'est le cas, qui en est l'auteur ?

— Vérité », répondis-je, saisi d'une subite certitude. Soudain, je compris tout. « Ils ont aussi attaqué Vérité ce soir ! Et il les a repoussés !

— De quoi parlez-vous ? demanda Kettricken de sa voix de reine. Qui a attaqué mon roi ? Que sait Caudron de ceux qui s'en sont pris au fou ? »

Je la rassurai aussitôt :

« Rien de personnel, ma dame, je vous l'assure !

— Taisez-vous donc ! me dit sèchement Caudron. Ma reine, j'en ai la connaissance intellectuelle, si vous voulez, de qui a étudié mais ne peut rien mettre en pratique. Depuis que le Prophète et le Catalyseur ont été un instant unis, lors de l'épisode de la place, je craignais qu'existe entre eux un lien que les artiseurs puissent retourner contre eux. Mais le clan ignore la situation, ou bien quelque chose l'a distrait ce soir. Peut-être la vague d'Art dont Fitz a parlé.

— Cette Vague d'Art... vous pensez que Vérité pourrait en être l'auteur ? » Kettricken s'était mise à parler de façon animée et ses joues avaient repris des couleurs.

« Je ne connais personne d'autre qui possède une telle puissance, répondis-je.

— Il est donc vivant ! murmura-t-elle. Il est vivant !

— Peut-être, fit Caudron, morose. Celui qui déchaîne ainsi son Art peut se tuer lui-même. De plus, ce n'était peut-être pas du tout Vérité ; il pouvait s'agir d'un vain effort de Guillot et de Royal pour atteindre Fitz.

— Non, je vous l'ai dit : ça les a balayés comme paille au vent.

— Et moi je vous le répète : peut-être se sont-ils détruits eux-mêmes en cherchant à vous tuer. »

Je crus que Kettricken allait protester, mais la reine et Astérie la considéraient, les yeux écarquillés, stupéfaites devant la connaissance que dévoilait Caudron sur la science de l'Art. « J'apprécie vraiment que vous m'ayez averti », fit le fou avec une courtoisie caustique.

Je voulus me défendre : « Je ne savais pas... », mais encore une fois Caudron répondit à ma place.

« Vous prévenir n'aurait eu d'autre résultat que de fixer votre esprit sur cette éventualité. Prenons cette comparaison : il a fallu tous nos efforts combinés pour maintenir Fitz sur la route à la fois concentré et sain d'esprit ; il n'aurait jamais survécu à son voyage dans la cité si l'écorce elfique ne lui avait engourdi les sens. Pourtant, nos poursuivants empruntent la route et se servent souvent des colonnes d'Art ; à l'évidence, leur pouvoir dépasse largement celui de Fitz. Ah, que faire ? Que faire ? »

Nul ne répondit à cette question qui s'adressait manifestement à elle-même. Elle posa soudain sur le fou et moi un regard accusateur. « Il y a quelque chose qui ne va pas, qui ne va pas du tout ! Le Prophète blanc et le Catalyseur, et vous êtes à peine sortis de l'enfance ! À peine adultes, sans formation à l'Art, toujours à faire des plaisanteries et à souffrir de peines de cœur, et c'est vous qui devez sauver le monde ? »

Le fou et moi échangeâmes un regard, et je vis qu'il s'apprêtait à répondre ; mais, à cet instant, Astérie claqua des doigts. « Voilà de quoi faire une chanson ! s'exclama-t-elle, transfigurée de bonheur. Pas un chant héroïque plein de guerriers musclés, non ! Le chant de deux personnes armées de la seule force de leur amitié, chacune dotée d'une loyauté indéfectible à un roi. Et ceci dans le refrain... "À peine adultes... quelque chose", ah... »

Le fou croisa mon regard, puis baissa les yeux sur lui-même avec une expression sans équivoque. « À peine adultes ? J'aurais dû lui faire voir ! » fit-il à mi-voix, et, malgré tout, même malgré l'air mécontent de la reine, j'éclatai de rire.

« Ah, cessez donc ! nous réprimanda Caudron, avec un tel découragement dans la voix que je retrouvai aussitôt mon sérieux. L'heure n'est ni aux chansons ni aux espiègleries. Êtes-vous trop bêtes, tous les deux, pour vous rendre compte du danger que vous courez ? Du danger auquel nous expose votre propre vulnérabilité ? » Je la vis sortir à contrecœur mon écorce elfique de son paquetage et remettre de l'eau à bouillir. « Je ne vois pas quoi faire d'autre, dit-elle à Kettricken d'un ton d'excuse.

— Quel est votre plan ? demanda la reine.

— Droguer au moins le fou ; ça l'insensibilisera contre les attaques de nos ennemis et leur dissimulera ses pensées.

— Mais l'écorce elfique ne fonctionne pas comme ça ! protestai-je.

— Ah non ? » Caudron se retourna d'un bloc vers moi. « Alors pourquoi l'emploie-t-on traditionnellement dans ce but précis ? Donné à un bâtard royal assez jeune, le produit peut détruire tout potentiel d'Art chez lui. Ça s'est produit en plusieurs occasions. »

Je secouai obstinément la tête. « Je m'en suis servi des années pour récupérer mes forces après avoir artisé, et Vérité aussi ; or, cela n'a jamais...

— Douce Eda miséricordieuse ! s'exclama Caudron. Dites-moi que vous me racontez des histoires, je vous en supplie !

— Pourquoi vous mentirais-je ? L'écorce elfique revitalise l'organisme, même si on peut se sentir pris de mélancolie après l'avoir utilisée ; j'en apportais souvent à Vérité dans sa tour d'Art pour lui redonner des forces. » J'hésitai soudain : l'atterrement qui se lisait sur les traits de Caudron était trop sincère. « Qu'y a-t-il ? demandai-je doucement.

— Parmi les pratiquants de l'Art, l'écorce elfique est connue comme un produit à éviter », répondit-elle à mi-voix ; cependant, aucun de ses mots ne m'échappait car chacun sous la tente paraissait avoir retenu son souffle. « Elle coupe l'utilisateur de l'Art, si bien qu'il ne peut plus artiser lui-même, ni être contacté par d'autres à travers son brouillard. Elle a la réputation d'empêcher la croissance de l'Art, voire de le détruire chez les jeunes, et, chez les plus vieux, d'empêcher son développement total. » Elle me regarda avec des yeux pleins de pitié. « Vous deviez avoir un don puissant pour avoir conservé même un semblant d'Art.

— Ça ne peut pas être... commençai-je d'une voix défaillante, mais elle m'interrompit.

— Réfléchissez : avez-vous constaté une augmentation de votre puissance d'Art après en avoir bu ?

— Et mon seigneur Vérité ? » intervint brusquement Kettricken.

Caudron haussa les épaules à contrecœur, puis, s'adressant à moi : « Quand a-t-il commencé à en prendre ? »

J'avais du mal à me concentrer sur ses propos ; tant d'éléments apparaissaient sous un jour différent ! L'écorce elfique m'avait toujours débarrassé de la migraine qui me martelait les tempes après une longue séance d'Art – mais je n'avais jamais essayé d'artiser tout de suite après. Vérité, si, je le savais, mais avec quels résultats, je l'ignorais. L'aspect erratique de mon talent pour l'Art... pouvait-il être la conséquence de mon usage de l'écorce ? La conscience me frappa comme un immense éclair qu'Umbre avait fait une erreur en nous en donnant, à Vérité et à moi. Umbre avait fait une erreur ! J'ignore pourquoi, il ne m'était jamais venu à l'esprit qu'Umbre pût avoir tort ou se tromper ; c'était mon maître ; il lisait, étudiait et connaissait toutes les traditions. Mais on ne lui avait jamais enseigné l'Art ; bâtard comme moi, on ne lui avait jamais enseigné l'Art !

« FitzChevalerie ! » Le rappel à l'ordre de Kettricken me ramena brusquement à la réalité.

« Euh... autant que je sache, Vérité a commencé à en prendre dans les premières années de la guerre, à l'époque où c'était encore le seul artiseur qui pût nous défendre contre les Pirates rouges. À ma connaissance, jamais il n'avait employé l'Art avec autant d'intensité et ne s'en était jamais trouvé aussi épuisé, si bien qu'Umbre a décidé de lui donner de l'écorce elfique pour le revigorer. »

Caudron cligna les yeux à plusieurs reprises. « Inutilisé, l'Art ne se développe pas, dit-elle comme pour elle-même. Utilisé, il grandit et commence à s'affirmer, et on apprend, presque instinctivement, les nombreux usages auxquels on peut l'employer. » Sans m'en rendre compte, je m'étais mis à acquiescer doucement à ses propos. Ses yeux se plantèrent soudain dans les miens et elle poursuivit sans prendre de gants : « Votre croissance à tous les deux a certainement été bridée par l'écorce. Vérité, en tant qu'homme fait, a pu s'en remettre ; peut-être son Art s'est-il épanoui depuis le temps qu'il n'a plus touché à cette plante, tout comme vous, apparemment. En tout cas, il semble avoir maîtrisé seul cette route. » Elle soupira. « Mais je crains que nos poursuivants ne s'en soient jamais servis, et que leur talent dans l'usage de l'Art n'ait grandi et surpassé le vôtre. Vous êtes donc placé devant un choix aujourd'hui, FitzChevalerie, et vous seul pouvez décider ; le fou n'a rien à perdre à prendre de ce produit : il ne sait pas artiser et cela empêchera peut-être le clan de le retrouver. Mais vous... je puis vous en donner aussi et cela vous rendra insensible à l'Art ; nos ennemis auront du mal à vous atteindre, et vous encore plus à artiser. Peut-être serez-vous plus en sécurité ainsi, mais encore une fois vous contrarierez votre talent. En quantité suffisante, l'écorce elfique peut le détruire complètement. Et vous êtes le seul qui puissiez choisir. »

Je baissai les yeux sur mes mains, puis les levai sur le fou. Encore une fois, nos regards se croisèrent. Avec hésitation, je tendis mon Art vers lui à tâtons. Je ne ressentis rien. Peut-être était-ce encore mon talent erratique qui me jouait des tours, mais il me paraissait probable que Caudron avait raison : l'écorce elfique que le fou venait d'ingurgiter l'avait rendu insensible à mon Art.

Tout en parlant, Caudron avait retiré la casserole du feu. Sans un mot, le fou lui tendit sa chope et elle y laissa tomber une pincée de l'écorce amère avant de verser l'eau bouillante. Puis elle se tourna vers moi sans rien dire. Je regardai les visages qui m'entouraient, mais n'y trouvai aucune aide. Je pris une chope dans la vaisselle et vis le visage ridé de Caudron s'assombrir, ses lèvres se pincer, mais elle ne me fit aucune réflexion ; elle plongea simplement la main dans la poche d'écorce en s'efforçant d'atteindre le fond où le produit n'était plus que poudre. En attendant, je regardai l'intérieur de ma chope vide, puis je jetai un coup d'œil à Caudron. « Vous dites que l'explosion d'Art a pu les détruire ? »

Elle secoua lentement la tête. « Je n'y compterais pas trop. »

Je ne pouvais compter sur rien. Rien n'était certain.

Alors je reposai ma chope et m'enfouis sous mes couvertures. Je me sentais soudain extrêmement fatigué – et effrayé. Guillot parcourait les environs à ma recherche ; j'avais la possibilité de me cacher derrière l'écorce elfique, mais cela ne suffirait peut-être pas à le tenir en échec, et peut-être même cela affaiblirait-il encore mes défenses déjà minces contre lui. Tout à coup, je me rendis compte que je ne fermerais pas l'œil de la nuit. « Je prends le premier tour de garde, dis-je en me relevant.

— Vous ne devriez pas rester seul, dit Caudron d'un ton grognon.

— Son loup veille avec lui, répondit Kettricken avec confiance. Il peut aider Fitz comme personne à combattre ce prétendu clan. »

Je me demandai comment elle le savait mais n'osai pas l'interroger. Je pris mon manteau et allai me tenir près du feu mourant, l'œil aux aguets, attendant la suite comme un condamné à mort.

6

CAPELAN

Le Vif est l'objet d'un profond dédain ; dans de nombreuses régions, on le tient pour une perversion et l'on colporte des histoires d'humains doués du Vif qui s'accoupleraient avec des bêtes pour accroître cette magie, ou qui sacrifieraient des enfants pour acquérir le don de parler le langage des animaux ; certains conteurs évoquent des marchés passés avec d'antiques démons de la terre. En vérité, je pense que le Vif est une magie des plus naturelles ; c'est lui qui permet à un vol d'oiseaux de virer soudain comme un organisme unique, ou à un banc de saumoneaux de se maintenir ensemble dans un courant rapide. C'est aussi le Vif qui fait qu'une mère se rend auprès de son petit alors qu'il est en train de se réveiller. Je suis convaincu qu'il est au cœur de toute communication non verbale, et que tous les humains y possèdent une petite aptitude, qu'ils le reconnaissent ou non.

*

Le lendemain, nous retrouvâmes la route d'Art. Comme nous passions devant l'inquiétant pilier de pierre, je me sentis attiré vers lui. « Vérité n'est peut-être qu'à un pas de moi », dis-je à mi-voix.

Caudron émit un grognement. « Ou votre mort. Avez-vous complètement perdu l'esprit ? Croyez-vous que le premier artiseur venu puisse tenir tête à un clan bien entraîné ?

— Vérité y est arrivé, lui », répliquai-je en songeant à la façon dont il m'avait sauvé à Gué-de-Négoce. Tout le reste de la matinée, Caudron garda une expression méditative sur le visage.

Je ne cherchai pas à engager la conversation avec elle car j'avais mon propre fardeau à porter : une impression de vide au fond de moi qui ne me laissait pas tranquille, un peu comme la sensation irritante d'avoir oublié quelque chose sans être capable de se rappeler quoi. J'avais laissé quelque chose derrière moi sans le faire exprès, ou j'avais oublié d'accomplir un acte important. En fin d'après-midi, le cœur soudain serré, je sentis ce qui me manquait.

Vérité.

Quand il se trouvait en moi, j'étais rarement certain de sa présence ; je la considérais comme une graine dissimulée qui attendait de germer. Les nombreuses fois où je l'avais cherché en moi sans le trouver n'avaient soudain plus aucun sens. Cette fois-ci, il n'y avait plus de doute ni d'interrogation, mais une certitude croissante : Vérité était resté en moi toute une année, et à présent il avait disparu.

Cela signifiait-il qu'il était mort ? Je n'en savais rien. Il pouvait avoir été l'auteur de la gigantesque vague d'Art que j'avais ressentie, mais elle pouvait avoir une autre origine, quelque chose qui l'aurait forcé à se retirer en lui-même. C'était probablement ce qui s'était passé ; il était déjà miraculeux que son contact d'Art avec moi eût duré si longtemps. À plusieurs reprises, je faillis en parler à Caudron ou à Kettricken, et, chaque fois, je m'aperçus que j'étais incapable de prouver quoi que ce fût. Qu'aurais-je pu leur dire : avant j'étais incapable de savoir si Vérité se trouvait en moi ou non, et maintenant je ne sens plus du tout sa présence ? Le soir, près du feu, je considérai les rides de Kettricken en me demandant : à quoi bon ajouter à ses inquiétudes ? Je repoussai donc mes soucis et gardai le silence.

Les privations et les épreuves continuelles finissent par donner des journées monotones qui ont tendance à se confondre quand on les raconte. Le temps était pluvieux, avec de brusques rafales de vent. Nos réserves de vivres étaient dangereusement basses, si bien que les plantes comestibles que nous ramassions au passage et la viande qu'Œil-de-Nuit et moi rapportions parfois le soir prenaient une grande importance pour nous tous. Je marchais à côté de la route mais je restais toujours conscient de son murmure d'Art, tel le bruissement d'un ruisseau près de moi. Le fou restait constamment drogué à l'écorce elfique, et il ne tarda pas à manifester le mélange d'énergie sans limites et de morosité qui étaient les signes distinctifs de l'usage de ce produit. Chez le fou, cela se traduisait par des galipettes et des acrobaties sans fin sur la route, ainsi que par des piques plus cruelles et caustiques que d'habitude ; trop souvent, il plaisantait sur la futilité de notre quête et il ripostait à tout encouragement par un sarcasme féroce. À la fin du deuxième jour, il ne m'évoquait rien tant qu'un gosse mal élevé. Il ne tenait compte d'aucune rebuffade, pas même de celles de Kettricken, et il avait visiblement oublié que le silence pouvait être une vertu ; je craignais, non pas que ses jacasseries incessantes et ses chansons venimeuses attirent le clan sur nous, mais que le bruit qu'il faisait ne masque l'approche de nos ennemis. Le supplier de se taire n'avait pas plus de résultat que de le lui ordonner sèchement. Il me portait tellement sur les nerfs que j'en vins à rêver de l'étrangler, et je ne devais pas être le seul.

La seule amélioration que connut notre longue pérégrination sur la route fut l'adoucissement du temps ; la pluie se calma peu à peu et ne tomba plus que par intermittence. Des feuilles s'épanouissaient sur les arbres qui bordaient notre voie, et les monts qui nous entouraient verdissaient presque du jour au lendemain ; sur ce terrain, les jeppas retrouvaient leur vigueur et Œil-de-Nuit n'avait que l'embarras du choix pour le petit gibier. Le manque de sommeil prélevait son tribut sur moi, mais laisser le loup chasser seul n'aurait rien résolu : j'avais peur de dormir ; pire encore, Caudron avait peur de me laisser dormir.

De sa propre initiative, la vieille femme avait pris mon esprit en charge. Cela ne me plaisait pas mais je n'étais pas stupide au point de résister, d'autant que Kettricken et Astérie avaient admis sa connaissance de l'Art. Il m'était désormais interdit d'aller faire un tour seul ou avec le fou pour m'accompagner ; quand le loup et moi chassions la nuit, Kettricken venait avec nous ; Astérie et moi partagions un tour de veille durant lequel, sur les recommandations de Caudron, la ménestrelle m'occupait l'esprit en m'enseignant à réciter des chansons et des histoires de son répertoire. Pendant mes brèves heures de sommeil, Caudron restait auprès de moi, une chope d'écorce elfique infusée à portée de main afin de me la faire ingurgiter pour étouffer mon Art le cas échéant. Tout cela était irritant, mais le pire était lorsque nous marchions côte à côte le jour ; je n'avais pas le droit de parler de Vérité, du clan ni d'aucun sujet qui pouvait s'y rapporter ; nous étudiions des tactiques de jeu, nous ramassions des plantes pour le repas du soir ou je lui récitais les histoires d'Astérie. Chaque fois qu'elle avait l'impression de me sentir le moins du monde distrait, elle me donnait un coup sec de son bâton de marche. Les rares occasions où je tentai de dévier la conversation en la questionnant sur son passé, elle répondit d'un ton hautain que cela risquait de nous ramener précisément sur les sujets à éviter.

Il n'est rien de plus difficile que de s'empêcher de penser à quelque chose. Au milieu de mes occupations, le parfum d'une fleur m'évoquait Molly, et de là à Vérité, qui m'avait éloigné d'elle, il n'y avait qu'un pas ; ou bien une phrase du fou me rappelait la tolérance dont le roi Subtil faisait preuve à l'égard de ses moqueries, et je revoyais alors la mort de mon roi et ses assassins. Pire que tout était le silence de Kettricken : elle ne pouvait plus me confier ses inquiétudes au sujet de Vérité. Quand je la voyais, je sentais à quel point elle avait besoin de le retrouver, puis je me gourmandais parce que j'avais pensé à lui. Ainsi passaient pour moi les longues journées de marche.

Peu à peu, le paysage se modifiait. D'une vallée à l'autre, la route descendait en lacet ; pendant quelque temps, elle longea une rivière à l'eau d'un gris laiteux dont les crues et les décrues avaient ramené par endroits la largeur de la route à celle d'un simple sentier. Nous parvînmes finalement devant un pont immense ; lorsque nous l'avions aperçu de loin, le réseau délicat de sa travée m'avait évoqué des ossements et j'avais craint que nous ne le trouvions réduit à un enchevêtrement de poutres brisées. Mais non : nous nous avançâmes sur un ouvrage qui s'arquait au-dessus de la rivière jusqu'à une altitude tout à fait excessive, comme si on l'avait fait ainsi par pur plaisir. La route était noire et brillante, tandis que les superstructures et les infrastructures du pont étaient d'un gris poudreux ; je fus incapable d'identifier ce matériau : était-ce du métal ou quelque pierre inconnue ? Je n'en savais rien, car cela ressemblait plus à un fil tortillé qu'à du métal martelé ou à de la pierre ciselée. Même le fou se tut un moment devant tant de grâce et d'élégance.

Passé le pont, nous gravîmes une suite de petites collines puis entamâmes une nouvelle descente ; cette fois, la vallée était étroite et profonde, fissure aux flancs escarpés comme si, en des temps lointains, quelque géant avait fendu la terre avec une hache de combat. Inexorablement, la route suivait un des versants vers le fond. Nous ne voyions guère où elle nous menait car la vallée était envahie de brumes et de végétation ; ce fait m'intrigua jusqu'au moment où le premier ruisselet d'eau chaude coupa notre chemin ; il jaillissait en bouillonnant d'une source sur le côté de la route et avait depuis longtemps dédaigné les murets et les drains sculptés qu'un architecte avait placés pour le contenir. Avec ostentation, le fou renifla la puanteur qui s'en échappait et se demanda s'il fallait l'attribuer à des œufs pourris ou à quelque flatulence tellurique. Pour une fois, même sa grossièreté ne parvint pas à me faire sourire, comme si son espièglerie durait depuis trop longtemps et que ses plaisanteries eussent perdu tout humour pour ne garder qu'un aspect fruste et cruel.

En fin d'après-midi, nous arrivâmes dans une région aux étangs fumants. Nous ne pûmes résister à la séduction d'un bain chaud et Kettricken nous fit installer le camp très tôt. Nous avions été longtemps privés du plaisir de plonger notre corps las dans l'eau chaude et nous en jouîmes tous sauf le fou, rebuté par l'odeur ; pour moi, l'eau ne sentait pas moins bon que celle qui alimentait les thermes de Jhaampe, mais pour une fois je fus heureux de me passer de sa compagnie. Il partit à la recherche d'une eau plus acceptable, tandis que les femmes prenaient possession de l'étang le plus étendu et que je me retirais dans l'intimité relative d'un plus petit, un peu plus loin. J'y restai à tremper quelque temps, puis décidai de décrasser mes vêtements : l'odeur minérale de l'eau n'était rien comparée au fumet dont mon corps les avait imprégnés. Cela fait, je les étalai sur l'herbe et allai m'allonger à nouveau dans l'eau. Œil-de-Nuit vint s'asseoir au bord de l'étang et m'observa, perplexe, la queue proprement enroulée autour des pattes.

C'est agréable, lui dis-je, sans nécessité car je savais qu'il percevait mon plaisir.

Un silence, puis : *Il doit y avoir un rapport avec ton manque de fourrure*, jugea-t-il.

Entre dans l'eau, je vais t'étriller. Ça contribuera à te débarrasser de ton pelage d'hiver.

Il émit un reniflement dédaigneux. *Je préfère me gratter et en enlever un peu chaque fois.*

Dans ce cas, inutile que tu restes ici à t'ennuyer. Va chasser si tu en as envie.

J'aimerais bien, mais la grande louve m'a demandé de veiller sur toi. Alors je veille.

Kettricken ?

C'est ainsi que tu l'appelles.

Comment te l'a-t-elle demandé ?

Il me regarda d'un air étonné. *Comme tu l'aurais fait. Elle a posé les yeux sur moi et j'ai su ce qu'elle avait à l'esprit. Elle s'inquiétait de te savoir seul.*

Sait-elle que tu l'entends ? Et t'entend-elle ?

Presque, quelquefois. Il se coucha brusquement sur le gazon et s'étira, sa langue rose enroulée. *Si ta femelle t'ordonne de me chasser, je me lierai peut-être avec celle-ci.*

Ce n'est pas drôle !

Sans répondre, il roula sur le dos et se mit à se gratter. Molly était à présent un sujet de malaise entre nous, une crevasse dont je n'osais pas approcher et qu'il s'obstinait à examiner. Je regrettai soudain le temps où nous ne faisions qu'un et où nous ne vivions que dans l'instant. Je me rallongeai, la tête sur la rive, le corps à moitié hors de l'eau. Je fermai les yeux et ne pensai à rien.

Quand je rouvris les paupières, je vis le fou debout près de moi qui me regardait. Je sursautai, et Œil-de-Nuit aussi ; le loup se redressa en grondant. « Quel gardien ! » lui dis-je. *Il n'a pas d'odeur et il marche sans faire plus de bruit qu'un flocon de neige !* fit le loup d'un ton plaintif.

« Il ne te quitte pas d'une semelle, hein ? remarqua le fou.

— En effet », répondis-je en me rallongeant dans l'eau. Il faudrait que j'en sorte sans tarder : le soir tombait, et le rafraîchissement de l'air rendait l'eau chaude encore plus délassante. Au bout d'un moment, je jetai un coup d'œil au fou : il était toujours debout à côté de moi à me regarder. « Quelque chose ne va pas ? » lui demandai-je.

Il fit un geste évasif, puis s'assit gauchement sur la rive. « Je pensais à ta fabricante de bougies, dit-il tout à coup.

— Ah ? fis-je à mi-voix. Moi, je fais de mon mieux pour éviter d'y penser. »

Il réfléchit un moment. « Si tu meurs, que va-t-elle devenir ? »

Je me retournai sur le ventre et pris appui sur mes coudes pour le dévisager. Je pensais que sa question annonçait une nouvelle moquerie, mais son expression était grave. « Burrich s'occupera d'elle, répondis-je, aussi longtemps qu'elle aura besoin d'aide. C'est une femme capable, fou. » Après quelques secondes de réflexion, j'ajoutai : « Elle s'est débrouillée seule des années avant que... Fou, je ne me suis jamais vraiment occupé d'elle. J'étais auprès d'elle, mais elle ne dépendait que d'elle-même. » En prononçant ces paroles, j'éprouvai à la fois de la honte et de la fierté : honte de n'avoir presque rien fait pour elle à part lui apporter des ennuis, fierté qu'une telle femme m'ait aimé.

« Mais tu voudrais au moins qu'elle sache ce qui t'est arrivé, non ? »

Je secouai lentement la tête. « Elle me croit mort, et Burrich aussi. Si je meurs pour de bon, mieux vaut qu'elle s'imagine que ça s'est passé dans les cachots de Royal. Si elle apprenait que j'ai survécu, cela ne ferait que me souiller davantage à ses yeux. Comment lui expliquer que je ne sois pas venu aussitôt la retrouver ? Non. S'il m'arrive malheur, je veux qu'elle n'en sache rien. » Un sentiment de tristesse me saisit à nouveau. Et si je survivais et retournais auprès d'elle ? C'était presque pire à envisager ; j'essayai de m'imaginer devant elle, en train de lui avouer qu'encore une fois j'avais fait passer mon roi avant elle. Je fermai étroitement les yeux à cette idée.

« Néanmoins, quand tout sera fini, j'aimerais bien la revoir », fit le fou.

Je rouvris les yeux. « Toi ? Je ne savais même pas que vous vous étiez adressé la parole ! »

Le fou parut un peu interloqué. « Mais je parlais pour toi ; je voudrais m'assurer qu'elle ne manque de rien. »

Je me sentis curieusement touché. « Je ne sais pas quoi dire, avouai-je.

— Eh bien, ne dis rien. Indique-moi simplement où je puis la trouver, reprit-il avec un sourire.

— Je ne le sais pas précisément. Umbre le sait, lui. Si... si je ne survis pas à ce qui nous attend, demande-lui. » Évoquer ma propre mort me paraissait porteur de malchance, aussi ajoutai-je : « Naturellement, nous savons l'un comme l'autre que je survivrai. C'est prédit, non ? »

Il m'adressa un regard étrange. « Par qui ? »

Mon cœur se serra. « Par un quelconque Prophète blanc, du moins je l'espérais », marmonnai-je ; je m'aperçus que jamais je ne m'étais enquis auprès du fou d'une prédiction concernant ma survie. Tout le monde ne s'en sort pas indemne même quand on est victorieux. Je m'armai de courage. « Est-il prédit que le Catalyseur survivra ? »

Il parut se plonger dans de profondes réflexions, puis il déclara soudain : « Umbre mène une existence dangereuse. Rien n'assure qu'il s'en tirera ; et s'il ne s'en tire pas, tu dois bien avoir une idée de la région où se trouve la fillette. Ne veux-tu pas me l'indiquer ? »

Le fait qu'il n'eût pas répondu à ma question était suffisant : le Catalyseur ne survivrait pas. J'eus l'impression de recevoir en pleine face une vague d'eau de mer glacée ; je me sentis ballotté par cette connaissance froide, puis je commençai à m'y noyer. Jamais je ne tiendrais ma fille dans mes bras, jamais plus je n'éprouverais la chaleur du corps de Molly contre le mien. C'était presque comme une douleur physique et j'en eus le vertige.

« FitzChevalerie ? » fit le fou d'une voix tendue. Il se plaqua soudain une main sur la bouche comme s'il était incapable de parler ; de l'autre main, il agrippa son propre poignet. Il paraissait au bord de la nausée.

« Ça va, dis-je d'une voix défaillante. Peut-être vaut-il mieux que je sache ce qui m'attend. » Je soupirai et fouillai ma mémoire. « Je les ai entendus parler d'un village où Burrich va faire des courses. Ça ne doit pas être très loin ; tu pourrais commencer par là. »

Le fou eut un petit hochement de tête pour m'encourager à poursuivre. Des larmes perlaient à ses yeux.

« Capelan », fis-je à mi-voix.

Il resta encore un instant à me dévisager, puis il s'écroula brusquement de côté.

« Fou ? »

Pas de réponse. Je me levai et l'observai tandis que l'eau tiède dégoulinait de mon corps. Il était étendu sur le flanc, comme endormi. « Fou ! » m'exclamai-je d'un ton irrité. Comme il ne répondait toujours pas, je sortis de l'étang et m'approchai de lui ; couché sur la rive herbue, il imitait la respiration profonde et régulière du dormeur. « Fou ? » dis-je encore en m'attendant à ce qu'il se redresse d'un bond sous mon nez ; mais non : il fit un geste vague, comme si je l'avais dérangé dans un rêve. Qu'il passe brutalement d'une discussion grave à une espièglerie m'irritait à un point que les mots étaient impuissants à décrire ; pourtant, c'était dans le droit fil de son attitude des derniers jours. Je savais que je ne retrouverais ni détente ni paix dans l'eau chaude de l'étang ; toujours dégouttant, je commençai à ramasser mes vêtements, et je refusai d'accorder le moindre regard au fou tandis que je me séchais et agitais bras et jambes pour les débarrasser des dernières gouttes d'eau ; de toute façon, mes habits étaient encore un peu humides. Le fou dormait toujours quand je me détournai de lui et repartis vers le camp, Œil-de-Nuit sur mes talons.

C'est un jeu ? demanda-t-il.

Si on veut, répondis-je laconiquement. *Mais il ne m'amuse pas.*

Les femmes étaient déjà de retour au bivouac. Kettricken étudiait sa carte tandis que Caudron donnait aux jeppas de petites portions du grain qui restait ; Astérie, assise près du feu, se passait un peigne dans les cheveux ; elle leva les yeux à mon approche. « Le fou n'a pas trouvé d'eau fraîche ? » demanda-t-elle.

Je haussai les épaules. « Pas quand je l'ai vu la dernière fois. Du moins, s'il en avait trouvé, il ne la portait pas sur lui.

— Nous en avons assez dans les outres pour nous débrouiller, de toute façon. C'est seulement que je préfère de l'eau fraîche pour la tisane.

— Moi aussi. » Je pris place près du foyer et observai la ménestrelle. Machinalement, elle tressait ses cheveux lisses et humides en petites nattes qu'elle enroulait ensuite sur sa tête et fixait solidement à l'aide d'une épingle.

« J'ai horreur d'avoir des cheveux mouillés dans les yeux », fit-elle, et je m'aperçus alors que je la regardais fixement depuis un moment. Je détournai les yeux, gêné.

« Ah, il sait encore rougir ! s'exclama-t-elle en riant, puis elle ajouta d'un ton ironique : Voulez-vous m'emprunter mon peigne ? »

Je passai ma main dans mes cheveux hirsutes. « Ce ne serait pas inutile, je crois, en effet, marmonnai-je.

— C'est sûr », acquiesça-t-elle, mais, au lieu de me donner le peigne, elle vint s'agenouiller derrière moi. « Comment avez-vous réussi à les mettre dans un état pareil ? s'étonna-t-elle en commençant à tirer sur les nœuds.

— Ça se fait tout seul », grommelai-je. Le contact doux de ses doigts, la traction sans violence sur mes cheveux me procuraient des sensations extraordinairement agréables.

« Le problème, c'est qu'ils sont très fins. Je n'ai jamais connu de Cervien qui ait les cheveux aussi fins. »

Mon cœur fit un bond dans ma poitrine. Une côte de Cerf par une journée venteuse, et Molly assise sur une couverture rouge à côté de moi, son corsage à demi lacé. Elle venait de m'avouer qu'avec Burrich j'étais l'homme le mieux fait des écuries. « Je pense que ça vient de tes cheveux, m'avait-elle dit : ils ne sont pas rudes comme ceux de la plupart des Cerviens. » Cela avait été un bref intermède de compliments intimes et de bavardage sans queue ni tête, et je me rappelais son doux contact sous le vaste ciel. Je faillis sourire ; mais je ne pouvais évoquer cette journée sans me souvenir aussi que, à l'instar de tant d'autres occasions, elle s'était achevée sur une querelle et des larmes. Ma gorge se noua et je secouai la tête dans l'espoir de chasser ces images d'autrefois.

« Ne bougez pas, me gronda la ménestrelle en tirant brutalement sur un nœud. J'ai presque fini de les démêler. Accrochez-vous, c'est le dernier. » Elle saisit les cheveux au-dessus du nœud et l'arracha si vivement que je ne ressentis presque rien. « Passez-moi la lanière », me dit-elle ; je la lui donnai et elle noua ma chevelure en queue de guerrier.

Sur ces entrefaites, Caudron revint de nourrir les jeppas. « Il y a de la viande ? » demanda-t-elle d'un ton sarcastique.

Je soupirai. « Pas encore, mais bientôt », promis-je. Je me remis debout avec lassitude.

« Veille sur lui, loup », ordonna Caudron à Œil-de-Nuit. Il répondit par un petit frémissement de la queue et me conduisit hors du camp.

La nuit était tombée quand nous regagnâmes le bivouac. Nous étions très satisfaits de nous-mêmes car nous rapportions, non du lapin, mais une créature aux sabots fendus qui évoquait un petit chevreau, quoique avec un pelage plus soyeux. Je l'avais éventrée sur place, à la fois pour donner les entrailles à Œil-de-Nuit et pour alléger la carcasse, puis j'avais porté l'animal sur mon épaule, ce que je n'avais pas tardé à regretter : tous les parasites piqueurs dont il était l'hôte n'avaient été que trop heureux de se transférer sur moi. Je n'aurais plus qu'à reprendre un bain cette nuit.

J'adressai un sourire complice à Caudron quand elle vint à notre rencontre et s'empara du chevreau pour l'examiner. Mais, au lieu de nous féliciter, elle demanda : « Vous reste-t-il de l'écorce elfique ?

— Je vous ai remis tout ce que je possédais, répondis-je Pourquoi ? Vous n'en avez plus ? Remarquez, vu le comportement que ça induit chez le fou, ce serait presque une bonne nouvelle. »

Elle me lança un regard étrange. « Vous êtes-vous disputé avec lui ? demanda-t-elle d'une voix tendue. L'avez-vous frappé ?

— Quoi ? Mais bien sûr que non !

— Nous l'avons trouvé près de l'étang où vous vous êtes baigné, dit-elle à mi-voix. Il s'agitait dans son sommeil comme un chien qui rêve. Je l'ai réveillé mais, même ainsi, il avait une expression vague. Nous l'avons ramené ici mais il s'est glissé aussitôt sous ses couvertures. Depuis, il dort comme une souche. »

Nous étions arrivés près du feu de camp ; je laissai tomber le chevreau par terre et me précipitai vers la tente, Œil-de-Nuit devant moi.

« Il a repris conscience, mais un moment seulement, poursuivit Caudron, et puis il est retombé dans le sommeil. On dirait quelqu'un qui se remet d'un profond épuisement ou d'une très longue maladie. Je suis inquiète pour lui, je ne vous le cache pas. »

Je l'écoutais à peine. Une fois dans la tente, je m'agenouillai auprès du fou. Il était couché sur le flanc, roulé en boule ; Kettricken aussi était à genoux près de lui, le visage assombri par l'anxiété. L'aspect du fou était celui d'un homme qui dort, tout simplement, et le soulagement le disputa en moi à l'irritation.

« Je lui ai donné presque toute l'écorce dont je disposais, continua Caudron. Si je lui administre ce qui reste, nous n'aurons plus de réserves si jamais le clan l'attaque.

— N'y a-t-il pas une autre plante... »

J'interrompis Kettricken.

« Pourquoi ne pas le laisser dormir, tout bêtement ? Ce sont peut-être les derniers symptômes de son autre maladie, ou un effet secondaire de l'écorce elle-même. Même avec des produits puissants, on ne peut pas duper l'organisme très longtemps et il finit toujours par annoncer ses exigences.

— C'est exact, dit Caudron à contrecœur. Mais cela ressemble tellement peu au fou...

— Il n'est plus lui-même depuis le troisième jour où il a pris de l'écorce, remarquai-je. Il a la langue trop acérée, la plaisanterie trop mordante. Si vous voulez mon avis, je le préfère endormi qu'éveillé, ces temps-ci.

— Ma foi, il y a peut-être du vrai dans ce que vous dites. Nous allons le laisser dormir », dit Caudron, puis elle reprit sa respiration comme pour ajouter quelque chose, mais elle se ravisa. Je ressortis afin de préparer le chevreau pour la cuisson. Astérie me suivit.

Pendant quelque temps, elle m'observa en silence en train de dépecer l'animal ; il n'était pas bien gros. « Aidez-moi à faire du feu ; nous allons le rôtir tout entier. La viande cuite se conservera mieux par ce temps. »

Tout entier ?

Sauf une généreuse portion pour toi. D'un geste tournant, j'insérai mon couteau dans une articulation, rompis le manche de la patte et découpai le cartilage restant.

Il me faudra davantage que des os, me rappela Œil-de-Nuit.

Ne t'inquiète pas, lui répondis-je. Quand j'eus achevé ma tâche, il avait récupéré la tête, la peau, les quatre fanons et un quartier de derrière ; cela ne me facilita pas l'embrochage de la bête mais j'y parvins finalement. C'était un animal jeune et, bien qu'il n'eût guère de graisse, je pensais que sa viande serait moelleuse. Le plus difficile serait d'attendre qu'il soit cuit ; les flammes léchaient et roussissaient la carcasse, et l'odeur savoureuse de la viande rôtie me mettait l'eau à la bouche.

« Êtes-vous en colère contre le fou ? me demanda la ménestrelle à mi-voix.

— Pardon ? » Je lui jetai un coup d'œil par-dessus mon épaule.

« Depuis le temps que nous voyageons ensemble, j'ai pu observer comment vous vous comportiez l'un avec l'autre ; vous êtes plus proches que des frères. J'aurais pensé vous voir rester à son chevet, rongé d'inquiétude, comme quand il était malade ; or, vous agissez comme si tout était normal. »

Peut-être les ménestrels sont-ils trop clairvoyants. Je repoussai mes cheveux de mon visage et réfléchis.

« Plus tôt dans la journée, il est venu me trouver pour bavarder. Il voulait savoir que faire pour Molly si je ne survivais pas à notre voyage. » Je regardai Astérie et secouai la tête ; ma gorge se noua et j'en fus surpris. « Il ne pense pas que je m'en sortirai ; et quand c'est un prophète qui vous l'annonce, il est difficile de ne pas le croire. »

Son air atterré ne fit rien pour apaiser mon angoisse et démentit les mots qu'elle prononça ensuite : « Les prophètes n'ont pas toujours raison. Vous a-t-il assuré qu'il avait vu votre mort ?

— Quand je lui ai posé la question, il n'a pas voulu répondre.

— Jamais il n'aurait dû aborder un tel sujet ! s'exclama-t-elle, furieuse. Comment peut-il espérer que vous aurez le courage d'accomplir ce qu'on attend de vous si vous êtes convaincu que vous mourrez alors ? »

Je haussai les épaules sans mot dire. J'avais refusé d'y penser pendant toute la durée de notre chasse, mais, au lieu de s'effacer, ma peur n'avait fait que croître. Je fus soudain envahi par une profonde détresse – et aussi par une grande colère contre le fou qui m'avait révélé mon avenir. Par un effort de volonté, je pris le temps de réfléchir. « Il n'est pas responsable des nouvelles qu'il apporte, et son intention partait d'un bon sentiment. Pourtant, qu'il est dur d'affronter sa propre mort, comme un événement qui se produira non pas aujourd'hui, quelque part, mais probablement avant que l'été perde sa verdure ! » Je relevai la tête et promenai mon regard sur la prairie verdoyante qui nous entourait.

Il est étonnant de constater à quel point l'aspect d'une chose peut changer quand on sait que c'est la dernière fois qu'on la voit. Les moindres feuilles des moindres rameaux ressortaient avec netteté en une multitude de verts différents ; les oiseaux se lançaient des défis ou passaient dans un éclair de couleurs ; l'odeur de la viande en train de cuire, la terre elle-même, et jusqu'au bruit que faisait Œil-de-Nuit en broyant un os devenaient soudain uniques et précieux. Combien de journées comme celle-ci avais-je traversées, aveugle, uniquement préoccupé de me payer une chope de bière à la prochaine ville ou de décider quel cheval referrer ? Il y avait bien longtemps, à Castelcerf, le fou m'avait recommandé de vivre chaque jour comme s'il était de la plus haute importance, comme si chaque jour le sort du monde dépendait de mes actions, et je comprenais soudain aujourd'hui ce qu'il avait essayé de me dire – aujourd'hui que le nombre de jours qui me restaient avait tellement diminué que je pouvais presque les compter.

Astérie posa les mains sur mes épaules, puis elle se pencha et plaça sa joue contre la mienne. « Fitz, je suis navrée », dit-elle à voix basse. J'entendis à peine ses paroles mais je perçus bien sa conviction que j'allais mourir. Je regardai la viande qui rôtissait au-dessus du feu. Ce chevreau avait été vivant.

La mort est toujours au bord de maintenant. La pensée d'Œil-de-Nuit était douce. *La mort nous guette et elle est toujours assurée de sa prise. Il ne sert à rien d'y songer sans cesse, mais, dans nos entrailles et dans nos os, nous savons tous qu'elle est là. Tous sauf les humains.*

Saisi, je vis ce que le fou avait cherché à m'enseigner à propos du temps. Je regrettai soudain de ne pas pouvoir revenir en arrière afin de revivre chaque journée séparément. Le temps... j'en étais prisonnier, enfermé dans un petit bout de maintenant qui était le seul sur lequel je puisse avoir de l'influence ; tous les bientôt et les demain que je projetais n'étaient que des fantômes qui pouvaient m'être arrachés à tout instant. Les intentions n'étaient rien. Tout ce que j'avais, c'était maintenant. Je me levai brusquement.

« Je comprends, dis-je tout haut. Il était obligé de me le révéler pour me pousser à continuer. Je dois cesser d'agir comme s'il existait un demain où je pourrais tout régler. Tout doit être accompli maintenant, tout de suite, sans se préoccuper du lendemain. Ne pas placer sa foi dans le lendemain, ne pas avoir peur du lendemain.

— Fitz ? » Astérie s'écarta d'un pas de moi. « À vous écouter, j'ai l'impression que vous allez faire une bêtise. » Ses yeux noirs étaient emplis d'inquiétude.

« Une bêtise, répétai-je. Comme le fou, oui. Pourriez-vous surveiller la viande, s'il vous plaît ? » demandai-je humblement à la ménestrelle.

Sans attendre sa réponse, je me dirigeai vers la tente ; Astérie s'écarta de mon chemin. Dans la yourte, Caudron était assise près du fou et le regardait dormir ; Kettricken réparait une couture d'une de ses bottes. Elles levèrent toutes deux les yeux vers moi quand j'entrai. « Il faut que je lui parle, dis-je simplement. Seul à seul, si cela ne vous dérange pas. »

Je ne prêtai aucune attention à leurs regards intrigués. Je regrettais déjà d'avoir fait part à Astérie de ce que le fou m'avait dit ; elle allait sans aucun doute en faire profiter les autres, mais pour l'instant je n'avais pas envie de partager avec eux ce que je savais. J'avais une nouvelle importante à transmettre au fou et je voulais le faire à l'instant. Sans m'attarder à regarder les deux femmes quitter la yourte, je m'assis près du fou, puis je posai doucement ma main contre sa joue fraîche. « Fou, mumurai-je, il faut que je te parle. Je comprends. Je crois que j'ai enfin compris ce que tu as toujours essayé de me communiquer. »

Je dus m'y reprendre à plusieurs fois avant qu'il commence à se réveiller. J'en venais à partager l'inquiétude de Caudron : ce n'était pas le sommeil normal d'un homme en fin de journée. Mais il finit par ouvrir les yeux et me regarda dans la pénombre. « Fitz ? C'est le matin ? demanda-t-il.

— Non, le soir. Il y a de la viande fraîche en train de rôtir et elle sera bientôt à point. À mon avis, un bon repas t'aidera à te remettre sur pied. » J'hésitai, puis me rappelai ma nouvelle résolution : maintenant. « Je t'en ai voulu tout à l'heure, à cause de ce que tu m'as dit ; mais je crois comprendre à présent pourquoi tu l'as fait. Tu as raison, je me cachais dans l'avenir et je gaspillais mes journées. » Je pris une inspiration. « Je veux te donner le clou d'oreille de Burrich, le remettre à ta garde. Ap... après, j'aimerais que tu le lui apportes, et aussi que tu lui dises que je ne suis pas mort devant la chaumière d'un berger, mais en restant fidèle au serment que j'ai prêté à mon roi. Cela aura peut-être de l'importance pour lui, et cela le remboursera peut-être un peu de tout ce qu'il a fait pour moi. Il m'a enseigné à devenir un homme. Je veux qu'il le sache. »

Je défis l'attache du clou, le retirai de mon oreille et le plaquai dans la main sans force du fou. Couché sur le côté, il m'écoutait en silence, la mine grave. Je secouai la tête.

« Je n'ai rien à faire parvenir à Molly, rien pour notre fille. Elle aura l'épingle que Subtil m'a donnée il y a bien longtemps, mais guère plus. » Je m'efforçais de parler d'une voix ferme, mais la portée de mes propos m'étouffait. « Il serait peut-être plus avisé de ne pas révéler à Molly que j'ai survécu aux cachots de Royal, si c'est possible. Burrich comprendra le motif d'un tel secret : elle a déjà pleuré ma mort une fois, inutile de retourner le couteau dans la plaie. Je suis heureux que tu veuilles la retrouver. Fabrique des jouets pour Ortie. » Les larmes me montèrent aux yeux.

Le fou s'assit dans ses couvertures, le visage soucieux. Il me saisit doucement par l'épaule. « Si tu tiens à ce que je retrouve Molly, je le ferai, tu le sais, si l'on doit en arriver là. Mais pourquoi songer à cela maintenant ? Que crains-tu ?

— Ma mort, avouai-je. Mais ce n'est pas en la craignant que je l'empêcherai ; je prends donc les dispositions que je peux – comme j'aurais dû le faire il y a longtemps déjà. » Je plantai mon regard dans ses yeux embrumés. « Donne-moi ta promesse. »

Il contempla le clou d'oreille dans le creux de sa paume. « Je te donne ma promesse, bien que je ne voie pas pourquoi j'aurais, selon toi, de meilleures chances d'y arriver. Je ne sais pas non plus comment les retrouver, mais j'y parviendrai. »

J'éprouvai un profond soulagement. « Je te l'ai dit tout à l'heure : je sais seulement que leur chaumière se situe non loin d'un village du nom de Capelan. Il y a plusieurs Capelan en Cerf, c'est vrai ; mais, si je me dis que tu les retrouveras, je te fais confiance.

— Capelan ? » Son regard se fit lointain. « Il me semble me rappeler... J'avais l'impression d'avoir rêvé. » Il secoua la tête et un sourire flotta sur ses lèvres. « Je partage donc à présent un des secrets les mieux préservés de Cerf. Umbre lui-même m'a avoué ne pas savoir précisément où Burrich avait caché Molly ; il connaissait un lieu où laisser des messages à Burrich afin de pouvoir entrer en contact avec lui. "Moins il y a de gens au courant d'un secret, moins ils sont à pouvoir le révéler", m'a-t-il dit. Pourtant, il me semble avoir déjà entendu ce nom, Capelan – à moins que j'en aie rêvé. »

Mon cœur se glaça. « Comment ça ? Tu as eu une vision de Capelan ? »

Il secoua la tête. « Non, pas une vision, mais un cauchemar aux arêtes plus aiguës que d'habitude, si bien que, quand Caudron m'a trouvé puis qu'elle m'a réveillé, j'avais l'impression de n'avoir pas fermé l'œil et d'avoir passé des heures à fuir pour sauver ma peau. » Il secoua de nouveau la tête, lentement, et se frotta les yeux en bâillant. « Je ne me rappelle même pas m'être allongé dehors pour dormir. Pourtant, c'est là qu'on m'a découvert.

— J'aurais dû me rendre compte que tu n'allais pas bien, dis-je d'un ton d'excuse. Tu étais près de la source chaude, tu parlais de moi, de Molly, de... de divers sujets, et puis tu t'es allongé sans prévenir et tu t'es endormi. J'ai cru que tu te moquais de moi », avouai-je d'un air penaud.

Il bâilla à s'en décrocher la mâchoire. « Je ne me rappelle pas t'avoir rencontré là », dit-il. Il huma soudain l'air. « Tu as bien parlé de viande en train de rôtir ? »

Je hochai la tête. « Le loup et moi avons attrapé un chevreau. Il est jeune et il devrait être tendre.

— J'ai tellement faim que je serais prêt à manger une paire de vieilles chaussures ! » Il rejeta ses couvertures et sortit de la tente. Je le suivis.

Le repas qui suivit fut le meilleur moment que nous ayons vécu depuis des jours. Le fou paraissait las et pensif, mais son humeur abrasive l'avait quitté. La viande, sans être aussi tendre que de l'agneau gras, était supérieure à tout ce que nous avions mangé depuis des semaines. À la fin du repas, je partageais la satiété somnolente d'Œil-de-Nuit. Il se roula en boule près de Kettricken pour partager sa veille pendant que je m'apprêtais à me coucher.

Je pensais trouver le fou bien éveillé après avoir tant dormi dans l'après-midi, mais il se glissa le premier entre ses couvertures et dormait à poings fermés avant même que j'eusse ôté mes bottes. Caudron déplia son tissu de jeu et me donna un problème à résoudre, après quoi j'allai me reposer pendant que la vieille femme veillait sur mon sommeil.

Mais je ne dormis guère. À peine avais-je commencé à m'assoupir que le fou se mit à s'agiter en poussant de petits glapissements dans son sommeil. Même Œil-de-Nuit glissa la tête par l'entrée de la tente pour voir ce qui se passait. Caudron dut s'y reprendre à plusieurs fois pour réveiller le fou, et quand il se rendormit, il retomba aussitôt dans son rêve bruyant. Je tendis alors la main pour le secouer mais, quand je le touchai, j'eus soudain conscience de tout son être. L'espace d'un instant, je partageai sa terreur. « Fou, réveille-toi ! » lui criai-je et, comme en réaction à cet ordre, il se redressa dans ses couvertures.

« Lâchez-moi, lâchez-moi ! » s'écria-t-il, éperdu ; puis il balaya la tente du regard et s'aperçut que nul ne le tenait ; il se laissa retomber sur ses couvertures et tourna le regard vers moi.

« De quoi rêvais-tu ? » lui demandai-je.

Il réfléchit, puis secoua la tête. « Tout a disparu. » Il prit une inspiration hachée. « Mais je redoute que cela m'attende si je ferme les yeux. Je vais voir si Kettricken n'aurait pas besoin de compagnie, par hasard. Je préfère rester éveillé qu'affronter... ce que j'affrontais dans mes rêves. »

Je le regardai quitter la tente, puis je me rallongeai sous mes couvertures et fermai les yeux. Aussi fin qu'un fil d'argent, je trouvai le lien d'Art qui nous rattachait.

Ah ! c'est donc ça ? s'étonna le loup.

Tu le perçois, toi aussi ?

Quelquefois seulement. Ça ressemble à ce que tu avais avec Vérité.

Mais en plus faible.

Plus faible ? Je ne crois pas. Œil-de-Nuit réfléchit. *Pas plus faible, mon frère : différent. Ça ressemble plus à un lien de Vif qu'à l'union de l'Art.*

Le fou sortait de la tente et le loup leva les yeux vers lui. Au bout d'un petit moment, le fou fronça les sourcils et regarda Œil-de-Nuit.

Tu vois ? fit le loup. *Il me sent ; pas clairement, mais il me sent. Salut, fou ; mes oreilles me démangent.*

Devant la tente, le fou se baissa soudain pour gratter les oreilles du loup.

7

LA CARRIÈRE

Des légendes courent chez les Montagnards sur une race ancienne, très douée pour la magie et détentrice d'un savoir aujourd'hui perdu à jamais pour les hommes. Ces légendes, par bien des aspects, ressemblent à celles qui parlent des elfes ou des Anciens dans les Six-Duchés ; dans certains cas, elles sont tellement semblables qu'il s'agit manifestement de la même histoire adaptée par des peuples différents. L'exemple le plus frappant est La Chaise volante du fils de la veuve *; chez les Montagnards, ce conte cervien se retrouve sous le titre du* Traîneau volant de l'orphelin. *Qui peut dire chez qui il a son origine ?*

Les habitants du royaume des Montagnes assurent que cette race antique est responsable de certains des monuments les plus originaux qu'on rencontre de temps en temps dans leurs forêts. On leur attribue aussi quelques faits de moindre importance, telle l'invention de certains jeux de stratégie auxquels jouent encore les petits Montagnards, et celle d'un instrument à vent très particulier qui n'est pas activé par le souffle du musicien, mais par de l'air enfermé dans une vessie gonflée. On parle également de cités anciennes, au fin fond des Montagnes, qui auraient été le lieu de résidence de ces êtres. Mais je n'ai trouvé nulle part, ni dans la littérature ni dans la mémoire orale des Montagnards, d'explication sur la disparition de ces créatures.

*

Trois jours plus tard, nous parvînmes à la carrière. Durant ces trois journées, le temps était devenu soudain très chaud, et l'air s'était empli du parfum des fleurs et des feuilles en train de s'épanouir, du sifflement des oiseaux et du bourdonnement des insectes. De part et d'autre de la route d'Art, la vie bourgeonnait et je marchais au milieu d'elle, tous les sens en alerte, plus conscient que jamais d'être vivant. Le fou n'avait plus rien dit sur ce qu'il avait prévu de mon destin, et je l'en remerciais ; je m'étais rendu compte qu'Œil-de-Nuit avait raison : savoir que j'allais mourir était bien assez dur, inutile de ruminer la question.

Soudain, nous arrivâmes à la carrière. Tout d'abord, nous crûmes avoir atteint un cul-de-sac : la route descendait le long d'une rampe jusqu'au fond d'une gorge de roche vive, taillée de main d'homme, et d'une surface double de celle du Château de Castelcerf. Les murailles de cette vallée étaient parfaitement verticales et nues, et s'interrompaient seulement là où d'énormes blocs de pierre noire en avaient été extraits. Çà et là, de la végétation enracinée dans la terre au sommet tombait en cascade le long des arêtes rocheuses. Au fond de la gorge, des flaques d'eau de pluie verdâtre stagnaient. On ne voyait guère de plantes, car l'humus était rare. Nous avions enfin quitté la route d'Art et nous nous tenions sur la roche noire et brute dont elle avait été façonnée. Quand nous regardâmes la falaise qui nous dominait de l'autre côté de la vallée, nous ne vîmes que de la pierre noire veinée d'argent ; au fond de la carrière gisaient quantité d'immenses blocs au milieu de tas de gravats et de poussière. Ils étaient plus grands que des bâtiments, et je ne concevais pas comment on avait pu les découper, et encore moins les déplacer. Près d'eux se trouvaient les restes de vastes machines qui m'évoquèrent vaguement des engins de siège ; leur bois avait pourri, leur métal rouillé ; voûtées par le temps, elles me firent penser à des ossements qui s'effritent. On n'entendait pas un bruit.

Deux faits attirèrent immédiatement mon attention : le premier était la présence d'un pilier noir dressé au milieu de notre chemin, gravé des mêmes runes que nous avions déjà observées ; le second était l'absence totale de vie animale.

Je m'arrêtai devant la colonne. Je tendis mon Vif et le loup en fit autant : ce n'était que de la pierre froide.

Nous allons peut-être apprendre à nous nourrir de pierre, maintenant ? fit le loup.

« Nous devrons aller chasser ailleurs, ce soir, en effet, répondis-je.

— Et trouver de l'eau propre », ajouta le fou.

Kettricken se tenait devant le pilier. Les jeppas commençaient déjà à s'égailler d'un air désolé à la recherche de quelque touffe d'herbe. Doué à la fois de l'Art et du Vif, je percevais avec acuité les gens qui m'entouraient, mais, pour le moment, je ne captais rien de la reine. Son visage était un masque inexpressif, qui se mit soudain à s'affaisser comme si elle vieillissait sous mes yeux. Son regard qui errait sur la pierre sans vie tomba par hasard sur moi, et elle eut un sourire contraint.

« Il n'est pas ici, dit-elle. Après tout ce chemin, il n'est pas ici. »

Je ne vis pas quoi lui répondre : j'aurais pu imaginer découvrir bien des choses au bout de notre route, mais une carrière de pierre abandonnée était parmi les plus invraisemblables. Je m'efforçai de trouver quelque chose d'optimiste à dire, mais rien ne me vint. C'était la dernière destination indiquée sur notre carte, et manifestement aussi la fin de la route d'Art. Kettricken s'assit lentement au pied du pilier et demeura là sans bouger, trop lasse et trop découragée pour pleurer. Lorsque je tournai les yeux vers Caudron et Astérie, je constatai qu'elles me dévisageaient comme si elles attendaient une réponse de ma part, mais je n'en avais pas. La chaleur du jour m'oppressait. Tant de chemin pour ça !

Je sens une odeur de charogne.

Moi pas. Je n'avais vraiment pas envie de penser à cela pour le moment.

Ça m'aurait étonné, avec le nez que tu as. Mais il y a quelque chose de mort et de bien mort pas loin d'ici.

« Eh bien, roule-toi dedans et qu'on en finisse ! lui dis-je d'un ton brutal.

— Fitz ! me gourmanda Caudron tandis qu'Œil-de-Nuit s'éloignait au petit trot.

— C'est au loup que je m'adressais », répondis-je, penaud. Le fou hocha la tête avec une expression presque vide. Il n'était plus lui-même : Caudron avait insisté pour qu'il continue à prendre de l'écorce elfique, bien que notre réserve réduite limitât sa dose à la même écorce infusée et réinfusée. De temps en temps, il me semblait percevoir comme un bref éclat de lien d'Art entre nous ; si je le regardais, il se retournait parfois et me rendait mon regard, même d'un bout à l'autre du campement ; mais cela n'allait guère plus loin. Quand je lui en parlai, il m'avoua sentir parfois quelque chose, mais sans savoir de quoi il s'agissait. Je ne fis aucune mention de ce que m'avait dit le loup. Écorce elfique ou non, le fou conservait une attitude grave et léthargique ; dormir ne paraissait pas le reposer, car il gémissait et marmonnait dans ses rêves. On eût dit un être en convalescence d'une longue maladie et qui garde ses forces par toute sorte de petits moyens. Il parlait peu, et même son entrain mordant avait disparu. C'était pour moi un souci de plus.

C'est un homme !

La puanteur du cadavre que je sentis par les narines d'Œil-de-Nuit était insupportable et je faillis vomir. « Vérité ! » murmurai-je avec horreur, et je me lançai en courant sur les traces du loup. Le fou me suivit plus lentement, telle une plume portée par le vent. Les femmes nous regardèrent nous éloigner sans comprendre.

Le corps était coincé entre deux monstrueux blocs de pierre, replié sur lui-même comme s'il cherchait à se dissimuler jusque dans la mort. Le loup allait et venait sans cesse devant lui, le poil hérissé. Je m'arrêtai à quelque distance, puis tirai la manche de ma chemise sur ma main et m'en couvris le nez et la bouche. C'était un peu mieux, mais rien n'aurait pu couvrir complètement une telle puanteur. Je m'approchai en m'armant de courage pour accomplir les gestes que je savais devoir faire. Près du corps, je saisis la somptueuse cape et la retirai du cadavre.

« Il n'y a pas de mouches », observa le fou d'un ton presque rêveur.

C'était exact : ni mouches ni asticots ; seule la silencieuse décomposition de la mort avait œuvré sur cet homme. Il avait le visage sombre, plus hâlé encore que celui d'un laboureur ; ses traits étaient restés déformés par la terreur, mais je vis tout de suite qu'il ne s'agissait pas de Vérité ; pourtant, je dus l'observer un moment avant de le reconnaître. « Carrod, fis-je à mi-voix.

— Le membre du clan de Royal ? » demanda le fou, comme s'il pouvait y avoir un autre Carrod dans les environs.

J'acquiesçai de la tête. La manche de ma chemise toujours sur mon nez et ma bouche, je m'agenouillai près du corps.

« De quoi est-il mort ? » s'enquit le fou. L'odeur ne paraissait pas le gêner alors que j'aurais été incapable de parler sans être pris de haut-le-cœur. J'aurais dû prendre une inspiration pour répondre, aussi me contentai-je de hausser les épaules. Prudemment, je tirai sur les vêtements de Carrod : le corps était à la fois rigide et en train de s'amollir. Il n'était pas facile de l'examiner mais je ne détectai aucune trace de violence sur lui. Je pris une courte inspiration, la retins et me servis de mes deux mains pour dégrafer sa ceinture à laquelle étaient attachés son poignard et sa bourse ; je la dégageai, puis battis rapidement en retraite sans lâcher l'objet.

Kettricken, Caudron et Astérie arrivèrent alors que j'ouvrais la bourse avec circonspection. J'ignore ce que j'espérais y découvrir mais je fus déçu : une poignée de pièces de monnaie, un silex et une petite pierre à aiguiser. Je jetai la bourse par terre et m'essuyai les mains sur les jambes de mon pantalon ; elles puaient la mort.

« C'est Carrod, annonça le fou aux autres. Il a dû venir par le pilier.

— Qu'est-ce qui l'a tué ? » demanda Caudron.

Je soutins son regard. « Je l'ignore, mais je pense que c'est l'Art. En tout cas, il a essayé de se cacher entre ces rochers. Éloignons-nous de cette odeur », proposai-je. Nous retournâmes près du pilier, Œil-de-Nuit et moi en dernier et plus lentement que nos compagnons. J'étais perplexe. Je m'aperçus que je mettais toute mon énergie à renforcer mes murailles d'Art. La vue du cadavre de Carrod m'avait choqué ; un membre du clan en moins, me disais-je ; mais il était ici, dans la carrière, quand il est mort. Si Vérité l'avait tué à l'aide de l'Art, cela signifiait peut-être que mon roi s'était trouvé ici aussi. Allions-nous rencontrer Guillot et Ronce dans la carrière s'ils étaient également venus assaillir Vérité ? J'avais néanmoins le sentiment glaçant que nous avions plus de chances de découvrir le cadavre de Vérité. Je me retins de faire part de mes pensées à Kettricken.

Le loup et moi partageâmes la même perception au même instant. « Il y a quelque chose de vivant là-bas, dis-je à mi-voix, plus loin dans la carrière.

— Qu'est-ce que c'est ? me demanda le fou.

— Je n'en sais rien. » Un frisson étrange me parcourut : mon sens du Vif ne cessait de fluctuer quant à ce qu'il avait détecté. Plus j'essayais de sentir de quoi il s'agissait, plus l'objet de ma recherche m'échappait.

« Vérité ? » fit Kettricken. J'eus le cœur serré de voir l'espoir s'allumer encore une fois dans son regard.

« Non, répondis-je avec douceur, je ne crois pas. On ne dirait pas un humain. Je n'ai jamais rien perçu de semblable. » Je me tus un instant, puis ajoutai : « Vous devriez tous rester ici pendant que le loup et moi allons nous renseigner.

— Non. » C'était Caudron qui s'était exprimée, mais quand je jetai un coup d'œil à ma reine, je vis qu'elle acquiesçait à cette réponse.

« Je préfère que le fou et vous demeuriez ici pendant que nous allons voir de quoi il s'agit, me dit-elle d'un ton sévère. C'est vous deux qui êtes en danger ici. Si Carrod est parvenu jusqu'ici, Ronce et Guillot pourraient bien se trouver là-bas. »

Pour finir, il fut décidé que nous irions tous mais avec la plus grande prudence. Nous nous déployâmes en éventail, puis avançâmes ainsi dans la carrière. J'étais incapable d'indiquer avec précision où je percevais la créature, si bien que nous avions tous les nerfs à vif. La carrière évoquait une chambre d'enfant parsemée de cubes et de jouets disproportionnés ; nous passâmes devant un bloc partiellement sculpté, mais il ne possédait pas la finesse des dragons du jardin de pierre ; la sculpture était lourde, de facture grossière et vaguement obscène. Elle m'évoqua le fœtus d'un poulain à la suite d'une fausse couche. Pris de révulsion, je la laissai rapidement derrière moi pour gagner ma position suivante.

Comme moi, mes compagnons se déplaçaient d'abri en abri, chacun s'efforçant de garder l'un ou l'autre de notre groupe dans sa ligne de vision. Je pensais ne rien voir de plus troublant que la sculpture grossière devant laquelle j'étais passé mais celle que nous croisâmes ensuite m'arracha le cœur : quelqu'un avait sculpté avec des détails d'une précision effrayante un dragon en train de s'enfoncer dans un bourbier. Les ailes de la créature étaient à demi dépliées et ses yeux aux lourdes paupières étaient levés au ciel avec une expression d'horreur. Une jeune femme était assise sur son dos, agrippée au cou sinueux, la joue appuyée contre les écailles du dragon ; son visage était un masque de souffrance, sa bouche grande ouverte, ses traits tendus, et les muscles de sa gorge saillaient comme des cordes. L'artiste avait rendu en détail toutes les couleurs et les formes de la jeune fille et du dragon ; je distinguais les cils de la cavalière, chacun de ses cheveux dorés, les fines écailles vertes qui entouraient les yeux du dragon, et jusqu'aux gouttelettes de salive qui pendaient aux babines tordues d'angoisse de la créature. Mais là où on aurait dû voir les pattes puissantes et la queue battante du dragon, il n'y avait que de la pierre noire d'aspect bourbeux, comme si la bête et sa cavalière avaient atterri dans un étang bitumeux sans pouvoir s'en dégager.

En tant que statue, c'était une œuvre déchirante. Je vis Caudron s'en détourner, des larmes plein les yeux. Mais ce qui nous démonta, Œil-de-Nuit et moi, furent les contorsions de Vif que la sculpture dégageait ; c'était moins fort que ce que nous avions perçu chez les statues du jardin, mais c'en était d'autant plus poignant. On eût dit les ultimes affres d'une créature prise au piège, et je me demandai quel talent avait pu infuser une telle nuance de vie dans une statue ; tout en étant sensible à l'art qui avait formé cette œuvre, je n'étais pas sûr de l'apprécier – mais c'était valable pour une bonne partie de ce que cette ancienne race d'artiseurs avait créé. Tout en longeant discrètement la pierre, je m'interrogeais : était-ce elle que le loup et moi avions sentie ? Avec un picotement d'effroi, je vis le fou se retourner pour l'observer, le front plissé, l'air mal à l'aise. Manifestement, il sentait vaguement quelque chose. *Peut-être est-ce cela que nous avons capté, Œil-de-Nuit. Il n'y a peut-être nulle créature vivante dans cette carrière, rien que ce monument voué à une lente agonie.*

Non. Je flaire quelque chose.

J'ouvris larges les narines, les dégageai d'un reniflement silencieux, puis inspirai longuement et avec lenteur. Mon nez n'était pas aussi fin que celui d'Œil-de-Nuit mais les sens du loup amélioraient les miens, et je captai une odeur de transpiration et une vague trace de sang, toutes deux fraîches. Soudain, le loup se serra contre moi et, ensemble, nous contournâmes prudemment un bloc de pierre gros comme deux chaumières.

Je jetai un coup d'œil au-delà de l'angle, puis m'avançai avec précaution ; Œil-de-Nuit me dépassa sans bruit. Je vis le fou tourner l'autre coin du rocher et sentis les autres approcher. Nul ne parlait.

C'était un nouveau dragon. Celui-ci avait les dimensions d'un navire et, tout de roc noir, il dormait sur le bloc de pierre d'où il émergeait. Des éclats et des morceaux de rocher jonchaient le sol alentour. Même de loin, la créature était impressionnante : malgré son endormissement, chacun de ses traits évoquait à la fois la force et la noblesse ; les ailes repliées le long de ses flancs ressemblaient à des voiles ferlées tandis que l'arche du cou puissant me rappelait l'encolure d'un cheval de combat. Je l'observai un long moment avant d'apercevoir la petite silhouette grise étendue auprès de lui ; je me concentrai sur elle en m'efforçant de savoir si la vie fluctuante que je sentais provenait d'elle ou du dragon.

Les fragments de pierre formaient presque une rampe qui permettait d'accéder au bloc rocheux d'où émergeait la bête, et je pensais que l'homme étendu réagirait en entendant le crissement de mes pas, mais il ne bougea pas. Je ne détectai en lui nul mouvement de respiration. Mes compagnons restés en arrière observaient mon ascension. Seul Œil-de-Nuit était venu avec moi, les poils hérissés. Je me trouvais à une longueur de bras de l'homme prostré quand il se leva brusquement et me fit face.

Il était vieux et maigre, les cheveux et la barbe gris. Ses haillons aussi étaient gris de poussière de pierre, et une tache grise maculait une de ses joues. Ses genoux, visibles par les trous de son pantalon, étaient à la fois sanglants et encroûtés de sang coagulé à force de frotter sur la pierre inégale ; ses pieds étaient enveloppés de bouts de chiffon. Il tenait une épée ébréchée dans sa main gantée de gris mais pas en position de garde : le simple fait de tenir l'arme l'épuisait, je le sentais. Par instinct, j'écartai les bras de mon corps pour lui montrer que je ne le menaçais pas. Il posa un moment des yeux éteints sur moi, puis ils remontèrent lentement jusqu'à mon visage. Nous restâmes quelques instants à nous dévisager ; son regard à la fois scrutateur et à demi aveugle m'évoqua Josh le harpiste. Puis sa bouche s'ouvrit grand au milieu de sa barbe, laissant apparaître des dents d'une blancheur surprenante. « Fitz ? » dit-il d'un ton hésitant.

Malgré tout le reste, je reconnus sa voix. Ce ne pouvait être que Vérité. Mais tout mon être se récriait d'horreur devant ce qu'il était devenu, devant cette épave d'homme. Derrière moi, j'entendis des pas vifs et me retournai à temps pour voir Kettricken monter à grandes enjambées la rampe de pierre. L'espoir et la consternation se mêlaient en une expression indicible sur son visage, mais elle s'écria : « Vérité ! » et il n'y avait que de l'amour dans ce cri. Elle courut les bras tendus vers lui et j'eus du mal à l'arrêter lorsqu'elle passa près de moi.

« Non ! m'exclamai-je. Non, ne le touchez pas !

— Vérité ! cria-t-elle à nouveau, voulant se dégager de ma poigne. Lâchez-moi, laissez-moi le rejoindre ! » Pour ma part, je faisais des efforts désespérés pour l'en empêcher.

« Non », dis-je doucement. Comme il arrive parfois, la modération de mon ton lui fit cesser la lutte, et elle me regarda d'un air interrogateur.

« Ses mains et ses bras sont imprégnés de magie. J'ignore ce qui pourrait vous arriver si vous le touchiez. »

Toujours prisonnière, elle tourna la tête pour contempler son époux ; il nous regardait sans bouger, avec sur les traits un sourire bienveillant, mal à l'aise. Il inclina la tête comme pour mieux nous considérer, puis il se baissa précautionneusement pour poser son épée ; à cet instant, Kettricken vit ce que j'avais déjà entr'aperçu : le chatoiement argenté et révélateur qui ondoyait sur ses avant-bras et ses doigts. Vérité ne portait pas de gantelets : la chair de ses bras et de ses mains n'était plus que magie pure. La tache grise de sa joue n'était pas une trace de poussière, mais une macule de pouvoir qui s'était étalée là où il s'était touché.

J'entendis le lent crissement des pas de nos compagnons qui nous rejoignaient. Sans avoir besoin de les regarder, je sentis qu'ils observaient la scène de tous leurs yeux. Enfin, le fou dit à mi-voix : « Vérité, mon prince, nous voici. »

Il y eut soudain un son étrange, mi-hoquet mi-sanglot, et je tournai la tête ; je vis Caudron s'affaisser lentement, sombrant comme un navire éperonné. Une main crispée sur la poitrine, l'autre devant la bouche, elle tomba à genoux, les yeux exorbités braqués sur les mains de Vérité. Astérie se porta aussitôt à ses côtés.

Dans mes bras, je sentis Kettricken me repousser calmement ; je scrutai ses traits affligés, puis la laissai aller. Elle se dirigea droit sur Vérité, à pas comptés, et il la regarda s'approcher avec sur le visage une expression, non pas impassible, mais où ne se lisait nul signe de reconnaissance. À portée de bras de lui, elle s'arrêta. Tout était silencieux. Elle le dévisagea un moment, puis secoua lentement la tête, comme si elle répondait d'avance à la question qu'elle lui posa : « Seigneur mon époux, ne me reconnaissez-vous pas ?

— Époux », répéta-t-il d'une voix éteinte. Les rides de son front se creusèrent et il eut soudain l'attitude de quelqu'un qui essaie de se rappeler ce qu'il savait jadis par cœur. « La princesse Kettricken du royaume des Montagnes. On me l'a donnée pour épouse. Une jeune fille fluette, un petit chat sauvage des Montagnes aux cheveux blonds. C'était tout ce que je me rappelais d'elle quand on l'a menée devant moi. » Un pâle sourire détendit ses traits. « Ce soir-là, j'ai défait ses cheveux qui sont tombés comme une cascade, plus fins que de la soie ; si fins que je n'osais pas les toucher, de peur qu'ils ne s'accrochent aux cals de mes paumes. »

Kettricken porta les mains à ses propres cheveux. Quand on lui avait dit que Vérité était mort, elle les avait coupés ras comme du chaume ; ils atteignaient à présent ses épaules, mais leur aspect soyeux avait disparu, brûlé par le soleil, la pluie et la poussière de la route. Cependant, elle les libéra de l'épaisse natte qui les contraignait et les fit encadrer son visage en secouant la tête. « Mon seigneur », dit-elle doucement. Elle nous regarda tour à tour, Vérité et moi. « Ne puis-je vous toucher ? demanda-t-elle d'un ton implorant.

— Ah... » Il parut réfléchir à sa requête, baissa les yeux sur ses bras et ses mains en ouvrant et fermant ses doigts argentés. « Je ne crois pas, je suis navré. Non. Non, il ne faut pas, c'est mieux ainsi. » Il s'exprimait d'un ton de regret, mais je sentis que c'était seulement parce qu'il devait rejeter sa demande, non parce qu'il regrettait de ne pouvoir la toucher.

Kettricken prit une inspiration hachée. « Mon seigneur... fit-elle, puis sa voix se brisa. Vérité, j'ai perdu notre enfant. Notre fils est mort. »

Je pris seulement alors la mesure du fardeau qu'elle portait tandis qu'elle cherchait son époux en sachant qu'elle devrait lui annoncer cette nouvelle. Elle courba sa tête fière comme dans l'attente du courroux de son époux. Ce fut pire encore.

« Ah ! » dit-il. Puis : « Nous avions un fils ? Je ne m'en souviens pas... »

Voilà, je pense, ce qui la brisa : s'apercevoir que cette catastrophe ne le mettait pas en colère ni ne l'affligeait, mais l'égarait simplement. Elle dut se sentir dupée. Sa fuite éperdue du château de Castelcerf, toutes les épreuves qu'elle avait supportées pour protéger son enfant à naître, les longs mois solitaires de sa grossesse qui s'étaient achevés par la naissance déchirante de son enfant mort-né, puis l'angoisse de devoir avouer à son seigneur qu'elle lui avait failli, tout cela constituait sa réalité depuis un an. Et maintenant qu'elle se tenait devant son époux et roi, il cherchait à se souvenir d'elle, et la mort de son enfant ne lui inspirait qu'un « Ah ! » indifférent. J'éprouvai de la honte pour ce vieillard branlant qui scrutait la reine avec un sourire las.

Kettricken ne se mit pas à hurler et elle ne s'effondra pas non plus en larmes : elle se contenta de faire demi-tour et de s'éloigner lentement. Je captai à son passage une immense maîtrise de soi et une grande colère. Astérie, accroupie près de Caudron, leva les yeux vers la reine et fit mine de se redresser pour la suivre, mais Kettricken le lui interdit d'un petit mouvement de la main. Seule, elle descendit de la vaste estrade de pierre et s'en alla à grands pas.

Je vais avec elle ?

Oui, s'il te plaît. Mais ne la dérange pas.

Je ne suis pas stupide !

Œil-de-Nuit me quitta pour suivre Kettricken. Malgré ma recommandation, je sentis qu'il se dirigeait droit vers elle, se plaçait à côté d'elle et pressait sa tête puissante contre ses jambes. Elle se laissa brusquement tomber sur un genou et serra le loup contre elle, le visage dans sa fourrure, ses larmes coulant dans ses poils rêches. Il tourna la tête et lui lécha la main. *Va-t'en !* me transmit-il, mécontent, et je ramenai ma conscience à moi. Je battis des paupières en me rendant compte que je n'avais pas quitté Vérité des yeux. Son regard croisa le mien.

Il s'éclaircit la gorge. « FitzChevalerie..., dit-il, et il prit une inspiration, qu'il relâcha à demi. Je suis épuisé, fit-il d'un ton pitoyable, et il reste tant à faire. » Du geste, il désigna le dragon derrière lui. Il s'assit lourdement près de la statue. « J'ai fait tout mon possible », murmura-t-il, sans s'adresser à quiconque en particulier.

Le fou retrouva ses sens avant moi. « Mon seigneur prince Vérité..., dit-il, puis il s'interrompit. Mon roi, c'est moi, le fou. Puis-je vous être utile ? »

Vérité regarda l'homme mince et pâle qui se tenait devant lui. « Je serais honoré... », dit-il au bout d'un moment. Sa tête se balança sur son cou. « ... d'accepter la féauté d'un homme qui a si bien servi mon père et ma reine. » L'espace d'un instant, je retrouvai le Vérité d'autrefois. Puis ses traits reprirent leur expression vague.

Le fou s'avança, puis s'agenouilla tout à coup près de lui. Il tapota l'épaule de Vérité, ce qui en fit élever un petit nuage de poussière. « Je m'occuperai de vous, dit-il, comme je l'ai fait pour votre père. » Il se redressa brusquement et se tourna vers moi. « Je vais chercher du bois pour le feu et de l'eau propre », annonça-t-il.

Il regarda les femmes derrière moi. « Comment va Caudron ? demanda-t-il à la ménestrelle.

— Elle s'est presque évanouie..., dit Astérie, mais Caudron l'interrompit.

— J'ai été ébranlée jusqu'aux tréfonds, fou, et je ne suis pas pressée de me relever. Mais Astérie est libre de faire tout ce qu'elle doit faire.

— Ah ! Tant mieux ! » Le fou semblait avoir pris la situation en main ; on eût dit qu'il organisait un pique-nique. « Dans ce cas, auriez-vous la bonté, maîtresse Astérie, de monter la tente ? Ou même deux, si cela est réalisable. Regardez ce qui nous reste comme vivres et prévoyez un repas – un repas généreux, car nous en avons tous besoin, je crois. Je vais revenir bientôt avec du bois et de l'eau – et quelques légumes, si j'ai de la chance. » Il me jeta un bref regard. « Occupe-toi du roi », me dit-il à voix basse, sur quoi il partit à grandes enjambées. Astérie était bouche bée. Enfin, elle se leva et se mit en quête des jeppas qui s'étaient égaillés. Caudron la suivit à pas lents.

Ainsi me retrouvai-je, après ce long périple, seul devant mon roi. « Rejoins-moi », m'avait-il ordonné, et j'avais obéi. Un instant, je jouis d'une profonde paix intérieure en me rendant compte que la voix insistante s'était enfin tue. « Eh bien, je suis là, mon roi », dis-je entre haut et bas, autant pour moi que pour lui.

Vérité ne répondit pas. Il m'avait tourné le dos et grattait la statue à l'aide de son épée. À genoux, tenant l'épée par le pommeau et la lame, il en passait la pointe sur la roche le long de la patte antérieure du dragon. Je m'approchai pour l'observer alors qu'il raclait le roc noir de l'estrade. Il avait une expression si concentrée, des mouvements si précis que je restai sans comprendre. « Vérité, que faites-vous ? » demandai-je à mi-voix.

Il ne me regarda même pas. « Je sculpte un dragon », répondit-il.

Plusieurs heures plus tard, il s'acharnait toujours à la même tâche. Le raclement monotone de la lame sur la pierre me faisait grincer des dents et me mettait les nerfs à vif. J'étais resté sur l'estrade en sa compagnie ; Astérie et le fou avaient dressé notre tente, ainsi qu'une seconde, plus petite, fabriquée à l'aide de nos couvertures désormais en excès. Un feu brûlait et Caudron surveillait une marmite bouillonnante. Le fou faisait le tri parmi les plantes et les racines qu'il avait ramassées tandis qu'Astérie préparait le couchage dans les tentes. Kettricken était revenue parmi nous, mais seulement le temps de se munir de son arc et de son carquois, et de nous annoncer qu'elle partait chasser avec Œil-de-Nuit. Le loup m'avait adressé un regard flamboyant de ses yeux sombres et j'avais gardé le silence.

Je n'avais pas appris grand-chose depuis que nous avions retrouvé Vérité. Ses murailles d'Art étaient hautes et compactes, au point que je ne percevais presque aucune impression d'Art de sa part. Ce que je découvris quand je tendis mon esprit fut encore plus déconcertant : je captais bien le sens fugitif du Vif que j'avais de lui, mais j'étais incapable de le comprendre : on eût dit que sa vie et sa conscience fluctuaient entre son corps et l'immense statue du dragon. Je me rappelais la dernière fois où je m'étais trouvé face à un tel phénomène : c'était quand j'avais rencontré Rolf et son ourse ; ils partageaient le même flux de vie. Sans doute, si quelqu'un avait tendu son esprit vers le loup et moi, il aurait trouvé la même interaction. Nous partagions notre esprit depuis si longtemps que, par certains côtés, nous ne formions plus qu'une seule créature. Mais cela ne m'expliquait pas comment Vérité avait pu se lier avec une statue, ni pourquoi il persistait à la graver avec son épée. Je mourais d'envie de lui arracher l'arme des mains, mais je me contenais. À la vérité, il paraissait tellement obsédé par sa tâche que je redoutais presque de l'interrompre.

Plus tôt, j'avais essayé de lui poser des questions. Quand je lui avais demandé ce qu'étaient devenus ceux qui l'accompagnaient, il avait lentement secoué la tête. « Ils nous harcelaient comme un vol de corbeaux poursuit un aigle. Ils s'approchaient, ils nous picoraient en croassant et puis ils s'enfuyaient dès que nous nous retournions pour les attaquer.

— Les corbeaux ? » avais-je répété, ahuri.

Il leva les yeux au ciel devant ma stupidité. « Des mercenaires. Ils nous tiraient dessus depuis leurs cachettes, et ils nous attaquaient parfois la nuit. Le clan égarait aussi l'esprit de certains de mes hommes et j'étais incapable de protéger ceux qui y étaient sensibles. Le clan leur envoyait des peurs qui les hantaient la nuit, et il semait la zizanie parmi eux. Je leur ai donc ordonné de faire demi-tour en leur imprimant mon ordre dans l'esprit avec l'Art pour qu'ils n'écoutent que celui-là. » Ce fut pratiquement la seule question à laquelle il répondit vraiment ; des autres, rares furent celles auxquelles il accepta de donner réponse, et cela seulement de façon inappropriée ou évasive. Je finis par renoncer, et lui rendis compte de tout ce qui s'était passé en son absence. Cela prit du temps, car je commençai par le jour où je l'avais vu partir pour sa mission. J'étais sûr, dans bien des cas, qu'il savait déjà ce que je lui narrais, mais je le racontais quand même. S'il avait l'esprit égaré, comme je le craignais, peut-être le fait de lui rafraîchir la mémoire l'aiderait-il à trouver un point d'ancrage ; si, en revanche, il avait l'esprit aussi vif qu'avant sous son aspect poussiéreux, placer les événements en perspective et en ordre ne pouvait pas faire de mal. Je ne voyais pas comment l'atteindre autrement.

Grâce à mon récit, il avait commencé, je pense, à prendre conscience de tout ce que nous avions souffert pour parvenir jusqu'à lui ; je souhaitais aussi lui ouvrir les yeux sur ce qui se passait dans son royaume pendant qu'il bricolait ici avec son dragon. Peut-être espérais-je réveiller en lui le sens de la responsabilité qu'il avait envers son peuple. Tandis que je parlais, il paraissait distrait mais il lui arrivait de hocher gravement la tête, comme si j'avais confirmé quelque crainte secrète. Et toujours la pointe de l'épée grattait la surface noire de la roche.

Il faisait presque nuit quand j'entendis le pas traînant de Caudron derrière moi. Interrompant le récit de mes aventures dans la cité en ruine, je me tournai vers elle. « Je vous ai apporté un peu de tisane bien chaude, annonça-t-elle.

— Merci », dis-je, et je lui pris une chope des mains ; mais c'est à peine si Vérité leva la tête.

Caudron resta un moment la chope tendue vers lui ; pourtant, quand elle lui parla, ce ne fut pas pour lui rappeler la tisane. « Que faites-vous ? » demanda-t-elle d'une voix douce.

Le bruit de raclement cessa brusquement. Il se tourna vers Caudron, la dévisagea, puis il me jeta un coup d'œil comme pour vérifier si j'avais moi aussi entendu la question ridicule de la vieille femme. Le regard interrogateur que je lui renvoyai parut le stupéfier. Il s'éclaircit la gorge. « Je sculpte un dragon.

— Avec votre épée ? » demanda Caudron. Il n'y avait que de la curiosité dans sa question.

« Seulement pour le dégrossissage, répondit-il. Pour le travail plus fin, je me sers de mon poignard ; et, pour le peaufinage, de mes doigts et de mes ongles. » Il tourna lentement la tête et contempla l'immense statue. « J'aimerais pouvoir dire qu'elle est presque finie, fit-il d'une voix cassée. Mais il reste tant à faire ! Tant à faire... et je crains de terminer trop tard. Si ce n'est pas déjà le cas.

— Trop tard pour quoi ? demandai-je d'une voix aussi douce que Caudron.

— Mais... trop tard pour sauver le peuple des Six-

Duchés. » Il me dévisagea comme si j'étais simple d'esprit. « Sinon, que ferais-je ici ? Pourquoi aurais-je abandonné mon pays et ma reine pour venir ici ? »

Pendant que je m'efforçais de comprendre le sens de ses propos, une question me monta aux lèvres, irrépressible : « Vous pensez avoir sculpté ce dragon tout entier ? »

Vérité réfléchit. « Non. Bien sûr que non. » Mais, alors que je me réjouissais de savoir qu'il n'était pas complètement fou, il ajouta : « Il n'est pas encore fini. » Une fois de plus, il contempla son dragon avec l'affection et la fierté qu'il réservait autrefois à ses meilleures cartes. « Mais il m'a déjà fallu longtemps rien que pour accomplir ceci. Très longtemps.

— Ne voulez-vous pas boire votre tisane tant qu'elle est chaude, sire ? » demanda Caudron en lui tendant à nouveau la chope.

Vérité regarda le récipient comme s'il s'agissait d'un objet inconnu ; puis, gravement, il s'en saisit. « De la tisane... J'avais presque oublié que cela existait. Ce n'est pas de l'écorce elfique, au moins ? Par Eda, que je détestais cette amertume ! »

Caudron faillit faire la grimace. « Non, sire, ce n'est pas de l'écorce elfique, je vous le promets. Ce ne sont que des herbes ramassées sur le bord du chemin, malheureusement ; surtout de l'ortie et un peu de menthe.

— De la tisane d'ortie... Ma mère nous en donnait comme fortifiant au printemps. » Il sourit. « Je vais la mettre dans mon dragon, la tisane d'ortie de ma mère. » Il but une gorgée, puis eut l'air surpris. « Elle est chaude... Il y a bien longtemps que je n'ai rien avalé de chaud.

— Combien de temps ? demanda Caudron sur le ton de la conversation.

— Il y a... il y a longtemps. » Il but une nouvelle gorgée de tisane. « Il coule une rivière poissonneuse à la sortie de la carrière. Mais il est déjà difficile d'attraper du poisson, alors, le faire cuire... En réalité, je n'y pense pas. J'ai mis tant de choses dans le dragon... cela en fait peut-être partie.

— Et depuis combien de temps n'avez-vous pas dormi ? fit Caudron, insistante.

— Je ne puis à la fois travailler et dormir, observa-t-il. Et je dois effectuer mon travail.

— Vous l'effectuerez, lui promit-elle. Mais, ce soir, vous allez vous arrêter, rien qu'un moment, pour manger et boire, et puis dormir. Vous voyez ? Regardez en bas : Astérie vous a préparé une tente, et dedans des couvertures chaudes et moelleuses ; et aussi de l'eau chaude pour vous laver ; et encore des vêtements aussi frais qu'il est possible, étant donné les circonstances. »

Il baissa les yeux sur ses mains argentées. « J'ignore si je puis me laver, lui confia-t-il.

— Eh bien, FitzChevalerie et le fou vous aideront, promit-elle d'un ton enjoué.

— Merci. Ce serait fort agréable. Mais... » Son regard se fit lointain. « Kettricken... N'était-elle pas là, il y a un moment ? Ou bien ai-je rêvé ? Une grande partie d'elle était ce qu'il y avait de plus fort, alors je l'ai mis dans le dragon. Je crois que c'est ce qui me manque le plus de tout ce que j'y ai mis. » Il s'interrompit, puis ajouta : « Quand je me rappelle ce qui me manque.

— Kettricken est ici, lui assurai-je. Elle est partie chasser mais elle ne va pas tarder à revenir. Vous plairait-il d'être propre et vêtu de frais à son retour ? » À part moi, j'avais résolu de répondre aux parties de sa conversation qui avaient un sens et de ne pas le troubler en l'interrogeant sur les autres.

« Elle ne s'arrête pas à de tels détails, me dit-il avec une ombre de fierté dans la voix. Néanmoins, ce serait agréable... mais il y a tant à faire.

— Il commence à faire trop noir pour travailler, de toute manière. Attendez demain. La tâche s'achèvera, dit Caudron d'un ton confiant. Demain, je vous aiderai. »

Vérité secoua lentement la tête et but encore une gorgée de tisane. Même ce simple breuvage paraissait lui rendre des forces. « Non, murmura-t-il. Vous ne pouvez pas, je regrette. Je dois le faire moi-même, comprenez-vous ?

— Demain, vous comprendrez vous-même. Si vous avez retrouvé assez de forces, je pense pouvoir vous aider. Mais nous nous en inquiéterons le moment venu. »

Il soupira et lui rendit la chope vide. Mais, au lieu de la prendre, elle agrippa d'un geste vif le haut du bras de Vérité qu'elle obligea à se relever. Elle avait de l'énergie, pour quelqu'un de son âge. Elle ne chercha pas à lui retirer son épée, mais il la laissa tomber et je la ramassai. Il suivit Caudron docilement, comme si, en le prenant simplement par le bras, elle l'avait privé de toute volonté. Derrière eux, j'examinai l'épée qui avait jadis fait la fierté de Hod et je me demandai ce qui avait pris Vérité d'employer une arme aussi royale à tailler le roc. Le fil en était tordu et ébréché, la pointe aussi émoussée qu'une cuiller. Elle est dans le même état que son maître, pensai-je, et je poursuivis mon chemin jusqu'au camp.

Arrivé au bivouac, j'eus presque un choc en m'apercevant que Kettricken était revenue. Elle était assise près du feu et son regard était perdu dans les flammes ; Œil-de-Nuit était couché quasiment sur ses pieds. Il leva les oreilles quand je m'approchai du feu mais il ne fit pas mine de quitter la reine.

Caudron conduisit Vérité tout droit à la petite tente qui lui avait été réservée. Elle fit un signe de tête au fou qui, sans un mot, prit une cuvette d'eau fumante près du feu et la suivit. Quand je voulus pénétrer à mon tour dans la petite tente, le fou nous chassa, Caudron et moi. « Ce ne sera pas le premier roi dont j'aurai pris soin, dit-il. Laissez-moi m'en occuper.

— Ne touchez ni ses mains ni ses avant-bras ! » l'avertit Caudron d'un ton grave. Le fou eut l'air un peu interloqué, puis il hocha la tête. Quand je sortis, il défaisait les nombreux nœuds de la lanière qui fermait le pourpoint usé de Vérité, tout en parlant de choses et d'autres. J'entendis Vérité : « Charim me manque beaucoup. Je n'aurais jamais dû lui permettre de nous accompagner, mais il me servait depuis si longtemps... Il est mort lentement, en souffrant beaucoup. Cela a été horrible pour moi de le regarder mourir ; mais lui aussi est allé dans le dragon. C'était nécessaire. »

J'éprouvais de la gêne en revenant près du feu. Astérie touillait le ragoût qui mijotait joyeusement, et, d'un gros morceau de viande embroché, la graisse dégoulinait en faisant bondir et cracher les flammes. L'odeur me rappela la faim qui me tenaillait et mon estomac se mit à gronder. Caudron, debout, dos au feu, contemplait les ténèbres. Le regard de Kettricken voleta jusqu'à moi.

« Eh bien, dis-je abruptement, comment était la chasse ?

— Comme vous voyez », répondit la reine à mi-voix en désignant la marmite, puis, d'un geste désinvolte, une truie des bois déjà découpée. J'allai admirer la prise : ce n'était pas un petit animal.

« Dangereux comme gibier, observai-je en m'efforçant de prendre un ton détaché, horrifié en réalité que ma reine se fût mesurée seule à une telle bête.

— C'était ce que j'avais besoin de chasser », dit-elle toujours à mi-voix. Je ne la comprenais que trop bien.

C'était une très bonne chasse. Jamais je n'ai pris autant de viande avec aussi peu d'efforts, me dit Œil-de-Nuit, et il frotta sa tête contre la jambe de Kettricken avec une affection sincère. D'une main, elle lui tira doucement les oreilles ; il poussa un gémissement de plaisir et s'appuya lourdement contre elle.

« Vous allez le gâter, je vous avertis, dis-je à la reine avec une feinte sévérité. Il vient de me dire qu'il n'a jamais pris autant de viande avec si peu d'efforts.

— Il est très intelligent ; il a rabattu le gibier vers moi, je vous le jure. Et il est courageux : ma première flèche n'a pas réussi à arrêter la truie et il a tenu la bête en respect pendant que j'encochais une nouvelle flèche. » Elle s'exprimait comme si rien d'autre ne pesait sur son cœur. Je hochai la tête, prêt à laisser la conversation se poursuivre sur cette voie, mais elle me demanda brusquement : « Qu'a-t-il ? »

Elle ne parlait pas du loup, je le savais. « Je ne sais pas vraiment, répondis-je avec douceur. Il a subi de grandes privations, peut-être assez pour... lui affaiblir l'esprit. Et...

— Non. » La voix de Caudron était cassante. « Vous n'y êtes pas du tout. Je vous accorde qu'il est épuisé, comme n'importe qui le serait après tout ce qu'il a fait. Mais... »

Je l'interrompis :

« Vous ne croyez tout de même pas qu'il a sculpté ce dragon tout seul !

— Si, répondit la vieille femme d'un ton assuré. Il vous l'a dit et c'est vrai. Il doit le faire lui-même, et il le fait. » Elle secoua lentement la tête. « Je n'ai jamais entendu parler d'un exploit semblable. Même le roi Sagesse disposait de son clan, ou de ce qui en restait, quand il est parvenu ici.

— Personne n'aurait pu sculpter cette statue avec une simple épée », dis-je avec entêtement. Ce qu'elle disait était absurde.

Sans répondre, elle se leva et s'éloigna dans la nuit. Quand elle revint, elle laissa tomber deux objets à mes pieds. L'un d'eux avait jadis été un ciseau ; la tête avait été écrasée à coups de marteau, et de la pointe il ne subsistait rien. L'autre était une vieille tête de maillet, munie d'un manche en bois relativement récent. « Et il y en a d'autres, éparpillés çà et là. Il les a sans doute trouvés dans la cité – ou ici, jetés à droite et à gauche », ajouta-t-elle avant que j'eusse le temps de lui poser la question.

Je contemplai les outils usagés, puis songeai à tous les mois depuis lesquels Vérité avait disparu. Pour ça ? Pour sculpter un dragon de pierre ?

« Je ne comprends pas », dis-je d'une voix faible.

En articulant avec soin comme si j'étais lent d'esprit, Caudron déclara : « Il sculpte un dragon dans lequel il engrange tous ses souvenirs. Cela explique en partie son air égaré. Mais ce n'est pas tout. Je crois qu'il s'est servi de l'Art pour tuer Carrod, mais il s'est alors infligé un grand dommage. » Elle secoua la tête avec tristesse. « Se faire battre alors qu'on était si près de réussir ! J'aimerais savoir jusqu'où va la sournoiserie du clan de Royal. Ont-ils envoyé un seul de leurs membres contre lui en sachant que, si Vérité tuait à l'aide de l'Art, il risquait de s'abattre lui-même ?

— Ça m'étonnerait qu'un des membres de ce clan ait été prêt à se sacrifier ainsi. »

Caudron eut un sourire amer. « Je n'ai pas dit qu'il y est allé de son plein gré, ni qu'il connaissait les intentions de ses confrères. C'est comme le jeu des cailloux, FitzChevalerie : on déplace chaque pièce pour obtenir le meilleur avantage. Le but est de gagner, pas de préserver ses pions. »

8

LA FEMME AU DRAGON

Dès les premiers temps de notre résistance contre les Pirates rouges, avant même qu'on parlât de guerre dans les Six-Duchés, le roi Subtil et le prince Vérité comprirent que les affronter était une tâche impossible : aucun homme seul, si talentueux fût-il dans l'Art, ne pouvait repousser les Pirates de nos côtes. Le roi Subtil fit donc convoquer Galen, le maître d'Art, et lui ordonna de créer un clan afin de soutenir les efforts du prince ; Galen s'opposa d'abord à cette idée, surtout lorsqu'il découvrit qu'un de ses futurs disciples était un bâtard royal, et il déclara qu'aucun des sujets qu'on lui présentait n'était digne d'être formé. Mais le roi Subtil insista en lui disant de faire de son mieux. À contrecœur, Galen accepta et créa le clan qui portait son nom.

Il apparut bientôt au prince Vérité que le clan, bien que soudé, n'œuvrait pas vraiment avec lui. À cette époque, Galen était mort sans laisser de successeur à la fonction de maître d'Art ; à bout de ressources, Vérité fit rechercher d'autres artiseurs qui pussent venir à son aide : nul clan n'avait été créé durant le règne paisible du roi Subtil mais, selon le raisonnement de Vérité, il restait peut-être quelques hommes et femmes jadis formés à l'Art. La longévité des membres des clans n'avait-elle pas toujours été légendaire ? Peut-être en trouverait-il un prêt à l'appuyer ou capable de former de nouveaux artiseurs.

Mais les efforts du prince ne donnèrent aucun résultat : ceux qu'il put identifier comme artiseurs en se fondant sur les archives et les rumeurs étaient tous morts ou avaient mystérieusement disparu. Le prince Vérité resta donc seul pour mener la guerre.

*

Avant que j'eusse le temps d'insister pour que Caudron s'expliquât plus clairement, un cri jaillit de la tente de Vérité. Nous nous dressâmes tous d'un bond, mais Caudron fut la première à parvenir à la petite yourte. Le fou en sortit en s'agrippant le poignet gauche de la main droite ; il se dirigea droit vers le seau d'eau et y plongea la main ; ses traits se tordaient de douleur ou de crainte, ou peut-être des deux. Caudron s'approcha de lui à grands pas pour examiner le poignet qu'il agrippait toujours.

Elle secoua la tête d'un air révolté. « Je vous avais pourtant prévenu ! Allons, retirez votre main de l'eau, ça ne sert à rien. Rien n'y fera. Arrêtez ! Réfléchissez ! Ce n'est pas vraiment de la douleur, c'est seulement une sensation que vous ne connaissez pas. Respirez à fond, détendez-vous et acceptez. Acceptez. Respirez à fond, respirez à fond. »

Tout en parlant ainsi, elle n'avait cessé de tirer sur le bras du fou qui finit par retirer sa main de l'eau, mais de mauvaise grâce. Aussitôt, la vieille femme donna un coup de pied dans le seau et recouvrit de poussière de roche et de gravier l'eau renversée, tout cela sans lâcher le fou. Je me tordis le cou pour mieux voir : l'extrémité des trois premiers doigts de sa main gauche était argentée ; il les observait en frissonnant. Je ne l'avais jamais vu si effrayé.

« Ça ne partira ni à l'eau ni en le frottant. C'est en vous, à présent, alors acceptez-le. Acceptez-le, déclara Caudron d'un ton ferme.

— Ça fait mal ? demandai-je, inquiet.

— Ne lui posez pas cette question ! me lança Caudron d'un ton cassant. Ne lui posez aucune question pour l'instant. Rendez-vous auprès du roi, FitzChevalerie, et laissez-moi m'occuper du fou. »

Tout à mon anxiété pour le fou, j'avais presque oublié mon roi. Je me courbai pour entrer dans sa tente. Assis sur deux couvertures pliées, Vérité s'efforçait de lacer une de mes chemises : j'en déduisis qu'Astérie avait pillé tous les paquetages pour lui trouver des vêtements propres. Qu'il fût assez maigre pour enfiler une de mes chemises me serra le cœur.

« Permettez-moi, mon roi... », fis-je.

Non seulement il écarta les mains mais il les mit derrière son dos. « Le fou est-il gravement blessé ? » me demanda-t-il alors que je m'escrimais à défaire les nœuds des liens. J'eus l'impression d'entendre le Vérité d'autrefois.

« Il n'a que trois bouts de doigts argentés », répondis-je. Je vis que le fou avait sorti une brosse et une lanière de cuir ; je passai derrière Vérité et me mis à lui peigner les cheveux en arrière. D'un geste vif, il ramena ses mains devant lui. La couleur de sa chevelure provenait de la poussière de pierre, mais en partie seulement : sa queue de guerrier était à présent grise avec des striures noires, et rêche comme du crin de cheval. Je fis de mon mieux pour la lisser, puis, tout en nouant la lanière, je demandai : « Quelle impression ressent-on ?

— Avec ça ? fit-il en levant ses mains et en agitant les doigts. Bah ! Une impression d'Art, mais en plus fort, et seulement sur mes mains et mes bras. »

Je vis qu'il pensait avoir répondu à ma question. « Pourquoi l'avez-vous fait ?

— Eh bien, mais pour travailler la roche ! Avec ce pouvoir sur mes mains, la pierre doit obéir à l'Art. C'est une roche extraordinaire. C'est la même que celle des Pierres Témoins de Cerf, le savais-tu ? Mais celle de Cerf est loin d'être aussi pure que celle d'ici. Naturellement, les mains font de mauvais outils pour tailler la roche ; mais une fois qu'on a ôté l'excès et qu'on est arrivé là où le dragon attend, on peut l'éveiller d'un contact. Je passe les mains sur la pierre et je lui remets le dragon en mémoire ; alors, tout ce qui n'est pas dragon se met à frémir et part en éclats de pierre. C'est très lent, évidemment. Il m'a fallu toute une journée rien que pour dégager ses yeux.

— Je vois », murmurai-je, complètement perdu. J'ignorais s'il avait perdu l'esprit ou si je devais le croire.

Il se leva, autant que le lui permettait la tente basse. « Kettricken m'en veut-elle ? demanda-t-il à brûle-pourpoint.

— Mon seigneur roi, ce n'est pas à moi de... »

Il m'interrompit d'un ton las.

« Vérité. Appelle-moi Vérité, et, pour l'amour d'Eda, réponds à ma question, Fitz. »

J'avais tellement l'impression de le retrouver tel qu'il était autrefois que j'eus envie de le serrer dans mes bras ; mais je me contentai de déclarer : « Je ne sais pas si elle vous en veut, mais elle a de la peine, c'est sûr. Elle a fait un voyage long et fatigant pour vous trouver et vous apporter des nouvelles terribles, et cela n'a pas paru vous toucher.

— J'y suis sensible, quand j'y pense, fit-il d'un ton grave, et mon cœur se serre. Mais il y a tant de choses auxquelles je dois penser, et je ne peux pas tout faire en même temps. J'ai su, quand l'enfant est mort, Fitz. Comment aurais-je pu l'ignorer ? Lui aussi, et tout ce que j'ai ressenti, je l'ai mis dans le dragon. »

Il sortit lentement de la tente et je le suivis. Dehors, il se redressa, mais ses épaules demeurèrent voûtées.

Vérité était désormais un vieillard, bien plus vieux qu'Umbre, d'une certaine façon. Je ne comprenais pas pourquoi, mais je savais que c'était vrai. À son approche, Kettricken leva les yeux, les tourna vers le feu, puis, presque involontairement, elle se redressa et s'écarta du loup endormi. Caudron et Astérie enveloppaient les doigts du fou dans des bandes de tissu. Vérité se dirigea vers Kettricken et s'arrêta près d'elle. « Ma reine, dit-il gravement, si cela m'était possible, je vous prendrais dans mes bras. Mais vous voyez que mon contact... » Il indiqua le fou en laissant sa voix s'éteindre.

J'avais vu l'expression de la reine quand elle avait appris à Vérité la mort de son enfant à la naissance, et je m'attendais qu'elle se détourne de lui, qu'elle lui fasse autant de mal qu'il lui en avait fait. Mais Kettricken avait un cœur plus grand que cela. « Oh, mon époux ! » s'exclama-t-elle d'une voix brisée. Il écarta ses bras argentés et elle s'approcha pour se serrer contre lui. Il inclina sa tête aux cheveux gris sur l'or éteint de la chevelure de Kettricken, mais ses mains ne la touchèrent pas, et il éloigna d'elle sa joue à la tache argentée. D'une voix à fois rauque et hachée, il lui demanda : « Avez-vous donné un nom à notre fils ?

— Je l'ai baptisé selon les coutumes de votre pays. » Elle prit une inspiration, puis dit d'une voix si basse que j'eus peine à l'entendre : « Oblat. » Elle se serra fort contre Vérité, et je vis ses épaules convulsées par un sanglot.

« Fitz ! » me souffla sèchement Caudron. Plantée derrière moi, elle me regardait d'un air sévère. « Laissez-les tranquilles ! murmura-t-elle. Rendez-vous utile, plutôt ; allez chercher une assiette pour le fou. »

En effet, j'avais regardé les retrouvailles de mon roi et de ma reine comme le premier badaud venu ; j'en éprouvai de la honte, mais j'étais soulagé aussi de les voir s'étreindre même dans la peine. Obéissant à Caudron, j'allai remplir une assiette pour le fou, et une autre pour moi par la même occasion. Je tendis la sienne au fou, qui, assis, tenait sa main blessée dans son giron.

Il leva les yeux quand je pris place à ses côtés. « Ça ne part pas même en frottant avec un chiffon, dit-il d'un ton plaintif. Pourquoi cela s'est-il accroché à moi, alors ?

— Je n'en sais rien.

— Parce que vous êtes vivant », fit Caudron d'un ton bref. Elle nous faisait face, de l'autre côté du feu, comme s'il fallait nous surveiller.

« Vérité m'a dit qu'il pouvait façonner la roche avec ses doigts grâce à l'Art qui les recouvre, lui dis-je.

— Votre langue est-elle attachée par le milieu si bien qu'elle bat des deux côtés à la fois ? Vous parlez trop ! répondit Caudron d'un ton revêche.

— Je parlerais peut-être un peu moins si vous parliez davantage, répliquai-je. La pierre n'est pas vivante. »

Elle me considéra. « Vous en êtes sûr, hein ? Alors, pourquoi me fatiguer à parler, si vous savez déjà tout ? » Et elle attaqua son repas comme s'il lui avait fait un affront personnel.

Astérie vint se joindre à nous. Elle s'installa près de moi, posa son assiette sur ses genoux et dit : « Je ne comprends pas ce qu'est cette substance argentée qu'il a sur les mains. »

Le fou gloussa comme un gamin mal élevé, le nez dans son assiette, quand Caudron foudroya la ménestrelle du regard ; mais les échappatoires constantes de la vieille femme commençaient à me lasser. « Quelle impression est-ce que ça fait ? » demandai-je au fou.

Il observa ses doigts bandés. « Ça ne fait pas mal, mais c'est très sensible. Je sens la trame du tissu des bandages. » Ses yeux se firent distants et il sourit. « Je vois l'homme qui l'a tissé, et je connais la femme qui l'a filé. Les moutons à flanc de montagne, la pluie qui tombe sur leur laine épaisse, et l'herbe qu'ils broutent... La laine vient de l'herbe, Fitz. Une chemise en tissu d'herbe... Non, il y a encore autre chose. La terre, noire, riche et...

— Arrêtez ! fit Caudron avec hargne, puis elle se tourna vers moi. Et vous, cessez de lui poser des questions, Fitz, à moins que vous ne vouliez qu'il suive ses impressions si loin qu'il ne se retrouvera jamais. » Elle donna un méchant coup de coude au fou. « Mangez !

— Comment se fait-il que vous en sachiez autant sur l'Art ? lui demanda soudain Astérie.

— Ah non, vous n'allez pas vous y mettre aussi ! répondit Caudron d'un ton furieux. N'existe-t-il donc plus rien de privé ?

— Parmi nous ? Plus grand-chose », répondit le fou, mais c'était Kettricken qu'il regardait ; le visage encore gonflé d'avoir pleuré, elle remplissait des assiettes pour elle-même et Vérité. À ses vêtements usés et tachés, à ses cheveux rêches, à ses mains gercées et à la tâche domestique qu'elle accomplissait, on aurait pu la prendre pour la première venue ; or, alors que je l'observais, je voyais la reine la plus forte, peut-être, qu'eût jamais connue Castelcerf.

Vérité fit une brève grimace en acceptant de ses mains l'assiette et la cuiller toutes simples. Il ferma un instant les yeux pour lutter contre l'attraction de l'histoire de ces ustensiles, puis il recomposa son expression et prit une bouchée de nourriture. Je me trouvais à l'opposé du campement par rapport à lui, pourtant je sentis en lui l'éveil de la faim brute ; il n'était pas seulement resté longtemps sans repas chauds, il y avait aussi des éternités qu'il n'avait rien mangé de consistant. Il prit une inspiration tremblante, puis se mit à dévorer comme un loup affamé.

Caudron l'observait, et une expression de pitié passa sur ses traits. « Non, aucun d'entre nous n'a plus guère d'intimité, fit-elle tristement.

— Plus tôt nous le ramènerons à Jhaampe, plus vite il se remettra, dit Astérie d'un ton apaisant. Devons-nous partir dès demain, à votre avis ? Ou bien vaut-il mieux lui laisser quelques jours pour manger et se reposer afin qu'il reprenne des forces ?

— Nous ne le ramènerons pas à Jhaampe, répondit Caudron d'un ton où perçait l'amertume. Il a commencé un dragon et il ne peut pas l'abandonner. » Elle nous regarda tous dans les yeux. « Tout ce que nous pouvons faire pour lui, à présent, c'est rester pour l'aider à l'achever.

— Les Pirates rouges mettent à feu et à sang la côte tout entière des Six-Duchés, Bauge attaque les Montagnes, et il faudrait que nous demeurions ici pour aider le roi à sculpter un dragon ? » Astérie était abasourdie. « Oui. Si nous voulons sauver les Six-Duchés et les Montagnes, c'est ce qu'il faut faire. Et maintenant, si vous voulez bien m'excuser, je vais remettre de la viande à mijoter. Je crois que notre roi en aura besoin. »

Je posai mon assiette vide à côté de moi. « Nous devrions tout faire cuire : dans ce climat, la viande se gâte vite », dis-je étourdiment.

Et je passai donc l'heure suivante à découper la truie en morceaux et à les faire boucaner au-dessus des braises pendant la nuit. Œil-de-Nuit se réveilla et m'aida à me débarrasser des déchets jusqu'à en avoir le ventre distendu. Kettricken et Vérité, assis côte à côte, parlaient à voix basse. Je m'efforçais de ne pas les regarder mais, malgré tout, je me rendais bien compte que les yeux du roi s'égaraient fréquemment vers l'estrade d'où nous dominait son dragon. Le vague grondement de sa voix était hésitant et s'éteignait souvent jusqu'à ce qu'une nouvelle question de Kettricken le relance.

Le fou s'amusait à toucher différents objets de ses doigts argentés : un bol, un couteau, le tissu de sa chemise. Il affrontait les froncements de sourcils de Caudron avec un doux sourire. « Je fais attention, lui dit-il en une occasion.

— Vous ne savez pas comment faire attention, répliqua-t-elle d'un ton presque plaintif. Ce n'est qu'une fois égaré que vous vous apercevrez que vous avez perdu votre chemin. » Elle cessa de découper la truie, se redressa avec un grognement et insista pour rebander les doigts du fou ; après quoi, elle et Astérie s'en allèrent chercher du bois pour le feu. Le loup se mit debout en grognant et les suivit.

Kettricken aida Vérité à regagner sa tente ; au bout d'un moment, elle réapparut et se rendit dans la yourte d'où elle ressortit, ses affaires de couchage dans les bras. Elle surprit mon coup d'œil et me jeta dans la plus grande confusion en me regardant bien en face : « J'ai pris vos longues moufles dans votre paquetage, Fitz. » Sur quoi, elle rejoignit Vérité dans la petite tente. Le fou et moi n'osâmes pas échanger un regard.

Je me remis au découpage de la viande. J'en avais assez : la truie sentait le cadavre et non plus la viande fraîche, et j'avais les bras gluants de sang jusqu'aux coudes ; les poignets élimés de ma chemise en étaient trempés. Pourtant, je poursuivis obstinément ma tâche. Le fou vint s'accroupir à côté de moi.

« Quand j'ai effleuré le bras de Vérité, je l'ai connu, déclara-t-il soudain. J'ai su que c'était un roi digne que je le suive, aussi digne que son père. Je sais ce qu'il compte faire, ajouta-t-il plus bas. Tout d'abord, j'ai eu du mal à comprendre tellement c'était immense, mais j'ai réfléchi depuis. Et ça correspond à mon rêve de Réalder. »

Un frisson qui n'avait rien à voir avec le rafraîchissement de l'air me parcourut. « De quoi s'agit-il ? demandai-je d'une voix tendue.

— Les dragons sont les Anciens, m'expliqua le fou à mi-voix ; mais Vérité n'a pas réussi à les réveiller, alors il sculpte son propre dragon et, quand il l'aura terminé, il l'éveillera et ira combattre les Pirates rouges. Tout seul. »

Tout seul. Je fus frappé par l'expression : encore une fois, Vérité pensait se battre seul contre les Pirates. Mais il restait bien des points obscurs. « Tous les Anciens étaient-ils des dragons ? » demandai-je. Je me remémorais tous les dessins et les tissages fantastiques concernant les Anciens que j'avais pu voir. Certains ressemblaient à des dragons, mais...

« Oui : les Anciens sont des dragons. Ces sculptures du jardin de pierre, ce sont les Anciens. En son temps, le roi Sagesse a réussi à les réveiller et à les gagner à sa cause. Pour lui, ils sont revenus à la vie. Mais, aujourd'hui, ils sont trop profondément endormis ou ils sont morts. Vérité a employé une grande partie de son énergie à essayer de les réveiller par tous les moyens imaginables, et quand il s'est rendu compte qu'il n'arrivait à rien, il a décidé de sculpter son propre Ancien, de l'animer et de s'en servir contre les Pirates rouges. »

Je restai sidéré. Je pensais à la lente vie que mon Vif et celui du loup avaient perçue dans ces pierres, et, avec un brusque serrement de cœur, je me rappelai l'angoisse de la statue de la femme au dragon, dans la carrière même. De la pierre vivante, figée, pour toujours incapable de voler. Je frissonnai d'horreur. C'était un cachot d'une autre nature.

« Comment s'y prend-il ? »

Le fou secoua la tête. « Je l'ignore. Je crois que Vérité lui-même n'en sait rien ; il avance à l'aveuglette, à coups d'essais et d'erreurs. Il façonne la pierre et il lui donne ses souvenirs. Et quand il aura fini, elle s'éveillera à la vie – je suppose.

— Entends-tu seulement ce que tu dis ? m'exclamai-je. Une pierre va s'élever dans le ciel et défendre les Six-Duchés contre les Pirates rouges ! Et les troupes de Royal et les incidents de frontière avec le royaume des

Montagnes ? Ce fameux “dragon” va-t-il y mettre un terme aussi ? » La colère m’envahissait peu à peu. « C’est pour ça que nous avons fait tout ce chemin ? Pour un conte à dormir debout auquel même un enfant ne croirait pas ? »

Le fou prit un air légèrement vexé. « Crois-y ou non, à ton gré. Tout ce que je sais, c’est que Vérité y croit, lui, et, à moins que je ne me trompe fort, Caudron également. Sinon, pourquoi insisterait-elle pour que nous restions afin d’aider Vérité à terminer le dragon ? »

Je réfléchis un moment à ses paroles. Puis je lui demandai : « Quel souvenir gardes-tu de ton rêve à propos du dragon de Réalder ? »

Il eut un haussement d’épaules. « Un sentiment, surtout. Je débordais de joie et de bonheur, parce que non seulement j’annonçais le dragon de Réalder, mais il allait m’emmener en vol avec lui. J’avais le sentiment d’être un peu amoureux de lui, tu sais, le genre de sentiment qui t’élève le cœur. Mais... » Il hésita. « Je ne me rappelle pas si c’était Réalder que j’aimais ou son dragon. Dans mon rêve, ils ne faisaient qu’un... je crois. Il est difficile de se rappeler un rêve. Il faut l’attraper dès qu’on se réveille et se le répéter rapidement pour en durcir les détails ; autrement, il disparaît très vite.

— Mais, dans ton rêve, est-ce qu’un dragon de pierre volait ?

— J’annonçais le dragon et je savais que je devais voler sur son dos, mais je ne l’avais pas encore vu.

— Alors, peut-être ton rêve n’a-t-il aucun rapport avec ce que fait Vérité. À l’époque où il se passait, peut-être existait-il de vrais dragons, de chair et d’os. »

Il me regarda avec curiosité. « Tu ne crois pas qu’il y ait de vrais dragons à notre époque ?

— Je n’en ai jamais vu, en tout cas.

— Et dans la cité ? fit-il.

— C'était une vision d'un autre temps, tu l'as dit toi-même aujourd'hui. »

Il tendit une de ses mains pâles vers la lumière du feu. « Je pense qu'ils sont comme ceux de mon espèce : rares, mais non mythiques. Et puis, s'il n'existait pas de dragons de chair, de sang et de feu, d'où serait venue l'idée de ces sculptures ? »

Je secouai la tête avec lassitude. « On tourne en rond. J'en ai assez des énigmes, des devinettes et des histoires de croyance. Je veux savoir ce qui est réel ; je veux savoir pourquoi nous avons fait tout ce chemin et ce qu'on attend de nous. »

Mais, à cela, le fou n'avait pas de réponse. Quand Caudron et Astérie revinrent avec une réserve de bois, il m'aida à étaler le feu et à disposer la viande de façon que la chaleur la dégraisse ; quant à la viande que nous ne pûmes faire cuire, nous l'enveloppâmes dans la peau de la truie et la mîmes de côté. Il restait de la carcasse un tas considérable d'os et de déchets, et, malgré tout ce qu'il avait ingurgité plus tôt, Œil-de-Nuit s'installa pour grignoter un fémur. Je supposai qu'il avait vomi quelque part une partie de ce qu'il avait mangé.

Avoir trop de viande en réserve, il n'y a que ça de vrai, me dit-il d'un ton satisfait.

Je fis quelques tentatives pour amener Caudron à me parler d'elle-même mais, je ne sais comment, ce fut elle qui finit par me sermonner en me disant que je devais surveiller le fou de près. Il fallait le protéger, non seulement du clan de Royal, mais aussi de l'attraction des objets qui risquait d'égarer son esprit ; pour cette raison, elle désirait que nous prenions nos tours de garde ensemble, et elle exigea du fou qu'il dorme sur le dos, ses doigts tournés vers le haut afin qu'ils ne touchent rien. Comme il dormait normalement roulé en boule, il ne se montra que modérément satisfait, mais enfin nous fûmes prêts pour la nuit.

Je ne devais prendre ma veille qu'aux heures qui précèdent l'aube, mais elles étaient encore loin quand le loup vint me donner des coups de museau dans la joue jusqu'à ce que j'ouvre les yeux.

« Qu'y a-t-il ? » demandai-je d'un ton ensommeillé.

Kettricken marche seule en pleurant.

Je doutais qu'elle eût envie de ma compagnie, mais je doutais aussi qu'elle dût rester seule. Je me levai donc sans bruit et accompagnai le loup à l'extérieur. Caudron était assise près du feu et remuait la viande d'un air désolé. Elle avait dû voir la reine sortir, je le savais ; aussi ne cherchai-je pas à me dissimuler.

« Je vais retrouver Kettricken.

— C'est sans doute souhaitable, répondit-elle à mi-voix. Elle m'a dit qu'elle allait jeter un coup d'œil au dragon, mais elle est absente depuis trop longtemps. »

Il n'était pas nécessaire d'en dire davantage. Je suivis Œil-de-Nuit qui s'éloignait au petit trot, l'air de savoir où il allait. Pourtant, il ne me mena pas au dragon de Vérité mais à l'autre bout de la carrière. Le clair de lune était faible, et les énormes blocs noirs paraissaient en absorber la plus grande partie. Les ombres semblaient tomber selon différentes directions, ce qui faussait la perspective. La nécessité de me montrer prudent donnait d'immenses proportions à la carrière tandis que je suivais le loup avec précaution.

Je sentis un picotement d'effroi me parcourir quand je me rendis compte que nous nous dirigions vers le pilier, mais nous trouvâmes la reine avant d'y parvenir. Elle se tenait debout, immobile comme la pierre elle-même, devant la femme au dragon. Elle était montée sur le bloc dans lequel s'embourbait la créature et avait levé un bras pour poser la main sur la jambe de la cavalière. Par un jeu du clair de lune, on avait l'impression que les yeux de pierre de la femme au dragon étaient baissés sur Kettricken. Œil-de-Nuit s'approcha sans bruit, atterrit d'un bond léger sur l'estrade et appuya la tête contre la jambe de Kettricken avec un petit gémissement.

« Chut ! lui dit-elle à mi-voix. Écoute ! Ne l'entends-tu pas pleurer ? Moi, si. »

Je ne mis pas ses paroles en doute, car je la sentais tendre son Vif, plus vigoureusement que jamais.

« Ma dame... », murmurai-je.

Elle tressaillit et porta la main à la bouche en se retournant vers moi.

« Je vous demande pardon, dis-je. Je ne voulais pas vous effrayer ; mais vous ne devriez pas vous trouver seule ici. Caudron craint que le clan ne soit encore dangereux, et nous ne sommes pas très loin du pilier. »

Elle eut un sourire amer. « Où que j'aille, je suis seule ; et je ne vois pas ce que le clan pourrait me faire de pire que ce que je me suis déjà infligé à moi-même.

— C'est parce que vous ne le connaissez pas aussi bien que moi. Je vous en prie, ma reine, accompagnez-moi au camp. »

Elle fit un mouvement et je crus qu'elle allait me rejoindre, mais elle s'assit, le dos contre le dragon. Mon appréhension par le Vif de la détresse de la jeune fille faisait écho à celle de Kettricken. « Je désirais seulement être couchée à côté de lui, dit-elle à mi-voix, le tenir contre moi et qu'il me tienne contre lui. Qu'il me tienne, Fitz. Me sentir... non pas protégée ; je sais qu'aucun d'entre nous n'est protégé ; mais avoir l'impression d'avoir de l'importance, d'être aimée. Je n'en voulais pas davantage, mais il a refusé. Il a dit qu'il ne pouvait pas me toucher, qu'il n'osait rien toucher de vivant à part son dragon. » Elle se détourna. « Même les mains et les bras dans des moufles, il a refusé de me toucher. »

Je me surpris à escalader l'estrade, puis je pris la reine par l'épaule et l'obligeai à se lever. « Il le ferait s'il le pouvait, lui dis-je. Je le sais. Il le ferait s'il le pouvait. »

Elle se couvrit le visage de ses mains et ses larmes jusque-là silencieuses se muèrent en sanglots. Elle déclara d'une voix hachée : « Vous... et votre Art ! Et lui ! Vous parlez si aisément de ce qu'il ressent, d'amour ! Mais moi... moi, je n'ai pas ça. Je suis seulement... J'ai besoin de le sentir, Fitz ; j'ai besoin de sentir ses bras autour de moi, d'être proche de lui, de croire qu'il m'aime autant que je l'aime, après que j'ai si souvent manqué à mes engagements envers lui. Comment puis-je croire... alors qu'il refuse de seulement... » Je la pris dans mes bras et attirai sa tête contre mon épaule tandis qu'Œil-de-Nuit s'appuyait à nos jambes en gémissant doucement.

« Il vous aime, affirmai-je. Il vous aime. Mais le destin vous a chargée de ce fardeau à tous les deux. Il faut le supporter.

— Oblat... » fit-elle dans un souffle, sans que je puisse savoir si elle prononçait le nom de son fils ou définissait son existence. Elle continua de pleurer doucement et moi de la tenir contre moi, en lissant ses cheveux et en lui assurant que tout s'arrangerait, un jour : tout ne pourrait qu'aller mieux, ils auraient une vie à eux quand tout serait fini, et des enfants, des enfants qui grandiraient en sécurité, sans crainte des Pirates rouges ni des ambitions perverses de Royal. Le temps passant, je la sentis s'apaiser, et je m'aperçus que j'avais communiqué avec elle autant par le Vif que par les mots. Ce que j'éprouvais pour elle s'était mêlé aux sentiments du loup. Plus doucement que par un lien d'Art, plus chaleureusement et plus naturellement, je la tenais dans mon cœur comme dans mes bras. Œil-de-Nuit s'appuya de nouveau contre elle en lui affirmant qu'il la protégerait, que la viande qu'il tuerait serait pour toujours à elle, qu'elle n'avait pas à redouter ce qui avait des crocs, car nous étions de la même meute et le resterions à jamais.

C'est elle qui rompit finalement notre étreinte. Avec un dernier soupir tremblant, elle s'écarta de moi et elle essuya les larmes de ses joues. « Oh, Fitz ! » fit-elle simplement, avec tristesse, et ce fut tout. Je demeurai immobile et je ressentis la froideur de la séparation alors que nous venions d'être si près l'un de l'autre. Un sentiment de perte me traversa brusquement, suivi d'un frisson de peur quand je compris que la femme au dragon avait partagé notre étreinte, sa détresse brièvement consolée par notre intimité. Comme nous nous écartions l'un de l'autre, la plainte lointaine et glaçante de la pierre s'éleva de nouveau, plus forte qu'avant. Je voulus sauter légèrement de l'estrade mais, à l'atterrissage, je trébuchai et faillis tomber. L'union que nous avions partagée m'avait épuisé. C'était effrayant mais je dissimulai mon malaise en raccompagnant Kettricken en silence jusqu'au bivouac.

J'arrivai juste à temps pour relever Caudron de sa veille. Kettricken et elle allèrent dormir en me promettant de m'envoyer le fou monter la garde avec moi. Avec un regard d'excuse, le loup suivit Kettricken sous la tente ; je l'assurai que j'approuvais son initiative. Un instant plus tard, le fou apparut en se frottant les yeux d'une main tandis qu'il tenait l'autre légèrement crispée contre sa poitrine ; il s'assit sur une pierre en face de moi alors que j'examinais la viande pour voir quelles pièces il fallait retourner. Un moment, il m'observa sans rien dire, puis il se baissa et ramassa un morceau de bois de la main droite. J'aurais dû l'en empêcher, je le savais, mais j'étais aussi curieux que lui. Au bout d'un moment, il plaça le bout de bois dans le feu et se redressa. « Sans bruit et joli, me dit-il. Quarante ans de croissance, hiver et été, tempête et beau temps. Et, avant, un autre arbre l'avait porté ; le fil remonte ainsi sans cesse. Je ne pense pas devoir craindre grand-chose des objets naturels, mais seulement de ceux qui ont été créés par l'homme. Là, le fil se défait. Mais je pense que les arbres doivent être agréables à caresser.

— Caudron dit que tu ne dois pas toucher ce qui est vivant, lui rappelai-je comme à un enfant qui parle trop.

— Caudron n'est pas obligée de vivre avec ça ; moi, si. Je dois trouver mes limites ; plus vite je découvrirai ce que je peux ou ne peux pas faire de ma main droite, mieux ça vaudra. » Et, avec un sourire pervers, il fit un geste suggestif envers lui-même.

Je secouai la tête, mais ne pus m'empêcher de rire.

Il joignit son rire au mien. « Ah, Fitz, fit-il à mi-voix quelques instants plus tard, tu ne te rends pas compte à quel point cela me fait plaisir de pouvoir te faire rire à nouveau. Si j'arrive à te faire rire, je puis rire moi aussi.

— Ce qui m'étonne, c'est que tu parviennes encore à plaisanter, répondis-je.

— Quand on a le choix entre rire et pleurer, autant rire. » Soudain, il demanda : « Je t'ai entendu quitter la tente, plus tôt. Et puis, pendant ton absence... j'ai senti en partie ce qui s'est passé. Où étais-tu ? Il y a beaucoup de choses que je n'ai pas comprises. »

Je réfléchis un instant. « Le lien d'Art entre nous est peut-être en train de se renforcer au lieu de s'affaiblir. Je ne crois pas que ce soit bon.

— Il ne reste plus d'écorce elfique. J'ai pris ce qu'il restait il y a deux jours. Bon ou mauvais, c'est ainsi ; à présent, explique-moi ce qui s'est passé. »

Je ne voyais guère l'utilité de refuser, et je tentai donc de lui raconter. Il m'interrompit par de nombreuses questions et rares furent celles auxquelles je pus répondre. Quand il estima en avoir compris autant que les mots permettaient d'en dire, il eut un sourire en coin. « Allons voir la femme au dragon, proposa-t-il.

— Pour quoi faire ? » demandai-je, circonspect.

Il leva la main droite et agita les doigts dans ma direction en levant les sourcils.

« Non, dis-je fermement.

— Tu as peur ? fit-il, taquin.

— Nous sommes de veille, répondis-je d'un ton sévère.

— Alors, tu m'accompagneras demain.

— Ce n'est pas sage, fou. Qui sait quel effet cela peut te faire ?

— Pas moi, et c'est bien pour ça que je veux tenter l'expérience. D'ailleurs, comment peut-on dire à un fou de se conduire sagement ?

— Non, je n'irai pas.

— Alors, j'irai seul », dit-il avec un soupir exagéré.

Je refusai de mordre à l'hameçon. Au bout d'un moment, il me demanda : « Que sais-tu à propos de Caudron que je ne sache pas ? »

Je le regardai, mal à l'aise. « À peu près autant que j'en sais sur toi et qu'elle ignore.

— Ah ! Voilà qui est bien dit ! Cette réponse aurait pu être de moi. T'es-tu demandé pourquoi le clan n'avait pas tenté une nouvelle attaque contre nous ? demanda-t-il enfin.

— Tu as décidé de ne poser que des questions malvenues, ce soir ? répliquai-je.

— Je n'en vois pas d'autres, ces derniers temps.

— À tout le moins, j'espère que la mort de Carrod les a affaiblis. Ce doit être un grand traumatisme pour un clan de perdre un membre, presque aussi fort que de perdre un compagnon de lien.

— Et que crains-tu ? » insista le fou.

C'était là une question que je préférais jusque-là ne pas me poser. « Ce que je crains ? Le pire, naturellement. Ce que je crains, c'est qu'ils ne soient en train de rassembler de plus grandes forces contre nous pour vaincre le pouvoir de Vérité – à moins qu'ils ne soient en train de nous tendre un piège. Je crains qu'ils ne tournent leur Art à chercher Molly », ajoutai-je enfin, à contrecœur. Y penser me semblait évoquer la malchance, et en parler encore plus.

« Ne peux-tu pas lui artiser une mise en garde ? »

Comme si je n'y avais pas déjà songé ! « Non, pas sans la trahir. Je n'ai jamais réussi à toucher Burrich par l'Art. Parfois, j'arrive à les voir, mais je ne peux pas me rendre sensible à eux. Je redoute même que tenter de le faire suffise à les exposer au clan. Royal est peut-être au courant de son existence mais il ne sait pas où elle est. Tu m'as dit qu'Umbre lui-même l'ignorait, et Royal doit porter ses troupes et son attention en bien des lieux. Cerf est loin de Bauge et les Pirates rouges ne laissent pas une minute de répit au duché. Ça m'étonnerait qu'il envoie des soldats là-bas rien que pour retrouver une femme.

— Une femme et une enfant Loinvoyant, me rappela-t-il gravement. Fitz, je ne dis pas cela pour t'inquiéter, seulement pour t'avertir. J'ai contenu sa colère contre toi, cette fois-là, quand ils me tenaient... » Il déglutit et son regard se fit distant. « J'ai fait ce que j'ai pu pour oublier. Si j'effleure ces souvenirs, ils se mettent à bouillir et à brûler en moi comme un poison dont je n'arrive pas à me débarrasser. J'ai ressenti l'essence de Royal ; sa haine pour toi grouille comme des asticots dans de la viande pourrie. » Il secoua la tête, au bord de la nausée. « Cet homme est fou. Il te prête les pires ambitions qu'il peut imaginer, et il considère ton Vif avec dégoût et terreur. Il est incapable de concevoir que tes actes puissent être au seul service de Vérité. Pour lui, tu as consacré ta vie à lui nuire, à lui, Royal, depuis ton arrivée à Castelcerf. Il est persuadé que Vérité et toi ne vous êtes pas rendus dans les Montagnes pour réveiller les Anciens afin de défendre Cerf, mais pour y découvrir un trésor d'Art ou du pouvoir à employer contre lui. Il est persuadé de ne pas avoir le choix ; il doit agir le premier pour trouver ce que vous cherchez et le retourner contre vous. C'est à cela qu'il tend toutes ses ressources et sa volonté. »

J'écoutais le fou, pétrifié d'horreur. Il avait le regard d'un homme qui se rappelle ses tortures. « Pourquoi ne pas m'en avoir parlé plus tôt ? » lui demandai-je doucement lorsqu'il fit une pause pour reprendre son souffle, et je vis qu'il avait la chair de poule.

Il se détourna de moi. « C'est un épisode que je n'aime pas me rappeler. » Il tremblait légèrement. « Ils étaient dans mon esprit comme des enfants méchants et désœuvrés qui cassent tout ce qu'ils ne peuvent attraper. Je n'ai rien pu leur cacher, mais ce n'était pas à moi qu'ils s'intéressaient. Ils me considéraient comme moins qu'un chien. Quand ils ont découvert que je n'étais pas toi, ils se sont mis en fureur, et ils ont failli me détruire. Ensuite, ils se sont demandé comment se servir de moi contre toi. » Il toussa. « Si cette vague d'Art n'était pas arrivée... »

Je me sentis dans la peau d'Umbre quand je lui dis à mi-voix : « Je vais retourner cette attaque contre eux. Ils n'ont pas pu t'asservir ainsi sans révéler une grande partie d'eux-mêmes. Je te demande, autant que possible, d'évoquer ce moment et de me raconter ce dont tu te souviens.

— Tu ne me le demanderais pas si tu savais ce que tu me demandes. »

Je pensais le contraire mais je me retins de le dire et je laissai le silence l'obliger à réfléchir. L'aube grisaillait le ciel et je venais de faire le tour du campement quand il déclara :

« Il y avait des livres d'Art dont tu ne sais rien, des livres et des parchemins que Galen a enlevés des appartements de Sollicité alors qu'elle se mourait. Le savoir qu'ils renfermaient était réservé aux seuls maîtres d'Art, et certains étaient même fermés par des verrous astucieux. Galen a disposé de nombreuses années pour les ouvrir ; un verrou ne sert pas seulement à maintenir un honnête homme dans le droit chemin, tu sais. Galen a trouvé dans ces textes bien des choses qu'il n'a pas comprises ; mais il existait aussi des parchemins qui contenaient la liste de tous ceux qui avaient été formés à l'Art. Galen a retrouvé ceux qu'il a pu et les a interrogés, et puis il les a éliminés, de peur que d'autres ne leur posent les mêmes questions. Il a découvert bien du savoir dans ces parchemins : comment vivre longtemps et en bonne santé, comment infliger la douleur par l'Art sans même toucher un homme. Mais, dans les manuscrits les plus anciens, il a décelé des indications sur un grand pouvoir qui attendrait un puissant artiseur dans les Montagnes. Si Royal pouvait s'emparer des Montagnes, il pourrait disposer d'un pouvoir irrésistible. C'est pour cela qu'il a demandé la main de Kettricken pour Vérité, sans jamais compter qu'elle fût un jour l'épouse de son frère. Son intention, une fois Vérité mort, était de l'épouser, elle et son héritage.

— Je ne comprends pas, dis-je lentement. Les Montagnes recèlent de l'ambre, des fourrures, et...

— Non, non. » Le fou secoua la tête. « Ça ne s'est pas passé comme ça. Galen n'avait pas révélé à Royal tout ce qu'il avait appris, car alors il n'aurait plus eu la haute main sur son demi-frère. Mais, sois-en assuré, dès la mort de Galen, Royal s'est aussitôt emparé des manuscrits et des livres pour les étudier. Il ne maîtrise pas bien les langues anciennes mais il ne voulait l'aide de personne, de crainte qu'on ne découvre le secret avant lui. Pour finir, il a fini par débrouiller l'énigme et alors il a été horrifié car, à cette époque, il avait poussé Vérité à entreprendre ses recherches dans les Montagnes dans l'espoir qu'il mourrait lors de cette quête stupide. Il a compris que le pouvoir dont Galen cherchait à s'emparer était l'autorité sur les Anciens. Aussitôt, il a cru que Vérité avait conspiré avec toi pour trouver ce pouvoir à ses propres fins. Comment osait-il essayer de voler le trésor même que Royal avait si longtemps œuvré à gagner ? » Le fou eut un pâle sourire. « Dans son esprit, dominer les Anciens lui revient de droit et tu tentes de l'en priver. Il est persuadé d'être du côté du bon droit et de la justice en essayant de te tuer. »

Toujours assis, je hochai la tête. Toutes les pièces s'assemblaient parfaitement ; les brèches qui subsistaient dans ma compréhension de Royal et de ses motifs étaient comblées, et l'ensemble composait un tableau effrayant. Je savais l'homme ambitieux, je le savais aussi craintif et soupçonneux des personnes et des créatures qu'il ne pouvait contrôler. J'avais représenté un double danger pour lui, rival de l'affection de son père et possédé d'un étrange talent, le Vif, qu'il ne pouvait ni comprendre ni détruire. Pour Royal, tout individu était un instrument ou une menace, et il lui fallait éliminer toutes les menaces.

Il n'avait sans doute jamais songé que tout ce que j'attendais de lui était qu'il me laisse tranquille.

9
LES SECRETS DE CAUDRON

Nulle part il n'est mentionné le nom de celui qui a dressé les Pierres Témoins élevées sur la colline près de Castelcerf. Il est très possible qu'elles soient plus anciennes que le Château lui-même. Leur pouvoir supposé semble avoir peu de rapport avec le culte d'Eda ou d'El, mais les gens y croient avec la même ferveur ; même ceux qui prétendent douter de l'existence des dieux hésiteraient à prêter faussement serment devant les Pierres Témoins. Ces grands rocs se dressent, noirs et marqués par les intempéries ; s'ils ont porté des inscriptions, le vent et la pluie les ont effacées.

*

Vérité fut le premier à se lever ce matin-là. Il sortit d'un pas trébuchant de sa tente à l'instant où l'aube rendait ses couleurs au monde. « Mon dragon ! s'écria-t-il en clignant les yeux dans l'éclat du soleil. Mon dragon ! » comme s'il s'attendait à ce qu'il eût disparu.

Même quand je lui eus assuré que son dragon allait bien, il continua de se comporter comme un enfant gâté. Il souhaitait reprendre son travail sur-le-champ, et c'est avec les plus grandes difficultés que je le persuadai de boire une chope d'infusion d'ortie et de menthe et de manger un peu de la viande cuite sur les broches. Sans attendre que le gruau bouillît, il s'éloigna du feu, son morceau de viande et son épée dans les mains. Pas une fois, il n'avait fait allusion à Kettricken. Peu de temps après, le raclement de la pointe de l'épée contre le roc noir reprit. L'ombre de Vérité que j'avais vue la veille au soir s'était dissipée avec la venue du matin.

J'eus une curieuse impression à saluer un jour nouveau sans aussitôt empaqueter nos possessions. Nul n'était de bonne humeur. Kettricken restait muette, les yeux gonflés, Caudron, acariâtre et revêche ; le loup en était encore à digérer la viande dont il s'était empiffré la veille et ne demandait qu'à dormir. Astérie ne paraissait supporter la présence de personne, comme si c'était notre faute que notre quête s'achevât par une telle déconvenue et une telle incompréhension. Après le petit déjeuner, elle déclara qu'elle allait s'occuper des jeppas et faire un peu de lessive dans le ruisseau découvert par le fou. Bougonne, Caudron accepta de l'accompagner à titre de sécurité, bien que son regard s'égarât souvent du côté du dragon de Vérité. Kettricken était là aussi, elle regardait d'un air lugubre son époux et roi sculpter la pierre. Je passai le temps à retirer la viande séchée du feu, à l'emballer et à réalimenter les braises pour remettre de la viande à cuire.

« Allons-y, me dit le fou dès que j'en eus terminé.

— Où ça ? demandai-je alors que je ne rêvais que de faire la sieste.

— À la femme au dragon. » Et il se mit en route d'un pas vif, sans même regarder si je le suivais. Il savait que je n'avais pas le choix.

« À mon avis, c'est une idée de fou ! lui criai-je en trottant derrière lui.

— Exactement », répliqua-t-il avec un sourire complice, puis il se tut jusqu'à ce que nous soyons près de la vaste statue.

La femme au dragon paraissait plus tranquille ce

matin, mais peut-être m'habituais-je simplement au Vif pris au piège que je sentais en elle. Sans hésiter, le fou grimpa sur l'estrade ; je le suivis plus lentement. « Je la trouve différente aujourd'hui, dis-je à mi-voix.

— Comment ça ?

— Je ne sais pas. » J'étudiai sa tête penchée, les larmes de pierre sur ses joues. « Elle ne te semble pas différente ?

— Je ne l'ai pas regardée de très près hier. »

La proximité de son but paraissait atténuer l'esprit folâtre du fou. Très prudemment, je posai la main sur l'échine du dragon. Chaque écaille était d'une facture si adroite, la courbure du corps si naturelle que je m'attendais presque à le sentir respirer. Mais c'était de la pierre froide et dure. Je retins mon souffle, pris mon courage à deux mains puis tendis mon esprit vers le roc. Je n'avais jamais rien ressenti de pareil : pas de battement de cœur, pas de respiration ni aucun autre signe physique de vie pour me guider. Je ne percevais qu'une impression de vie, prise au piège et sans espoir. L'espace d'un instant, je perdis cette impression, puis je l'effleurai de nouveau et sentis le dragon tendre son Vif vers moi. Je cherchai la sensation du vent sur la peau, la chaude circulation du sang, oh ! les odeurs de l'été, la perception de mes vêtements contre mon corps, tout ce qui faisait partie de l'expérience de la vie que la femme appelait de tous ses vœux. Puis je retirai brutalement la main du dos de la bête, effrayé par l'intensité de son contact ; j'avais presque l'impression qu'elle aurait pu m'attirer en elle.

« Étrange », dit le fou dans un souffle, car, lié à moi, il avait ressenti les échos de mon expérience. Son regard croisa le mien et le soutint un moment, puis il tendit un doigt au bout argenté vers la jeune femme.

« Nous ne devrions pas faire ça », dis-je, mais mes propos manquaient de conviction. La mince silhouette à cheval sur le dragon était vêtue d'un pourpoint sans manches, de chausses et de sandales. Le fou lui toucha le bras.

Un hurlement d'Art de douleur et d'outrage emplit la carrière. Le fou fut projeté à bas du piédestal, tomba rudement sur les rochers en contrebas et demeura là, inerte. Mes genoux plièrent sous moi et je m'écroulai près du dragon. Avec le torrent de fureur que je percevais par le Vif, je m'attendais à ce que le dragon me piétine comme un cheval emballé, et, d'instinct, je me roulai en boule en me protégeant la tête.

Tout fut fini en un instant, et pourtant les échos du cri parurent se répercuter à l'infini sur les falaises lisses et noires et les blocs qui nous entouraient. Je descendis en tremblant de l'estrade pour voir comment se portait le fou, quand Œil-de-Nuit arriva au grand galop. *Qu'y a-t-il ? Qui nous menace ?* Je m'agenouillai auprès du fou ; il s'était cogné la tête et du sang coulait sur la pierre noire, mais je ne pensais pas que cela expliquât son inconscience. « Je savais que nous n'aurions pas dû. Pourquoi t'ai-je laissé faire ? marmonnai-je en le prenant dans mes bras pour le ramener au camp.

— Parce que vous êtes encore plus bête que lui. Et que je suis la plus grande idiote de tous, de vous avoir laissés seuls en comptant que vous vous conduiriez de façon raisonnable. Qu'a-t-il fait ? » Caudron avait encore le souffle court d'avoir couru.

« Il a touché la femme au dragon avec son doigt enduit d'Art. »

Tout en parlant, je m'étais tourné vers la statue. À ma grande horreur, je vis une empreinte argentée de doigt sur le bras de la femme, soulignée de rouge sur sa peau couleur bronze. Caudron suivit mon regard et je l'entendis hoqueter d'effroi. Elle se tourna d'un bloc vers moi et leva sa main noueuse comme pour me frapper ; puis elle ferma sa main en un poing qui tremblait et, par un effort de volonté, le ramena contre son flanc. « N'était-il pas assez qu'elle soit prise au piège, en proie à un malheur éternel, seule et coupée de tout ce qu'elle a aimé ? Non ! Il fallait qu'en plus vous veniez tous deux la faire souffrir ! Comment peut-on être aussi dépourvu de bonté ?

— Nous ne voulions pas lui nuire. Nous ignorions...

— L'ignorance est toujours l'excuse de la curiosité cruelle ! » gronda Caudron.

La moutarde me monta soudain au nez. « Ne me reprochez pas mon ignorance, femme, alors que vous avez toujours refusé de la combler ! Vous ne cessez de faire des allusions, de donner des avertissements et de déclamer des phrases de mauvais augure, mais vous refusez de nous dire ce qui pourrait nous aider ! Et, quand nous commettons des erreurs, vous nous invectivez en prétendant que nous aurions dû nous méfier ! Mais comment ? Comment nous méfier quand celle qui possède le savoir ne veut pas le partager avec nous ? »

Dans mes bras, le fou s'agita faiblement. Le loup n'avait cessé de tourner autour de moi ; à cet instant, il vint en gémissant renifler la main pendante du fou.

Fais attention ! Il ne faut pas que ses doigts te touchent !

Qu'est-ce qui l'a mordu ?

Je n'en sais rien. « Je ne sais rien, dis-je tout haut, d'un ton amer. J'avance à tâtons dans le noir en faisant mal à tous ceux que j'aime.

— Je n'ose pas intervenir ! s'écria Caudron. Un mot de ma part risque de vous engager dans la mauvaise voie, et que deviendront toutes les prophéties, alors ? Vous devez vous débrouiller seul, Catalyseur ! »

Le fou ouvrit les yeux et me regarda d'un air vide ; puis il les referma et appuya la tête contre mon épaule. Il commençait à se faire lourd et je devais absolument découvrir ce dont il souffrait. Je vis Astérie arriver derrière Caudron, les bras chargés de linge humide ; je m'éloignai des deux femmes. Comme je me dirigeais vers le bivouac, je jetai par-dessus mon épaule : « C'est peut-être pour cela que vous êtes ici ! Vous avez peut-être été appelée ici avec un rôle à jouer, par exemple, combler notre ignorance de façon que nous puissions accomplir votre satanée prophétie ! Et c'est peut-être en vous taisant que vous allez à l'encontre de votre rôle ! Mais – et je m'arrêtai pour lancer violemment ma dernière pique – je crois que vous vous taisez pour des raisons personnelles ! Parce que vous avez honte ! »

Je me détournai de son expression abasourdie pour cacher ma propre honte d'avoir parlé ainsi sous le coup de la colère ; mais j'y puisai aussi une résolution nouvelle : j'étais soudain décidé à obliger chacun à se comporter comme il le devait. C'était le genre de résolution puérile qui ne me rapportait souvent que des ennuis, mais, une fois que mon cœur s'en fut emparé, ma colère s'y cramponna.

Je portai le fou dans la grande tente et l'étendis sur ses affaires de couchage. Je pris une manche en lambeaux, vestige d'une chemise, l'humectai d'eau froide et l'appliquai fermement sur l'arrière de son crâne. Quand le saignement ralentit, je jetai un coup d'œil à la blessure : l'entaille n'était pas grande, mais elle se trouvait au sommet d'une bosse respectable. Pourtant, je restai persuadé que ce n'était pas à cause d'elle que le fou s'était évanoui. « Fou ? » dis-je à mi-voix, puis avec plus d'insistance : « Fou ? » Je lui tapotai les joues avec mes mains humides. Il ouvrit les yeux. « Fou ?

— Ça va, Fitz, dit-il faiblement. Tu avais raison. Je n'aurais pas dû la toucher – mais je l'ai fait, et je ne pourrai plus jamais l'oublier.

— Que s'est-il passé ? » demandai-je.

Il secoua la tête. « Je ne peux pas en parler, pour le moment », murmura-t-il.

Je me dressai d'un bond et me cognai la tête contre le toit de peau, au risque de faire s'effondrer toute la tente. « Personne dans ce groupe ne veut parler de rien ! déclarai-je d'un ton furieux. Sauf moi ! Et moi, je compte bien parler de tout ! »

Quand je quittai le fou, il était appuyé sur un coude et me regardait, les yeux écarquillés. J'ignore s'il était amusé ou épouvanté, et ça m'était indifférent. Je sortis à grands pas de la yourte et escaladai le tas de gravats jusqu'au piédestal où Vérité sculptait son dragon. Le grattement ininterrompu de la pointe de son épée me mordait l'âme. Kettricken était assise près de lui, les yeux creux, muette. Ni l'un ni l'autre ne fit attention à moi.

Je m'arrêtai un instant, le temps de reprendre mon souffle, puis je rejetai mes cheveux en arrière et refis ma queue de guerrier, dépoussiérai mes jambières et rajustai les restes tachés de ma chemise. Enfin, je fis trois pas en avant. Mon salut solennel inclut Kettricken.

« Mon seigneur, roi Vérité, ma dame, reine Kettricken, je suis venu conclure mon compte rendu au roi – si vous m'y autorisez. »

Je pensais qu'ils ne me prêteraient même pas l'oreille ; mais l'épée du roi Vérité racla encore deux fois la pierre, puis s'arrêta. Il me regarda par-dessus son épaule. « Continue, FitzChevalerie. Je ne cesserai pas de travailler mais je t'écouterai. »

Il y avait dans son ton une grave courtoisie qui me redonna courage. Kettricken se redressa soudain ; elle repoussa les mèches de cheveux qui lui tombaient dans les yeux, puis, d'un hochement de tête, me donna sa permission. Je pris une profonde inspiration et me lançai en rendant compte, à la façon dont on me l'avait appris, de tout ce qui m'était arrivé depuis ma visite à la cité en ruine. À un moment, pendant mon long récit, le raclement de l'épée ralentit, puis cessa tout à fait ; lourdement, Vérité alla prendre place près de Kettricken ; il faillit prendre sa main, se retint juste à temps et ramena sa propre main sur ses genoux ; mais le petit geste n'avait pas échappé à Kettricken et elle se rapprocha légèrement de lui. Assis côte à côte sur un trône de pierre froide, le dos à un dragon, mes monarques usés jusqu'à la trame m'écoutaient.

Seuls ou par deux, les autres nous rejoignirent. D'abord le loup, puis le fou et Astérie et enfin la vieille Caudron s'installèrent en demi-cercle autour de moi. Lorsque ma gorge devint sèche et ma voix râpeuse, Kettricken leva la main et envoya Astérie chercher de l'eau ; la ménestrelle revint avec du thé et de la viande pour tout le monde. Je bus une simple gorgée de thé et poursuivis mon compte rendu pendant qu'ils pique-niquaient autour de moi.

Je m'en tins à ma résolution et parlai de tout avec simplicité, même de ce dont j'avais honte ; je n'omis aucune de mes peurs ni aucun de mes actes stupides. Je racontai à Vérité que j'avais tué les gardes de Royal sans sommation, je lui fournis même le nom de l'homme que j'avais reconnu ; je ne laissai pas de côté mes expériences de Vif, comme je l'eusse fait autrefois. Je parlai brutalement, comme si mon roi et moi étions seuls ; je lui exposai mes craintes pour Molly et mon enfant, y compris celle que, si Royal ne les trouvait pas le premier et ne les tuait pas, Umbre s'emparât de ma fille pour le trône. Tout en m'exprimant ainsi, je me tendais vers Vérité autant que je le pouvais, non seulement par la voix mais aussi par le Vif et l'Art : je m'efforçais de le toucher et de réveiller son ancienne personnalité. Il sentait ce contact, je le savais, mais j'avais beau faire, je n'obtenais aucune réaction de sa part.

Je finis par ce que le fou et moi avions fait à la jeune femme au dragon ; je scrutai le visage de Vérité dans l'espoir d'un changement d'expression, mais je ne vis rien. Une fois que je lui eus tout raconté, je restai debout devant lui en silence, attendant qu'il m'interroge. Le Vérité de jadis aurait repris tout le compte rendu, m'aurait posé des questions sur chaque épisode en me demandant ce que j'avais pensé – ou soupçonné – de mes observations. Mais ce vieillard grisonnant hocha simplement la tête à plusieurs reprises, puis il fit mine de se lever.

« Mon roi ! m'exclamai-je d'un ton implorant.

— Qu'y a-t-il, mon garçon ?

— N'avez-vous rien à me demander, rien à me dire ? »

Il me regarda, mais je n'étais pas sûr qu'il me vît. Il s'éclaircit la gorge. « J'ai tué Carrod à l'aide de l'Art. Cela est vrai. Je n'ai plus senti les autres depuis, mais je ne les crois pas morts ; je pense seulement avoir perdu le sens d'Art de les percevoir. Tu dois être vigilant. »

J'en demeurai bouche bée. « Et c'est tout ? Je dois être vigilant ? » J'étais glacé jusqu'aux os.

« Non. Il y a pire. » Il jeta un coup d'œil au fou. « Quand tu parles au fou, je crains qu'il n'écoute avec les oreilles de Royal. Je crains que ce n'ait été Royal qui soit venu te demander, par la voix du fou, où se trouvait Molly. »

Ma bouche s'assécha. Je me tournai vers le fou : il avait une expression abasourdie. « Je ne me rappelle pas... je n'ai jamais dit... » Il essaya de prendre une inspiration, puis s'écroula soudain sur le côté.

Caudron s'approcha de lui. « Il respire », annonça-t-elle.

Vérité hocha la tête. « Ils ont dû l'abandonner – peut-être. Ne faites pas confiance à ce qui est honnête. » Ses yeux vinrent se poser sur moi. J'essayai de garder mon équilibre : j'avais senti les membres du clan s'enfuir du fou, comme un fil de soie qui casse brusquement. Ils ne le tenaient pas solidement, mais cela avait été suffisant, suffisant pour me faire leur révéler tout ce qu'il leur fallait afin d'assassiner ma femme et mon enfant. Suffisant pour piller les rêves du fou chaque nuit et y voler tout ce qui pouvait leur être utile.

Je me dirigeai vers lui et pris sa main que l'Art n'avait pas touchée. Lentement, il ouvrit les yeux et s'assit sur la roche. Pendant quelque temps, il nous regarda tous d'un air incompréhensif, puis ses yeux croisèrent les miens et la honte monta de leurs profondeurs fumeuses. « "Et celui qui l'aime le plus le trahira de la plus abjecte façon." Ma propre prophétie. Je le sais depuis ma neuvième année. C'est Umbre, me disais-je, lorsqu'il était prêt à prendre ton enfant. C'était Umbre le traître. » Il secoua la tête d'un air accablé. « Mais c'était moi. C'était moi. » Il se leva lentement. « Je regrette. Tu ne sais pas combien je regrette. »

Je vis des larmes perler à ses yeux, puis il nous tourna le dos et s'éloigna à pas lents. Je ne pus me résoudre à le suivre, mais Œil-de-Nuit se dressa sans bruit et s'engagea sur sa piste.

« FitzChevalerie. » Vérité prit une inspiration, puis dit d'une voix douce : « Fitz, je vais essayer de terminer mon dragon. C'est vraiment tout ce que je puis faire. J'espère que cela suffira. »

Le désespoir me rendit audacieux. « Mon roi, ne voulez-vous pas le faire pour moi ? Ne voulez-vous pas artiser Burrich et Molly afin qu'ils s'enfuient de Capelan avant qu'on les attrape ?

— Ah, mon garçon ! » fit-il d'un ton empreint de pitié. Il fit un pas vers moi. « Même si j'osais le faire, je n'en aurais sans doute plus la force. » Il leva les yeux et nous regarda tour à tour. Il s'arrêta un peu plus longtemps sur Kettricken. « Tout me fait défaut : mon corps, mon esprit et mon Art. Je suis au bord de l'épuisement et il reste bien peu de moi-même. Quand j'ai tué Carrod, mon Art m'a quitté, et mon travail s'en est trouvé fort ralenti. Même le pouvoir brut de mes mains s'affaiblit, et le pilier m'est fermé. Je ne puis l'emprunter pour renouveler ma magie. Je crains de m'être vaincu moi-même ; je crains de n'être pas capable de mener ma tâche à bien. Il se peut que je manque aux engagements que j'ai pris auprès de vous tous – de vous tous et des Six-Duchés. »

Kettricken enfouit son visage dans ses mains et je crus qu'elle allait pleurer. Mais quand elle releva les yeux, j'y lus, mêlée à d'autres émotions, la force de son amour pour son époux. « Si c'est ce que vous pensez devoir accomplir, permettez-moi de vous aider. » D'un geste, elle désigna le dragon. « Je dois sûrement pouvoir vous aider à l'achever. Montrez-moi où ôter la pierre, il ne vous restera plus qu'à sculpter les détails. »

Il secoua la tête d'un air lugubre. « J'aimerais que ce soit possible, mais je dois le faire seul. Tout doit être fait par moi. »

Caudron se dressa d'un bond. Elle vint se planter à côté de moi en me lançant un regard noir comme si tout était ma faute. « Mon seigneur, roi Vérité... » fit-elle. Elle parut perdre courage un instant, puis elle reprit, plus fort : « Mon roi, vous vous trompez. Rares sont les dragons qui ont été créés par une seule personne – du moins les dragons des Six-Duchés. Pour ce qui est des autres, les vrais Anciens étaient peut-être capables de les fabriquer seuls, je n'en sais rien. Mais je sais que ces dragons qui ont été créés par des mains des Six-Duchés l'ont été le plus souvent par un clan entier dont les membres travaillaient ensemble et non par un seul individu. »

Vérité la regarda, pantois. Puis il demanda d'une voix tremblante : « Que dites-vous là ?

— Je dis ce que je sais – sans égards pour ce que d'autres peuvent penser de moi. » Elle nous regarda tous, comme pour nous faire ses adieux. Puis, elle nous tourna le dos et ne s'adressa plus qu'au roi. « Mon seigneur roi, je me nomme Crécerelle de Cerf, jadis du clan d'Étance ; mais, à l'aide de mon Art, j'ai tué un membre de mon propre clan par jalousie pour un homme. C'était un acte de haute trahison, car nous constituions la force vive de la reine, et j'ai détruit cette force. Pour cela, j'ai reçu la punition de la justice de la reine : mon Art a été calciné, et je me suis retrouvée telle que vous me voyez, murée en moi-même, incapable de franchir les remparts de mon propre corps, incapable de recevoir le toucher de ceux qui m'étaient chers. Ce sont les membres de mon propre clan qui m'ont fait cela. Pour le meurtre proprement dit, la reine m'a exilée pour toujours des Six-Duchés. Elle m'a envoyée au loin afin qu'aucun artiseur ne me prenne en pitié et tente de me libérer ; elle a dit qu'elle n'imaginait pas pire sanction, qu'un jour, dans mon isolement, j'appellerais la mort de mes vœux. » Caudron se laissa tomber à genoux sur la pierre dure. « Mon roi, ma reine, elle avait raison. Je vous demande à présent votre pitié. Mettez-moi à mort, ou bien... » Très lentement, elle releva la tête. « Ou bien usez de votre pouvoir pour me rouvrir à l'Art, et je vous servirai de clan pour sculpter ce dragon. »

Il y eut un long silence. Quand Vérité prit la parole, il semblait égaré. « Je ne connais pas de clan d'Étance. »

Caudron répondit d'une voix tremblante : « Je l'ai détruit, mon seigneur. Nous n'étions que cinq, et mon geste n'en a laissé que trois en mesure d'artiser ; de plus, ils avaient ressenti la mort physique d'un des leurs et... ma calcination. Ils étaient grandement affaiblis. J'ai entendu dire qu'ils avaient été déliés du service de la reine et qu'ils s'étaient mis en quête de la route qui commence à Jhaampe. Ils ne sont jamais revenus, mais je ne pense pas qu'ils aient survécu aux rigueurs de la route. Je ne pense pas non plus qu'ils aient créé de dragon comme nous l'avions rêvé. »

Vérité ne parut pas répondre à ses propos. « Ni mon père ni aucune de ses épouses ne possédaient de clan ; ma grand-mère non plus. » Il plissa le front. « Quelle reine serviez-vous, vieille femme ?

— La reine Diligence, mon roi », fit Caudron à mi-voix. Elle était toujours agenouillée.

« Mais la reine Diligence régnait il y a plus de deux siècles, observa Vérité.

— Elle est morte il y a deux cent vingt-trois ans, intervint Astérie.

— Merci, ménestrelle, dit Vérité d'un ton sec. Deux cent vingt-trois ans, et vous voudriez me faire croire que vous faisiez partie de son clan ?

— C'est vrai, mon seigneur. J'avais appliqué mon Art à moi-même car je désirais conserver jeunesse et beauté. Ce n'était pas considéré comme admirable, mais la plupart des autres artiseurs s'y prêtaient eux aussi dans une certaine mesure. Il m'a fallu plus d'un an pour maîtriser mon corps, mais, ce que j'ai fait, je l'ai bien fait : aujourd'hui encore, je guéris vite et je tombe rarement malade. » Elle ne put empêcher une note d'orgueil de percer dans sa voix.

« La longévité légendaire des membres de clans... » murmura Vérité. Il soupira. « Il devait y avoir bien des choses dans les livres de Sollicité qu'on ne nous a jamais apprises, à Chevalerie et à moi.

— Beaucoup, en effet. » Caudron s'exprimait désormais avec confiance. « Je reste stupéfaite qu'avec le peu de formation qu'on vous a donnée, à Chevalerie et à vous, vous soyez allé si loin tout seul. Et sculpter un dragon seul ? C'est un haut fait digne d'être chanté ! »

Vérité lui jeta un coup d'œil par-dessus son épaule. « Allons, asseyez-vous ! Vous voir à genoux me fait mal. Manifestement, vous pouvez et devez m'en apprendre très long. » Il s'agita nerveusement et lança un regard à son dragon. « Mais pendant que nous parlons, je ne travaille pas.

— Alors, je vous enseignerai ce qui vous manque le plus », proposa Caudron. Elle se remit péniblement debout. « J'étais une artiseuse puissante ; assez pour tuer avec l'Art, ce dont peu sont capables. » Sa voix se voila et elle se tut. Elle inspira et reprit : « Cette puissance est encore en moi. Un artiseur assez fort pourrait m'y donner à nouveau accès, et je pense que vous êtes assez fort, même si, pour l'instant, vous ne maîtrisez pas votre force. Vous avez tué avec l'Art, et c'est un fait abominable. Même si ce membre du clan vous était infidèle, vous aviez œuvré avec lui et, en le tuant, vous avez tué une part de vous-même. Voilà pourquoi vous avez le sentiment que l'Art vous a quitté. Si je possédais encore mon Art, je pourrais vous guérir. »

Un petit rire secoua Vérité. « Je n'ai pas d'Art, vous n'avez pas d'Art, mais si nous en avions, nous pourrions nous guérir mutuellement. C'est un nœud de corde sans bout ; comment le défaire sinon d'un coup d'épée ?

— Nous avons une épée, mon roi : FitzChevalerie. Le Catalyseur.

— Ah, cette vieille légende ! Mon père l'aimait bien. » Il me regarda d'un air songeur. « Le croyez-vous assez fort ? L'Art de mon neveu Auguste a été calciné et ne lui est jamais revenu. J'ai parfois vu cela comme une miséricorde : l'Art l'entraînait sur une pente qui ne lui convenait guère. C'est alors, je pense, que j'ai commencé à nourrir des soupçons : Galen avait manipulé le clan. Mais j'avais tant à faire ! Toujours tant à faire ! »

Je sentis l'esprit de mon roi s'égarer et je m'avançai d'un pas résolu. « Mon seigneur, que voulez-vous que j'essaie ?

— Je ne veux pas que tu essaies ; je veux que tu réussisses. Voilà ce qu'Umbre me répétait souvent. Umbre... Pour la plus grande partie, il est dans le dragon, à présent, mais cela, c'était un bout de lui que j'avais oublié. Je dois l'y mettre aussi. »

Caudron s'approcha de lui. « Mon seigneur, aidez-moi à libérer mon Art, après quoi je vous aiderai à emplir le dragon. »

Elle avait prononcé ces mots devant nous tous réunis, mais d'une façon telle que Vérité seul, je le sentis, comprit vraiment ce qu'elle voulait dire. Enfin, avec beaucoup de répugnance, il acquiesça de la tête. « Je ne vois pas d'autre moyen, marmonna-t-il. Aucun autre.

— Comment dois-je faire quelque chose alors que je ne sais même pas ce que c'est ? fis-je d'un ton plaintif. Mon roi, ajoutai-je sur un regard de reproche de Kettricken.

— Tu en sais autant que nous, me réprimanda doucement Vérité. L'esprit de Crécerelle a été calciné à l'aide de l'Art par son propre clan, afin de la condamner à l'isolement pour le restant de ses jours. Tu dois employer comme tu le peux tout l'Art que tu possèdes pour essayer de passer outre la cicatrice.

— Je ne sais même pas par où commencer... », fis-je, mais à cet instant Caudron me regarda avec des yeux suppliants où je lus un immense sentiment de perte et de solitude – et une faim d'Art arrivée à un point tel qu'elle la dévorait de l'intérieur. Deux cent vingt-trois ans, me dis-je. C'était un bien long exil de son pays, un temps inconcevable à passer confinée dans son propre corps. « Je vais essayer », dis-je, et je tendis la main vers elle.

Caudron hésita, puis posa sa main dans la mienne, et nous restâmes ainsi, à nous regarder en nous tenant par la main. Je tentai de l'atteindre par l'Art mais ne perçus aucune réponse. Je la regardai en essayant de me convaincre que je la connaissais, qu'il devait être facile d'entrer en contact avec elle. Je mis de l'ordre dans mon esprit et me remémorai tout ce que je pus de la vieille femme irascible ; je songeai à la persévérance dont elle faisait preuve sans jamais se plaindre, à sa langue acérée et à ses mains adroites. Je me la rappelai en train de m'enseigner le jeu de l'Art ; je me souvins des nombreuses fois où nous y avions joué, la tête penchée sur le tissu de jeu. Caudron, me dis-je sévèrement ; tends-toi vers Caudron. Mais mon Art ne trouvait rien.

J'ignorais combien de temps s'était écoulé, mais j'avais très soif. « Il me faut de la tisane », lui dis-je en lâchant sa main. Elle hocha la tête en dissimulant parfaitement sa déception. C'est seulement à ce moment que je me rendis compte que le soleil avait effectué un long chemin au-dessus des sommets. J'entendis à nouveau le raclement de l'épée de Vérité ; Kettricken était comme toujours assise près de lui et le regarda en silence ; les autres étaient je ne sais où. Ensemble, Caudron et moi quittâmes le dragon et nous dirigeâmes vers notre feu qui brasillait encore. Je cassai du bois pendant qu'elle remplissait la casserole, puis nous n'échangeâmes que quelques mots en attendant que l'eau bouillît. Il restait quelques herbes qu'Astérie avait ramassées un peu plus tôt ; elles étaient flétries, mais nous les employâmes quand même, puis bûmes notre tisane, assis près du feu. Le grattement de l'épée de Vérité sur la pierre faisait un bruit de fond qui n'était pas sans évoquer le bourdonnement d'un insecte. J'examinai la vieille femme à côté de moi.

Mon sens du Vif m'indiquait que la vie était forte et pleine d'entrain en elle. J'avais senti sa vieille main dans la mienne, les articulations dures et gonflées, la chair molle sauf là où le travail avait formé des cals. Je voyais les rides qui partaient de ses yeux et des coins de sa bouche. Tout son corps parlait de vieillesse, mais mon sens du Vif me disait que près de moi était assise une femme de mon âge, enjouée, le cœur sauvage, qui avait envie d'amour, d'aventure et de tout ce que la vie pouvait offrir. Qui en avait envie mais qui était prise au piège. Je me contraignis à voir non

Caudron, mais Crécerelle. Qui était-elle avant d'avoir été enterrée vivante ? Mon regard croisa le sien. « Crécerelle ? lui demandai-je brusquement.

— C'était moi, murmura-t-elle, et sa douleur était encore fraîche. Mais elle n'est plus, depuis des années. »

Quand j'avais prononcé son nom, je l'avais presque perçue. J'avais l'impression de posséder la clé mais d'ignorer où se trouvait la serrure. Je sentis alors un petit coup aux limites de mon Vif et je levai les yeux, agacé qu'on m'interrompît. C'étaient Œil-de-Nuit et le fou ; ce dernier paraissait tourmenté et j'eus mal pour lui, mais il n'aurait pas pu choisir un pire moment pour me parler. Je pense qu'il en était conscient.

« J'ai essayé de rester à l'écart, chuchota-t-il. Astérie m'a expliqué ce que tu faisais ; elle m'a rapporté tout ce qui s'est dit pendant que j'étais absent. Je sais que je ferais mieux d'attendre, que ce que tu fais est vital, mais... je ne peux pas. » Il eut soudain du mal à soutenir mon regard. « Je t'ai trahi, fit-il dans un souffle. C'est moi le Traître. »

Liés comme nous l'étions, je perçus la profondeur de ses sentiments ; je m'efforçai de passer au-delà et de lui faire partager les miens propres. On l'avait utilisé contre moi, certes, mais ce n'était pas sa faute. Malheureusement, je ne parvins pas à l'atteindre : sa honte, ses remords et sa culpabilité se dressaient entre nous et lui interdisaient mon pardon. Ils lui interdisaient aussi de se pardonner lui-même.

« Fou ! » m'exclamai-je soudain. Il parut horrifié que je puisse sourire, et surtout à lui. « Non, ne t'inquiète pas. Tu m'as donné la réponse ; c'est toi, la réponse. » Je pris une inspiration et réfléchis soigneusement. Agis lentement, avec prudence, me répétai-je, et puis tout à coup : Non ! Maintenant ! C'est maintenant ou jamais que je puis le faire. Je dénudai mon poignet, le tournai vers le haut et le tendis au fou. « Touche-moi, ordonnai-je. Touche-moi avec l'Art au bout de tes doigts, et vois si tu m'as trahi.

— Non ! » cria Caudron, épouvantée, mais déjà le fou, tel un homme en plein rêve, tendait la main vers moi. Il prit ma main droite dans la sienne, puis il posa trois extrémités de doigts argentés sur mon poignet retourné. Alors que je sentais la brûlure froide de ses doigts sur mon poignet, je saisis la main de Caudron. « CRÉCERELLE ! » hurlai-je. Je la sentis frémir au fond d'elle et je l'attirai en nous.

J'étais le fou et le fou était moi. Il était le Catalyseur et moi aussi ; nous étions deux moitiés d'un tout, tranchées et réunies. L'espace d'un instant, je le connus dans son entièreté, complet et magique, et puis il s'éloigna de moi en riant, bulle en moi, séparée, inconnaissable, et pourtant jointe à moi. *Mais tu m'aimes vraiment !* Je restai incrédule : il n'y avait jamais cru jusque-là. *Avant, c'étaient des mots, et j'avais toujours peur qu'ils ne soient de pitié. Mais tu es véritablement mon ami. Je sais. Je sens ce que tu ressens pour moi. C'est donc cela, l'Art.* L'espace d'un instant, il jouit simplement de ce savoir.

Tout à coup, quelqu'un d'autre vint se joindre à nous. *Ah, petit frère, tu as enfin trouvé tes oreilles. Ma chasse est ta chasse, et nous serons de la même meute pour toujours !*

Le fou recula devant l'assaut amical du loup. Je crus qu'il allait briser le lien, mais au contraire il s'y pencha davantage. *Ça ? C'est Œil-de-Nuit, ça ? Ce puissant guerrier, ce grand cœur ?*

Comment décrire cet instant ? Je connaissais Œil-de-Nuit depuis si longtemps et si complètement que je restai ahuri du peu que le fou en savait.

Poilu ? C'est ainsi que tu me voyais ? Poilu et bavant ?

Je te demande pardon. Le fou s'exprimait avec une sincérité non feinte. *Je suis honoré de savoir qui tu es. Je n'avais jamais soupçonné une telle noblesse en toi.*

Leur approbation mutuelle avait quelque chose de presque écrasant.

Soudain le monde se calma autour de nous. *Nous avons une mission*, rappelai-je à mes compagnons. Le fou ôta ses doigts de mon poignet en laissant trois empreintes argentées sur ma peau. Même la pression de l'air était trop forte sur les marques. Pendant un moment, je m'étais trouvé ailleurs ; à présent, j'avais réintégré mon corps, et le tout n'avait duré que quelques instants.

Je me tournai vers Caudron. Voir par mes propres yeux exigeait un effort. Je n'avais pas lâché sa main. « Crécerelle ? » fis-je à mi-voix. Elle leva le regard vers moi. Je la contemplai en m'efforçant de la voir telle qu'elle était jadis ; je crois qu'en cette seconde, elle ignorait qu'existait un minuscule fil d'art entre nous : lors du choc imposé par le contact du fou, j'avais franchi ses défenses. C'était un lien trop fin pour qu'on pût parler de fil ; mais je savais maintenant ce qui l'étranglait. « C'est toute cette culpabilité, cette honte et ce remords que vous portez en vous, Crécerelle, vous comprenez ? C'est avec cela qu'on vous a brûlée, et vous n'avez cessé d'y ajouter au cours des ans. Vous êtes vous-même l'architecte de votre muraille. Abattez-la ! Pardonnez-vous ! Sortez ! »

Je pris le fou par le poignet et le maintins près de moi ; quelque part, je sentis aussi la présence d'Œil-de-Nuit. Ils avaient réintégré leur esprit mais je n'éprouvais aucune difficulté à les contacter. Je puisai de l'énergie en eux, prudemment, avec lenteur ; je puisai dans leur énergie et leur amour et les dirigeai vers Caudron en essayant de les faire passer par la brèche minuscule de son armure.

Des larmes se mirent à ruisseler sur ses joues ridées. « Je ne peux pas ! C'est le plus dur ! Je ne peux pas ! On m'a brûlée pour me punir, mais ce n'était pas assez ! Ce ne sera jamais assez ! Je ne puis pas me pardonner ! »

L'Art commençait à suinter d'elle pour m'atteindre, pour essayer de me faire comprendre. Elle prit ma main dans les siennes. Par ce contact, sa douleur s'écoula en moi. « Qui pourrait vous pardonner, alors ? m'entendis-je demander.

— Mouette ! Ma sœur Mouette ! » Ce nom lui fut comme un arrachement, et je sentis que, depuis des années, elle avait refusé d'y penser, et encore moins de le prononcer. Sa douleur s'écoulait par ses mains qui tenaient la mienne. Sa sœur ! Pas seulement une collègue de clan, mais sa propre sœur ! Et elle l'avait tuée par fureur en la trouvant en compagnie d'Étance. « Le chef du clan ?

— Oui, murmura-t-elle, bien qu'il n'y eût nul besoin de mots entre nous à présent. J'étais au-delà du mur brûlé. Le fort, le bel Étance... » Faire l'amour avec lui, avec le corps et l'Art, une expérience d'unicité à nulle autre pareille. Mais elle les avait découverts, lui et Mouette, ensemble, et elle avait...

« Il aurait dû le savoir ! m'écriai-je, indigné. Vous étiez sœurs et membres de son propre clan. Comment a-t-il pu vous infliger ça ? Mais comment ?

— Mouette ! » cria-t-elle et, l'espace d'un instant, je la vis. Elle se trouvait derrière une seconde barrière ; elles y étaient toutes les deux, Crécerelle et Mouette, deux petites filles qui couraient pieds nus sur une grève sablonneuse, juste à la limite des vagues glacées qui léchaient le sable. Deux petites filles qui se ressemblaient comme deux pépins de pomme, la joie de leur père, des jumelles, qui s'élançaient à la rencontre du petit bateau en train d'accoster, pour voir ce que papa avait pris aujourd'hui dans ses filets. Je sentis l'odeur saline du vent, l'iode du varech entremêlé qu'elles écrasaient en poussant de grands cris. Deux petites filles, Mouette et Crécerelle, enfermées, cachées derrière une muraille au fond de Caudron. Mais je les voyais, moi, même si elle ne les voyait pas.

Je la vois, je la connais. Et elle vous connaissait parfaitement. Votre mère vous appelait éclair et tonnerre, parce que votre colère éclatait et tout était fini, alors que Mouette pouvait garder une rancune des semaines durant. Mais pas contre vous, Crécerelle. Jamais contre vous, et jamais pendant des années. Elle vous aimait, plus que vous n'aimiez Étance, l'une ou l'autre. Et vous aussi, vous l'aimiez ; elle vous aurait pardonné. Jamais elle ne vous aurait souhaité un tel sort.

Je... je n'en sais rien.

Mais si, vous le savez. Regardez-la, regardez-vous. Pardonnez-vous. Et laissez revivre la partie d'elle qui est en vous. Autorisez-vous à vivre à nouveau.

Elle est en moi ?

Bien sûr. Je la vois, je la sens. Il ne peut en être autrement.

Que ressentez-vous ? demanda-t-elle d'un ton circonspect.

Rien que de l'amour. Voyez vous-même. Et je l'emmenai tout au fond de son esprit, dans des lieux de mémoire dont elle s'interdisait l'accès. Ce n'étaient pas les brûlures imposées par le clan qui lui avaient fait le plus de mal : c'étaient les barrières qu'elle avait dressées entre elle-même et les souvenirs de ce qu'elle avait perdu dans cet instant de rage. Deux jeunes filles qui s'avançaient dans l'eau pour saisir l'élingue que leur père leur avait envoyée, puis qui aidaient à tirer le bateau au sec. Deux jeunes Cerviennes, toujours semblables comme des pépins de pomme, qui voulaient être les premières à apprendre à leur père qu'elles avaient été choisies pour être formées à l'Art.

Papa disait toujours que nous étions une seule âme dans deux corps.

Ouvrez-vous, alors, et laissez-la sortir. Sortez toutes les deux pour vivre.

Je me tus en attendant la suite. Crécerelle se trouvait dans une partie de ses souvenirs qu'elle avait refusée plus longtemps que la durée moyenne d'une vie. C'était un lieu de vent frais et de rires de jeunes filles, avec une sœur si semblable à elle-même qu'elles avaient à peine besoin de se parler. Elles possédaient l'Art entre elles depuis leur naissance.

Je vois ce que je dois faire, maintenant ! Je ressentis un irrésistible jaillissement de bonheur et de détermination. *Je dois la laisser sortir, je dois la mettre dans le dragon ! Elle vivra éternellement dans le dragon, comme nous l'avions prévu. Toutes les deux, enfin réunies !*

Caudron se leva soudain et lâcha ma main si brusquement que je poussai un cri en me retrouvant brutalement dans mon corps. J'avais l'impression d'être tombé de très haut. Le fou et Œil-de-Nuit se trouvaient toujours près de moi, mais ils ne faisaient plus partie du cercle. Ce que je percevais d'eux était noyé dans tout ce que je ressentais par ailleurs : l'Art qui courait en moi comme un raz-de-marée, l'Art qui irradiait de Caudron comme la chaleur de la fournaise d'un forgeron ; elle en luisait. Elle tourna les mains dans un sens, puis dans l'autre en souriant devant ses doigts redevenus droits.

« Vous devriez aller vous reposer, Fitz, me dit-elle doucement. Allez. Allez dormir. »

C'était une simple suggestion mais elle ne connaissait pas sa force d'Art. Je m'allongeai et perdis aussitôt conscience.

*

Quand je me réveillai, il faisait nuit noire. Je sentis le poids et la chaleur agréables du loup contre mon dos ; le fou avait bordé une couverture autour de moi ;

assis à mes côtés, il contemplait les flammes. Je m'agitai, et il me saisit brusquement l'épaule en inspirant violemment.

« Qu'y a-t-il ? » demandai-je, inquiet. Je ne comprenais rien à ce qui m'entourait : on avait allumé des feux sur l'estrade du dragon ; j'entendais le raclement du métal contre la pierre et une conversation non loin de moi. Dans la tente derrière moi, Astérie essayait des notes sur sa harpe.

« La dernière fois que je t'ai vu dormir ainsi, on venait de t'extraire une flèche du dos et je te croyais en train de mourir d'infection.

— Je devais être très fatigué, répondis-je avec un sourire, en espérant qu'il comprendrait. Et toi, n'es-tu pas fatigué ? Je vous ai pris de l'énergie, à Œil-de-Nuit et à toi.

— Fatigué ? Non. Je me sens guéri. » Sans hésiter, il ajouta : « Je pense que ça tient autant au fait que le faux clan m'a quitté qu'à celui de savoir que tu ne me hais pas. Et le loup... Là, j'en reste ébahi : je perçois presque sa présence. » Un sourire très étrange apparut sur ses traits et je sentis qu'il tâtonnait à la recherche d'Œil-de-Nuit. Il n'avait pas la force nécessaire pour employer seul l'Art ou le Vif, mais le sentir essayer était effrayant. Œil-de-Nuit leva la queue, puis la laissa retomber mollement.

J'ai sommeil.

Eh bien, dors, mon frère. Je posai la main sur l'épaisse fourrure de son épaule ; il représentait une vie, une force et une amitié sur lesquelles je pouvais compter. Il battit encore une fois faiblement de la queue, puis reposa la tête sur le sol. Je regardai le fou à nouveau et hochai la tête en direction du dragon de Vérité.

« Que se passe-t-il, là-haut ?

— La folie – et le bonheur, je crois. Sauf pour Kettricken. J'ai l'impression qu'elle a le cœur dévoré de jalousie mais elle ne tient pas à rester sur place.

— Que se passe-t-il, là-haut ? répétai-je avec patience.

— Tu en sais davantage que moi, répliqua-t-il. Tu as fait quelque chose à Caudron. J'en ai compris une partie, mais pas tout. Puis tu t'es endormi. Caudron s'est rendue là-haut et elle a fait quelque chose à Vérité. J'ignore quoi, mais, d'après Kettricken, ils en sont sortis tremblants et en larmes. Ensuite, Vérité a fait quelque chose à Caudron, et ils se sont mis à rire en criant que ça allait marcher. Je suis resté le temps de les voir s'attaquer à la roche qui entoure le dragon à l'aide de ciseaux, de maillets, d'épées et de tout ce qui leur tombait sous la main. Pendant ce temps, Kettricken restait silencieuse comme une ombre et les regardait avec désespoir. Ils ne voulaient pas de son aide. Ensuite, je suis descendu et je t'ai trouvé inconscient – ou endormi, comme tu préfères. Et je suis demeuré assis très longtemps à veiller sur toi, à préparer du thé et à apporter de la viande à ceux qui m'en demandent. Et maintenant tu es réveillé. »

Je reconnus une parodie de mes comptes rendus à Vérité et ne pus m'empêcher de sourire. Je supposai que Caudron avait aidé Vérité à libérer son Art et que le travail se poursuivait sur le dragon. Mais Kettricken... « Qu'est-ce qui rend Kettricken si triste ? demandai-je.

— Elle voudrait être à la place de Caudron », m'expliqua le fou d'un ton qui disait clairement que n'importe quel imbécile l'aurait compris tout seul. Il me servit une assiette de viande et une chope de tisane. « Quelle impression aurais-tu, après ce long et pénible chemin, à voir ton époux choisir quelqu'un d'autre pour l'aider ? Caudron et lui bavardent comme des pies borgnes, de toute sorte de choses sans importance. Ils travaillent, ils font sauter des éclats de roche et, parfois, Vérité reste planté là, debout, les mains appuyées sur le dragon, et il parle à Caudron du chat de sa mère, Crachefeule, et du thym qui poussait dans le jardin de la tour. Et, pendant ce temps, Caudron évoque sans cesse Mouette qui faisait ceci, Mouette qui faisait cela, et tout ce que Mouette et elle faisaient ensemble. Je pensais qu'ils s'arrêteraient au coucher du soleil, mais ça a été le seul moment où Vérité a paru se rappeler l'existence de Kettricken : il l'a priée d'aller chercher du bois et d'allumer du feu pour avoir de la lumière. Ah ! Et je crois aussi qu'il l'a autorisée à aiguiser un ciseau ou deux.

— Et Astérie ? » demandai-je bêtement. Je n'avais pas envie de songer à ce que ressentait Kettricken et j'essayais d'en détourner mes pensées.

« Elle travaille à une chanson sur le dragon de Vérité. Je crois qu'elle a renoncé à nous voir accomplir, toi et moi, quelque haut fait. »

Je souris à part moi. « Elle n'est jamais là quand je fais quelque chose d'important. Ce que nous avons réussi aujourd'hui, fou, était plus fort que toutes les batailles auxquelles j'ai participé. Mais cela, elle ne le comprendra jamais. » J'inclinai la tête vers la yourte. « Le son de sa harpe est plus moelleux que je ne me le rappelais », dis-je.

En guise de réponse, il haussa les sourcils et agita les doigts.

J'écarquillai les yeux. « Qu'as-tu donc fait ? demandai-je avec inquiétude.

— Des expériences. Je pense que si je survis, mes marionnettes deviendront légendaires. J'ai toujours eu le don de voir ce que je pouvais tirer d'un morceau de bois. Avec ça, et il agita encore une fois ses doigts, c'est beaucoup plus facile.

— Sois quand même prudent, lui dis-je d'un ton implorant.

— Moi ? Il n'y a aucune prudence en moi. Je ne puis être ce que je ne suis pas. Où vas-tu ?

— Voir le dragon, répondis-je. Si Caudron peut y œuvrer, moi aussi. Mon Art n'est peut-être pas aussi puissant que le sien, mais je suis resté lié beaucoup plus longtemps qu'elle à Vérité. »

10

LE VIF ET L'ÉPÉE

De tout temps, les Outrîliens ont attaqué les côtes des Six-Duchés. D'ailleurs, le fondateur de la monarchie des Loinvoyant n'était lui-même qu'un pirate lassé de la vie sur mer : les hommes de Preneur balayèrent les premiers bâtisseurs du fort en bois, à l'embouchure de la Cerf, et s'emparèrent de la place. Les générations passèrent, les murailles de pierre noire du château de Castelcerf remplacèrent les palissades, et les pirates outrîliens devinrent résidents et monarques.

Commerce, pillage et piraterie existaient simultanément entre les Six-Duchés et les îles d'Outre-Mer, mais les débuts des assauts des Pirates rouges marquèrent une modification de ces contacts, rudes certes, mais profitables. La sauvagerie de ces attaques ainsi que les destructions qu'elles entraînaient étaient sans précédent. Certains les attribuaient à la montée au pouvoir dans les îles d'Outre-Mer d'un chef barbare qui avait épousé une sanglante religion de vengeance ; les plus féroces de ses partisans étaient devenus Pirates et membres d'équipage de ses navires rouges. Les autres Outrîliens, qui jusque-là n'avaient jamais été unis sous une seule bannière, durent lui jurer fidélité sous peine, pour ceux qui refuseraient, de se voir forgisés, eux-mêmes et leurs familles. Avec ses Pirates, ce chef porta sa haine perverse contre les côtes des Six-Duchés ; s'il avait d'autres intentions que tuer, violer et détruire, il ne les fit jamais connaître. Il s'appelait Kemal Paincru.

*

« Je ne comprends pas pourquoi vous refusez mon aide », dis-je d'un ton guindé.

Vérité cessa de racler le dragon ; je m'attendais à ce qu'il se tourne face à moi mais il s'accroupit seulement un peu plus, pour nettoyer de la main des éclats et de la poussière de roche. J'avais du mal à me convaincre des progrès qu'il avait faits : la patte avant droite reposait à présent sur la pierre ; certes, il y manquait la finesse de détails qui caractérisait le reste du dragon, mais la patte elle-même était achevée. Vérité, d'un geste prudent, enveloppa de la main un des doigts griffus, puis il demeura près de sa création, patient et immobile. Je ne voyais pas sa main bouger mais je sentais l'Art à l'œuvre ; en tendant mon esprit si peu que ce fût, je percevais les fissures infimes qui se produisaient dans la pierre et la faisaient partir en minuscules éclats. On eût tout à fait dit que le dragon était caché dans la pierre et que la tâche de Vérité était de le mettre au jour, une écaille brillante après l'autre.

« Fitz, arrête ! » Il y avait de l'agacement dans sa voix, agacement que je partage son Art et agacement d'être ainsi distrait de son travail.

« Laissez-moi vous aider », le suppliai-je à nouveau. Je me sentais attiré par l'ouvrage auquel il était attelé. Auparavant, alors que Vérité grattait la pierre du bout de son épée, je ne voyais dans le dragon qu'une admirable sculpture ; mais, à présent que Vérité et Caudron employaient leur pouvoir ensemble, la créature chatoyait d'Art. Elle était immensément attrayante, de la même façon qu'un ruisseau étincelant aperçu à travers les arbres attire l'œil, ou que l'odeur du pain fraîchement cuit éveille l'appétit. Je mourais d'envie de mettre la main à l'ouvrage et d'aider à façonner cette puissante créature. Les voir ainsi œuvrer faisait poindre en moi une faim d'Art qui n'était comparable à rien de ce que j'avais connu. « Je suis resté lié à vous par l'Art plus longtemps que quiconque ; au temps où je ramais sur le *Rurisk*, vous m'avez dit que j'étais votre clan. Pourquoi me rejeter aujourd'hui, alors que je puis vous être utile et que vous avez un urgent besoin d'aide ? »

Vérité soupira et bascula un peu en arrière, toujours accroupi. Le doigt du dragon n'était pas fini mais j'y discernais maintenant de fins contours d'écailles, et l'ébauche du fourreau de la serre méchamment incurvée. Je sentais comment serait la griffe : striée comme la serre d'un faucon. Je n'avais qu'une envie : y poser la main et extraire ces lignes de la pierre.

« Cesse d'y penser, m'ordonna fermement Vérité. Fitz ! Fitz, regarde-moi ! Écoute-moi. Te rappelles-tu la première fois où j'ai puisé de l'énergie en toi ? »

Je m'en souvenais : je m'étais évanoui. « Je connais mieux ma propre force », répondis-je.

Il ne prêta nulle attention à mes propos. « Tu ignorais ce que tu me proposais quand tu m'as dit être l'homme lige du roi. J'ai cru que tu savais ce que tu faisais, mais c'était faux. Aujourd'hui, je t'affirme que tu ne sais pas ce que tu me demandes, alors que je sais ce que je te refuse. Et c'est tout.

— Mais, Vérité...

— Là-dessus, le roi Vérité n'accepte pas de "mais", FitzChevalerie. » Il avait rarement tracé aussi nettement la différence entre lui et moi.

Je pris une inspiration pour empêcher mon sentiment de frustration de se transformer en colère. Avec précaution, il plaça de nouveau la main sur le doigt du dragon. Je restai un moment à écouter le *clac*, *clac*, *clac* du ciseau de Caudron qui œuvrait sur la queue à présent dégagée de la créature ; tout en travaillant, elle chantait une vieille ballade d'amour.

« Mon seigneur, roi Vérité, si vous acceptiez de me révéler ce que j'ignore pour vous aider, je pourrais peut-être alors décider moi-même si...

— Cette décision ne te revient pas, mon garçon. Si tu tiens à te rendre utile, va couper quelques rameaux, fabrique un balai et nettoie les éclats de pierre. Rester agenouillé là-dessus est épouvantable.

— J'aimerais mieux vous être vraiment utile, marmonnai-je d'un ton désolé en m'éloignant.

— FitzChevalerie ! » Vérité avait pris un ton cassant que je n'avais plus entendu depuis mon enfance. Je me retournai avec crainte. « Tu t'oublies ! me dit-il avec brusquerie. Ma reine maintient les feux allumés et aiguise mes ciseaux. Te considères-tu au-dessus de telles tâches ? »

Dans ce genre de situation, mieux vaut une réponse brève. « Non, sire.

— Dans ce cas, tu vas fabriquer un balai, mais demain : pour le présent, bien que ces paroles m'arrachent la bouche, nous devons tous nous reposer, au moins quelque temps. » Il se redressa lentement, vacilla puis s'affermit sur ses pieds. D'un geste affectueux, il posa une main argentée sur l'immense épaule du dragon. « Avec l'aube », lui promit-il.

Je pensais qu'il allait appeler Caudron, mais elle s'était déjà relevée et s'étirait. Ils sont liés par l'Art, me dis-je ; les mots ne sont plus nécessaires pour eux. Mais ils l'étaient pour la reine. Vérité contourna le dragon pour s'approcher de Kettricken assise près d'un des feux ; elle affûtait un ciseau et le bruit de son travail lui cacha celui de nos pas. Un moment, Vérité demeura le regard baissé sur sa reine accroupie, toute à sa tâche. « Ma dame, souhaitez-vous que nous dormions un peu ? » lui demanda-t-il doucement.

Elle se retourna et, d'une main grise de poussière, rejeta en arrière les mèches de cheveux qui lui tombaient dans les yeux. « Comme il vous plaira, mon seigneur, répondit-elle en réussissant à évacuer presque toute douleur de sa voix.

— Je ne suis pas fatiguée à ce point, mon seigneur roi, et je suis prête à continuer le travail si vous le désirez. » Le ton enjoué de Caudron parut presque déplacé, et je notai que Kettricken ne se tourna pas vers elle. Pour sa part, Vérité se contenta de répondre : « Parfois, il vaut mieux se reposer avant d'être fatigué. Si nous dormons tant qu'il fait noir, nous travaillerons mieux à la lumière du jour. »

Kettricken fit une grimace, comme s'il venait de la critiquer. « Je puis faire des feux plus grands, mon seigneur, si c'est ce que vous souhaitez, fit-elle d'un ton circonspect.

— Non. Je souhaite me reposer, avec vous à mes côtés. Si vous le voulez bien, ma reine. »

Ce n'était guère plus qu'un squelette d'affection, mais Kettricken s'y raccrocha. « Je le veux bien, mon seigneur. » J'eus mal de la voir se satisfaire de si peu.

Elle n'est pas satisfaite, Fitz, et je ne méconnais pas sa peine. Je lui donne ce que je puis, ce que je puis lui donner sans risque.

Mon roi lisait encore facilement en moi. Penaud, je leur souhaitai bonne nuit et me dirigeai vers la yourte. À mon approche, Œil-de-Nuit se leva et s'étira en bâillant.

As-tu chassé ?

Avec toute la viande qui reste, à quoi bon ? Je remarquai alors les os de truie qui l'entouraient. Il se recoucha au milieu d'eux, le museau dans la queue, aussi riche que peut l'être un loup. L'espace d'un instant, j'enviai son bien-être.

Astéric était de garde devant la tente, près du feu, sa harpe entre les genoux ; j'allais passer devant elle en la saluant d'un signe de tête quand je m'arrêtai pour examiner sa harpe. Avec un sourire ravi, elle me la tendit.

Le fou s'était dépassé. Il n'y avait aucune de ces dorures, de ces fioritures, incrustations d'ivoire ou d'ébène qui, aux yeux de certains, donnent toute sa valeur à un instrument ; il n'y avait que le lustre argenté des courbes du bois et de subtiles gravures qui en faisaient au mieux ressortir le grain. Il était impossible de regarder cette harpe sans avoir envie de la toucher, de la tenir ; le bois attirait la main, et les reflets du feu y dansaient.

Caudron s'arrêta elle aussi pour inspecter l'instrument, puis elle pinça les lèvres. « Aucune prudence ; un de ces jours, ça lui coûtera la vie », dit-elle d'un ton sinistre, sur quoi elle me précéda sous la tente.

Malgré ma longue sieste plus tôt dans la journée, je sombrai dans le sommeil presque aussitôt que je fus couché. Je ne devais pas avoir dormi longtemps quand un bruit discret au-dehors me réveilla. Je tendis mon Vif : des hommes, quatre ; non, cinq, qui montaient en direction de la chaumière. Je ne pus guère en savoir plus que le fait qu'ils se déplaçaient sans bruit, comme des chasseurs. Quelque part dans une pièce sombre, Burrich se redressa dans son lit. Il se leva et gagna pieds nus le lit de Molly, puis il s'agenouilla près d'elle et posa doucement la main sur son bras.

« Burrich ? » Elle prit son inspiration tout en prononçant son nom, puis attendit qu'il s'explique.

« Ne faites pas de bruit, souffla-t-il. Levez-vous, mettez vos chaussures et emmaillotez bien Ortie, mais tâchez de ne pas la réveiller. Il y a des gens dehors et je ne pense pas qu'ils nous veuillent du bien. »

Je fus fier d'elle : sans poser de questions, elle se redressa aussitôt, enfila sa robe par-dessus sa chemise de nuit et enfonça ses pieds dans ses chaussures. Elle enveloppa Ortie dans sa literie, si bien que la petite ne ressembla plus guère qu'à un paquet de couvertures. Elle ne se réveilla pas.

Pendant ce temps, Burrich avait enfilé ses bottes et pris une épée courte. Il fit signe à Molly de se rendre près de la fenêtre aux volets fermés. « Si je vous en donne le signal, sortez par cette fenêtre avec Ortie – mais uniquement si je vous en donne le signal. Je pense qu'ils sont cinq. »

À la lueur du feu, je vis Molly acquiescer de la tête ; elle tira son couteau et se tint prête à défendre son enfant.

Burrich alla se planter à côté de la porte, et la nuit entière parut passer dans l'attente silencieuse de l'assaut.

La barre était en place mais n'était guère utile sur un encadrement aussi chargé d'ans. Burrich laissa les attaquants tenter à deux reprises de défoncer la porte, puis, comme la barre commençait à céder, d'un coup de pied il la fit sauter de ses taquets, si bien que la porte s'ouvrit brusquement sous le choc suivant. Deux hommes entrèrent en titubant, surpris par l'absence de résistance ; le premier tomba, le second trébucha sur lui et chut à son tour, et Burrich les transperça tous deux de son épée avant que le troisième assaillant apparût à la porte.

Il était grand, avec une barbe et des cheveux roux. Il pénétra dans la chaumière en poussant un rugissement et enjamba ses deux acolytes qui se tordaient de douleur ; il brandissait une longue et superbe épée qui, ajoutée à sa propre taille, lui permettait une allonge presque deux fois supérieure à celle de Burrich. Derrière lui, un personnage corpulent beugla : « Au nom du roi, nous venons chercher la putain du Bâtard au Vif ! Jetez votre arme et écartez-vous ! »

Il eût été mieux avisé de ne pas exciter davantage la colère de Burrich ; d'un geste presque insouciant, il acheva un des hommes au sol, puis releva son épée sous la garde de Barbe-Rousse, qui recula en cherchant de l'espace pour mieux employer son arme. Burrich dut suivre le mouvement car ses chances de résister étaient minces si l'homme trouvait un coin dégagé. Le personnage corpulent et une femme entrèrent à leur tour, s'attirant un rapide coup d'œil de Burrich. « Molly ! Faites ce que je vous ai dit ! »

Elle était déjà près de la fenêtre et serrait contre elle Ortie qui s'était mise à pleurer de frayeur. Elle bondit sur une chaise, ouvrit vivement les volets et passa une jambe par la fenêtre. Burrich occupait Barbe-Rousse quand la femme se glissa tout à coup derrière lui et lui enfonça son poignard dans les reins. Burrich poussa un cri rauque, puis para frénétiquement les assauts de la longue épée. Comme Molly passait l'autre jambe par-dessus l'appui-fenêtre et s'apprêtait à se laisser tomber au-dehors, l'homme corpulent se rua vers elle et lui arracha Ortie des bras. J'entendis le hurlement de terreur et de rage de Molly.

Puis elle s'enfuit dans l'obscurité.

L'incrédulité qui s'empara de Burrich, je la perçus aussi nettement que la mienne. La femme retira son poignard de son dos et le brandit pour frapper à nouveau mais Burrich, s'armant de sa fureur pour bannir la souffrance, fit volte-face pour lui porter une profonde estafilade à la poitrine, puis se retourna vers Barbe-Rousse. Son adversaire s'était reculé et se tenait prêt à la riposte, mais il ne faisait plus un geste ; l'homme corpulent déclara : « Nous tenons l'enfant ! Lâchez votre épée ou il meurt sur-le-champ ! » Il jeta un coup d'œil à la femme qui se tenait les mains sur la poitrine. « Poursuivez la mère, vite ! »

Elle lui adressa un regard noir mais s'exécuta sans un murmure. Burrich ne lui accorda aucune attention ; il n'avait d'yeux que pour l'enfant qui pleurait dans les bras du gros personnage. Barbe-Rousse eut un sourire étincelant en voyant la pointe de l'épée de Burrich descendre vers le sol. « Pourquoi ? demanda Burrich d'un ton atterré. Qu'avons-nous fait pour que vous nous attaquiez et menaciez de tuer ma fille ? »

L'homme corpulent contempla le visage cramoisi de l'enfant qui hurlait. « Ce n'est pas votre fille, répondit-il d'une voix chargée de sarcasme. C'est la bâtarde du Bâtard au Vif. Nous le tenons de la plus haute autorité. » Il leva Ortie au-dessus de sa tête comme s'il s'apprêtait à la jeter au sol et dévisagea Burrich, qui émit un bruit étranglé, moitié rage, moitié supplication, et lâcha son épée. Près de la porte, le rescapé essaya de s'asseoir en gémissant.

« Ce n'est qu'un nourrisson », fit Burrich d'une voix rauque. Comme si j'avais moi-même été blessé, je sentais la chaleur du sang qui ruisselait le long de la hanche de Burrich. « Laissez-nous ; vous vous trompez. Elle est de moi, je vous le répète, et elle ne menace en rien votre roi. Par pitié... J'ai de l'or, je vous le donnerai, mais laissez-nous en paix. »

Burrich, qui, en temps ordinaire, aurait résisté, rugi, combattu jusqu'à la mort, Burrich avait laissé tomber son épée et s'humiliait pour mon enfant. Barbe-Rousse éclata d'un rire tonitruant, mais Burrich n'y prêta nulle attention ; sans cesser de rire, l'homme s'approcha de la table et alluma d'un air désinvolte les bougies du chandelier, qu'il leva ensuite pour inspecter la pièce en désordre. Burrich ne détachait pas son regard d'Ortie. « C'est ma fille, murmura-t-il comme à bout de forces.

— Assez de mensonges ! répliqua l'homme corpulent d'un ton dédaigneux. C'est le rejeton du Bâtard au Vif, et elle a la même tare que lui !

— C'est tout à fait exact ! »

Tous les yeux se tournèrent vers la porte. Molly s'y encadrait, très pâle, le souffle court. Sa main droite était rouge de sang, et elle tenait contre elle une caisse de bois dont s'échappait un bourdonnement menaçant. « La garce que vous aviez envoyée à ma poursuite est morte, reprit-elle d'un ton âpre, comme vous le serez tous si vous ne déposez pas vos armes et si vous ne laissez pas libres mon enfant et mon mari. » Le gros homme sourit d'un air ironique, et Barbe-Rousse leva son épée.

D'une voix qui tremblait à peine, Molly ajouta : « Mon enfant a le Vif, c'est vrai, tout comme moi. Aussi, nos abeilles ne nous feront pas de mal ; mais si vous touchez à un seul de nos cheveux, elles vous donneront une chasse sans merci, et vous mourrez de milliers de piqûres cuisantes. Croyez-vous que vos épées seront très efficaces contre mes abeilles ? » Elle dévisagea chacun de ses adversaires d'un œil furieux et menaçant, sans lâcher la lourde ruche en bois. Une abeille s'en échappa et se mit à voler dans la pièce avec un bourdonnement rageur. Barbe-Rousse suivit l'insecte du regard tout en s'exclamant : « Ce ne sont que des inventions ! »

Burrich jaugeait du coin de l'œil la distance qui le séparait de sa propre épée tandis que Molly demandait d'un ton bas, presque timide : « Ah oui ? » Et, avec un curieux sourire, elle posa la ruche par terre, puis, sans quitter Barbe-Rousse des yeux, elle souleva le couvercle de la caisse et enfonça la main dans les rayons ; le gros homme émit un hoquet d'horreur lorsqu'elle la ressortit couverte d'un gant mouvant d'abeilles. Molly rabattit le couvercle et se redressa. Elle baissa le visage vers les abeilles qui emmitouflaient sa main et murmura : « Celui à la barbe rousse, mes petites. » Et elle tendit le bras comme si elle offrait les insectes à l'intéressé.

Rien ne se passa pendant un moment, puis, peu à peu, chaque abeille prit son vol et se dirigea vers Barbe-Rousse. Il se recroquevilla lorsqu'une première, puis une seconde le frôlèrent, revinrent et se mirent à tournoyer autour de lui. « Rappelez-les ou nous tuons la gamine ! » s'écria-t-il soudain en essayant de tuer les insectes à coups de chandelier mais en vain.

Molly s'empara de la ruche et la souleva aussi haut qu'elle le put. « Vous allez la tuer de toute façon ! » répliqua-t-elle d'une voix brisée. Elle secoua légèrement la caisse et le bourdonnement énervé se transforma en rugissement. « Mes petites, ils en veulent à la vie de mon enfant ! Quand je vous libérerai, vengez-nous ! » Elle leva la ruche encore davantage, prête à la fracasser au sol. Le blessé à ses pieds émit un grand gémissement.

« Arrêtez ! s'exclama l'homme corpulent. Je vais vous rendre votre enfant ! »

Molly se pétrifia. Il était visible qu'elle ne pourrait supporter encore longtemps le poids de la ruche, et c'est d'une voix tendue par l'effort, mais calme, qu'elle répondit : « Donnez mon bébé à mon mari, puis qu'il vienne près de moi, sinon, je vous jure que vous allez mourir, et de manière atroce. » Le gros jeta un regard indécis à Barbe-Rousse qui, le chandelier dans une main et l'épée dans l'autre, s'était écarté de la table ; les abeilles continuaient néanmoins à tourbillonner autour de lui, et ses gesticulations pour les chasser paraissaient ne faire qu'augmenter leur résolution. « Le roi Royal nous tuera si nous échouons !

— Alors, faites-vous tuer par mes abeilles, fit Molly. Il y en a des centaines dans cette ruche », ajouta-t-elle à mi-voix. Puis elle poursuivit d'un ton presque enjôleur : « Elles vont pénétrer sous vos chemises et dans les jambes de vos chausses, elles vont s'accrocher à vos cheveux pour vous piquer, elles vont s'immiscer dans vos oreilles et vos narines et vous piquer là aussi, et quand vous allez vous mettre à crier, vous allez sentir des dizaines et des dizaines de petits corps velus s'engouffrer dans votre bouche et vous piquer la langue jusqu'à ce qu'elle enfle au point de vous empêcher de respirer. Vous allez mourir suffoqués, la bouche pleine d'abeilles ! »

Cette description parut emporter la décision des deux hommes. Le gros s'approcha de Burrich et lui fourra le bébé hurlant dans les bras ; Barbe-Rousse prit l'air furieux mais n'intervint pas. Ortie serré contre lui, Burrich ne négligea pas pour autant de récupérer son épée. Molly adressa un regard noir à Barbe-Rousse. « Vous, là, allez vous placer près de votre complice. Burrich, rendez-vous avec la petite là où nous avons ramassé de la menthe hier ; s'ils me forcent à les tuer, je ne veux pas qu'elle assiste à ce spectacle : elle risquerait ensuite d'avoir peur des abeilles qui sont en réalité ses servantes ! »

Burrich obéit – et, de tout ce que j'avais vu cette nuit, ce fut ce qui me stupéfia le plus. Une fois qu'il fut sorti, Molly recula lentement vers la porte. « N'essayez pas de nous suivre, dit-elle d'un ton menaçant. Je laisse mes abeilles-de-Vif monter la garde devant l'entrée. » Et elle donna une ultime secousse à la ruche ; le rugissement crût encore et plusieurs abeilles s'échappèrent dans la pièce avec un bourdonnement furieux. Le gros homme resta figé sur place, mais Barbe-Rousse leva l'épée comme s'il pouvait en espérer une protection ; le blessé poussa un cri inarticulé, puis s'éloigna à quatre pattes de Molly qui sortit à reculons de la chaumière en tirant la porte derrière elle. Elle inclina la ruche de façon qu'elle repose contre le battant à présent fermé, puis l'ouvrit et y donna un coup de pied avant de s'enfuir dans la nuit. « Burrich ! cria-t-elle sourdement. J'arrive ! » Au lieu de se diriger vers la route, elle partit vers les bois sans un regard en arrière.

« Écarte-toi, maintenant, Fitz. » Ce n'était pas de l'Art mais le murmure de Vérité à mon oreille. « Ils sont à l'abri, tu l'as vu ; ne regarde plus, sans quoi d'autres risquent de voir par tes yeux où ils vont. Mieux vaut que tu l'ignores toi-même. Viens-t'en. »

Il faisait sombre dans la tente. Vérité n'était pas seul avec moi : Caudron était là aussi, et ses lèvres ne formaient plus qu'une mince ligne désapprobatrice. Vérité, lui, avait une expression sévère, mais j'y perçus aussi de la compréhension ; avant que j'ouvrisse seulement la bouche, il déclara : « Si je pensais que tu l'as fait exprès, je serais fort courroucé contre toi. À présent, je vais être très clair : il vaut mieux que tu ne saches rien d'eux, rien du tout. Si tu m'avais écouté la première fois que je t'ai donné ce conseil, ils n'auraient jamais été en péril comme cette nuit.

— Vous étiez là, tous les deux ? » demandai-je à mi-voix. L'espace d'un instant, je fus touché qu'ils se préoccupent tant du sort de ma fille.

« C'est mon héritière, à moi aussi, observa Vérité, implacable. Crois-tu que j'aurais pu rester les bras croisés s'ils lui avaient fait du mal ? » Il secoua la tête. « Tiens-toi à l'écart d'eux, Fitz, pour notre bien à tous. Tu m'as compris ? »

J'acquiesçai de la tête : son discours ne pouvait m'affliger, car j'avais déjà décidé de rester dans l'ignorance de la cachette où Molly et Burrich allaient emmener Ortie – mais pas parce que c'était l'héritière de Vérité. Mon roi et Caudron se relevèrent et quittèrent la tente tandis que je me rallongeais sous mes couvertures. Le fou, jusque-là appuyé sur un coude, s'étendit à nouveau lui aussi. « Je te raconterai demain », lui dis-je ; il hocha la tête tout en me dévisageant de ses yeux qui paraissaient immenses au milieu de son visage pâle, puis je pense qu'il s'endormit. Je restai le regard perdu dans l'obscurité. Œil-de-Nuit vint se coucher contre moi.

Il était prêt à protéger ta petite comme la sienne, observa-t-il. *C'est l'esprit de la meute.*

Il cherchait à me réconforter mais je n'en avais nul besoin. Je posai la main sur son pelage. *As-tu vu comme elle leur a tenu tête et les a obligés à ployer le genou ?* demandai-je avec fierté.

C'est une femelle d'une rare valeur, acquiesça le loup.

J'eus l'impression de n'avoir pas fermé l'œil quand Astérie nous réveilla, le fou et moi, pour notre tour de garde. Je sortis de la yourte en m'étirant et en bâillant, avec en outre le sentiment que monter la garde n'était pas vraiment nécessaire ; néanmoins, il faisait agréablement doux pour ce dernier éclat de nuit, et la ménestrelle avait laissé un bouillon de viande à mijoter près du feu. J'en avais déjà bu une demi-chope quand le fou me rejoignit enfin.

« Astérie m'a montré sa harpe hier soir », fis-je en guise de salut.

Il eut un petit sourire suffisant. « Bah, du travail bâclé. “Ah, c'était un de ses premiers essais !” dira-t-on un jour, ajouta-t-il en s'efforçant à la modestie.

— D'après Caudron, tu manques de prudence.

— En effet, j'en suis complètement dépourvu, Fitz. Que faisons-nous ici ?

— Moi, j'obéis aux ordres. À la fin de cette veille, j'irai dans les collines couper des branches de genêt afin de balayer les éclats de pierre qui gênent Vérité.

— Ah ! Noble tâche pour un catalyseur. Et que doit faire un prophète, à ton sens ?

— Tu pourrais prophétiser le moment où le dragon sera terminé, parce que j'ai l'impression que ce sera notre idée fixe tant qu'il ne sera pas achevé. »

Le fou secoua légèrement la tête.

« Qu'y a-t-il, encore ? demandai-je.

— Je n'ai pas le sentiment que nous soyons ici pour fabriquer des balais et des harpes ; j'ai plutôt la sensation que nous vivons une accalmie ; l'accalmie avant la tempête.

— Voilà qui me remonte le moral », fis-je d'un ton lugubre. Mais, à part moi, je m'interrogeais : n'avait-il pas raison ?

« Et maintenant, vas-tu me raconter ce qui s'est passé hier soir ? »

Quand j'eus fini mon compte rendu, il me regarda avec un large sourire. « Elle ne manque pas de ressources, cette fille », observa-t-il avec fierté. Puis il pencha la tête. « Crois-tu que l'enfant sera douée du Vif ? Ou qu'elle sera capable d'artiser ? »

Je n'avais jamais envisagé la question. « J'espère que non », répliquai-je aussitôt, et puis je m'étonnai de ma propre réponse.

L'aube pointait à peine quand Caudron et Vérité se levèrent ; ils burent une chope de bouillon sans même prendre le temps de s'asseoir, puis ils s'en allèrent vers le dragon en emportant une provision de viande boucanée. Kettricken, elle aussi, était sortie de la tente de Vérité ; elle avait les yeux creux et la défaite se lisait dans le pli de sa bouche. Elle but une demi-chope de bouillon, posa le récipient et retourna dans la tente pour en ressortir munie d'une couverture pliée de façon à imiter un sac.

« Du bois pour le feu, répondit-elle d'un ton morne lorsque je haussai les sourcils.

— Dans ce cas, autant qu'Œil-de-Nuit et moi vous accompagnions : je dois couper des brins de genêt et un bâton pour fabriquer un balai, et, lui, il faut qu'il s'agite un peu au lieu de dormir et de faire du lard. »

Sans parler de ta peur d'aller dans la forêt sans moi.

Si elle fourmille de truies comme celle de l'autre jour, c'est absolument exact.

Peut-être Kettricken pourrait-elle emporter son arc ?

Alors même que je me tournais vers la reine pour transmettre la suggestion, elle rentrait dans la tente pour prendre son arme. « Au cas où nous rencontrerions un autre sanglier », me dit-elle en ressortant.

Mais l'expédition se déroula sans incident. Autour de la carrière, la campagne était vallonnée et accueillante. Nous fîmes halte au bord du ruisseau pour nous désaltérer et faire un brin de toilette ; j'entr'aperçus l'éclat d'un petit saumoneau, et le loup voulut aussitôt que nous pêchions ; je lui assurai que je l'accompagnerais dès que j'aurais fini mon balai, et il me suivit, mais à contrecœur. Je coupai des branches de genêt et trouvai une longue branche droite en guise de manche, après quoi nous emplîmes de bois le sac de Kettricken, et j'insistai pour m'en charger afin qu'elle eût les mains libres si elle devait utiliser son arc. Sur le chemin du retour, nous nous arrêtâmes de nouveau au bord du ruisseau, et je cherchai un emplacement où les plantes surplombaient le courant, ce que je trouvai aisément ; là, nous passâmes beaucoup plus de temps que je ne l'avais prévu à pêcher à la main. Kettricken ne connaissait pas cette méthode mais, après quelques tentatives ratées qui mirent sa patience à rude épreuve, elle attrapa le coup de main. Nous prîmes des sortes de truites que je n'avais jamais vues jusque-là, mouchetées de rose sous le ventre ; quand nous en eûmes une dizaine, je les vidai et donnai les entrailles à Œil-de-Nuit qui les engloutit aussi vite que je les lui lançai ; puis Kettricken enfila les poissons sur une branchette de saule et nous repartîmes pour le camp.

Je ne me rendis compte de l'apaisement que ce calme interlude m'avait apporté qu'au moment où nous arrivâmes en vue du pilier noir qui gardait l'entrée de la carrière. Il me parut plus sinistre que jamais, doigt obscur et menaçant, dressé comme pour me prévenir qu'en effet nous traversions une période d'accalmie avant la tempête à venir ; je m'en approchai avec un petit frisson d'angoisse. Ma sensibilité à l'Art paraissait me revenir, et le pilier irradiait une puissance maîtrisée plus attirante que jamais. Presque involontairement, je m'arrêtai pour étudier les caractères gravés dans la pierre.

« Fitz ? Vous venez ? » C'était Kettricken, loin devant moi, et je pris conscience à cet instant seulement que j'étais resté longtemps planté devant la colonne, bouche bée. Je me dépêchai de les rattraper, elle et le loup, et je les rejoignis alors qu'ils passaient devant la jeune femme au dragon.

J'avais évité cette statue depuis que le fou l'avait touchée ; je jetai un coup d'œil plein de remords aux trois empreintes de doigts argentées qui brillaient encore sur la peau sans défaut de la cavalière. « Qui étiez-vous, et pourquoi avoir taillé un si triste monument ? » lui demandai-je. En guise de réponse, ses yeux de pierre continuèrent à me regarder d'un air suppliant au-dessus de ses joues marquées de larmes.

« Peut-être n'a-t-elle pas pu achever son dragon ? fit Kettricken d'un ton pensif. Voyez les pattes arrière et la queue encore prises dans la pierre. C'est peut-être pour cela que cette statue est si triste.

— Je ne pense pas : l'artiste la voulait triste dès l'origine ; qu'il l'eût achevée ou non, la partie supérieure serait restée pareille. »

Kettricken m'adressa un coup d'œil amusé. « Vous ne croyez toujours pas que le dragon de Vérité volera quand il sera fini ? Moi, si. Mais, évidemment, il ne me reste plus grand-chose en quoi croire. Vraiment plus grand-chose. »

Je m'apprêtais à lui répondre que, pour moi, ces histoires de dragons n'étaient que des contes de ménestrels pour les enfants, mais ses derniers mots scellèrent mes lèvres.

Revenu au camp, je fabriquai mon balai et me mis au nettoyage avec vigueur. Le soleil était haut dans le ciel d'azur et une brise agréable soufflait ; c'était une belle journée, à tout prendre, et pendant un moment ma tâche si simple me fit oublier tout le reste. Kettricken déchargea le bois qu'elle avait ramassé, puis repartit en chercher d'autres ; Œil-de-Nuit la suivit, et j'observai avec plaisir qu'Astérie et le fou se dépêchaient de la rejoindre avec des sacs. Une fois le dragon débarrassé des éclats et de la poussière de pierre, je pus mieux distinguer les progrès qu'avaient réalisés Caudron et Vérité ; la roche noire du dos du dragon était si lisse qu'elle reflétait presque le bleu du ciel. J'en fis la remarque à Vérité, sans vraiment espérer de réponse : son esprit et son cœur étaient entièrement concentrés sur le dragon. Sur tous les autres sujets, il était vague et hésitant mais, quand il me parlait de son dragon et de son exécution, je retrouvais le roi Vérité de naguère.

Quelques instants plus tard, pourtant, il quitta sa position accroupie, se redressa et, d'un geste incertain, caressa l'échine de la bête. Je retins mon souffle car, dans le sillage de sa main argentée, des couleurs étaient soudain apparues : les écailles s'étaient parées d'une turquoise somptueuse, chacune bordée d'argent. La teinte chatoyante persista un moment, puis s'effaça. Vérité eut un petit grognement satisfait. « Quand le dragon sera plein, la couleur restera », me dit-il. Sans réfléchir, je tendis à mon tour la main vers le flanc immense mais, d'un coup d'épaule, Vérité me repoussa brutalement. « N'y touche pas ! » m'ordonna-t-il d'un ton presque jaloux. Il dut voir mon expression choquée, car il prit soudain un air attristé. « Il est désormais trop risqué que tu y poses la main, Fitz. Il est trop... » Sa voix mourut et son regard se fit lointain tandis qu'il cherchait un terme adéquat ; puis il parut m'oublier et s'accroupit de nouveau pour reprendre son travail sur la patte de la créature.

Il n'est pas meilleur moyen de pousser quelqu'un à se conduire en gamin que de le traiter comme tel. Je terminai mon nettoyage, posai mon balai dans un coin et partis le nez au vent ; je ne m'étonnai pas outre mesure de me retrouver aux pieds de la fille au dragon – j'avais fini par intituler la statue ainsi, « La fille au dragon », car cavalière et monture ne m'apparaissaient pas comme deux entités distinctes. Une fois de plus, je grimpai sur l'estrade à côté d'elle et, encore une fois, je perçus le tourbillon de Vif de sa vie qui s'éleva comme une brume et s'approcha de moi avidement. Que de détresse prise au piège ! « Je ne puis rien pour vous », lui dis-je tristement, et je crus sentir qu'elle réagissait à mes propos. Rester trop longtemps auprès d'elle était affligeant. Mais, en redescendant, je notai un détail qui m'alarma : quelqu'un avait taillé la pierre dans laquelle les pattes arrière du dragon s'embourbaient. Je me penchai : les éclats et la poussière de pierre avaient été balayés, mais les arêtes de taille étaient aiguës et récentes. Le fou manque vraiment de prudence, me dis-je, et je me redressai avec l'intention de me mettre à sa recherche.

FitzChevalerie, reviens à mes côtés tout de suite, je te prie.

Je poussai un soupir : encore des morceaux de roche à balayer, sans doute. Et c'était pour accomplir ce genre de tâche que j'étais loin de Molly tandis qu'elle se défendait toute seule. Tout en cheminant vers le dragon de Vérité, je me laissai aller à des pensées interdites : avaient-ils trouvé un abri ? Burrich était-il gravement blessé ? Ils s'étaient enfuis sans guère plus que ce qu'ils portaient sur eux ; comment allaient-ils survivre ? À moins que les sbires de Royal ne les eussent à nouveau attaqués ? Avaient-ils emmené de force Molly et la petite à Gué-de-Négoce ? Le cadavre de Burrich gisait-il quelque part dans les fourrés ?

Crois-tu vraiment que cela pourrait se produire sans que tu sois aussitôt au courant ? En outre, Molly m'a paru plus que capable de s'occuper d'elle-même et de l'enfant – et de Burrich aussi, donc. Cesse de penser à eux, et cesse de pleurer sur ton sort. J'ai une mission à te confier.

Arrivé au dragon, je repris mon balai et je m'en servis quelques minutes avant que Vérité s'aperçût de ma présence. « Ah, tu es là, Fitz ! » Il se releva et s'étira en cambrant son dos douloureux. « Viens avec moi. »

Je l'accompagnai jusqu'au feu du bivouac où il mit de l'eau à chauffer ; puis, en regardant un morceau de viande boucanée, il dit avec nostalgie : « Que ne donnerais-je pas pour un morceau de pain frais préparé par Sara ! Enfin... » Il se tourna vers moi. « Assieds-toi, Fitz, je désire te parler. J'ai beaucoup réfléchi à tout ce que tu m'as appris et je voudrais que tu accomplisses une tâche pour moi. »

Je m'installai lentement sur une pierre près du feu en secouant discrètement la tête : un moment, je ne le comprenais pas du tout, et l'instant suivant il était redevenu l'homme qui avait été si longtemps mon mentor. Il ne me laissa cependant pas le temps de ruminer ces réflexions.

« Fitz, tu as visité le parc aux dragons en venant ici. Tu m'as dit que le loup et toi aviez perçu de la vie en eux. Du Vif de vie, selon ton expression ; et le dragon de Réalder a paru sur le point de se réveiller quand tu l'as appelé par son nom.

— Je perçois cette même impression de vie chez la fille au dragon, dans la carrière », acquiesçai-je.

Vérité hocha la tête d'un air attristé. « La pauvre, on ne peut rien pour elle, je le crains. Elle s'est évertuée à conserver sa forme humaine et ainsi elle a manqué de remplir son dragon ; elle est maintenant prise au piège et elle y demeurera sans doute pour toujours. Son sort m'a été un avertissement ; au moins, son erreur n'aura pas été complètement inutile. Quand j'emplirai le dragon, je ne garderai rien par-devers moi. Ce serait un dénouement navrant, après avoir parcouru un si long chemin et fait tant de sacrifices, de finir avec un dragon embourbé, non ? Cette faute-là, je ne la commettrai pas. » D'un coup de dents, il trancha un morceau de viande séchée, puis se mit à mâcher d'un air méditatif.

Je gardai le silence : j'étais de nouveau perdu. Parfois, je ne pouvais rien faire d'autre qu'attendre que ses pensées le ramènent sur un terrain où il me redevenait compréhensible. Je remarquai une nouvelle trace argentée sur son front, comme s'il avait distraitement essuyé la sueur qui y perlait. Il avala son morceau de viande. « Reste-t-il des herbes pour la tisane ? » demanda-t-il, et puis il ajouta : « Je veux que tu retournes auprès des dragons et que tu voies si tu peux employer ton Vif et ton Art pour les réveiller. Pour ma part, quand j'y suis passé, j'ai eu beau faire, je n'ai pu détecter de vie dans aucun d'entre eux ; j'ai craint qu'ils n'aient dormi trop longtemps et qu'ils soient morts de faim, après s'être alimentés de leurs propres rêves quand tout le reste est venu à manquer. »

Astérie avait laissé une poignée de feuilles d'ortie et de menthe flétries. Je les fis doucement tomber dans une casserole, les arrosai d'eau bouillante puis, en attendant qu'elles infusent, je fis le tri de mes pensées.

« Vous voulez donc que je me serve du Vif et de l'Art pour réveiller les statues de dragons. Mais comment ? »

Vérité haussa les épaules. « Je l'ignore. Malgré tout ce que Crécerelle m'a enseigné, il subsiste d'énormes lacunes dans ma connaissance de l'Art. Galen nous a porté un coup majeur en volant les livres de Sollicité et en interrompant notre formation, à Chevalerie et à moi, et je ne cesse de songer à cet épisode ; tramait-il déjà de donner le trône à son demi-frère, ou bien était-il simplement avide de pouvoir ? Nous n'en saurons jamais rien. »

Je posai alors une question que je n'avais jamais formulée : « Il y a quelque chose que je ne comprends pas : selon Caudron, le fait d'avoir tué Carrod à l'aide de l'Art vous a affaibli ; pourtant, vous avez vidé Galen de son énergie sans paraître en souffrir, pas plus que Sereine ni Justin n'en ont eu l'air quand ils ont vidé le roi de la sienne.

— Aspirer l'Art d'une personne, ce n'est pas du tout la même chose que la tuer d'une décharge d'Art. » Il eut un rire bref et amer. « J'ai fait les deux et je connais la différence. Galen a fini par préférer mourir plutôt que de me livrer son énergie, et j'ai idée que mon père a fait le même choix ; je pense aussi qu'il a agi ainsi pour empêcher qu'on sût où je me trouvais alors. Quant à Galen, nous avons aujourd'hui quelques indices sur les secrets qu'il a emportés dans la tombe. » Vérité regarda le morceau de viande qu'il tenait et le posa près de lui. « Mais ce qui compte à présent est de réveiller les Anciens. Toi, tu vois une belle journée, Fitz ; moi, je vois une mer calme et un bon vent qui pousse les Pirates rouges vers nos côtes. Tandis que je suis ici à tailler, à gratter et à peiner, des habitants des Six-Duchés meurent ou se font forgiser, sans parler des troupes de Royal qui attaquent et incendient les villages montagnards le long de la frontière, et le père de ma propre reine se lance dans le combat pour protéger son peuple des armées de mon frère. Mon cœur s'enflamme quand j'y pense ! Si donc tu parvenais à réveiller les dragons, ils pourraient s'envoler dès maintenant pour assurer la défense.

— Je répugne à entreprendre une tâche dont j'ignore ce qu'elle exigera de moi », fis-je. Vérité m'interrompit avec un sourire espiègle.

« Il me semble que c'est précisément ce que tu appelais de tes vœux hier, FitzChevalerie. »

Il m'avait coincé. « Œil-de-Nuit et moi nous mettrons en route demain matin », dis-je.

Il fronça les sourcils. « Je ne vois aucun motif d'attendre aussi longtemps. Pour toi, le trajet n'est pas long : un simple pas dans le pilier. Mais le loup ne peut pas franchir la pierre, il restera donc ici. Et j'aimerais que tu y ailles dès maintenant. »

Avec quel calme il m'ordonnait de partir sans mon loup ! J'aurais préféré me rendre sur les lieux nu comme un ver ! « Dès maintenant ? Tout de suite, voulez-vous dire ?

— Et pourquoi pas ? Quelques minutes te suffisent pour effectuer le trajet ; vois ce que tu peux faire. Si tu réussis, je le saurai ; sinon, reviens ce soir par le pilier. Nous n'aurons rien perdu à essayer.

— Mais le clan ne constitue-t-il pas un danger ?

— Il n'est pas plus dangereux pour toi là-bas qu'ici. Allons, va.

— Dois-je attendre le retour des autres pour leur annoncer où je me rends ?

— Je m'en occuperai, FitzChevalerie. Acceptes-tu de remplir cette mission pour moi ? »

Il n'y avait qu'une seule réponse à cette question. « J'accepte. Je m'en vais sur-le-champ. » Puis j'eus une dernière hésitation. « Je ne sais pas bien me servir du pilier.

— Ce n'est pas plus compliqué qu'une porte, Fitz : tu poses ta main dessus et il agit par le biais de l'Art qui est en toi. » Il dessina un symbole dans la poussière. « Ce glyphe désigne le parc aux dragons ; plaques-y la paume et avance. Celui-ci (nouveau dessin dans la poussière) est le signe de la carrière ; il te ramènera ici. » Ses yeux noirs se plantèrent dans les miens, comme s'il me jaugeait.

« Je serai de retour ce soir, promis-je.

— Très bien. Que la chance t'accompagne », répondit-il.

Tout était dit. Je me levai et m'éloignai du feu en direction du pilier. Je passai devant la fille au dragon en m'efforçant de ne pas me laisser distraire. Dans les bois, je ne sais où, mes autres compagnons ramassaient du bois tandis qu'Œil-de-Nuit rôdait dans leurs parages.

Tu t'en vas vraiment sans moi ?

Je n'en aurai pas pour longtemps, mon frère.

Désires-tu que je revienne t'attendre près du pilier ?

Non ; veille plutôt sur la reine, si tu veux bien.

Avec plaisir. Elle a abattu un oiseau pour moi aujourd'hui.

Je perçus son admiration et sa sincérité. Quoi de mieux qu'une femelle qui tue efficacement ?

Une femelle qui partage bien.

Garde-moi aussi une partie du produit de la chasse.

Je te laisse les poissons, répondit-il, magnanime.

J'examinai la colonne noire qui se dressait à présent devant moi et trouvai le symbole que je cherchais. Aussi simple qu'une porte, avait dit Vérité : Touche le signe et avance. Peut-être, mais mes jambes flageolaient quand même et je dus faire un rude effort pour lever la main et la poser sur la pierre noire et brillante. Ma paume entra en contact avec le glyphe et je ressentis une froide traction d'Art. Je fis un pas en avant.

De l'éclat du soleil, je passai instantanément à une ombre fraîche et mouchetée. Je m'écartai du grand pilier obscur, les pieds dans une herbe épaisse. L'air était lourd d'odeurs végétales mêlées de moisissure. Les branches naguère emperlées de bourgeons croulaient à présent sous les feuilles. Un chœur d'insectes et de grenouilles m'accueillit : la forêt qui m'entourait grouillait d'une vie presque excessive après le silence vide de la carrière, et je restai un moment immobile pour m'adapter au changement.

Avec précaution, j'abaissai mes remparts et tâtonnai mentalement autour de moi mais, à part dans le pilier derrière moi, je ne perçus nulle trace d'usage de l'Art. Je me détendis un peu : Vérité, sans le savoir, avait peut-être fait plus que tuer Carrod, et désormais le clan craignait de le défier de front. Je me réconfortai de cette hypothèse en me mettant en marche à travers la végétation luxuriante.

Je ne tardai pas à me retrouver trempé jusqu'aux genoux, non que le terrain fût inondé, mais les herbes et les roseaux foisonnants au milieu desquels je me frayais un chemin étaient chargés d'humidité. Des gouttes d'eau tombaient des plantes grimpantes et des feuilles au-dessus de moi, mais cela ne me dérangeait pas : comparé à la pierre nue et à la poussière de la carrière, c'était plutôt rafraîchissant. Ce qui n'était qu'un vague sentier lorsque nous étions passés par là était devenu un étroit couloir entre deux murailles de plantes qui se penchaient et s'étalaient à loisir. Je parvins au bord d'un petit ruisseau chantant et en arrachai une poignée de cresson poivré que je mâchonnai tout en marchant et en me promettant d'en rapporter au camp à la tombée de la nuit ; alors, je me rappelai ma mission : les dragons. Où étaient les dragons ?

Ils n'avaient pas disparu, mais la végétation avait poussé autour d'eux. Je repérai une souche foudroyée dont j'avais gardé le souvenir et de là je réussis à retrouver le dragon de Réalder. D'avance, j'avais décidé de commencer par lui, le jugeant le plus prometteur de tous car j'avais senti en lui, sans l'ombre d'un doute, une puissante vie de Vif. Comme si cela devait faire la moindre différence, je passai quelques minutes à le dégager des plantes grimpantes et de l'herbe humide et collante, et ce faisant je fis une observation qui me frappa : le corps de la créature endormie suivait les contours du sol en dessous d'elle. Cela n'évoquait pas une statue qu'on eût déposée là, mais plutôt un être vivant qui se fût installé là pour se reposer et n'en eût plus jamais bougé.

J'essayai de toutes mes forces d'y croire : ces dragons étaient bel et bien les Anciens qui avaient répondu à l'appel du roi Sagesse ; tels d'immenses oiseaux, ils avaient volé jusqu'à la côte, où ils avaient vaincu les Pirates et les avaient chassés de nos parages ; ils avaient fondu des cieux, rendu les équipages fous de terreur ou fait chavirer les navires sous le grand vent de leurs ailes. Et ils pourraient le refaire pour peu que nous parvenions à les réveiller.

« Je jure d'essayer, dis-je tout haut, puis je me repris : Je jure de les réveiller », en m'efforçant de chasser tout doute de ma voix. Je fis lentement le tour du dragon de Réalder en tâchant de décider par où commencer. Depuis la tête reptilienne en forme de coin jusqu'à la queue barbelée, c'était le dragon typique des légendes ; admiratif, je caressai ses écailles luisantes et je sentis le Vif ondoyer paresseusement en lui comme un ruban de fumée ; par un pur effort de volonté, je me forçai à croire qu'il y avait de la vie en lui. Un artiste aurait-il pu réaliser aussi parfaitement l'image d'une créature vivante ? J'observai les renflements osseux au sommet des ailes, semblables à ceux d'un jars et capables à coup sûr d'étendre un homme pour le compte ; les méchantes barbelures de la queue étaient restées aiguës, et je les imaginai aisément détruisant gréements ou tours, déchirant, lacérant, arrachant. « Réalder ! criai-je. Réalder ! »

Je ne perçus aucune réaction, pas le moindre frémissement d'Art ni même un grand changement dans son Vif. Bah, ç'aurait été trop facile, me dis-je, et je passai ensuite plusieurs heures à essayer tous les moyens de le réveiller qui me venaient à l'esprit : j'appuyai ma joue contre sa tête écailleuse et sondai mentalement aussi loin que je le pus, mais j'aurais obtenu davantage de résultats d'un ver de terre ; je m'étendis le long du grand lézard de pierre et tentai de ne plus faire qu'un avec lui, de me lier au frémissement léthargique de Vif que je sentais en lui ; je lui projetai des pensées affectueuses, je m'acharnai à lui donner des ordres, et j'allai – Eda ait pitié de moi ! – jusqu'à le menacer des pires conséquences s'il ne se réveillait pas pour se mettre à mon service. Tous mes efforts restèrent vains, et je me trouvai réduit à me raccrocher à des fétus de paille : j'évoquai l'image du fou ; rien ; je rappelai du fond de ma mémoire le rêve d'Art que le fou et moi avions partagé, puis m'efforçai de revoir le plus de détails possible de la femme à la couronne au coq, et enfin je la lui offris. Pas de réaction. Je me tournai alors vers une approche plus prosaïque ; Vérité avait dit qu'ils étaient peut-être morts de faim ; je visualisai donc des étangs d'eau douce et fraîche, de gros poissons argentés prêts à se laisser attraper. J'imaginai le dragon de Réalder en train de se faire dévorer par un autre dragon, plus grand que lui, et je présentai cette évocation à la créature endormie. Pas de réaction non plus.

Je me risquai alors à m'adresser à mon roi : *S'il y a de la vie dans ces pierres, elle est trop infime et trop éloignée pour que j'y atteigne.*

Vérité ne prit même pas la peine de répondre et cela me chagrina un peu ; mais peut-être lui aussi avait-il vu dans ma mission une tentative de dernier recours, sans guère de chances de réussite. Délaissant le dragon de Réalder, je flânai un moment d'une créature de pierre à l'autre, l'esprit en alerte, à la recherche d'une étincelle de Vif plus brillante. Je crus une fois en avoir découvert une, mais un examen plus approfondi me révéla qu'il s'agissait d'une souris qui avait fait son nid sous le poitrail du dragon.

Je finis par choisir une créature parée d'andouillers comme un cerf et essayai sur elle toutes les tactiques que j'avais employées sur le premier, sans plus de résultat. Quand j'en eus terminé, le jour baissait. Comme je reprenais le chemin du pilier, je me demandai si Vérité avait réellement espéré que je réussirais. Obstinément, mais toujours en me dirigeant vers la colonne noire, j'allai de dragon en dragon pour effectuer sur chacun une ultime tentative. C'est sans doute ce qui me sauva la vie. J'avais interrompu mon examen d'une des créatures, car il m'avait semblé sentir une forte vie de Vif émaner de la suivante ; mais, quand je m'approchai de l'énorme sanglier ailé aux défenses aiguës et incurvées, je constatai que le Vif provenait d'au-delà de lui. Je scrutai le sous-bois en m'attendant à voir un daim ou un cochon sauvage ; mais c'est un homme armé d'une épée, dos à moi, que je vis.

Je m'accroupis derrière le sanglier, la bouche soudain sèche, le cœur battant. Ce n'était ni Vérité ni le fou, comme je m'en étais rendu compte en un instant ; il était plus petit que moi, il avait les cheveux blond roux et, à sa façon de tenir son épée, il savait s'en servir. Il était vêtu d'or et de brun. Il ne s'agissait ni du gros Ronce ni du sombre et mince Guillot, mais c'était un homme de Royal.

En une fraction de seconde, tout m'apparut clairement. Comment avais-je pu être stupide à ce point ? J'avais abattu les hommes de Guillot et de Ronce, détruit leurs vivres et chassé leurs chevaux ; que pouvaient-ils faire d'autre qu'artiser Royal pour qu'il remplace les soldats et le matériel perdus ? Avec les escarmouches incessantes le long de la frontière, il n'avait pas dû être difficile à une troupe de pénétrer dans les Montagnes, de contourner Jhaampe et de suivre la route d'Art. La zone d'éboulement que nous avions franchie constituait un obstacle redoutable mais pas insurmontable, et Royal ne redoutait certes pas de mettre en péril la vie de ses hommes. Je me demandai combien avaient tenté la traversée du pierrier et combien en étaient sortis vivants. En tout cas, j'avais la certitude qu'à présent Guillot et Ronce disposaient de toutes les fournitures nécessaires.

Soudain, une pensée plus inquiétante me vint : l'homme savait peut-être artiser ! Rien n'empêchait Guillot de former de nouveaux élèves : il avait en sa possession tous les livres et manuscrits de Sollicité ; et si l'aptitude à l'Art n'avait rien de commun, elle n'était pas non plus extrêmement rare. En quelques instants, mon imagination multiplia l'homme par vingt et cent, tous soldats peu ou prou doués pour l'Art, tous fanatiquement fidèles à Royal. Je me laissai aller contre le sanglier de pierre et m'efforçai de respirer sans bruit malgré la terreur qui me fouaillait les entrailles. Un moment, je restai pétrifié, en proie au plus profond désespoir : je venais enfin de prendre conscience de l'immensité des moyens dont Royal pouvait se servir contre nous. Il ne s'agissait plus d'une petite guerre entre nous : Royal avait à sa main l'armée et les pouvoirs d'un roi et il avait juré d'exterminer tous ceux auxquels il avait accolé l'estampille de traîtres. Tout ce qui retenait Royal jusque-là était l'éventuel embarras que n'aurait pas manqué de susciter la découverte que Vérité n'était pas mort ; mais, à présent, dans les régions reculées où nous nous trouvions, il n'avait plus rien à craindre ; il pouvait se servir de ses soldats pour se débarrasser de son frère, de son neveu, de sa belle-sœur et de tous les témoins ; ensuite, le clan pouvait éliminer les soldats.

Ces réflexions traversèrent mon esprit comme l'éclair illumine la nuit la plus obscure. En un clin d'œil, tous les détails m'apparurent, et je compris aussitôt qu'il me fallait retourner au pilier et par là à la carrière pour prévenir Vérité – s'il n'était pas déjà trop tard.

Dès que je me fus fixé ce but, je me sentis plus calme. J'envisageai d'artiser Vérité, puis rejetai promptement cette idée : tant que je n'en saurais pas davantage sur mon adversaire, je ne voulais pas risquer de me dévoiler à lui. Je me surpris à considérer la situation comme s'il s'agissait du jeu de Caudron : des cailloux à capturer ou à éliminer. L'homme se tenait entre le pilier et moi, comme il fallait s'y attendre. Je devais maintenant découvrir s'il était seul ou non. Je tirai mon poignard ; dans l'épais sous-bois, une épée n'était pas l'arme idéale. Je pris une profonde inspiration pour affermir mon courage et m'écartai discrètement du sanglier.

La zone m'était grossièrement connue, ce qui m'était fort utile alors que je me déplaçais de dragon en dragon et de tronc en vieille souche ; avant que l'obscurité ne fût tombée, je savais qu'il y avait trois hommes dans les parages et qu'apparemment ils montaient la garde autour du pilier. À mon sens, ils n'étaient pas là pour me donner la chasse mais plutôt pour empêcher quiconque, sauf les membres du clan, de se servir de la colonne. J'avais trouvé l'emplacement où ils avaient quitté la route d'Art ; la piste était fraîche, ils venaient donc d'arriver, ce qui me portait à penser que je connaissais le terrain mieux qu'eux. Ils ne devaient pas non plus savoir artiser, puisqu'ils étaient venus par la route et non par le pilier ; toutefois, c'étaient sans doute des soldats aguerris. Je décidai aussi de me fonder sur l'hypothèse que Guillot et Ronce étaient tout près, en mesure de surgir de la colonne en un clin d'œil ; aussi dressai-je mes murailles mentales et les maintins-je fermement érigées, puis j'attendis la suite. En ne me voyant pas revenir, Vérité se douterait qu'il y avait une anicroche, mais je ne pensais pas qu'il commettrait l'imprudence d'emprunter le pilier pour se mettre à ma recherche – pour tout dire, j'aurais été étonné qu'il fût prêt à délaisser si longtemps son dragon. Je devais me tirer seul de ce mauvais pas.

Comme la nuit tombait, les insectes firent leur apparition, des insectes par centaines qui piquaient en zonzonnant et dont un persistait à me bourdonner aux oreilles. La brume commença à monter du sol, et mes vêtements, sous l'action de l'humidité, me collèrent au corps. Les gardes avaient allumé un petit feu ; je captai une odeur de gâteaux cuits sous la cendre et je me surpris à me demander si je parviendrais à tuer les trois hommes avant qu'ils les aient tous mangés. Avec un sourire sinistre, je m'approchai d'eux comme une ombre. La nuit, un feu et de quoi manger sont en général synonymes de conversation ; pourtant, les trois hommes parlaient peu et la plupart du temps à mi-voix : leur mission ne leur plaisait pas, la longue route noire avait rendu fous certains de leurs compagnons ; cependant, ce soir, ce qui les dérangeait n'était pas le long chemin qu'ils avaient dû parcourir mais la présence des dragons de pierre. J'en entendis assez pour avoir confirmation de ce que j'avais supposé : les trois soldats étaient là pour surveiller le pilier ; une bonne douzaine d'autres gardaient celui qui se dressait au milieu de la place où le fou avait eu sa vision, et le corps principal du détachement avait été envoyé vers la carrière. Le clan cherchait à couper toute voie d'évasion à Vérité.

J'éprouvai un certain soulagement à l'idée qu'il leur faudrait au moins autant de temps qu'à nous pour parvenir à la carrière ; pour cette nuit, Vérité et les autres ne risquaient nulle attaque – mais ce n'était qu'une question de temps, et ma résolution de rejoindre mes compagnons le plus vite possible par le biais du pilier en fut affermie. Je n'avais néanmoins pas l'intention de combattre les trois hommes ensemble ; je devais donc les tuer un par un en embuscade, exploit dont je ne suis pas sûr que même Umbre eût été capable, ou bien créer une diversion qui les occuperait le temps que je me précipite vers le pilier.

Je m'éloignai discrètement jusqu'à ce que je me juge hors de portée de leurs oreilles, puis je me mis à ramasser du bois sec, tâche malaisée au milieu d'une région à la végétation aussi luxuriante ; je finis néanmoins par obtenir un fagot de taille respectable. Mon plan était simple, et il fonctionnerait ou ne fonctionnerait pas ; en tout cas, les trois hommes, rendus méfiants, ne me laisseraient sans doute pas une seconde chance.

Je me remémorai l'emplacement du signe de la carrière sur le pilier, puis je décrivis un grand arc de cercle pour me rapprocher des dragons qui se trouvaient de l'autre côté. Je choisis parmi les créatures endormies celle qui avait l'air le plus féroce, dont j'avais remarqué les touffes de poils aux oreilles lors de mon premier passage : elle projetterait une ombre superbe. Derrière elle, je dégageai une petite zone de terre de l'herbe et des feuilles humides qui l'encombraient et j'y bâtis mon feu. Ma réserve de bois ne tiendrait que le temps d'une brève flambée, mais j'espérais ne pas avoir besoin de plus : je voulais juste assez de lumière et de fumée pour donner un aspect mystérieux à l'affaire. Une fois le feu bien parti, je m'éloignai dans les ténèbres. Le ventre dans l'herbe, je m'approchai autant que je l'osai du pilier ; il ne me restait plus qu'à attendre que les gardes remarquent la lueur des flammes. Je souhaitais qu'au moins un des hommes aille se rendre compte sur place de ce qui se passait pendant que ses compagnons le suivraient des yeux ; alors, une course discrète, la paume sur le pilier, et j'aurais disparu.

Oui, mais les gardes ne remarquèrent pas mon feu. De mon poste d'observation, il me paraissait pourtant parfaitement visible : de la fumée s'en élevait, et une lumière rosée jouait à travers les arbres, sur laquelle se découpait en partie la silhouette du dragon, qui, du moins l'avais-je espéré, piquerait la curiosité des soldats ; cependant, au contraire, elle cachait trop bien mon feu. Je songeai alors que quelques cailloux adroitement lancés attireraient leur attention sur la flambée, mais mes mains tâtonnantes ne rencontrèrent que de vigoureux végétaux qui poussaient dans l'épais humus de la forêt. Après une attente interminable, je m'aperçus que mon feu se mourait sans que les gardes l'eussent seulement aperçu. Une fois de plus, je m'écartai du pilier ; une fois de plus, je ramassai du bois dans le noir, puis, au nez autant qu'à l'œil, je retournai auprès de mon tas de braises.

Mon frère, tu es parti depuis bien longtemps. Tout va bien ? Je sentis de l'inquiétude dans la faible pensée d'Œil-de-Nuit.

On me chasse. Tiens-toi tranquille, je reviendrai aussi vite que possible. J'écartai doucement le loup de mon esprit et m'approchai sans bruit de mon feu mourant.

Je le rechargeai et attendis que le bois prît. Je m'en éloignais, quand j'entendis les soldats échanger des propos d'un ton perplexe. Ce ne fut pas ma faute, je pense, mais un méchant tour du sort qui voulut que, au moment où je quittais l'abri du dragon pour celui d'un arbre, un des gardes levât haut sa torche à la lumière de laquelle ma silhouette se détacha nettement. « Là, quelqu'un ! » cria un des hommes, et deux d'entre eux se ruèrent vers moi. Je m'éclipsai en me coulant dans le sous-bois humide.

J'entendis un des soldats trébucher sur une plante et jurer, mais son compagnon était rapide et agile. En un instant, il fut sur mes talons et je sentis le vent de son premier coup d'épée. Je m'écartai de son chemin et me retrouvai en train de bondir sur le sanglier de pierre ; je me cognai douloureusement le genou sur son échine et retombai de l'autre côté, où je me relevai aussitôt. Mon poursuivant se jeta sur moi en me portant un coup d'une puissance extrême, et il m'aurait coupé en deux s'il ne s'était pas pris les pieds dans une des défenses incurvées ; il s'abattit brusquement en avant et s'empala sur la deuxième défense qui saillait tel un cimeterre de la gueule rouge du sanglier. Il poussa un cri étouffé, puis il voulut se redresser, mais la défense courbe était plantée en lui comme un hameçon. Je me remis debout d'un bond en songeant au second soldat qui s'était lancé à mes trousses, et je m'enfuis dans la nuit. Derrière moi s'éleva un long hurlement de souffrance.

J'avais conservé assez de présence d'esprit pour effectuer un arc de cercle, et j'étais presque revenu au pilier quand je sentis une torsion tâtonnante de l'Art. Je me remémorai la dernière fois où j'avais perçu un tel phénomène : Vérité subissait-il une attaque dans la carrière ? Il restait un soldat près de la colonne, mais je décidai de courir le risque d'affronter son épée pour retourner auprès de mon roi. Je jaillis des arbres et me ruai en avant en profitant de ce que le garde regardait ailleurs, en direction du feu et des cris de son compagnon embroché. Une nouvelle volute d'Art m'effleura.

« Non, ne vous exposez pas ! » m'exclamai-je en voyant mon roi surgir du pilier, son épée ébréchée dans sa poigne argentée. Il apparut derrière le soldat, qui, à l'interjection que j'avais poussée sans réfléchir, pivota et se jeta sur Vérité, l'arme haute, bien qu'il fût visiblement terrorisé.

Il faut dire qu'à la lueur du feu mon roi avait l'air d'un démon sorti tout droit d'un conte d'épouvante, le visage éclaboussé de mouchetures miroitantes, les mains et les avant-bras brillants comme s'ils étaient faits d'argent poli ; avec son visage décharné, ses vêtements en lambeaux et ses yeux d'une noirceur absolue, il aurait terrifié n'importe qui, et je dois reconnaître au crédit du soldat de Royal qu'il ne faiblit pas : il bloqua le premier assaut du roi et le détourna – du moins le crut-il. C'était un vieux truc de Vérité : il enveloppa la lame de son adversaire et, en temps normal, lui aurait tranché net la main ; mais, émoussée, son épée s'arrêta contre l'os. Néanmoins, l'homme lâcha son arme et se laissa tomber à genoux en agrippant son poignet ruisselant de sang. L'épée de Vérité refit un nouveau passage et lui ouvrit la gorge. Je sentis un second tremblement d'Art. Le seul garde survivant sortit des bois et se précipita vers nous ; son regard se fixa sur Vérité, et il poussa un cri d'effroi. Il s'arrêta net, et Vérité fit un pas dans sa direction.

« Assez, mon roi, m'écriai-je. Allons-nous-en ! » Je ne voulais pas qu'il risque à nouveau sa vie pour moi.

Mais Vérité se contenta de baisser les yeux sur son arme, les sourcils froncés. Soudain, de la main gauche, il saisit sa lame au ras de la garde et la fit coulisser jusqu'au bout dans sa poigne miroitante. Ce que je vis alors me laissa pantois : l'épée qu'il tenait à présent chatoyait et possédait une pointe parfaite. Malgré le peu de lumière que dispensaient les torches, je distinguai les multiples reflets du métal plié et replié de l'arme. Le roi me jeta un coup d'œil. « J'aurais dû me douter que cela fonctionnerait. » Et il faillit sourire. Il présenta la lame remise à neuf à son adversaire. « Quand tu seras prêt », fit-il calmement.

Je restai interdit devant ce qui se passa ensuite.

Le soldat tomba à genoux en jetant son épée dans l'herbe devant lui. « Mon roi, je vous reconnais, même si vous ne me reconnaissez pas. » On entendait nettement l'accent de Cerf dans ses propos bégayés. « Mon seigneur, on nous a certifié que vous étiez mort, mort à cause de votre reine et du Bâtard qui avaient conspiré contre vous. Ce sont eux que nous venions chercher ici à la suite des renseignements qu'on nous a fournis. C'est en partie pour vous venger que je suis venu. Je vous servais bien en Cerf, mon seigneur, et, puisque vous êtes vivant, je sers encore mon roi. »

Vérité scruta son visage à la lumière tremblante des torches. « Tu t'appelles Tig, n'est-ce pas ? Tu es le fils de Rapin ? »

Le soldat écarquilla les yeux : le roi se souvenait de lui ! « Tag, mon seigneur. Et je suis prêt à servir mon roi comme mon père autrefois. » Sa voix chevrotait un peu et ses yeux sombres ne quittaient pas la pointe de l'épée tournée vers lui.

Vérité baissa son arme. « Dis-tu vrai, mon garçon, ou bien essaies-tu simplement de sauver ta peau ? »

Le jeune soldat leva les yeux vers lui et sourit hardiment. « Je n'ai rien à craindre : le prince que je servais n'aurait jamais tué un homme à genoux et sans arme. Je pense que le roi agira de même. »

Aucune autre réponse, peut-être, n'aurait su convaincre Vérité. Malgré sa fatigue, il sourit. « Alors, va-t'en,

Tag ; va-t'en aussi vite et aussi discrètement que possible, car ceux qui t'ont manipulé te tueront s'ils s'aperçoivent que tu m'es fidèle. Retourne en Cerf ; sur ton chemin et quand tu seras arrivé, annonce à tous que je vais revenir, que je vais ramener avec moi ma bonne et loyale épouse pour la faire régente du trône sur lequel mon héritière prendra place à ma suite. Et quand tu parviendras au château de Castelcerf, présente-toi à la femme de mon frère et dis à dame Patience que je te mets à son service.

— Oui, mon seigneur. Roi Vérité ?

— Qu'y a-t-il ?

— D'autres troupes sont attendues ici. Nous ne formions que l'avant-garde... » Il s'interrompit et avala sa salive. « Je n'accuse personne de trahison, et surtout pas votre propre frère. Mais...

— Ne t'inquiète pas de cela, Tag. Ce que je t'ai demandé de faire est important ; va vite et fais en sorte de ne provoquer personne en route, mais délivre à tous les nouvelles que je t'ai données.

— Oui, mon roi.

— Tout de suite », ajouta Vérité.

Tag se releva, prit son épée, la rengaina, et s'en fut à grands pas dans l'obscurité.

Vérité se retourna, une expression triomphante dans ses yeux brillants. « Nous pouvons y arriver ! » me dit-il à mi-voix, puis il indiqua le pilier d'un geste brusque. Je posai la paume sur le symbole, l'Art m'agrippa et j'arrivai dans la carrière en trébuchant. Vérité apparut juste derrière moi.

11

LA NOURRITURE DU DRAGON

À la mi-été de cette dernière année, la situation des Six-Duchés était presque désespérée. Les Pirates qui étaient si longtemps restés à l'écart du château de Castelcerf se mirent soudain à en faire le siège. Ils s'étaient emparés l'hiver précédent de l'île de l'Andouiller et de ses tours de guet ; il y avait beau temps que Forge, premier village victime du fléau auquel il avait donné son nom, était pour eux une halte de ravitaillement en eau douce ; on avait parlé un moment de navires outrîliens mouillant au large de l'île du Canevas, parmi lesquels, selon plusieurs témoignages, l'insaisissable « Bateau blanc ». Aussi, pendant la plus grande partie du printemps, nulle embarcation n'était entrée dans le port de Cerf ni n'en était sortie, et cette asphyxie des échanges commerciaux s'était fait sentir, non seulement en Cerf, mais dans tous les villages à vocation marchande des rives de la Cerf, de l'Ourse et de la Vin ; du coup, les Pirates rouges avaient acquis une réalité tangible aux yeux des négociants et des seigneurs de Bauge et de Labour.

Puis, au plus chaud de l'été, les Pirates avaient pénétré dans Bourg-de-Castelcerf ; ils étaient arrivés en pleine nuit après plusieurs semaines où ils s'étaient tenus trompeusement tranquilles. Les habitants se défendirent avec l'acharnement de gens acculés, mais, sans le sou, ils étaient affaiblis par la faim. Presque aucun bâtiment de bois n'échappa aux flammes, et on estime qu'un quart seulement de la population de la ville parvint à s'enfuir pour gravir les pentes escarpées qui menaient au château de Castelcerf. Le seigneur Brillant avait tenté de refortifier et d'approvisionner la citadelle, mais des semaines sans ravitaillement avaient prélevé leur tribut et, si les puits profonds de Castelcerf assuraient abondance d'eau douce, les réserves de vivres étaient quasi épuisées.

Depuis des décennies, des catapultes et d'autres engins de guerre étaient disposés de façon à défendre l'embouchure de la Cerf, mais le seigneur Brillant s'en servit pour protéger le château de Castelcerf lui-même ; ainsi, sans plus rien pour les arrêter, les navires des Pirates rouges s'engagèrent sur le fleuve, le remontèrent et portèrent les combats et les forgisations jusqu'au plus profond des Six-Duchés, tel un poison qui suit une veine jusqu'au cœur.

Alors que les Pirates menaçaient Gué-de-Négoce, les seigneurs de Bauge et de Labour découvrirent qu'une majorité des armées des Six-Duchés avaient été envoyées loin à l'Intérieur, à Lac-Bleu et au-delà, jusqu'aux frontières mêmes du royaume des Montagnes. Ces nobles s'aperçurent à cette occasion qu'il leur restait uniquement leurs propres gardes pour les protéger de la mort et de la destruction.

*

J'émergeai du pilier au milieu de mes compagnons éperdus, et tout à coup un loup me heurta en pleine poitrine, me faisant tomber en arrière, si bien que Vérité, lorsqu'il apparut à son tour, faillit trébucher sur moi.

J'ai réussi à me faire comprendre d'elle ! Je lui ai dit que tu étais en danger et elle lui a demandé d'aller te chercher ! J'ai réussi à me faire comprendre d'elle ! J'ai réussi à me faire comprendre d'elle ! Œil-de-Nuit était comme un chiot déchaîné ; il me poussa le menton du museau, me mordilla le nez, puis se jeta au sol près de moi, la moitié du corps sur mon ventre.

« Il a ébranlé un dragon ! Pas au point de le réveiller, mais j'en ai senti un frémir ! Nous allons peut-être pouvoir tous les tirer du sommeil ! » Dans un grand éclat de rire, Vérité cria la nouvelle tout en nous enjambant calmement, le loup et moi. D'un geste majestueux, il brandit son épée chatoyante comme pour défier la lune. Incapable de comprendre de quoi il parlait, je me redressai sur mon séant et dévisageai les gens qui m'entouraient : le fou, blême, paraissait épuisé ; Kettricken, reflet comme toujours de son roi, souriait de son exultation ; Astérie observait le groupe que nous formions avec des yeux avides de ménestrelle et mémorisait tous les détails de la scène ; quant à Caudron, les mains et les bras argentés jusqu'aux coudes, elle s'agenouilla près de moi avec précaution. « Allez-vous bien, FitzChevalerie ? »

Je gardai le regard fixé sur ses mains et ses avant-bras gantés de magie. « Qu'avez-vous fait ? lui demandai-je.

— Ce qu'il fallait, c'est tout. Vérité m'a emmenée au bord du fleuve, dans la cité ; désormais, notre travail avancera plus vite. Et vous, que vous est-il arrivé ? »

Sans répondre, je m'adressai à Vérité, furieux : « Vous vous êtes débarrassé de moi pour que je ne puisse pas vous suivre ! Vous saviez que j'étais incapable de réveiller les dragons, mais vous vouliez m'écarter ! » Je ne pouvais pas cacher l'indignation et le sentiment de trahison que je ressentais.

Vérité me répondit par un de ses sourires d'autrefois dont tout remords était absent. « Nous nous connaissons bien, toi et moi, n'est-ce pas ? » fit-il en guise d'excuse. Puis son sourire s'agrandit. « C'est vrai, je t'ai envoyé courir après la lune ; mais c'est moi qui me suis retrouvé comme la lune, car tu as réussi. Tu en as réveillé un, ou du moins tu l'as fait s'agiter. »

Je fis non de la tête.

« Mais si ! Tu as sûrement senti cet ondoiement de l'Art juste avant que je te rejoigne. Comment t'y es-tu pris ? Qu'as-tu fait pour le ranimer ?

— Un homme s'est tué sur les défenses du sanglier de pierre, répondis-je sans prendre de gants. C'est peut-être ça qui réveille ces dragons : la mort. » Je ne puis exprimer à quel point j'étais blessé. Il avait pris ce qui me revenait pour en faire cadeau à Caudron ; pourtant, c'était à moi qu'il devait accorder cette intimité de l'Art et à nul autre ! Qui, en dehors de moi, avait parcouru tant de chemin, renoncé à tant de choses pour lui ? Pourquoi me refuser de tailler ce dragon ?

C'était la faim de l'Art que je ressentais alors, purement et simplement, mais je l'ignorais. À ce moment, je ne voyais que la perfection du lien qui unissait Vérité à Caudron et la fermeté avec laquelle il m'interdisait de partager ce lien ; il m'enfermait au-dehors de lui comme si j'étais Royal en personne. J'avais abandonné femme et enfant et traversé les Six-Duchés pour son service, et voilà qu'il me rejetait. Il aurait dû m'emmener, moi, au fleuve d'Art et se tenir auprès de moi pendant que je faisais l'expérience de la magie pure ! Jamais je ne me serais cru capable de tant de jalousie. Œil-de-Nuit interrompit ses cabrioles autour de Kettricken pour venir fourrer son museau sous mon bras ; je lui caressai la gorge et le serrai contre moi. Lui, au moins, il était à moi.

Elle m'a compris, répéta-t-il d'un ton inquiet. *J'ai réussi à me faire comprendre d'elle, et elle lui a dit qu'il devait aller te chercher.*

Kettricken s'approcha de moi. « J'ai eu le sentiment irrésistible que vous aviez besoin d'aide. Il a fallu que j'insiste beaucoup, mais Vérité a fini par délaisser son dragon pour se mettre en quête de vous. Êtes-vous blessé ? »

Je me redressai lentement en m'époussetant. « Dans mon amour-propre seulement, de voir le roi me traiter comme un enfant. Il aurait pu me prévenir qu'il préférait la compagnie de Caudron ! »

Un éclair dans les yeux de Kettricken me rappela soudain à qui je m'adressais. Mais elle cacha bien ses peines et se contenta de demander : « Un homme est mort, dites-vous ?

— Pas de mon fait : il a trébuché dans le noir et s'est éventré sur les défenses du sanglier. Mais je n'ai pas vu un seul dragon bouger d'une ligne.

— Ce n'est pas la mort, mais la vie répandue, déclara Caudron à Vérité ; c'est peut-être ça, comme l'odeur de la viande fraîche ranime un chien aux trois quarts mort de faim. Ils sont affamés, mon roi, mais on peut encore les ramener à la vie si on trouve un moyen de les nourrir.

— Voilà des propos qui ne me plaisent pas du tout ! m'exclamai-je.

— Que cela nous plaise ou non, nous n'avons pas notre mot à dire, fit Vérité d'un ton las. C'est la nature des dragons. Il faut les nourrir, et c'est la vie qui les alimente ; elle doit être donnée volontairement pour en créer un mais, une fois en vol, les dragons s'emparent de ce dont ils ont besoin. Que leur a donné le roi Sagesse, selon toi, pour avoir vaincu les Pirates rouges ? »

Caudron pointa le doigt vers le fou d'un air de réprimande. « Écoutez ce que nous disons, fou, et comprenez enfin pourquoi vous vous sentez si fatigué : quand vous avez touché la fille au dragon, elle s'est liée à vous par l'Art, et désormais elle vous attire tandis que vous croyez lui rendre visite par compassion ; mais elle puisera en vous tout ce dont elle a besoin pour se dégager de son piège – et jusqu'à votre vie même.

— Je ne comprends rien à ce que vous dites, ni les uns ni les autres », déclarai-je. Puis, comme mes esprits me revenaient, je m'exclamai : « Royal a envoyé des soldats vers nous ! Ils sont à quelques jours d'ici tout au plus, et ils doivent progresser à marches forcées ! Les hommes qui gardaient le pilier étaient postés là pour empêcher Vérité de s'échapper ! »

C'est beaucoup plus tard ce soir-là que je sus ce qui s'était passé en mon absence. Caudron et Vérité s'étaient rendus au bord du fleuve d'Art peu de temps après mon départ ; par le pilier, ils étaient arrivés dans la cité et là la vieille femme avait plongé ses bras dans la magie pure tandis que Vérité renouvelait son pouvoir. Chaque fois que je voyais le miroitement des bras de Caudron, j'éprouvais une telle faim d'Art, proche de la concupiscence, que je me cachais et essayais de dissimuler à Vérité ; je ne pense pas qu'il fût dupe, mais il ne me força pas à regarder en face mes appétits interdits, et pour ma part je masquai ma jalousie sous diverses excuses. Je leur déclarai avec chaleur que c'était pure chance si je n'étais pas tombé nez à nez avec le clan dans le parc aux dragons, à quoi Vérité répondit calmement qu'il connaissait le risque et avait résolu de le courir ; j'ignore exactement pourquoi, mais je me sentis encore plus froissé de le voir si peu ému par ma colère.

C'est à leur retour de la cité qu'ils avaient trouvé le fou en train de tailler la pierre où était embourbée la femme au dragon ; il avait dégagé une des pattes et s'attaquait à l'autre ; ce n'était encore qu'un bloc de roche informe, mais le fou soutenait qu'il la sentait, intacte dans la pierre, et que la jeune femme espérait seulement voir son dragon libéré. Il tremblait d'épuisement et Caudron l'avait envoyé aussitôt se coucher ; elle avait broyé en une fine poudre le dernier morceau d'écorce elfique, déjà plusieurs fois infusé, pour lui préparer de la tisane ; pourtant le fou demeurait las, détaché, et c'est à peine s'il s'était enquis de ce qui m'était arrivé. Je me sentis très mal à l'aise pour lui.

La nouvelle de l'approche des hommes de Royal déclencha une activité générale. Après le repas, Vérité dépêcha le fou, Astérie et le loup à l'entrée de la carrière pour y monter la garde. Je restai un moment près du feu, un chiffon imbibé d'eau froide autour de mon genou enflé et violacé. Sur le socle du dragon, Kettricken entretenait les feux pendant que Caudron et Vérité travaillaient la pierre. Astérie, en aidant la vieille femme à chercher de l'écorce elfique dans mon paquetage, avait découvert les graines de caris qu'Umbre m'avait données ; Caudron se les était appropriées et en avait concocté un breuvage stimulant qu'elle partageait avec Vérité. Leurs coups sur la roche avaient pris un rythme effrayant.

Elles avaient aussi mis la main sur les graines de jupe-du-soleil que j'avais achetées bien longtemps auparavant comme éventuel substitut à l'écorce elfique. Avec un sourire paillard, Astérie m'avait demandé ce que je comptais en faire ; après mes explications, elle avait été prise de fou rire et avait fini par m'avouer que ces graines étaient considérées comme aphrodisiaques ; je m'étais alors rappelé les paroles de l'herboriste qui me les avait vendues et j'avais secoué la tête : une partie de moi-même percevait l'humour de ma méprise mais je n'arrivais pas à sourire.

Après avoir passé quelque temps seul près du feu, je tendis mon esprit vers Œil-de-Nuit. *Comment ça va ?*

Soupir. *La ménestrelle préférerait être en train de jouer de sa harpe, le Sans-Odeur de tailler sa statue, et moi de chasser. Si un danger nous menace, il est encore très loin.*

Espérons qu'il y restera. Ouvre l'œil, mon ami.

Je quittai le bivouac et grimpai en claudiquant le tas de rebuts de taille jusqu'au socle du dragon. Trois de ses pattes étaient à présent dégagées et Vérité travaillait sur la quatrième, un antérieur. Je restai un moment près de lui, immobile, mais il ne daigna même pas s'apercevoir de ma présence et continua son ouvrage sans cesser de fredonner de vieilles comptines et des chansons à boire. Je m'éloignai, passai près de Kettricken qui tisonnait ses feux d'un air morne et me dirigeai vers Caudron qui passait les mains sur la queue du dragon ; le regard lointain, elle faisait surgir les écailles, puis approfondissait les détails et ajoutait de la texture. Une partie de la queue restait elle aussi dissimulée dans la pierre. Comme je m'apprêtais à m'appuyer sur le bas de l'échine de la créature pour soulager mon genou tuméfié, Caudron se redressa brusquement et siffla : « Ne faites pas ça ! Ne le touchez pas ! »

Je me raidis et m'écartai. « Je l'ai déjà touché avant et je n'ai rien cassé, répondis-je, indigné.

— C'était avant ; maintenant, il est beaucoup plus près d'être achevé. » Elle leva les yeux vers moi. Malgré la lumière instable du feu, je vis la poussière de roche profondément incrustée dans ses traits et accrochée à ses cils ; Caudron paraissait épouvantablement lasse et en même temps animée d'une énergie indomptable. « Le dragon essayerait de s'emparer de vous, proche comme vous l'êtes de Vérité, et vous n'êtes pas assez fort pour refuser. Il vous aspirerait complètement, tant il est puissant, magnifiquement puissant. » Elle prononça ces derniers mots d'une voix presque roucoulante tout en passant à nouveau les mains sur la queue de la créature ; l'espace d'un instant, je distinguai un miroitement coloré dans leur sillage.

« Est-ce que quelqu'un voudra bien m'expliquer un jour ce que vous racontez ? » lançai-je avec humeur.

Elle me regarda d'un air stupéfait. « Mais je m'y efforce et Vérité aussi ! Néanmoins, vous devriez savoir, tous autant que vous êtes, à quel point parler peut être fastidieux. Nous nous donnons du mal pour vous expliquer, nous rabâchons, et votre esprit ne comprend jamais. Ce n'est pas votre faute : les mots ne sont pas assez grands – et il serait trop dangereux désormais de vous faire partager notre Art.

— Saurez-vous m'expliquer une fois que le dragon sera terminé ? »

Elle me regarda dans les yeux et une sorte de pitié passa sur ses traits. « Quand le dragon sera terminé, FitzChevalerie, mon ami très cher ? Dites plutôt que, lorsque Vérité et moi serons terminés, le dragon sera commencé.

— Je n'y comprends rien ! grondai-je, exaspéré.

— Pourtant, Vérité vous l'a dit, et je l'ai répété en mettant le fou en garde : les dragons se nourrissent de vie. Une vie tout entière, donnée de plein gré, voilà ce qui permet à un dragon de s'éveiller. Et pas une seule, en général : autrefois, quand des sages se sont rendus à Jhaampe, ils se sont présentés comme un clan, un ensemble qui dépassait la somme de ses constituants, et ils ont tout donné à un dragon. Il faut emplir le dragon ; Vérité et moi devons y mettre tout ce que nous sommes, le moindre élément de nos existences. C'est facile pour moi : Eda sait que j'ai vécu plus que ma part d'années, et je n'ai nul désir de continuer à vivre dans ce corps ; c'est beaucoup plus difficile pour Vérité : il abandonne son trône, sa belle épouse qui l'aime, son plaisir à travailler de ses mains ; il renonce à monter un cheval de qualité, à chasser le cerf, à marcher au milieu de son peuple. Je sens déjà tout cela dans le dragon, le coloriage soigneux d'une carte, le contact d'une nouvelle feuille de vélin ; je connais même l'odeur de ses encres, à présent. Il a mis tout cela dans le dragon. C'est difficile pour lui, mais il le fait quand même, et la peine que cela lui coûte est un autre des éléments qu'il intègre dans cette créature ; elle alimentera sa fureur envers les Pirates rouges lorsqu'elle s'éveillera. Il y a un seul élément qu'il refuse d'intégrer à son dragon, un seul, mais qui risque de le faire échouer.

— Lequel ? » demandai-je à contrecœur.

Elle planta ses yeux dans les miens. « Vous. Il ne veut pas vous mettre dans le dragon. Il le pourrait, vous savez, que vous soyez d'accord ou non ; il pourrait s'emparer de vous, tout simplement, et vous aspirer en lui. Mais il refuse. Il dit que vous aimez trop votre vie et qu'il exclut de vous la prendre, que vous avez déjà dû renoncer à trop de bonheurs pour un roi qui ne vous a donné que des peines et des épreuves en guise de remerciement. »

Se doutait-elle que, par ces mots, elle me rendait Vérité ? Oui, j'en ai le sentiment. J'avais vu une grande partie de son passé lors de notre échange d'Art et je n'ignorais pas que l'expérience n'était pas à sens unique : elle savait à quel point j'aimais mon roi et quelle souffrance cela avait été pour moi de le retrouver si distant avec chacun. Je me relevai, bien décidé à lui parler.

« Fitz ! » fit Caudron derrière moi. Je me retournai. « Je voudrais vous mettre au courant de deux faits, aussi pénibles puissent-ils vous paraître. »

Je rassemblai tout mon courage.

« Votre mère vous aimait, dit-elle à mi-voix. Vous prétendez ne pas vous souvenir d'elle mais, en réalité, vous ne lui pardonnez pas ; pourtant, elle est là, avec vous, dans vos souvenirs. C'était une Montagnarde grande et belle, et elle vous aimait. Ce n'est pas elle qui a décidé de se séparer de vous. »

À ces mots, je me sentis pris à la fois de colère et de vertige. Je repoussai le savoir qu'elle m'offrait : je n'avais gardé aucun souvenir de la femme qui m'avait mis au monde, j'en étais sûr. J'avais fréquemment fouillé au plus profond de moi-même sans trouver trace d'elle. « Et le deuxième fait ? » demandai-je d'un ton froid.

Ma colère ne suscita chez Caudron que de la compassion. « Il est aussi grave que le premier, voire pire. Là encore, vous le connaissez déjà. Quelle tristesse ! Les seuls présents que j'ai à vous faire, à vous, le Catalyseur qui avez transformé ma mort vivante en vie mourante, vous les possédez déjà. Mais ils sont là et je vous les donne donc. Vous aimerez à nouveau. Vous le savez, vous avez perdu votre fleur printanière, votre Molly de la plage avec le vent dans ses cheveux bruns et son manteau rouge. Vous êtes séparé d'elle depuis trop longtemps et vous avez tous les deux vécu trop d'événements ; de plus, ce que vous aimiez, ce que vous aimiez vraiment, elle et vous, ce n'était pas l'autre : c'était cette époque de votre existence, le printemps de votre vie, la vie qui courait puissamment en vous, la guerre à votre seuil et vos corps parfaits, pleins de vigueur. Revoyez ce temps-là d'un œil impartial et vous vous rendrez compte que vous avez au moins autant de souvenirs de querelles et de larmes que d'amour et de baisers. Fitz, faites le bon choix. Laissez-la s'en aller et gardez ces souvenirs intacts. Conservez ce que vous pouvez d'elle et laissez-la conserver ce qu'elle peut du garçon audacieux et indiscipliné qu'elle a aimé, parce que lui et cette joyeuse petite damoiselle ne sont plus que des souvenirs. » Elle secoua la tête. « Rien que des souvenirs.

— C'est faux ! criai-je avec fureur. Ce n'est pas vrai ! »

Kettricken se redressa et m'observa avec une expression de crainte et d'inquiétude. Je ne pus lui rendre son regard. Grande et belle... Ma mère était grande et belle... Non ! Je ne me rappelais rien d'elle. Je passai devant la reine à grandes enjambées sans prêter attention à mon genou qui m'élançait à chaque pas ; je contournai le dragon en le maudissant et en le mettant au défi de percevoir les sentiments qui m'agitaient. Arrivé près de Vérité qui œuvrait toujours sur la patte avant gauche, je m'accroupis et déclarai dans un murmure rauque : « Caudron affirme que vous allez mourir à l'achèvement du dragon, que vous vous intégrerez tout entier en lui – c'est du moins ce que j'ai compris dans mon pauvre entendement. Dites-moi que je me trompe. »

Il se redressa sur les talons et repoussa de la main les éclats de pierre qu'il venait de faire sauter. « Tu te trompes, répondit-il avec douceur. Veux-tu bien aller chercher ton balai pour me débarrasser de ceci ? »

Je revins avec l'objet demandé ; j'avais plus l'envie de le lui casser sur la tête que de l'employer normalement. Il sentait la rage qui bouillonnait en moi, je le savais, mais il ne m'en indiqua pas moins de nettoyer son espace de travail ; j'obéis d'un coup de balai furieux. « Eh bien, fit-il calmement, voilà une belle colère, forte, violente. Je pense que je vais la lui donner. »

Léger comme le frôlement d'une aile de papillon, son Art m'effleura. Ma fureur me fut arrachée de l'âme et partit vers...

« Non. Ne la suis pas. » Une poussée d'Art mesurée de Vérité et je réintégrai brutalement mon corps. Une seconde plus tard, je me retrouvai assis sur la pierre tandis que l'univers tout entier dansait autour de moi ; je me ramassai lentement et posai le front sur mes genoux. Je me sentais abominablement mal. Ma colère avait disparu pour laisser place à un engourdissement mêlé de fatigue.

« Voilà, reprit Vérité ; tu voulais savoir, maintenant tu sais ; tu comprends mieux maintenant, je pense, ce que c'est d'alimenter le dragon. As-tu envie de lui donner davantage de toi-même ? »

Je secouai la tête, muet. J'avais trop peur d'ouvrir la bouche.

« Je ne vais pas mourir à l'achèvement du dragon, Fitz ; je vais être consumé, c'est vrai, et dans un sens tout à fait littéral, mais je continuerai à vivre – sous forme de dragon. »

Je réussis enfin à parler. « Et Caudron ?

— Crécerelle fera partie de moi, et sa sœur Mouette aussi. Mais le dragon, ce sera moi. » Il avait repris son satané travail de taille.

« Comment pouvez-vous agir ainsi ? lançai-je d'un ton accusateur. Comment pouvez-vous imposer ça à Kettricken ? Elle a renoncé à tout pour vous rejoindre et vous allez l'abandonner, comme ça, seule et sans enfant ? »

Il se pencha jusqu'à ce que son front repose contre le dragon. Il avait interrompu son clivage incessant. Au bout d'un moment, il déclara d'une voix rauque : « Tu devrais rester ici et me parler pendant que je travaille, Fitz : dès que je crois m'être vidé de toute grande émotion, tu en réveilles une en moi. » Il leva le visage vers moi. Les larmes avaient tracé deux sillons dans la poussière grise de son visage. « Ai-je un autre choix ?

— Celui d'abandonner le dragon, tout simplement, de rentrer avec nous dans les Six-Duchés pour rallier le peuple et combattre les Pirates rouges par l'Art et l'épée, comme avant. Peut-être...

— Peut-être serions-nous tous morts avant même d'arriver à Jhaampe. Est-ce un meilleur dénouement pour ma reine ? Non ; je la ramènerai à Castelcerf, je nettoierai les côtes du royaume et elle régnera longtemps et bien. Voilà ce que je choisis de lui donner.

— Et un héritier ? » demandai-je d'un ton amer.

Il haussa les épaules d'un air las et reprit son ciseau. « Tu sais ce qu'il doit en être : c'est ta fille qu'elle élèvera comme héritière.

— NON ! Proférez encore une fois cette menace et, peu importent les risques, j'artise Burrich pour qu'il puisse s'enfuir avec elle !

— Tu ne peux pas artiser Burrich », fit Vérité d'un ton apaisant. Il semblait prendre les mesures d'un des doigts du dragon. « Chevalerie a fermé l'esprit de Burrich à l'Art afin qu'on ne puisse pas l'employer contre lui, comme on a utilisé le fou contre toi. »

Encore une petite énigme résolue, pour le bien que cela me faisait. « Vérité, je vous en prie, je vous en supplie. Ne me faites pas ça ; mieux vaut que je me consume dans le dragon moi aussi. Je vous donne ma vie ; prenez-la, nourrissez-en le dragon ; je vous remets tout ce que vous voulez, mais promettez-moi que ma fille ne sera pas sacrifiée au trône des Loinvoyant.

— Je ne peux pas te faire cette promesse, répondit-il, un voile dans la voix.

— Si vous avez encore le moindre sentiment pour moi... dis-je, mais il m'interrompit.

— J'ai beau te le répéter, tu n'arrives pas à te le mettre dans la tête, hein ? J'ai des sentiments, mais je les ai placés dans le dragon. »

Je me redressai tant bien que mal et m'éloignai en boitillant. Je n'avais plus rien à lui dire ; roi ou homme, oncle ou ami, je ne savais plus qui il était ; quand je l'artisais, je me heurtais à ses murailles ; quand je tendais mon Vif vers lui, je constatais que sa vie oscillait entre la créature de pierre et lui ; et, dernièrement, elle paraissait briller plus vivement dans le dragon.

Il n'y avait personne au bivouac et le feu était presque éteint. J'y rajoutai du bois, puis m'assis à côté pour manger de la viande séchée. Il ne restait quasiment plus rien du cochon ; nous allions bientôt devoir nous remettre à chasser – ou plutôt Œil-de-Nuit et Kettricken allaient bientôt devoir chasser à nouveau : apparemment, la reine était douée pour rabattre le gibier vers le loup. La pitié que je m'inspirais commençait à perdre toute saveur mais, à part regretter de ne pas avoir un peu d'eau-de-vie pour la noyer, je ne voyais pas qu'y faire. En l'absence de possibilités plus attrayantes, j'allai me coucher.

Je dormis, si l'on peut appeler cela dormir : mes rêves furent hantés de dragons et le jeu de Caudron prit d'étranges significations, au point qu'un moment j'essayai de déterminer si un caillou rouge était assez fort pour capturer Molly. Au milieu de mes songes confus et incohérents, j'émergeais fréquemment à la surface du sommeil et me retrouvais dans l'obscurité de la tente. Une fois, je tendis mon esprit vers Œil-de-Nuit qui rôdait près d'un petit feu tandis qu'Astérie et le fou dormaient tour à tour ; ils avaient déplacé leur poste de garde jusqu'au sommet d'une colline où ils disposaient d'une bonne vue sur la route d'Art qui sinuait en contrebas. J'aurais dû aller les rejoindre, mais je roulai sur le flanc et replongeai dans mes songes. Je rêvai que je voyais les hommes de Royal arriver, non par dizaines ni par vingtaines mais par centaines, soldats vêtus de brun et d'or qui envahissaient la carrière pour nous acculer aux falaises noires et nous massacrer.

Le contact froid du museau du loup me réveilla au petit matin. *Tu as besoin de chasser*, me dit-il gravement, et j'acquiesçai. Comme je sortais de la tente, je vis Kettricken descendre du socle du dragon. L'aube pointait et la lumière des feux n'était plus nécessaire. La reine pouvait enfin se reposer mais, au-dessus d'elle, le tintement et le raclement sans fin des ciseaux continuaient. Nos regards se croisèrent, puis elle jeta coup d'œil au loup.

« Vous allez chasser ? » nous demanda-t-elle ; le loup agita lentement la queue. « Je vais prendre mon arc », reprit-elle, et elle disparut sous la tente. Nous l'attendîmes. Elle ressortit vêtue d'un pourpoint plus propre et armée de son arc. Je refusai de lever les yeux vers la femme au dragon quand nous passâmes devant la statue ; près du pilier, j'observai : « Si nous étions assez nombreux, nous devrions placer deux gardes ici et deux autres pour surveiller la route. »

Kettricken hocha la tête. « C'est singulier : je sais qu'ils viennent nous tuer, et je ne vois guère de moyens d'échapper à ce sort ; pourtant, nous allons quand même chasser comme s'il n'y avait rien de plus important que manger. »

C'est vrai. Manger, c'est vivre.

« Néanmoins, pour vivre il faut manger », fit Kettricken en écho à la pensée d'Œil-de-Nuit.

Nous ne trouvâmes pas de proie qui valût vraiment une flèche. Le loup attrapa un lapin et la reine abattit un oiseau vivement coloré ; nous finîmes par pêcher des truites à la main et, à midi, nous disposâmes de plus de poissons qu'il ne nous en fallait, du moins pour la journée. Je les nettoyai sur la rive du ruisseau, puis je demandai à Kettricken si elle voyait un inconvénient à ce que je reste là pour faire ma toilette.

« En vérité, ce serait une bénédiction pour nous tous », répondit-elle, et je souris, non de ce qu'elle me taquinât mais de ce qu'elle en eût encore le courage. Peu de temps après, je l'entendis s'asperger d'eau en amont de moi tandis qu'Œil-de-Nuit somnolait sur la berge, le ventre plein d'entrailles de poissons.

Comme nous passions à nouveau devant la femme au dragon pour regagner le bivouac, nous découvrîmes le fou roulé en boule près d'elle sur le socle, profondément endormi. Kettricken le réveilla et le réprimanda des nouvelles marques de ciseau tout autour de la queue du dragon. Sans manifester aucun regret, il déclara qu'Astérie s'était portée volontaire pour monter la garde jusqu'au soir et qu'il préférait se reposer là où nous l'avions trouvé ; nous dûmes insister pour le ramener au camp avec nous.

Nous conversions entre nous en nous dirigeant vers la tente quand Kettricken nous interrompit soudain. « Taisez-vous ! » s'écria-t-elle. Puis : « Écoutez ! »

Nous nous figeâmes. Je m'attendais à demi à entendre Astérie nous lancer une mise en garde et tendis l'oreille, mais je ne perçus que le vent dans la carrière et de lointains cris d'oiseaux. Il me fallut un petit moment pour saisir l'importance de ce silence. « Vérité ! » m'exclamai-je. Je fourrai nos poissons entre les mains du fou et me mis à courir. Kettricken me dépassa bientôt.

Je redoutais de trouver Caudron et Vérité morts, tombés sous les coups du clan de Royal pendant notre absence ; le spectacle que je découvris était presque aussi étrange : ils se tenaient côte à côte et contemplaient leur dragon qui brillait d'un éclat noir et miroitant comme un bon silex au soleil de l'après-midi. Il était achevé ; le détail de chaque écaille, de chaque ride, de chaque griffe, était impeccable. « Il surpasse tous les dragons du jardin de pierre », dis-je. J'en avais fait deux fois le tour, et, à chaque pas, je m'étais émerveillé un peu plus : le Vif de vie brûlait puissamment en lui à présent, davantage qu'en Vérité ou Caudron. J'étais presque troublé de ne pas voir son souffle soulever ses flancs, de ne constater aucune agitation dans son sommeil. Je jetai un coup d'œil à Vérité et, malgré la colère qui ne m'avait pas quitté, je ne pus m'empêcher de sourire.

« Il est parfait, dis-je à mi-voix.

— J'ai échoué », répondit-il d'un ton désespéré. À ses côtés, Caudron hocha la tête, l'air pitoyable ; les rides de son visage s'étaient creusées. Elle accusait nettement ses deux cents ans – tout comme Vérité.

« Mais il est terminé, mon seigneur, fit Kettricken. N'était-ce pas votre but ? Terminer le dragon ? »

Vérité secoua lentement la tête. « La sculpture est achevée, mais pas le dragon. » Il nous regarda tous, et je sentis l'effort qu'il faisait pour obliger les mots à exprimer ce qu'il voulait dire. « J'ai mis en lui tout ce que je suis, tout sauf le strict nécessaire pour que mon cœur batte encore et que mes poumons s'emplissent d'air. Caudron en a fait autant. Nous pourrions le donner aussi, mais cela ne suffirait toujours pas. »

À pas lents, il alla s'appuyer contre le dragon et posa sa tête sur ses bras émaciés. Tout autour de lui, là où son corps touchait la pierre, une aura de couleur se mit à ondoyer sur la peau du dragon. Turquoise avec le pourtour argenté, les écailles se mirent à briller d'un éclat incertain sous le soleil. Je perçus le flux de l'Art de Vérité qui s'écoulait dans la créature ; la pierre s'en imbibait comme la page boit l'encre.

« Roi Vérité... », fis-je à mi-voix d'un ton d'avertissement.

Avec un grognement, il s'écarta de sa création. « N'aie crainte, Fitz, je ne lui en laisse pas prendre à l'excès ; je n'ai pas l'intention de renoncer à ma vie sans motif. » Il leva la tête et promena son regard sur nous. « Curieux, dit-il dans un murmure. Est-on ainsi lorsqu'on s'est fait forgiser ? Capable de se rappeler ce qu'on ressentait naguère mais incapable de l'éprouver encore ? Mes envies, mes peurs, mes peines, toutes sont allées dans le dragon ; je n'ai rien gardé, et pourtant cela ne suffit pas. Cela ne suffit pas.

— Mon seigneur Vérité... » Caudron parlait d'une voix fêlée, dont tout espoir s'était enfui. « Il vous faut prendre FitzChevalerie. Il n'y a pas d'autre moyen. » Ses yeux, autrefois si brillants, m'évoquèrent deux cailloux noirs et secs quand elle les tourna vers moi. « Vous l'avez proposé, me dit-elle. Vous avez offert de donner votre vie. »

J'acquiesçai. « À condition qu'on laisse ma fille tranquille », chuchotai-je. J'inspirai longuement. Ma vie, à l'instant présent... Je n'avais rien d'autre à donner, pas d'autre moment auquel je pouvais réellement renoncer. « Mon roi, je ne cherche plus à passer de marché avec vous ; s'il vous faut ma vie pour faire voler le dragon, je vous l'offre. »

Vérité vacilla légèrement et me dévisagea. « À cause de toi, j'éprouve à nouveau presque des émotions. Mais... » Accusateur, il pointa un doigt d'argent non sur moi mais sur Caudron et, avec une autorité aussi inébranlable que la pierre de son dragon, il déclara : « Non ! Je vous l'ai déjà dit : non ! Je vous interdis de lui en reparler. » Lentement, il tomba à genoux, puis s'assit près de son dragon. « Fichue graine de caris ! fit-il à mi-voix. Son effet s'estompe toujours quand on en a le plus besoin. Satanée drogue !

— Vous devriez vous reposer », dis-je bien inutilement, car il ne pouvait rien faire d'autre : la vigueur induite par la graine de caris prenait toujours fin brutalement et l'on se retrouvait épuisé, comme vide. Je ne le savais que trop bien.

« Me reposer, dit-il d'un ton amer, la voix chevrotante. Oui, me reposer... Je dois être bien reposé pour recevoir les soldats de mon frère qui me trancheront la gorge, le clan qui tentera de s'approprier mon dragon. Sache-le, Fitz : c'est ce qu'ils cherchent. Cela ne marchera pas, naturellement. Du moins, je ne crois pas... » Ses pensées commençaient à s'égarer. « Pourtant, c'est possible, fit-il dans un souffle presque inaudible. Ils ont été liés à moi par l'Art, autrefois ; peut-être leur suffirait-il de me tuer pour s'en emparer. » Il eut un sourire affreux. « Royal en dragon... À ton avis, laisserait-il pierre sur pierre de Castelcerf ? »

Derrière lui, Caudron s'était repliée sur elle-même, le front contre les genoux. Je crus qu'elle pleurait mais, quand elle s'effondra lentement de côté, son visage était détendu, ses yeux clos. Elle était morte ou alors elle dormait du sommeil qu'induit la graine de caris ; après ce que m'avait dit Vérité, cela me paraissait sans grande importance. Mon roi s'allongea sur le socle nu et couvert de petits éclats de pierre, et s'endormit près de son dragon.

Kettricken s'assit auprès de lui, courba la tête et se mit à pleurer sans discrétion : les sanglots déchirants qui la convulsaient auraient dû éveiller le dragon de pierre. Il n'en fut rien. Je la regardai sans bouger, sans la toucher : c'eût été inutile, je le savais. En désespoir de cause, je m'adressai au fou : « Nous devrions aller chercher des couvertures pour les installer plus confortablement.

— Ah ! Oui, bien sûr. Qu'ont de mieux à faire le Prophète blanc et son Catalyseur ? » Il passa son bras sous le mien et ce contact renouvela le lien d'Art qui nous unissait. Amertume. Son sang ne charriait qu'amertume. Les Six-Duchés allaient tomber, la fin du monde était proche.

Nous partîmes en quête de couvertures.

12

LE MARCHÉ DE VÉRITÉ

Quand on compare toutes les archives, il apparaît clairement que seules deux dizaines de navires pirates se sont réellement aventurées dans l'Intérieur jusqu'à Turlac, et qu'une douzaine a continué au-delà pour menacer les villages proches de Gué-de-Négoce. Les ménestrels, eux, voudraient nous faire croire que les navires sont arrivés là par vingtaines et que leurs ponts grouillaient de centaines de Pirates ; dans leurs chansons, les berges de la Cerf et de la Vin, cet été-là, étaient rouges de flammes et de sang. Il ne faut cependant pas les en blâmer : la détresse et la terreur de cette époque ne doivent jamais quitter les mémoires, et, si un ménestrel doit broder sur la vérité pour nous aider à en conserver le souvenir, qu'on le laisse faire et qu'on ne permette à personne de prétendre qu'il ment. La vérité est souvent plus grande que les faits.

*

Astérie revint ce soir-là en compagnie du fou. Nul ne lui demanda pourquoi elle ne montait plus la garde ; nul ne suggéra même que nous fuyions la carrière avant de nous y trouver pris au piège par les troupes de Royal : nous allions rester, nous n'allions pas lâcher un pouce de terrain et nous allions nous battre – pour défendre un dragon de pierre.

Et nous allions mourir, cela allait sans dire – littéralement : nul parmi nous n'exprima cette évidence.

Quand Kettricken sombra dans le sommeil, épuisée, je la portai dans la tente qu'elle partageait avec Vérité. Je la déposai sur ses couvertures et la bordai de mon mieux, puis je me penchai et baisai son front aux rides trop apparentes comme j'aurais embrassé mon enfant endormie. C'était une sorte d'adieu ; j'avais décidé qu'il valait mieux agir dans l'instant, car seul l'instant était désormais certain.

Au crépuscule, Astérie et le fou vinrent prendre place près du feu ; la ménestrelle se mit à jouer doucement de sa harpe, sans un mot, le regard perdu dans les flammes. Un poignard dégainé gisait par terre à côté d'elle. Je demeurai un moment debout à observer le jeu de la lumière du feu sur ses traits. Astérie Chant-d'Oiseau, dernière ménestrelle des derniers roi et reine légitimes de la lignée des Loinvoyant... Elle n'écrirait jamais de chanson qui traversât les générations.

Le fou, immobile, écoutait la harpe. Entre Astérie et lui était née une sorte d'amitié, et je me surpris à songer : « Si c'est le dernier soir où elle joue, il ne peut lui faire de plus beau présent que de l'écouter bien et de se laisser bercer par son talent. »

Je les laissai seuls, allai chercher une outre pleine d'eau et gravis lentement la rampe qui menait au dragon. Œil-de-Nuit me suivit. Plus tôt, j'avais allumé un feu sur le socle ; j'y déposai ce qui restait du bois rapporté par Kettricken, puis m'assis près des flammes. Caudron et Vérité dormaient toujours. Une fois, Umbre avait pris de la graine de caris deux jours de suite : quand il s'était effondré, il lui avait fallu presque une semaine pour se remettre, et il avait passé ce temps à dormir et à boire de l'eau. Mes deux voisins n'allaient pas s'éveiller de sitôt, mais ce n'était pas grave : il n'y avait plus rien à leur dire, de toute façon. Je ne les dérangeai donc pas et montai la garde auprès de mon roi.

Piètre gardien, je fus tiré de mon sommeil par Vérité qui murmurait mon nom. Je me redressai aussitôt sur mon séant et me saisis de l'outre. « Mon roi », fis-je à mi-voix.

Mais Vérité n'était plus allongé sur la pierre, faible et réduit à l'impuissance : il était debout à côté de moi. Il me fit signe de le suivre ; je me levai et l'accompagnai d'un pas aussi discret que le sien. Au pied de l'estrade, il se tourna vers moi. Sans un mot, je lui tendis l'outre ; il en but la moitié, s'interrompit un instant, puis la termina et me la rendit. Il s'éclaircit la gorge. « Il existe un moyen, FitzChevalerie. » Ses yeux noirs, si semblables aux miens, se braquèrent sur moi. « Ce moyen, c'est toi, toi qui es si riche de vie et d'envie, si déchiré de passions.

— Je sais », dis-je. Je mis toute ma vaillance dans ces mots. J'étais plus effrayé que je ne l'avais été de toute mon existence. Certes, Royal m'avait épouvanté dans ses cachots, mais c'était à cause de la souffrance ; cette fois-ci, il s'agissait de mort, et la différence m'apparut brusquement. Trahissant mes affres, mes doigts se mirent à triturer l'ourlet de ma tunique.

« Ça ne te plaira pas, m'annonça Vérité. Moi non plus, ça ne me plaît pas. Mais je ne connais pas d'autre solution.

— Je suis prêt. » C'était un mensonge. « J'aimerais seulement... revoir Molly une dernière fois, m'assurer qu'elle et Ortie sont en sécurité. Et Burrich aussi. »

Son regard me scruta. « Je me rappelle le marché que tu as proposé : ta vie contre l'assurance que je ne prendrais pas Ortie pour le trône. » Il détourna les yeux. « Ce que je te demande aujourd'hui est pire : c'est ton existence, toute la vie et toute l'énergie de ton corps. Mes passions ont disparu, vois-tu ; il ne me reste rien. Si je pouvais seulement susciter en moi rien qu'une nuit de sentiments... si j'arrivais à me rappeler ce que c'est que désirer une femme, tenir la femme que j'aimais dans mes bras... » Sa voix mourut. « J'ai honte de te demander cela, plus que le jour où j'ai puisé dans ton énergie alors que tu n'étais qu'un adolescent innocent. » Ses yeux croisèrent à nouveau les miens et je compris qu'il faisait un effort pour employer des mots qu'il savait imparfaits. « Mais, vois-tu, même cette honte, cette douleur de t'infliger ce sort... même cela, tu me le donnes ; même ça, je puis le mettre dans le dragon. » Son regard quitta le mien. « Le dragon doit prendre son envol, Fitz. Il le faut.

— Vérité... mon roi... » Ses yeux se perdirent dans le lointain. « Mon ami. » Ses yeux revinrent sur moi. « Ce n'est pas grave. Mais... je voudrais revoir Molly encore une fois. Même brièvement.

— C'est risqué. Le sort de Carrod a dû inspirer une terreur intense à nos ennemis, car ils n'ont plus rien tenté par la force contre nous, seulement par la ruse ; pourtant...

— S'il vous plaît... » dis-je à mi-voix.

Vérité soupira. « Très bien, mon garçon. Mais j'ai un mauvais pressentiment. »

Il ne me toucha pas, il ne prit même pas le temps d'une respiration, tant son Art était puissant. Nous nous retrouvâmes ailleurs, avec Molly et Burrich. Je sentis Vérité reculer pour me laisser l'illusion d'être seul.

J'étais dans une chambre d'auberge, propre et bien meublée ; un candélabre éclairait une miche de pain et un saladier de pommes posés sur une table. Torse nu, Burrich était couché de côté sur le lit. Une épaisse croûte recouvrait la plaie du coup de poignard et le sang avait imbibé ses braies au niveau de la taille. Sa poitrine montait et descendait au rythme lent du sommeil. Roulé en boule autour d'Ortie, il avait jeté un bras protecteur sur mon enfant qui dormait profondément, mussée contre lui. Je vis Molly se pencher sur eux et tirer adroitement la petite de sous le bras de Burrich ; Ortie n'ouvrit même pas un œil quand sa mère la déposa au fond d'un panier, dans un des angles de la pièce, et borda les couvertures autour d'elle ; seule sa petite bouche rose s'agitait à un souvenir de lait tiède. Son front était uni sous ses cheveux noirs et lisses. Les épreuves qu'elle avait traversées ne paraissaient pas l'avoir marquée.

À gestes efficaces, Molly versa de l'eau dans une cuvette, puis prit un tissu plié, retourna auprès de Burrich et s'accroupit ; elle posa le récipient à côté du lit, y trempa le linge, l'essora et l'appliqua sur les reins de Burrich. Il se réveilla brusquement avec un hoquet de surprise, et, vif comme un serpent, il saisit le poignet de Molly.

« Burrich ! Lâchez-moi ! Je dois nettoyer votre blessure, fit Molly, agacée.

— Ah, c'est vous », dit-il avec soulagement. Il desserra sa prise.

— Bien sûr que c'est moi. Qui voulez-vous que ce soit ? » Elle tapota la plaie, puis trempa de nouveau le chiffon dans l'eau. Le tissu et l'eau de la cuvette étaient teintés de rouge.

Burrich tâta prudemment le lit près de lui. « Qu'avez-vous fait de ma petite ? demanda-t-il.

— Votre petite va bien. Elle dort dans le panier, là-bas. » Elle passa encore une fois le chiffon sur la plaie, puis hocha la tête. « Le sang a cessé de couler, et la blessure m'a l'air saine. Je pense que le cuir de votre tunique a amorti le coup. Si vous vous redressez, je pourrai vous bander. »

Lentement, Burrich obéit. Il poussa un petit grognement de douleur lors du mouvement mais, une fois assis, il fit un grand sourire à Molly en écartant une mèche de cheveux de son visage. « Des abeilles de Vif, hein ? » fit-il d'un ton admiratif, et il secoua la tête.

Manifestement, ce n'était pas la première fois qu'il prononçait cette phrase.

« C'est tout ce que j'ai trouvé », répondit Molly. Elle ne put s'empêcher de lui rendre son sourire. « Mais ça a été efficace, non ?

— Étonnamment, en effet. Mais comment saviez-vous qu'elles allaient se jeter sur le rouquin ? Parce que c'est ça qui a convaincu ces malandrins, et qui a bien failli me convaincre aussi, sacrebleu ! »

Elle hocha la tête. « J'ai compté sur la chance et aussi la lumière : il tenait le candélabre et il se trouvait devant la cheminée, alors que le reste de la chaumière était dans l'obscurité. La lumière attire les abeilles presque autant que les papillons de nuit.

— Je me demande si elles tiennent encore la maison. » Et il sourit à nouveau tandis que Molly se levait pour emporter le chiffon et l'eau ensanglantés.

« J'ai perdu mes abeilles, lui rappela-t-elle d'un ton attristé.

— Nous irons en enfumer d'autres », répondit Burrich pour la consoler.

Elle secoua la tête avec accablement. « C'est quand elle a travaillé tout l'été qu'une ruche donne le plus de miel. » Sur une table dans un coin, elle prit un rouleau de bandage propre et un pot d'onguent dont elle huma le parfum, pensive. « Ça n'a pas la même odeur que celui que vous préparez.

— Ça opérera quand même, sans doute », dit Burrich. Le front plissé, il balaya la pièce du regard. « Molly, comment allons-nous payer tout ça ?

— Je m'en suis occupée. » Elle se tenait toujours dos à lui.

« Et comment ? » demanda-t-il d'un ton soupçonneux.

Elle se retourna, les lèvres pincées. Pour ma part, je me serais bien gardé de discuter avec elle quand elle avait cette expression. « Avec l'épingle de Fitz. Je l'ai montrée à l'aubergiste pour obtenir cette chambre, et, pendant que vous dormiez tous les deux, je l'ai portée chez un joaillier et je l'ai vendue. » Burrich avait ouvert la bouche mais elle ne lui laissa pas le temps de l'interrompre. « Je sais marchander et j'en ai tiré tout son prix.

— Son prix ne se comptait pas qu'en espèces sonnantes et trébuchantes. C'est Ortie qui aurait dû hériter de cette épingle. » Les traits de Burrich étaient aussi tendus que ceux de Molly.

« Ortie avait beaucoup plus besoin d'un lit bien chaud et de gruau que d'une épingle en argent sertie d'un rubis. Même Fitz aurait eu la sagesse de le reconnaître. »

Curieusement, elle avait raison ; mais Burrich répondit : « Je vais devoir travailler bien des jours pour la racheter afin de la lui donner. »

Molly, sans le regarder, jouait avec la bande de lin. « Vous êtes têtu et vous ferez comme bon vous semblera sur ce sujet, je n'en doute pas », dit-elle.

Burrich garda le silence : il essayait manifestement de savoir si cette réponse signifiait qu'il était sorti vainqueur de la dispute. Molly retourna auprès de lui et s'assit pour lui oindre le bas du dos. Il serra les dents mais ne dit rien. Elle vint ensuite s'accroupir devant lui. « Levez les bras, que je puisse vous bander », fit-elle avec autorité. Il prit une inspiration, puis écarta les bras. Molly se mit à l'ouvrage avec efficacité et déroula la bande à mesure qu'elle lui en enveloppait la taille ; enfin, elle la noua sur son ventre. « Ça va mieux ? demanda-t-elle.

— Beaucoup. » Il voulut s'étirer puis se ravisa.

« Il y a de quoi manger, dit-elle en se dirigeant vers la table.

— Un peu plus tard. » Je vis le regard de Burrich s'assombrir, celui de Molly aussi. Elle se retourna vers lui, les lèvres encore une fois pincées. « Molly... » Il poussa un soupir puis essaya de nouveau. « Ortie est l'arrière-petite-fille du roi Subtil ; c'est une Loinvoyant. Pour Royal, c'est une menace et il risque de tenter une deuxième fois de vous tuer – de vous tuer toutes les deux. J'en suis même certain. » Il se gratta la barbe. Comme Molly ne répondait pas, il suggéra : « Peut-être le seul moyen de vous mettre à l'abri est-il de vous placer, elle et vous, sous la protection du roi. Je connais quelqu'un... Fitz vous en a peut-être parlé : Umbre ? »

Elle secoua la tête, les lèvres closes. Ses yeux devenaient de plus en plus noirs.

« Il pourrait emmener Ortie en lieu sûr et veiller à ce que vous ne manquiez de rien. » Il prononça ces mots lentement, à contrecœur.

La réplique de Molly ne se fit pas attendre. « Non ! Ce n'est pas une Loinvoyant ! Elle est à moi, et je ne la vendrai jamais, ni pour de l'argent ni pour la sécurité. » Elle foudroya Burrich du regard et cracha presque la question suivante : « Comment avez-vous pu imaginer que je pourrais me séparer d'elle ? »

Sa fureur fit sourire Burrich, et je lus sur son visage un soulagement mêlé de remords. « Je ne l'imaginais pas, mais je me sentais obligé de vous proposer cette solution. » Il poursuivit d'un ton encore plus hésitant : « J'ai envisagé un autre moyen, mais j'ignore ce que vous en penserez. Il nous faudra nous en aller, trouver une ville où personne ne nous connaît. » Il baissa soudain le regard vers le plancher. « Si nous nous mariions avant d'y parvenir, nul ne douterait qu'elle soit de moi... »

Molly s'immobilisa, comme pétrifiée. Le silence s'appesantit. Burrich releva les yeux et la regarda d'un air implorant. « N'y voyez aucune malice. Je n'espère rien de vous... de cette façon. Et puis... vous n'êtes pas obligée de m'épouser. Il y a des Pierres Témoins à Kevdor ; nous pourrions nous y rendre avec un ménestrel, et là je jurerais solennellement qu'elle est de moi. Nul ne mettrait mon serment en doute.

— Vous seriez prêt à mentir devant une Pierre Témoin ? demanda Molly, incrédule. Vous feriez ça ? Pour protéger Ortie ? »

Il acquiesça lentement. Il n'avait pas quitté Molly des yeux.

Elle secoua la tête. « Non, Burrich, je ne peux pas accepter. C'est risquer d'attirer la pire des mauvaises fortunes ; tout le monde sait ce qu'il advient de ceux qui profanent les Pierres Témoins par un mensonge.

— Je veux bien courir le risque », répondit-il d'un ton sinistre. Je ne l'avais jamais vu prêt à mentir avant qu'Ortie n'entre dans sa vie, et voilà qu'il se proposait de se parjurer ! Je me demandais si Molly se rendait compte de ce qu'il lui offrait.

Oui, elle s'en rendait compte. « Il n'est pas question que vous mentiez. » Elle avait parlé d'un ton irrévocable.

« Molly, je vous en prie...

— Taisez-vous ! » fit-elle, inflexible. Elle pencha la tête et le regarda d'un air songeur. « Burrich ? reprit-elle avec une légère hésitation dans la voix. J'ai entendu dire... Brodette prétendait que vous aviez aimé Patience autrefois. » Elle prit une inspiration. « L'aimez-vous encore ? »

La colère se grava sur les traits de Burrich, mais Molly soutint son regard avec des yeux implorants et il finit par détourner la tête ; sa réponse fut presque inaudible. « J'aime les souvenirs que j'ai d'elle, telle qu'elle était alors, tel que j'étais alors. Je l'aime sans doute comme vous aimez encore Fitz. »

Ce fut au tour de Molly de faire la grimace. « Certains aspects de lui que je me rappelle... oui. » Elle hocha la tête comme si elle se remémorait quelque chose, puis elle leva les yeux et regarda Burrich. « Mais il est mort. » Que ces mots avaient un caractère curieusement définitif dans sa bouche ! Elle reprit, une note suppliante dans la voix : « Écoutez-moi ; écoutez-moi et ne m'interrompez pas. Toute ma vie, ça a été... d'abord mon père ; il répétait qu'il m'aimait, et pourtant, quand il me frappait et me maudissait, je ne sentais aucun amour chez lui. Ensuite Fitz ; il jurait qu'il m'aimait et il me touchait avec douceur ; mais, dans ses mensonges, je ne percevais aucun amour. Aujourd'hui, vous... Burrich, vous ne m'entretenez jamais d'amour. Vous ne m'avez jamais effleurée, ni sous l'effet de la colère ni sous le coup du désir ; cependant, votre silence et votre regard me parlent davantage d'amour que leurs paroles et leur façon de me toucher. » Elle attendit sa réaction, mais il ne dit rien. « Burrich ? fit-elle, au bord du désespoir.

— Vous êtes jeune et belle, répondit-il à mi-voix. Vous débordez d'énergie. Vous méritez mieux.

— Burrich, m'aimez-vous ? » demanda-t-elle avec simplicité, d'un ton doux.

Il croisa ses mains balafrées entre ses genoux. « Oui. » Les articulations de ses doigts blanchirent. Les serrait-il pour empêcher ses mains de trembler ?

Le sourire de Molly éclata comme le soleil qui sort de derrière un nuage. « Alors, épousez-moi ; et après, si vous le souhaitez, j'irai devant les Pierres Témoins, j'affirmerai que j'étais votre compagne avant notre mariage et je montrerai la petite. »

Il leva enfin les yeux vers elle, une expression incrédule sur le visage. « Vous seriez prête à m'épouser ? Moi ? Vieux, sans le sou et couturé de cicatrices ?

— Je ne vous vois pas ainsi. Pour moi, vous êtes l'homme que j'aime. »

Il secoua la tête : la réponse de Molly n'avait fait que le plonger davantage dans la perplexité. « Et la mauvaise fortune que vous évoquiez ? Vous seriez prête aussi à mentir devant une Pierre Témoin ? »

Le sourire de Molly changea. C'était un sourire que

je n'avais pas vu depuis longtemps, et il me brisa le cœur. « Ce ne sera pas obligatoirement un mensonge », fit-elle tranquillement.

Les narines évasées comme celles d'un étalon, Burrich se leva brusquement. Il prit une inspiration qui lui gonfla la poitrine.

« Attendez », ordonna-t-elle à mi-voix, et il obéit. Elle s'humecta le pouce et l'index et moucha vivement toutes les bougies sauf une, puis elle traversa la pièce assombrie pour se jeter dans ses bras.

Je me sauvai.

« Oh, mon garçon ! Je suis navré ! »

Je secouai la tête sans répondre. J'avais les yeux fermés, les paupières étroitement closes, mais des larmes s'en échappèrent néanmoins. Je retrouvai ma voix. « Ce sera un bon mari et un bon père. C'est l'homme qu'elle mérite. Non, Vérité, je dois puiser du réconfort de le savoir avec elles, prêt à s'occuper d'elles. »

Du réconfort... Je ne trouvais aucun réconfort, rien que de la souffrance.

« J'ai l'impression de t'avoir escroqué. » La peine de Vérité paraissait authentique.

« Non, ce n'est pas grave. » Je repris mon souffle. « Allons-y, Vérité. J'aimerais en finir le plus vite possible.

— Tu es sûr ?

— Quand vous voudrez. »

Il m'arracha ma vie.

*

C'était un rêve que j'avais déjà fait : je me sentais dans un corps de vieillard. La première fois, cela avait été celui du roi Subtil, dans une chemise de nuit moelleuse, sur un lit propre. Cette fois-ci était moins agréable : chacune de mes articulations était douloureuse, les viscères me brûlaient et j'avais la sensation de m'être ébouillanté le visage et les mains. Il subsistait plus de souffrance que de vie dans ce corps ; on eût dit une chandelle consumée presque jusqu'à la bobèche. J'ouvris les yeux ; mes paupières collaient. J'étais étendu sur de la pierre froide et rêche. Un loup montait la garde auprès de moi.

Ce n'est pas bon, me dit-il.

Je ne trouvai rien à répondre. En tout cas, ce n'était pas normal. Au bout d'un moment, je me mis à quatre pattes ; mes mains me faisaient mal, mes genoux me faisaient mal ; toutes mes articulations gémirent quand je me redressai pour balayer mon environnement du regard. La nuit était tiède, pourtant je frissonnai. Audessus de moi, sur un socle, un dragon inachevé sommeillait.

Je ne comprends pas. Œil-de-Nuit implorait une explication.

Je n'ai pas envie de comprendre. Je ne veux pas savoir.

Mais, que je le veuille ou non, je savais. Je me mis à marcher à pas lents et le loup vint se placer près de moi. Nous passâmes devant un feu mourant entre deux tentes. Nul n'était de veille. De petits bruits s'échappaient de la yourte de Kettricken. Dans la quasi-obscurité, elle voyait le visage de Vérité, ses yeux noirs plongés dans les siens. Elle croyait que son époux était enfin venu la rejoindre.

Et c'était vrai.

Je ne voulais rien entendre, je ne voulais rien savoir. Je poursuivis mon chemin à pas prudents de vieillard. D'énormes blocs de pierre noire se dressaient tout autour de nous, et, devant nous, montait un faible cliquetis métallique. Je traversai les ombres dures des pierres et sortis au clair de lune.

À une époque tu as partagé mon corps. Est-ce pareil ?

« Non. » J'avais prononcé le mot tout haut et, dans

le sillage de ma voix, je perçus un bruit de fuite. *Qu'est-ce que c'est ?*

Je vais voir. Le loup se fondit dans la pénombre et revint aussitôt. *Ce n'est que le Sans-Odeur. Il se cache ; il ne te reconnaît pas.*

Je savais où le trouver et je pris mon temps. Ce corps était à peine en mesure de se déplacer, il n'était donc pas question de presser le pas. Quand j'arrivai à la femme au dragon, j'escaladai son socle avec les plus grandes difficultés, et là je distinguai des tailles fraîches un peu partout dans la pierre. Je m'assis avec précaution sur la patte glacée de la créature et examinai le travail du fou. Il avait presque dégagé la statue. « Fou ? » dis-je doucement dans la nuit.

Il émergea lentement des ombres pour se placer devant moi, les yeux baissés. « Mon roi, fit-il à mi-voix, j'ai essayé, mais je ne peux me retenir. Je ne peux pas l'abandonner ainsi... »

Je hochai la tête sans répondre. Au pied de l'estrade, Œil-de-Nuit poussa un gémissement ; le fou le regarda puis ramena les yeux vers moi ; une expression perplexe passa sur ses traits. « Mon seigneur ? »

Je cherchai et trouvai le mince lien d'Art qui nous unissait. Le visage du fou se pétrifia tandis qu'il s'efforçait de comprendre ; puis, il vint s'asseoir près de moi et me scruta comme si son regard pouvait percer l'enveloppe de Vérité. « Je n'aime pas ça, dit-il enfin.

— Moi non plus, répondis-je.

— Pourquoi avez-vous...

— Mieux vaut ne pas le savoir », fis-je sans m'étendre.

Nous nous tûmes un moment, puis le fou se tourna pour balayer de la main des gravillons de la patte du dragon. Il croisa mon regard et le soutint, mais c'est avec des gestes encore furtifs qu'il tira un ciseau de sa chemise. Une pierre lui servait de masse.

« C'est l'outil de Vérité, observai-je.

— Je sais, mais il n'en a plus besoin et j'ai cassé mon poignard. » Avec soin, il posa le tranchant du ciseau sur la pierre. « Et puis c'est beaucoup plus efficace. » À petits coups, il fit sauter un nouveau fragment de roche. J'accordai mes pensées aux siennes.

« Elle puise dans ton énergie, remarquai-je à mi-voix.

— Je sais. » Un autre éclat de pierre. « J'ai été trop curieux et je lui ai fait mal en la touchant. » Il replaça son ciseau en position. « J'ai le sentiment de lui être redevable.

— Elle pourrait prendre tout ce que tu lui offres, fou, ce ne serait encore pas suffisant.

— Qu'en sais-tu ? »

Je haussai les épaules. « Ce corps le sait. »

Soudain, devant mes yeux ébahis, il toucha du bout de ses doigts enduits d'Art la zone qu'il avait dégagée. Je fis la grimace mais ne perçus nulle douleur chez la femme ; en revanche, elle lui prit une part de lui-même. Cependant, il ne possédait pas l'Art pour la façonner à mains nues et ce qu'il lui donnait avait pour seul effet de la tourmenter davantage.

« Elle me rappelle ma grande sœur, dit-il sans me regarder. Elle avait les cheveux dorés. »

Je restai pétrifié par la surprise. Toujours sans me regarder, il ajouta : « J'aurais bien aimé la revoir. Elle me gâtait honteusement. J'aurais voulu revoir toute ma famille. » Il parlait d'un ton de profond regret tout en caressant distraitement la pierre taillée du bout des doigts.

« Fou, tu veux bien me laisser essayer ? »

Il m'adressa un regard où se lisait comme de la jalousie. « Elle risque de ne pas t'accepter. »

Dans ma barbe, je lui souris du sourire de Vérité. « Il y a un lien entre toi et moi, très fin, et que ni l'écorce elfique ni ta fatigue ne renforcent, au contraire ; mais il existe. Mets la main sur mon épaule. »

J'ignore pourquoi j'agis ainsi ; peut-être parce qu'il n'avait jamais évoqué devant moi une grande sœur ni un foyer dont il éprouvait la nostalgie. Toutefois, je refusais de me poser des questions. Ne pas penser était beaucoup plus simple, et ne rien ressentir encore bien davantage. Le fou plaça sa main intacte non sur mon épaule mais sur le côté de mon cou. Instinctivement, je sus qu'il avait raison : peau contre peau, je le percevais mieux. Je levai les mains argentées de Vérité à hauteur de mes yeux et m'émerveillai : argentées à la vue, brûlantes et à vif à la sensation. Puis, avant d'avoir le temps de changer d'avis, j'agrippai à deux mains l'informe patte avant du dragon.

Aussitôt, j'éprouvai sa présence ; il bougeait dans la pierre. Je sentis le contour de chaque écaille, l'extrémité acérée de chaque griffe, et je connus la femme qui les avait sculptées. Les femmes : un clan, il y avait très longtemps. Le clan de Sel. Mais Sel s'était montrée présomptueuse. C'était à son image qu'avait été taillé le visage de pierre, et elle avait cherché à conserver sa forme humaine en se représentant sur le dragon que son clan façonnait autour d'elle. Ses membres étaient trop fidèles pour s'y opposer – et elle avait failli réussir : le dragon avait été achevé et presque rempli ; il s'était éveillé, puis avait entrepris de s'envoler à mesure qu'il absorbait les membres du clan mais Sel, elle, s'était efforcée de ne s'inclure que dans la statue de femme, sans se donner au dragon. Alors, la créature était retombée avant même de prendre son vol et s'était renfoncée dans la pierre où elle avait fini embourbée, le clan pris au piège en elle, et Sel dans la femme.

Je sus tout cela en moins de temps qu'il n'en faut à la foudre pour s'abattre. Je sentis aussi la faim du dragon qui m'attirait et m'implorait de lui donner à manger. Il avait déjà beaucoup pris au fou ; je sentis ce que mon compagnon lui avait donné : la lumière et l'obscurité, les railleries des jardiniers et des chambellans de Castelcerf quand il était enfant, une branche de pommier en fleur devant une fenêtre au printemps, une image de moi dans la cour du château, mon pourpoint battant au rythme de mes pas pressés derrière Burrich dont je m'efforçais d'imiter les longues enjambées malgré ma trop petite taille, un poisson d'argent bondissant à l'aube au-dessus d'un étang silencieux...

Le dragon tiraillait mon esprit avec insistance, et je compris soudain ce qui m'avait attiré auprès de lui. *Prends mes souvenirs de ma mère et les émotions qui les accompagnent ; je ne veux rien en savoir. Prends le garrot qui me serre quand je pense à Molly, prends toutes les images vives et colorées des jours passés avec elle ; prends leur brillant et ne me laisse que les ombres de ce que j'ai vu et ressenti, que je me les rappelle sans me couper sur leurs arêtes trop aiguës. Prends mes jours et mes nuits dans les cachots de Royal ; savoir ce qu'on m'a fait suffit ; prends-les et garde-les, que je ne sente plus mon visage contre ce sol de pierre, que je n'entende plus mon nez se briser, que je ne perçoive plus le goût ni l'odeur de mon propre sang. Prends ma douleur de n'avoir jamais connu mon père, prends les heures écoulées à regarder son portrait quand la grand-salle était vide et que nul ne me dérangeait. Prends mes...*

Fitz ! Arrête ! Tu lui donnes trop, il ne va plus rien rester de toi ! C'était le fou, frappé d'horreur devant ce qu'il avait déclenché.

... souvenirs du sommet de la tour, du jardin de la Reine, mort et balayé par les rafales de vent, alors que Galen se dressait au-dessus de moi. Prends l'image de Molly se jetant de si bon cœur dans les bras de Burrich ; prends-la, éteins-la et enferme-la à double tour, là où elle ne pourra plus jamais me brûler. Prends...

Mon frère ! Ça suffit !

Œil-de-Nuit se trouva tout à coup entre le dragon et moi. Je tenais toujours la patte écailleuse, je le savais, mais le loup lui montrait les dents en grondant, défiant le dragon d'aspirer davantage de mon identité.

Ça m'est égal s'il prend tout, dis-je à Œil-de-Nuit.

Mais pas à moi ! Je préférerais me lier à un forgisé ! Va-t'en, Sans-Chaleur ! Il grondait physiquement autant que mentalement.

À ma grande surprise, le dragon céda. Mon compagnon me pinça l'épaule. *Lâche-le ! Écarte-toi !*

Je lâchai la patte de la créature et j'ouvris les yeux, étonné de constater qu'il faisait encore nuit.

Le fou avait passé un bras autour du cou d'Œil-de-Nuit. « Fitz... » murmura-t-il. Il pressait son visage dans le pelage du loup, pourtant je l'entendais clairement. « Fitz, je regrette, mais tu ne peux pas rejeter toute ta souffrance. Si tu cesses d'éprouver la douleur... »

Je ne l'écoutais plus. J'avais les yeux fixés sur la patte du dragon : là où j'avais touché la pierre informe se trouvaient à présent deux empreintes de mains dans lesquelles chaque écaille ressortait, parfaite et splendide. Tout cela, me dis-je, tout cela pour dévoiler si peu de cette créature. Je songeai alors au dragon de Vérité : il était immense. Comment mon roi avait-il fait ? Qu'avait-il en lui depuis tant d'années pour façonner un tel géant ?

« Votre oncle ressent profondément ce qu'il vit ; il a connu de grandes amours et une loyauté sans bornes. Parfois, je trouve mes deux cents et quelques années d'existence bien pâles en comparaison de tout ce qu'il a éprouvé en une simple quarantaine. »

Nous nous tournâmes tous trois vers Caudron. Je n'étais pas surpris : je savais qu'elle arrivait, mais je n'y avais pas attaché d'importance. Elle prenait lourdement appui sur un bâton et la peau de son visage semblait pendre de ses os. Elle croisa mon regard et je sentis qu'elle savait tout ; liée par l'Art à Vérité comme elle l'était, rien ne lui avait échappé. « Descendez tous de là avant de vous faire mal. »

Nous obéîmes lentement, moi encore plus que mes deux compagnons. Les articulations de Vérité étaient douloureuses et son corps épuisé. Caudron m'adressa un regard sinistre quand je parvins enfin près d'elle. « Si vous vouliez vous vider, vous auriez mieux fait de vous épancher dans le dragon de Vérité, dit-elle.

— Il n'aurait pas accepté, et vous non plus.

— Nous n'aurions pas accepté, en effet. Laissez-moi vous avertir, Fitz. Ce dont vous vous êtes débarrassé va vous manquer. Avec le temps, vous retrouverez une partie des émotions perdues, naturellement : tous les souvenirs sont liés entre eux et, à l'instar de la peau, ils sont capables de se cicatriser. Mais, avec le temps encore, ils auraient cessé de vous faire mal ; un jour peut-être, vous regretterez de ne pouvoir ressentir ces peines.

— Cela m'étonnerait, répondis-je calmement pour dissimuler mes propres doutes. J'ai encore beaucoup de souffrance en réserve. »

Caudron leva le visage vers le ciel nocturne et prit une longue inspiration. « L'aube vient, dit-elle comme si elle l'avait humée. Vous devez retourner au dragon, celui de Vérité. Quant à vous deux, poursuivit-elle en regardant le fou et Œil-de-Nuit, vous devriez monter jusqu'à ce poste d'observation, là-bas, pour vérifier si les troupes de Royal sont déjà visibles. Œil-de-Nuit, transmets à Fitz ce que tu verras. Allez, tous les deux ! Et, fou, laissez désormais la femme au dragon tranquille. Il faudrait que vous lui donniez votre vie tout entière, et ce ne serait peut-être pas encore assez. Cela étant, cessez de vous torturer, elle et vous. Allons, en route, maintenant ! »

Ils obéirent non sans quelques regards en arrière. « Venez », m'ordonna Caudron d'un ton sévère, et elle repartit en claudiquant par où elle était arrivée. D'une démarche aussi raide, je la suivis par les ombres noires et argentées des blocs éparpillés de la carrière. Elle accusait nettement ses deux cents et quelques années, et moi je me sentais encore plus âgé, avec mon corps douloureux, mes articulations qui coinçaient et craquaient. Je me grattai l'oreille, puis je rabattis brusquement la main, penaud : Vérité aurait désormais une oreille argentée ; déjà la peau du pavillon me cuisait, et les insectes nocturnes bourdonnaient plus fort.

« À propos, je suis navrée de ce qui se passe avec Molly. J'ai essayé de vous prévenir. »

À l'entendre, elle ne paraissait nullement navrée, mais à présent je comprenais pourquoi : toutes ses émotions ou presque se trouvaient dans le dragon. Elle exprimait intellectuellement ce qu'elle aurait ressenti naguère. Elle avait de la peine pour moi, mais il ne restait plus de peine en elle à quoi la comparer. Je me contentai de demander à mi-voix : « N'y a-t-il donc plus d'intimité ?

— Seulement pour ce que nous nous dissimulons à nous-mêmes », répondit-elle d'un ton affligé. Elle se tourna vers moi. « C'est bien, ce que vous faites cette nuit. C'est gentil. » Un sourire effleura ses lèvres mais des larmes perlèrent à ses yeux. « De donner à Vérité une dernière nuit de jeunesse et de passion. » Elle me scruta des yeux et vit mon visage fermé. « Eh bien, je n'en dirai pas davantage là-dessus. »

Nous poursuivîmes notre chemin en silence.

Assis près des braises du feu, je contemplais l'aube qui se levait. Les stridulations des insectes nocturnes laissaient place peu à peu aux appels lointains des oiseaux du matin. Je les entendais avec une clarté parfaite. Comme c'est étrange, me dis-je, de s'attendre soi-même ! Caudron se taisait. À longues inspirations, elle humait l'air à mesure qu'il passait des parfums de la nuit à ceux de l'aurore et elle observait avec des yeux avides le ciel qui s'éclairait : c'étaient autant d'impressions qu'elle engrangeait pour les intégrer au dragon.

J'entendis un crissement de bottes, levai le regard et

me vis approcher. Je marchais d'un pas vif et assuré, la tête droite ; mon visage était lavé de frais, mes cheveux humides ramenés en arrière en queue de guerrier : Vérité portait bien mon corps.

Nos yeux se croisèrent dans la lumière de l'aube. Je vis les miens s'étrécir alors que Vérité jaugeait son propre aspect ; je me redressai et, sans réfléchir, me mis à épousseter mes vêtements. Soudain je pris conscience de mon attitude : ce n'était pas une chemise que j'avais empruntée ! J'éclatai d'un rire tonnant, plus sonore que le mien. Vérité secoua la tête.

« Laisse, mon garçon. Tu ne l'amélioreras pas, et de toute façon j'en ai presque fini avec lui. » Il tapa sur sa poitrine du plat de la main. « Autrefois, j'avais un corps semblable, me dit-il, comme si je l'ignorais. J'avais oublié une grande partie des sensations que cela procure. Une très grande partie. » Son sourire s'effaça devant le regard scrutateur que je lui adressais par ses propres yeux. « Prends-en soin, Fitz. On n'en a qu'un seul – enfin, si on reste dedans. »

Une vague de vertige m'envahit et les ténèbres obscurcirent les bords de mon champ de vision ; je fléchis et tombai à genoux pour éviter de m'écrouler.

« Pardon », murmura Vérité de sa propre voix.

Je levai les yeux : debout près de moi, il m'observait. Je lui rendis son regard sans prononcer un mot. Je sentis l'odeur de Kettricken sur ma peau ; mon corps était très fatigué. L'espace d'un instant, une indignation absolue jaillit en moi, puis elle se stabilisa et retomba, comme si l'effort était trop grand pour maintenir vive cette émotion. Les yeux de Vérité croisèrent les miens et acceptèrent tout ce que j'éprouvais.

« Je ne te présente ni excuses ni remerciements. Ni les uns ni les autres ne seraient appropriés. » Il secoua la tête. « Et, en vérité, comment prétendre que je regrette ? Je ne regrette rien. » Son regard passa au-dessus de ma tête. « Mon dragon va prendre son essor, ma reine porter un enfant et moi chasser les Pirates rouges de nos côtes. » Il prit une profonde inspiration. « Non. Je ne regrette pas notre marché. » Ses yeux revinrent vers moi. « FitzChevalerie ? Le regrettes-tu ? »

Je me relevai lentement. « Je n'en sais rien. » Je m'efforçais de sonder mes sentiments. « Les racines en sont trop lointaines, dis-je enfin. Par où commencer pour éradiquer mon passé ? Jusqu'où devrais-je remonter, que devrais-je modifier pour changer ce qui s'est passé ou pour affirmer que je n'ai pas de regret ? »

La route est déserte, fit Œil-de-Nuit dans mon esprit.

Je sais, et Caudron aussi le sait. Elle cherchait seulement à occuper le fou, et elle t'a envoyé l'accompagner pour le protéger. Vous pouvez revenir, maintenant.

Ah ! Vas-tu bien ?

« FitzChevalerie, vas-tu bien ? » L'inquiétude perçait dans le ton de Vérité, sans masquer complètement l'allégresse sous-jacente.

« Non, évidemment, leur répondis-je. Non. » Et je m'éloignai du dragon.

Derrière moi, j'entendis Caudron demander d'une voix vibrante : « Sommes-nous prêts à l'éveiller ? »

Le murmure de Vérité me parvint ensuite. « Non. Pas encore, pas tout de suite. Je voudrais garder un petit moment ces souvenirs pour moi-même. L'espace de quelques instants, je voudrais rester un homme. »

Comme je traversais le camp, Kettricken sortit de sa tente. Elle portait la même tunique et les mêmes jambières usées par le voyage que la veille ; ses cheveux étaient noués en une sorte de tresse épaisse et courte. Les plis soucieux de son front et de sa bouche n'avaient pas disparu, mais son visage affichait la chaude luminescence des perles les plus fines et une foi renouvelée brillait dans ses yeux. Elle inspira profondément l'air du matin et m'adressa un sourire radieux.

Je pressai le pas.

Le ruisseau était très froid. Des prêles aux tiges dures poussaient le long d'une des rives et j'en pris plusieurs poignées pour me laver vigoureusement. J'avais étalé mes vêtements mouillés sur les buissons de l'autre côté du cours d'eau en comptant sur la chaleur du jour pour les sécher rapidement. Œil-de-Nuit, assis sur la berge, m'observait avec une ride perplexe entre les yeux.

Je ne comprends pas : tu ne sens pas mauvais.

Va chasser, Œil-de-Nuit, s'il te plaît.

Tu veux rester seul ?

Autant que c'est encore possible, oui.

Il se leva et s'étira ; on eût dit qu'il s'inclinait devant moi. *Un jour, il n'y aura que toi et moi ; alors nous chasserons, nous mangerons et nous dormirons – et tu guériras.*

Puissions-nous survivre pour connaître ce jour, acquiesçai-je de tout mon cœur.

Le loup disparut entre les arbres. À titre d'expérience, je frottai les empreintes de doigts du fou qui apparaissaient sur mon poignet ; elles ne s'effacèrent pas, mais j'en appris beaucoup sur le cycle de vie de la prêle des marais. Je renonçai : même si je m'arrachais toute la peau du corps, je ne me sentirais encore pas délivré de ce qui s'était passé. Je sortis du ruisseau en agitant les bras pour en faire tomber les gouttes d'eau. Mes vêtements avaient suffisamment séché pour que je puisse les remettre, et je m'assis sur la rive pour renfiler mes bottes. Je faillis penser à Molly et Burrich, mais je chassai vivement leur image de mon esprit en me demandant dans combien de temps les soldats de Royal allaient arriver et si Vérité aurait alors achevé son dragon. Peut-être l'avait-il déjà terminé. J'avais envie de le voir.

Mais j'avais plus encore envie de demeurer seul.

Je m'allongeai dans l'herbe et plongeai mon regard dans l'azur du ciel, puis je m'efforçai d'éprouver une émotion – angoisse, passion, colère, haine, amour –, mais je n'en tirai qu'un sentiment de confusion et de fatigue aussi bien physique que mentale. L'éclat du soleil m'obligea à fermer les yeux.

Des notes de harpe se faufilèrent dans les bruits de l'eau ; elles s'y mêlèrent, puis dansèrent à part. J'ouvris les yeux et aperçus Astérie assise sur la berge près de moi, en train de jouer de son instrument. Les ondes de ses cheveux défaits séchaient au soleil sur son dos ; elle avait un brin d'herbe à la bouche et ses pieds nus s'enfonçaient dans le gazon moelleux. Elle soutint mon regard sans rien dire. J'observai ses doigts qui couraient sur les cordes ; elle forçait sur sa main gauche pour compenser la raideur de l'annulaire et de l'auriculaire. J'aurais dû éprouver quelque chose à cette vue, mais j'ignorais quoi.

« À quoi servent les sentiments ? » Ma propre question me prit par surprise.

Astérie cessa de jouer, les doigts en suspens sur les cordes, et plissa le front. « Je ne pense pas qu'il existe de réponse à cela.

— De toute manière, je n'ai guère de réponses à rien, ces derniers temps. Pourquoi n'êtes-vous pas dans la carrière à les regarder achever le dragon ? Il y a sûrement matière à une chanson dans un tel événement.

— Parce que je suis ici avec vous », fit-elle simplement. Soudain, elle sourit. « Et parce que tout le monde a l'air occupé : Caudron dort, Kettricken et Vérité... La reine se coiffait quand je suis partie. Je ne me rappelle pas avoir vu le roi Vérité sourire jusque-là ; il vous ressemble beaucoup alors, surtout dans le regard. Bref, je ne crois pas leur manquer.

— Et le fou ? »

Elle secoua la tête. « Il taille la pierre tout autour de la femme au dragon. Il ne devrait pas, je sais, mais il ne peut pas résister, à mon avis, et je ne vois aucun moyen de le retenir.

— Ça m'étonnerait qu'il puisse aider cette femme, mais il ne peut pas s'empêcher d'essayer. Malgré sa langue acérée, c'est un tendre.

— Je le sais maintenant. Par certains côtés, j'ai réussi à très bien le connaître ; par d'autres, en revanche, il me restera toujours incompréhensible. »

Je hochai la tête. Le silence s'installa, puis soudain, de façon subtile, il changea de qualité. « Pour tout vous dire, fit Astérie, mal à l'aise, c'est le fou qui m'a suggéré d'aller vous retrouver. »

Je grognai : que lui avait-il raconté sur moi ?

« Je suis navrée, pour Molly... »

J'achevai sa pensée à sa place : « Mais cela ne vous étonne pas. » Je levai le bras vers mon front pour abriter mes yeux du soleil.

« Non, murmura-t-elle, cela ne m'étonne pas. » Elle chercha manifestement qu'ajouter. « Au moins, vous la savez protégée et à l'abri du besoin », dit-elle enfin.

Je le savais, oui, et je me sentais honteux d'en tirer si peu de consolation. Rejeter ma détresse dans le dragon m'avait aidé au même titre que l'amputation peut aider un blessé : se débarrasser d'une souffrance n'équivalait pas à en être guéri. La zone vide au milieu de mes émotions me démangeait ; peut-être avais-je envie d'avoir mal. Sous mon bras toujours levé, j'observai la ménestrelle.

« Fitz, reprit-elle à mi-voix, je vous l'ai déjà proposé une fois, pour vous, en toute douceur et toute amitié, pour chasser un souvenir... » Elle détourna les yeux vers les éclats de soleil sur l'eau du ruisseau. « Je vous le propose à nouveau, dit-elle humblement.

— Mais je ne suis pas amoureux de vous », répondis-je avec franchise – et je sentis aussitôt que je n'aurais pas pu trouver pire réplique en cet instant.

Avec un soupir, Astérie posa sa harpe à côté d'elle.

« Je le sais, et vous aussi. Mais ce n'était pas à dire maintenant.

— Je viens de m'en rendre compte. Mais je ne veux plus de mensonges, formulés ou non... »

Elle se pencha et me fit un bâillon de ses lèvres. Au bout d'un moment, elle s'écarta légèrement. « Je suis ménestrelle : j'en sais davantage sur les mensonges que vous n'en apprendrez jamais ; et les ménestrels n'ignorent pas qu'on en a parfois besoin plus que de tout afin d'en tirer une vérité nouvelle.

— Astérie...

— Vous allez dire ce qu'il ne faut pas et vous le savez. Alors pourquoi ne pas vous taire un peu ? Ne compliquez pas la situation. Cessez de penser un petit moment. »

Ce fut en réalité un long moment.

Quand je me réveillai, Astérie était encore allongée contre moi, toute chaude. Œil-de-Nuit me regardait de tout son haut, haletant sous la chaleur du soleil. Quand j'ouvris les yeux, il rabattit ses oreilles en arrière et agita lentement la queue. Une goutte de salive tiède tomba sur mon bras.

« Va-t'en. »

Les autres vous appellent et vous cherchent partout. Il pencha la tête et proposa : *Je pourrais montrer à Kettricken où vous trouver.*

Je me redressai sur mon séant et j'écrasai trois moustiques sur ma poitrine qu'ils maculèrent de sang. Je pris ma chemise. *Quelque chose ne va pas ?*

Non. Ils sont prêts à éveiller le dragon et Vérité souhaite vous dire adieu.

Je secouai doucement Astérie. « Debout, ou Vérité va éveiller le dragon sans toi. »

Elle se retourna paresseusement. « Pour ça, je veux bien me lever, mais rien d'autre ne pourrait m'y inciter. En outre, c'est peut-être ma dernière chance de composer une chanson ; le destin a décidé que je devais toujours me trouver ailleurs quand tu fais quelque chose d'intéressant. «

Je ne pus m'empêcher de sourire. « Alors pas de ballade sur le Bâtard de Chevalerie, finalement ? fis-je pour la taquiner.

— Une, peut-être ; une ballade d'amour. » Elle m'adressa un dernier sourire complice. « Cet épisode-là, au moins, était intéressant. »

Je me levai, puis l'aidai à en faire autant et enfin l'embrassai. Œil-de-Nuit poussa un gémissement d'impatience, et Astérie pivota brusquement dans mes bras. Le loup, en s'étirant, s'inclina profondément devant elle. La ménestrelle se retourna vers moi, les yeux écarquillés.

« Je t'avais prévenue », lui dis-je.

Elle éclata de rire et se baissa pour ramasser nos vêtements.

13

LE DRAGON DE VÉRITÉ

Des troupes des Six-Duchés déferlèrent sur Lac-Bleu et embarquèrent pour la rive opposée et le royaume des Montagnes au moment même où les Pirates rouges remontaient la Vin en direction de Gué-de-Négoce. La ville n'avait jamais été fortifiée mais, bien que l'arrivée des navires eût été annoncée à l'avance par des coursiers, la nouvelle ne suscita dans l'ensemble que du dédain : quelle menace pouvaient représenter douze bateaux barbares pour une grande cité comme Gué-de-Négoce ? La garde fut alertée, certains vendeurs prirent des dispositions pour faire déménager leurs marchandises des entrepôts situés au bord des quais, mais on pensait généralement que, si les Pirates parvenaient jusqu'à Gué-de-Négoce, les archers n'auraient aucun mal à les abattre avant qu'ils provoquent de trop graves dégâts, et le consensus affirmait qu'ils venaient proposer un traité au roi des Six-Duchés. Il y eut de grandes discussions sur l'étendue de territoires côtiers qu'ils exigeraient et l'intérêt éventuel de reprendre des relations commerciales avec les îles d'Outre-Mer elles-mêmes, sans parler de rouvrir le trafic sur la Cerf.

Il s'agit là d'un exemple de plus des fautes que l'on peut commettre quand on s'imagine connaître les désirs de l'ennemi et qu'on agit en fonction de ce postulat : les habitants de Gué-de-Négoce prêtaient aux Pirates rouges l'envie de prospérité qu'ils éprouvaient eux-mêmes ; or, dans le cas d'un tel adversaire, fonder une estimation sur cette motivation était une grave erreur.

*

À mon sens, Kettricken n'accepta l'idée que Vérité devait mourir pour éveiller le dragon qu'au tout dernier moment, quand il lui fit ses adieux. Il l'embrassa avec précaution, les mains et les bras à l'écart d'elle, la tête penchée afin qu'aucune tache argentée de son visage n'entre en contact avec celui de sa reine ; ce fut malgré tout un long baiser plein de tendresse et d'avidité. Elle s'agrippa à lui jusqu'à ce qu'il lui murmure quelques mots à l'oreille ; elle porta aussitôt les mains sur le bas de son ventre. « Comment pouvez-vous en être aussi certain ? lui demanda-t-elle tandis que des larmes commençaient à rouler sur ses joues.

— Je le sais, répondit-il d'un ton ferme. Ma première tâche doit donc être de vous ramener à Jhaampe. Vous devez rester en sécurité, cette fois.

— Ma place est à Castelcerf ! » protesta-t-elle.

Je pensais qu'il allait tenter de la raisonner, mais non. « Vous avez raison, c'est votre place ; je vous y transporterai. Adieu, mon amour. »

Kettricken ne répondit pas et le regarda s'éloigner avec une expression d'incompréhension absolue.

Malgré les jours passés à nous acharner pour ce moment, la séparation parut brusquée, brouillonne. D'un pas raide, Caudron allait et venait près du dragon ; elle nous avait dit adieu d'un air distrait, et elle faisait à présent les cent pas devant la créature, essoufflée comme si elle venait d'achever une course. Sans cesse, elle touchait le dragon du bout des doigts ou de la paume, suscitant des teintes qui s'effaçaient lentement.

Vérité fit preuve de plus d'attention envers nous. « Occupez-vous de ma dame, dit-il à Astérie. Chantez fidèlement vos ballades et ne permettez à personne de douter que l'enfant en elle est de moi. Je vous charge de cette vérité, ménestrelle.

— Je ferai de mon mieux, mon roi », répondit-elle gravement, sur quoi elle alla prendre place auprès de Kettricken. Elle devait monter en compagnie de la reine sur la vaste échine du dragon et ne cessait d'essuyer ses paumes moites sur sa tunique et de vérifier les sangles qui maintenaient sur son dos le paquetage de sa harpe. Elle m'adressa un sourire anxieux ; ce furent nos seuls adieux, et nous n'avions pas besoin de davantage.

Ma décision de rester provoqua un certain émoi. « Les troupes de Royal approchent d'instant en instant, me rappela encore une fois Vérité.

— Dans ce cas, il faut vous dépêcher afin que je ne me trouve plus dans la carrière quand elles y parviendront », répondis-je.

Il plissa le front. « Si j'aperçois des hommes de Royal sur la route, je veillerai à ce qu'ils n'aillent pas plus loin.

— Ne faites pas courir de risque à ma reine. »

Pour demeurer sur place, j'avais pris pour excuse Œil-de-Nuit qui n'avait nulle envie de voler à dos de dragon, mais Vérité connaissait mes véritables motifs, j'en suis sûr : je ne pensais pas rentrer en Cerf. J'avais déjà obtenu le serment d'Astérie de ne mentionner mon nom dans aucune chanson ; arracher cette promesse à une ménestrelle n'avait pas été tâche facile, mais j'avais insisté. Je ne voulais pas que Burrich ni Molly me sachent encore en vie. « En cela, cher compagnon, vous tenez le rôle d'Oblat », m'avait chuchoté Kettricken. Elle ne pouvait m'adresser plus grand compliment ; d'autre part, je savais que jamais un mot sur moi ne franchirait ses lèvres.

Ce fut le fou qui posa le plus de difficultés : nous le pressâmes tous d'accompagner la reine et la ménestrelle mais il refusa obstinément. « Le Prophète blanc restera avec le Catalyseur », répéta-t-il. Je pensais quant à moi, en me gardant de l'exprimer, que c'était plutôt le fou qui voulait rester avec la femme au dragon : il en était obsédé et cela m'effrayait. L'arrivée des troupes l'obligerait à quitter la carrière, je l'en avais prévenu en privé et il avait acquiescé d'un air dégagé mais en même temps distrait : il devait avoir des projets intimes, mais nous n'avions plus le temps de tenter de le raisonner.

Vint le moment où Vérité n'eut plus de motif de s'attarder. Nos derniers mots avaient été brefs, mais il n'y avait de toute façon guère à dire, me semblait-il. Tout ce qui s'était produit me paraissait désormais avoir été inévitable. Rétrospectivement, comme m'en avait averti le fou, je repérais nettement les lointains épisodes qui avaient permis à la prophétie de nous engager dans ce chenal. Nul n'était coupable ; nul n'était innocent.

Vérité m'adressa un hochement de tête, puis fit demi-tour et se dirigea vers le dragon. Soudain, il s'arrêta et se retourna en débouclant sa ceinture usagée à laquelle pendait son épée ; puis il revint vers moi en enroulant la ceinture sur le fourreau. « Prends mon épée, me dit-il brusquement. Je n'en aurai plus besoin, et tu as apparemment perdu la dernière que je t'ai donnée. » Il s'interrompit, comme pris d'une arrière-pensée, puis dégaina vivement l'arme, et passa une main argentée sur la lame qui retrouva aussitôt tout son brillant. D'un ton bourru, il reprit : « Ce ne serait pas faire honneur aux talents de Hod de te la remettre émoussée. Prends-en mieux soin que moi, Fitz. » Il rengaina l'épée et me la tendit. Son regard croisa le mien. « Et prends mieux soin de toi que je ne l'ai fait de moi-même. Je t'aimais, tu sais, ajouta-t-il tout à coup ; malgré tout ce que je t'ai fait subir, je t'aimais. »

Je ne sus tout d'abord que répondre, puis, comme il posait les mains sur la tête du dragon, je lui dis : *Je n'en ai jamais douté. Soyez toujours assuré que je vous aimais moi aussi.*

Je n'oublierai jamais, je crois, ce dernier sourire qu'il m'adressa par-dessus son épaule. Ses yeux se tournèrent une ultime fois vers sa reine, puis il appuya fermement ses mains sur la tête ciselée et il disparut sans quitter Kettricken du regard. L'espace d'un instant, je sentis l'odeur de la peau de la reine je me rappelai le goût de sa bouche, la douce tiédeur de ses épaules sous mes mains crispées, puis le vague souvenir s'évapora, Vérité s'évapora, Caudron s'évapora. Pour mon Vif et mon Art, ils cessèrent autant d'exister que s'ils avaient été forgisés. Pendant une effrayante fraction de seconde, je distinguai encore la dépouille vide de Vérité, puis elle s'écoula dans le dragon. Caudron, appuyée sur l'épaule de la créature, disparut plus vite que Vérité en se répandant sur les écailles sous la forme d'une onde turquoise et argent dont la couleur envahit la créature. Chacun retint son souffle, sauf Œil-de-Nuit qui se mit à gémir doucement. Plus rien ne bougeait sous le soleil d'été. J'entendis Kettricken étouffer un sanglot.

Soudain, dans un grand bruit de vent, l'immense poitrail écailleux se gonfla d'air. Ses yeux, quand il les ouvrit, étaient noirs et brillants : des yeux de Loinvoyant ; je sus alors que Vérité nous regardait. Le dragon leva sa grande tête au bout de son cou sinueux et s'étira comme un chat, incliné vers l'avant, en faisant rouler les muscles de ses épaules et en écartant les griffes. Lorsqu'il ramena vers lui ses pattes avant, ses serres entaillèrent profondément la pierre noire. Tout à coup, comme des voiles qui captent le vent, ses gigantesques ailes se déployèrent ; il les agita, tel un faucon qui arrange son plumage, et les replia, lisses et luisantes, contre ses flancs. Sa queue battit en soulevant un nuage de poussière de roche et de gravier, et sa grande tête se tourna vers nous avec un regard qui exigeait que nous nous réjouissions autant que lui de sa nouvelle incarnation.

Vérité-le-dragon s'avança vers sa reine. Elle paraissait minuscule à côté de la tête qu'il courba vers elle, et je la vis entièrement reflétée dans un œil noir et brillant. Puis il baissa une épaule pour l'inviter à monter.

L'espace d'un instant, Kettricken eut une expression de pur chagrin, mais elle se ressaisit et redevint reine. Sans crainte, elle s'approcha du dragon à grands pas et posa la main sur l'épaule bleue et luisante de Vérité. Les écailles étaient lisses et elle glissa un peu en grimpant sur son dos ; une fois là, elle s'avança de façon à se placer à califourchon sur le cou de l'immense créature. Astérie me lança un regard où se mêlaient la terreur et l'ébahissement, puis imita la reine à gestes plus lents. Elle s'installa derrière Kettricken et vérifia de nouveau que sa harpe était bien accrochée.

La reine leva le bras en signe d'adieu et nous cria quelque chose, mais ses paroles se perdirent dans le vent soudain des ailes qui se déployèrent alors. Une fois, deux fois, trois fois, le dragon les fit battre comme pour mieux les éprouver. De la poussière et des gravillons me cinglèrent le visage, et Œil-de-Nuit se pressa contre ma jambe. Le dragon se ramassa, ses vastes ailes turquoise se remirent à battre, et il bondit soudain en l'air. Sans grâce, il prit son vol en ballottant un peu de droite et de gauche. J'aperçus Astérie qui s'agrippait de toutes ses forces à Kettricken ; la reine, elle, penchée sur l'encolure, criait des encouragements au dragon. En quatre battements, ses ailes firent franchir à Vérité la moitié de la longueur de la carrière ; il s'éleva dans les airs, se mit à tournoyer au-dessus des collines et des arbres alentour. Il alla inspecter la route d'Art, puis ses ailes se mirent à battre régulièrement et l'emportèrent de plus en plus haut. Son ventre était d'un blanc bleuâtre comme celui d'un lézard. Je plissai les paupières pour le distinguer encore dans l'éclat du ciel d'été puis, telle une flèche bleue et argent, il disparut en direction de Cerf. Je restai les yeux levés longtemps après qu'il fut devenu invisible.

Enfin, je relâchai ma respiration. Je tremblais. J'essuyai mes yeux avec ma manche et me tournai vers le fou. Il n'était plus là.

« Œil-de-Nuit ! Où est le fou ? »

Inutile de hurler ; tu le sais aussi bien que moi.

Il avait raison, naturellement. Pourtant, je ne pouvais me défaire d'un sentiment d'urgence, et je descendis la rampe de pierre au pas de course, en laissant le socle désormais désert derrière moi. « Fou ? » criai-je en arrivant à la tente ; je pris même le temps de jeter un coup d'œil à l'intérieur dans l'espoir de le surprendre en train d'empaqueter ce dont nous avions besoin. J'ignore pourquoi je m'étais raccroché à une telle illusion.

Œil-de-Nuit, lui, ne m'avait pas attendu. Quand j'arrivai à la femme au dragon, il se trouvait déjà là, les yeux levés vers le fou. Je ralentis et mon sentiment de danger s'effaça : le fou était assis au bord du socle, les jambes dans le vide, la tête appuyée contre la patte du dragon derrière lui. De nouveaux éclats de pierre jonchaient l'estrade, résultat de son travail de la journée. Je m'approchai. Le fou leva les yeux vers le ciel avec une expression de regret. À côté du vert somptueux du dragon, il n'était plus blanc mais or très pâle, et ses cheveux de soie prenaient même un reflet fauve. Les yeux qu'il tourna vers moi étaient topaze délavée. Il secoua lentement la tête mais ne dit rien avant que je m'accote au piédestal.

« J'espérais, fit-il. Je ne pouvais pas m'en empêcher. Mais j'ai vu aujourd'hui ce qu'il faut donner au dragon pour qu'il s'envole. » Il secoua encore la tête, plus vigoureusement. « Et, même si je possédais l'Art, je n'ai pas assez à donner ; même s'il me consumait entièrement, cela ne suffirait pas. »

Je ne répondis pas que je le savais déjà, ni même que je m'en doutais depuis le début. J'avais fini par retenir une leçon d'Astérie Chant-d'Oiseau : je le laissai jouir un moment du silence. Puis : « Œil-de-Nuit et moi allons chercher deux jeppas, dis-je. À notre retour, mieux vaudrait empaqueter rapidement nos affaires et nous en aller. Je n'ai pas vu Vérité se lancer à la poursuite de quiconque ; ça signifie peut-être que les troupes de Royal sont encore loin, mais je ne tiens pas à courir de risque. »

Il prit une profonde inspiration. « C'est judicieux. Il est temps que le fou fasse preuve de prudence. Quand tu reviendras, je t'aiderai à préparer les paquets. »

Je m'aperçus alors que je tenais toujours à la main l'épée de Vérité dans son fourreau. Je dégainai ma propre épée et la remplaçai par celle que Hod avait forgée pour Vérité. Je n'étais pas accoutumé à son poids à ma hanche. Je tendis mon épée courte au fou. « Tu la veux ? »

Il me jeta un regard intrigué. « Pour quoi faire ? Je suis fou, pas tueur. Je n'ai même jamais appris à manier ces choses-là. »

Je le laissai dire adieu à la femme au dragon. Comme nous sortions de la carrière et nous dirigions vers les bois où nous avions installé les jeppas, le loup leva le museau et huma l'air.

Il ne reste rien de Carrod qu'une mauvaise odeur, fit-il alors que nous passions non loin du cadavre.

« Nous aurions peut-être dû l'enterrer », dis-je en m'adressant autant à moi-même qu'à Œil-de-Nuit.

À quoi bon enfouir de la viande déjà pourrie ? demanda-t-il, étonné.

Avec un frisson d'angoisse, je passai devant le pilier noir et découvris nos jeppas égaillés sur une prairie en pente. Ils ne se laissèrent pas attraper aussi facilement que je l'espérais, et Œil-de-Nuit s'amusa longuement à les rameuter. Je choisis le jeppa de tête, puis un deuxième, mais, comme je les entraînais à ma suite, les autres décidèrent de nous emboîter le pas. J'aurais dû m'en douter, mais j'aurais préféré qu'ils retournent à l'état sauvage, car je ne goûtais guère l'idée de retourner à Jhaampe avec six jeppas sur mes talons. Soudain, alors que je les ramenais dans la carrière après avoir laissé le pilier derrière moi, une pensée nouvelle me vint.

Je n'étais pas obligé de retourner à Jhaampe.

La chasse est aussi bonne ici qu'ailleurs.

N'oublie pas le fou ; nous ne pouvons pas penser qu'à nous.

Je ne le laisserais jamais mourir de faim !

Et cet hiver ?

Cet hiver, eh bien... Quelqu'un l'attaque !

Œil-de-Nuit ne m'attendit pas : il me dépassa ventre à terre, tache grise dont les griffes crissaient sur la pierre noire de la carrière. Lâchant mes jeppas, je courus derrière lui. Son flair m'indiqua une présence humaine ; quelques secondes plus tard, il identifia Ronce et se précipita vers lui.

Le fou n'avait pas quitté la femme au dragon, et c'était là que Ronce l'avait trouvé. Il avait dû arriver sans bruit car le fou n'était pas facile à prendre par surprise – mais peut-être son obsession l'avait-elle trahi, cette fois. Quoi qu'il en fût, Ronce avait porté le premier coup : du sang ruisselait du bras du fou et dégouttait de ses doigts ; il en avait barbouillé le dragon en s'efforçant de l'escalader. Il était à présent accroché par une main à la mâchoire béante de la créature, les pieds fermement appuyés sur les épaules de la femme, et il tenait son poignard de sa main libre. Il observait

Ronce d'un air sinistre et attendait la suite ; son adversaire irradiait un Art bouillonnant de rage et de frustration.

Ronce était grimpé sur le socle et cherchait désormais à monter sur le dragon lui-même, le bras tendu pour imposer au fou un contact d'Art, mais la peau aux écailles lisses résistait à ses tentatives : seul un individu aussi agile que le fou pouvait réussir à se percher ainsi, juste hors d'atteinte de son assaillant. Exaspéré, Ronce tira l'épée et porta un coup de tranchant aux pieds du fou. La pointe manqua sa cible, mais de peu, et la lame sonna sur le dos de la femme ; le fou cria aussi fort que s'il avait été touché et tenta de grimper encore plus haut. Je vis sa main chasser sur son propre sang ; il se mit à glisser de plus en plus vite vers le bas tout en faisant des efforts frénétiques pour se retenir, et il atterrit durement derrière la femme sur le dos du dragon. Sa tête donna de biais contre l'épaule de la cavalière, et, l'air à demi sonné, il s'accrocha aveuglément aux premières prises qu'il trouva.

Ronce leva l'épée pour un second coup capable de trancher la jambe du fou mais, silencieux comme la haine, le loup bondit sur le piédestal et le heurta dans le dos de tout son poids. Je courais encore vers eux quand je vis l'impact projeter violemment Ronce contre la femme au dragon. Il tomba à genoux aux pieds de la statue, et son épée frappa une nouvelle fois la peau verte et luisante du dragon ; des ondes colorées s'enfuirent du point de contact entre le métal et la pierre, semblables à celles que provoque une pierre lancée dans un bassin.

J'atteignis le socle à l'instant où Œil-de-Nuit baissait brusquement la tête, la gueule ouverte. Elle se referma sur Ronce, entre l'épaule et la nuque. L'homme se mit à hurler d'une voix incroyablement aiguë ; il laissa tomber son épée et leva les mains pour attraper les mâchoires rapaces du loup, mais Œil-de-Nuit se mit à le secouer comme un lapin ; puis il prit appui des pattes avant sur le large dos de sa proie et assura sa prise.

Certains événements se déroulent trop vite pour qu'on puisse les raconter de façon précise. Je sentis la présence de Guillot à l'instant même où le sang de Ronce, qui gouttait jusque-là, se mit à jaillir à gros bouillons. Œil-de-Nuit venait de trancher la grosse veine du cou, et la vie de Ronce s'écoulait en geysers écarlates. *Pour toi, mon frère !* dit le loup au fou. *Cette proie est pour toi !* Et il se remit à secouer sa victime ; le sang gicla comme une fontaine tandis que Ronce se débattait sans savoir qu'il était déjà mort. Le fluide vital éclaboussa le dragon et dégoulina le long de son flanc pour se déverser dans les rigoles que le fou avait creusées autour de la queue et des pattes de la créature ; là, il entra en effervescence et se mit à fumer en rongeant la pierre comme l'eau chaude attaque un bloc de glace. Les écailles et les griffes arrière du dragon apparurent, les détails de la queue en forme de fouet devinrent visibles, et, alors qu'Œil-de-Nuit rejetait enfin le corps sans vie de Ronce, les ailes du dragon se déployèrent.

La femme au dragon s'éleva dans le ciel comme elle y tendait depuis si longtemps, apparemment sans effort, presque soulevée par la brise, en emportant le fou avec elle. Je le vis se pencher en se raccrochant instinctivement à la taille souple de la femme, le visage détourné de moi. Je distinguai les yeux sans expression et la bouche immobile de la cavalière. Peut-être ses yeux voyaient-ils, mais elle n'était pas plus libre que la queue ou les ailes de sa monture : elle n'en constituait qu'un nouvel appendice auquel le fou s'agrippait tandis qu'ils montaient toujours davantage.

Tout cela, j'en eus conscience sans pour autant rester figé, bouche bée : ce furent des images fugitives perçues par l'intermédiaire du loup, car j'avais tourné mon propre regard vers Guillot qui se précipitait dans ma direction. Une épée à la main, il courait avec aisance. Tout en pivotant, je tirai l'arme que m'avait donnée Vérité, mouvement qui me prit plus de temps qu'avec l'épée courte à laquelle j'étais habitué.

L'Art de Guillot me frappa comme une vague puissante à l'instant où la pointe de mon arme se dégageait du fourreau. Je reculai d'un pas en chancelant et dressai mes murailles. Il me connaissait bien : le premier impact était composé non seulement de peur mais aussi de souffrances particulières, préparées à ma seule intention. Je subis à nouveau le choc de mon nez cassé, je sentis à nouveau la brûlure de ma joue ouverte, même si le sang n'en ruissela pas sur ma poitrine comme la première fois. Le temps d'un battement de cœur éternel, je ne pus que maintenir dressés mes remparts contre cette douleur paralysante ; mon épée me sembla soudain de plomb ; pesante, sa pointe tomba vers la terre.

Ce fut le trépas de Ronce qui me sauva ; à l'instant où Œil-de-Nuit rejeta son corps sans vie, je vis la mort heurter Guillot qui ferma involontairement les yeux sous l'impact. Le dernier membre de son clan avait disparu. Je le sentis brusquement diminué, non seulement à cause de l'Art de Ronce qui ne l'alimentait plus mais aussi à cause du chagrin qui l'envahit soudain. Je cherchai dans mes souvenirs une image du cadavre pourrissant de Carrod et la lui projetai pour l'achever. Il recula en chancelant.

« Tu as échoué, Guillot ! lançai-je d'un ton mordant. Le dragon de Vérité a déjà pris son vol et il se dirige en ce moment même vers Cerf. Sa reine l'accompagne et elle porte en elle l'héritier du trône. Le roi légitime va retrouver sa couronne, il va chasser les Pirates rouges de ses côtes et les troupes de Royal des Montagnes. Quoi que tu fasses maintenant, tu as perdu. » Un étrange rictus me déforma la bouche. « J'ai gagné. » Les crocs à nu, Œil-de-Nuit vint se placer près de moi.

Le visage de Guillot se modifia et ce fut tout à coup Royal qui me regarda par ses yeux. Il était aussi indifférent à la mort de Ronce qu'il le serait à celle de Guillot : je ne perçus chez lui nulle peine, seulement de la colère à voir sa puissance amoindrie. « Peut-être, dit-il par la voix de son chef de clan, peut-être alors ne devrais-je m'occuper que de t'éliminer, Bâtard, à n'importe quel prix. » Il me sourit du sourire d'un homme qui sait à l'avance sur quelle face vont tomber les dés. L'espace d'un instant, l'incertitude et la peur me saisirent, et je renforçai mes murailles pour résister aux efforts insidieux de Guillot.

« Crois-tu qu'un borgne, même armé, ait une chance contre mon épée et mon loup, Royal ? Ou bien comptes-tu disposer de sa vie sans plus y penser qu'à celle des autres membres du clan ? » Je posai la question avec le mince espoir de semer la discorde entre eux.

« Pourquoi pas ? répondit calmement Royal. Imaginais-tu qu'à l'instar de mon imbécile de frère je me contenterais d'un seul clan ? »

Une vague d'Art me frappa avec la puissance d'une muraille d'eau. Je reculai en titubant, puis me ressaisis et me ruai sur Guillot. Il me fallait le tuer d'urgence : Royal avait le contrôle de son Art et se désintéressait des dommages que subirait son homme de main s'il m'abattait d'une décharge d'Art ; déjà, je le sentais qui rassemblait son énergie. Néanmoins, alors que je me jetais sur Guillot, les paroles de Royal me rongeaient le cœur : un autre clan ?

Borgne ou non, Guillot restait vif : on eût dit que son arme faisait partie de lui-même quand il détourna mon premier coup d'estoc. Un instant, je regrettai mon épée courte dont j'avais l'habitude, puis je chassai de mon esprit cette vaine pensée pour me concentrer sur la meilleure façon de franchir sa garde. Le loup nous contourna, le ventre à ras de terre, pour essayer de l'attaquer de dos.

« Trois nouveaux clans ! » fit mon adversaire, le souffle court, tout en parant mon coup suivant. Je m'écartai hors de sa portée et tentai d'envelopper son épée, mais il réagissait trop vite.

« De jeunes et puissants artiseurs pour tailler des dragons à mon service. » Je sentis le vent de son coup de taille. « Des dragons fidèles qui m'obéiront au doigt et à l'œil, pour abattre Vérité dans une pluie de sang et d'écailles. » Il pivota et tenta d'embrocher Œil-de-Nuit ; d'un bond éperdu, le loup s'éloigna de lui. Je me précipitai mais l'épée de Guillot était déjà revenue pour contrer mon assaut. Il combattait avec une vivacité incroyable. Nouvel usage de l'Art ou illusion qu'il m'imposait ?

« Ils détruiront les Pirates rouges – pour moi. Et ils ouvriront les cols des Montagnes, dont le territoire m'appartiendra bientôt. Je deviendrai un héros, et alors nul ne s'opposera plus à moi. » Sa lame heurta la mienne avec une force dont je ressentis le contrecoup jusque dans l'épaule. Ses propos aussi m'avaient porté un coup car je les avais sentis véridiques et résolus. Portés par l'Art, ils me martelaient avec la puissance monolithique du désespoir. « Je maîtriserai la route d'Art. L'ancienne cité deviendra ma nouvelle capitale et tous mes artiseurs se plongeront dans la magie du fleuve. »

Nouveau coup de taille en direction d'Œil-de-Nuit, dont l'épaule perdit des poils, mais encore une fois l'ouverture se referma trop rapidement pour mon attaque maladroite. J'avais l'impression de me trouver dans l'eau jusqu'au cou et de combattre un homme armé d'une épée légère comme un fétu de paille. « Bâtard stupide ! Croyais-tu vraiment que je m'inquiétais d'une putain enceinte et d'un dragon capable de voler ? C'était la carrière que je visais, la carrière que vous avez laissée sans protection ! J'en ferai surgir vingt, non, cent dragons ! »

Comment avions-nous pu nous montrer à ce point aveugles ? Comment le véritable but de Royal avait-il pu nous échapper ? Nous avions pensé aux habitants des Six-Duchés, aux fermiers et aux pêcheurs qui avaient besoin du bras de leur roi pour les défendre, mais Royal, lui, ne songeait qu'à ce que l'Art pouvait lui rapporter. Je savais ce qu'il allait dire avant même qu'il n'ouvre la bouche : « À Terrilville et en Chalcède, on ploiera le genou devant moi, et, dans les îles d'Outre-Mer, mon nom fera trembler ! »

D'autres arrivent ! Et en l'air aussi !

L'avertissement d'Œil-de-Nuit faillit me coûter la vie car, à l'instant où je levais les yeux, Guillot bondit sur moi. Je cédai rapidement du terrain pour éviter ses coups d'épée. Loin derrière lui, à l'entrée de la carrière, plus d'une dizaine d'hommes couraient vers nous, la lame au clair. Ils se déplaçaient à l'unisson, bien plus efficacement que toute troupe de soldats : un clan ! Comme ils approchaient, je sentis leur Art telles les bourrasques qui précèdent une tempête en mer. Guillot cessa tout à coup d'avancer, et mon loup se précipita en grondant vers les nouveaux venus, les dents découvertes.

Œil-de-Nuit ! Non ! Tu ne peux pas combattre douze épées maniées par un seul esprit !

Guillot abaissa son arme puis la rengaina d'un air détaché. « Ne vous fatiguez pas sur eux ! cria-t-il au clan par-dessus son épaule. Les archers les achèveront ! »

Un coup d'œil au sommet des immenses murailles de la carrière me révéla qu'il n'essayait pas de m'abuser : des soldats en uniforme or et brun se mettaient en position. Tel était donc le but de ces troupes : non pas défaire Vérité, mais s'emparer de la carrière et la tenir. Une nouvelle vague d'humiliation et de désespoir déferla sur moi, puis je relevai mon arme et fonçai sur Guillot. Lui au moins, je le tuerais.

Une flèche ricocha sur la pierre que je venais de quitter, une autre se planta entre les pattes d'Œil-de-Nuit. Puis un cri monta du haut de la paroi ouest de la carrière : la femme au dragon passa juste au-dessus de moi, le fou sur son dos, un archer en or et brun se tortillant entre ses mâchoires. L'homme disparut soudain dans une bouffée de fumée ou de vapeur que le vent du dragon dispersa. La créature releva ses ailes, fit un second passage au ras de la muraille et saisit un autre archer tandis qu'un troisième sautait dans le vide pour lui échapper. Il y eut une nouvelle bouffée de vapeur.

Au fond de la carrière, nous restions tous figés, bouche bée. Guillot se ressaisit plus vite que moi et cria un ordre rageur où vibrait l'Art. « Tirez sur le dragon ! Abattez-le ! »

Presque aussitôt une volée de flèches monta dans le ciel en chantant ; certaines retombèrent avant même de toucher leur cible ; les autres, la créature les dévia d'un puissant battement d'ailes. Les flèches hésitèrent dans la brusque rafale de vent, puis churent dans la carrière en une pluie cliquetante. La femme au dragon s'inclina soudain et fondit droit sur Guillot.

Il s'enfuit. Royal, je pense, l'abandonna le temps qu'il prît sa décision. Guillot se mit à courir à toutes jambes et, pendant un moment, on eût pu croire qu'il poursuivait le loup qui était presque sur le clan. Mais, quand les artiseurs s'aperçurent que Guillot se précipitait vers eux avec un dragon qui fendait l'air derrière lui, ils firent demi-tour et s'enfuirent à leur tour. Un sentiment de triomphe et de ravissement traversa le loup à la vue de ces douze hommes armés qui se débandaient devant son attaque, puis il se tapit tandis que la femme au dragon filait au ras de nos têtes.

À son passage, je ne sentis pas seulement une bourrasque de vent mais aussi un mascaret d'Art étourdissant qui, en un instant, arracha de mon esprit toutes les pensées qui s'y trouvaient ; j'eus la sensation que le monde avait été plongé brusquement dans des ténèbres absolues puis qu'il était revenu en pleine lumière. Je trébuchai dans ma course et, un bref moment, je ne pus me rappeler pourquoi je brandissais une épée ni qui je pourchassais. Devant moi, Guillot hésita dans l'ombre de la créature, puis les membres du clan se mirent à tituber.

Les griffes du dragon essayèrent en vain de saisir Guillot, qui dut son salut aux blocs erratiques de pierre noire : son envergure interdisait à la créature de pénétrer dans leur labyrinthe tandis que Guillot pouvait s'y faufiler. Elle poussa un cri de colère, un cri aigu et violent de faucon à qui sa proie échappe, puis elle remonta dans le ciel et vira pour fondre à nouveau sur l'artiseur. Le souffle coupé par l'effroi, je la vis foncer droit dans une volée de flèches, mais elles rebondirent sur sa peau comme si les archers avaient visé les pierres de la carrière elles-mêmes ; seul le fou se ramassa pour éviter de se faire toucher. La femme au dragon changea brusquement de cap pour passer au ras des archers, en saisit un et le calcina en un clin d'œil.

Encore une fois, son ombre m'engloutit brièvement et, encore une fois, un instant de ma vie me fut arraché. Quand je rouvris les yeux, Guillot avait disparu ; puis je l'aperçus qui zigzaguait entre les tours de pierre comme un lièvre qui tente d'échapper à un faucon. Je ne vis nulle part le clan mais tout à coup Œil-de-Nuit bondit hors de l'ombre d'un bloc pour courir à mes côtés.

Ah, mon frère, le Sans-Odeur chasse bien ! Nous avons été avisés de le prendre dans notre meute !

Guillot est à moi ! lui dis-je

Ton gibier est mon gibier, rétorqua-t-il d'un ton pénétré. *C'est l'esprit de la meute. Et, si nous ne nous déployons pas pour le trouver, ce ne sera le gibier de personne.*

Il avait raison. Devant nous, j'entendais des cris et je distinguais de temps en temps l'éclair or et brun d'un soldat qui franchissait d'un bond l'espace entre deux blocs de pierre, mais la plupart avaient vite compris que le meilleur moyen de s'abriter du dragon était de rester collés aux énormes rochers.

Ils cherchent à atteindre le pilier. Si nous trouvons un point d'où nous le voyons, nous pourrons y attendre Guillot.

Cela semblait logique : fuir par la colonne constituait la seule façon pour nos adversaires d'échapper quelque temps au dragon. Il m'arrivait encore d'entendre le cliquetis des flèches qui retombaient dans le sillage de la créature, mais le gros des archers qui encerclaient la carrière avait trouvé refuge dans la forêt avoisinante.

Œil-de-Nuit et moi cessâmes de chercher Guillot et nous rendîmes tout droit au pilier. Je ne pus m'empêcher d'admirer la discipline de certains archers de Royal : à peine le loup et moi esquissions-nous plus de quelques pas hors d'un abri que nous entendions « Les voilà ! » et, quelques instants plus tard, une pluie de flèches s'abattait sur nos traces.

En parvenant au pilier, nous vîmes deux hommes du nouveau clan de Royal se précipiter à découvert, la main tendue, pour disparaître dans la colonne noire à la seconde où ils la touchèrent. Ils avaient choisi la rune désignant le jardin de pierre, mais cela tenait peut-être simplement à ce qu'elle se trouvait de leur côté. Nous fîmes halte à l'angle d'un grand bloc qui nous protégeait des flèches.

Est-il déjà passé ?

Peut-être. Attendons.

Plusieurs éternités s'écoulèrent, et je finis par me convaincre que Guillot nous avait échappé. Au-dessus de nous, l'ombre de la femme au dragon balayait les parois de la carrière. Les cris de ses victimes devenaient de moins en moins fréquents : les archers se cachaient parmi les arbres. Je la regardai s'élever dans les airs puis tournoyer loin à l'aplomb de la carrière. Elle se balançait de droite et de gauche, vert brillant dans le bleu du ciel. Je me demandai ce que le fou ressentait à voler ainsi ; au moins, il pouvait s'agripper à la portion humaine de sa monture. Tout à coup, la femme au dragon bascula, glissa de côté, puis replia ses ailes et tomba comme une pierre vers nous. Au même instant, Guillot sortit de sa cachette et se rua vers le pilier.

Œil-de-Nuit et moi nous précipitâmes à sa poursuite et nous fûmes bientôt sur ses talons. Je courais vite, mais le loup galopait plus vite que moi, et Guillot encore plus rapidement. Dans la seconde où ses doigts allaient effleurer le pilier, le loup fit un suprême effort et bondit ; il heurta Guillot dans le dos avec les pattes avant et le jeta la tête la première contre la colonne. Voyant notre ennemi s'y enfoncer, je lançai un avertissement à Œil-de-Nuit et l'attrapai par le pelage pour le tirer à moi. Il saisit un des mollets de Guillot à l'instant où il nous échappait, et, au même moment, l'ombre du dragon passa sur nous. Je perdis pied et sombrai dans l'obscurité.

Les légendes ne manquent pas où le héros combat de ténébreux ennemis dans les régions inférieures, et quelques-unes évoquent des champions qui s'avancent de leur plein gré dans l'inconnu pour sauver des amis ou une bien-aimée. Durant une fraction de seconde détachée du temps, j'eus le choix : attraper Guillot et l'étrangler ou prendre Œil-de-Nuit contre moi et le maintenir d'un seul tenant contre les forces qui déchiraient son esprit et son essence de loup. Mais la décision était évidente.

Nous surgîmes du pilier dans une ombre fraîche, au milieu d'une prairie à l'herbe foulée. L'instant d'avant, tout n'était que noirceur et mouvement ; l'instant d'après, nous respirions et avions retrouvé nos sensations – et nos peurs. Je me relevai tant bien que mal et constatai avec stupéfaction que je tenais toujours l'épée de Vérité. Œil-de-Nuit se redressa lourdement, fit deux pas vacillants et s'effondra. *Malade. Empoisonné. Le monde tournoie.*

Reste couché, ne bouge pas et respire. Je promenai mon regard autour de nous, et mon regard me fut rendu, non seulement par Guillot mais aussi par les membres du nouveau clan de Royal. La plupart avaient le souffle court, et l'un d'eux poussa un cri d'alarme en nous voyant. Sur un ordre de Guillot, plusieurs gardes baugiens accoururent et se déployèrent pour nous entourer.

Il faut retraverser par le pilier. C'est notre seule chance.

Je ne peux pas. Vas-y, toi. La tête d'Œil-de-Nuit retomba et il ferma les yeux.

Ce n'est pas l'esprit de la meute ! lui dis-je d'un ton sévère. Je levai l'épée de Vérité : c'était donc ainsi que j'allais mourir. Heureusement que le fou ne me l'avait pas prédit car je me serais sans doute tué d'abord.

« Abattez-le, ordonna Guillot. Il nous a fait perdre assez de temps. Éliminez-les, le loup et lui, puis trouvez-moi un archer capable de toucher un homme à dos de dragon. » Toujours sous le contrôle de Royal, Guillot me tourna le dos et s'en alla en donnant d'autres instructions. « Troisième Clan, vous m'aviez affirmé qu'on ne pouvait pas éveiller un dragon achevé et l'obliger à servir, or je viens d'assister à cette opération exécutée par un bouffon dénué d'Art. Découvrez comment il s'y est pris, et tout de suite. Que le Bâtard mesure son Art à nos épées. »

Je levai mon arme, et Œil-de-Nuit se remit sur pied ; sa nausée vint clapoter contre ma peur alors que le cercle de soldats se refermait sur nous. Bah, si je devais mourir, je n'avais plus rien à craindre, et peut-être pouvais-je mesurer mon Art à leurs épées, en effet. Je rejetai mes murailles avec dédain ; l'Art était un fleuve qui grondait autour de moi, un fleuve toujours en crue auquel je puisai aussi aisément que j'eusse pris une inspiration. Une seconde inspiration chassa de mon corps fatigue et douleur. Je tendis avec force mon esprit vers mon loup qui s'ébroua ; avec ses poils hérissés et ses crocs à nu, il paraissait deux fois plus grand. Des yeux, je balayai les épées qui nous encerclaient puis, sans plus attendre, nous nous ruâmes à leur rencontre. Tandis que les lames montaient pour parer la mienne, Œil-de-Nuit se faufila en dessous, puis se retourna pour entailler par-derrière un homme à la jambe.

Soudain, il ne fut plus que vitesse, dents et fourrure. Plutôt que de crocher dans les chairs, il se servait de son poids pour déséquilibrer les hommes et les renverser les uns sur les autres ; il tranchait les jarrets quand c'était possible et employait ses crocs à couper au lieu de mordre. Pour moi, la difficulté était de ne pas le toucher alors qu'il se jetait çà et là ; lui ne tentait jamais d'affronter les épées : dès l'instant où un soldat se tournait vers lui, il se sauvait entre les jambes de ceux qui cherchaient à m'attaquer.

Pour ma part, je maniai l'épée de Vérité avec une grâce et une adresse que je ne m'étais jamais connues avec une telle arme. Les leçons et le travail de Hod s'exprimaient enfin en moi et, si une telle chose était possible, je dirais que l'esprit de la maîtresse d'armes s'était incarné dans l'épée et qu'il chantait à mon oreille. Je ne parvenais pas à franchir le cercle de soldats, mais ils ne parvenaient pas non plus à franchir ma garde pour m'infliger plus que des blessures superficielles.

Dans ce premier stade du combat, nous combattîmes bien mais les chances étaient contre nous : je pouvais forcer certains des hommes à reculer devant mon épée, mais je devais aussitôt faire demi-tour pour repousser ceux qui s'étaient rapprochés de moi par-derrière. Bref, je pouvais déplacer le cercle de la bataille mais non m'en échapper. Néanmoins, je bénissais la longueur de l'arme de Vérité qui me gardait en vie. D'autres soldats se dirigèrent vers nous, alertés par le vacarme du combat, et ils s'enfoncèrent en coin entre Œil-de-Nuit et moi, obligeant le loup à s'écarter de moi.

Dégage-toi et fuis ! Fuis ! Vis, mon frère !

Pour toute réponse, il se sauva au grand galop puis effectua un brusque demi-cercle et fonça dans la mêlée. Dans un vain effort pour l'arrêter, les soldats de Royal ne parvinrent qu'à se massacrer entre eux : ils n'étaient pas habitués à combattre un adversaire moitié moins grand qu'un homme et qui se déplaçait deux fois plus vite. La plupart lui portèrent des coups qui ne firent que trancher la terre derrière lui. Un instant plus tard, il était sorti de leur groupe et avait disparu à nouveau dans la forêt luxuriante. Les soldats jetèrent des regards éperdus autour d'eux en se demandant d'où il allait surgir.

Cependant, alors même que je ferraillais comme un forcené, je savais la futilité de nos efforts : Royal allait gagner. Parviendrais-je à tuer tous les hommes qui m'entouraient, Guillot compris, il gagnerait encore – il avait déjà gagné, en réalité. Ne m'en doutais-je pas depuis le début ? Ne pressentais-je pas depuis toujours que Royal était destiné à gouverner ?

Je fis un pas en avant, tranchai un bras au niveau du coude et me servis de mon élan pour effectuer un arc de cercle avec mon épée dont la pointe lacéra le visage d'un autre soldat. Les deux hommes s'écroulèrent, enchevêtrés, en laissant une petite brèche dans la muraille humaine qui m'enfermait. Je m'avançai dans cette ouverture, concentrai mon Art et saisis la poigne insidieuse de Guillot sur mon esprit. Je sentis le plat d'une épée heurter mon épaule gauche et pivotai pour parer les coups de mon assaillant ; puis j'ordonnai à mes réflexes de se débrouiller seuls pendant que j'assurais ma prise sur Guillot. Je trouvai Royal entrelacé dans sa conscience, accroché à lui comme un ver foreur au cœur d'un cerf ; même s'il avait eu la possibilité d'y songer, Guillot n'aurait jamais pu se défaire de lui et, apparemment, ce qui restait de lui était insuffisant pour former la moindre pensée personnelle : ce n'était plus qu'un corps, un récipient de chair et de sang rempli d'Art à la disposition exclusive de Royal. Dépouillé du clan qui lui fournissait son énergie, ce n'était plus l'arme redoutable qu'il avait été ; c'était un instrument de moindre prix que Royal pouvait employer puis rejeter à son gré sans guère de remords.

Je ne pouvais pas me défendre dans deux directions à la fois. Je conservai ma prise sur l'esprit de Guillot, chassai ses pensées du mien et m'efforçai de contrôler mon corps en même temps ; l'instant suivant, je reçus deux entailles, l'une au mollet gauche, l'autre à l'avant-bras droit. Il m'était impossible de résister, je le savais. Je ne voyais Œil-de-Nuit nulle part, mais lui au moins avait une chance de s'en tirer. *Va-t'en, Œil-de-Nuit ! Tout est fini !*

Non ! Ça ne fait que commencer ! répliqua-t-il, et il jaillit de moi comme un éclair de chaleur. Plus loin, j'entendis Guillot hurler : quelque part, un loup de Vif mettait son corps en charpie. Je sentis Royal qui tentait de démêler son esprit de celui de son âme damnée, et je resserrai ma prise sur eux. *Fais face à ton destin, Royal !*

Une pointe d'épée s'enfonça dans ma hanche. Je m'écartai brusquement et m'effondrai à demi sur un bloc de pierre ; je me redressai en laissant une empreinte ensanglantée sur la roche. C'était le dragon de Réalder ; j'avais donc déplacé le combat sur une telle distance ! Je me tournai dos à lui et face à mes adversaires. Œil-de-Nuit et Guillot se battaient toujours, mais à l'évidence Royal avait tiré des conclusions des tortures qu'il avait infligées à ses prisonniers doués du Vif : il n'était plus aussi vulnérable aux attaques du loup qu'il l'aurait été autrefois. Incapable de le frapper à l'aide de l'Art, il pouvait néanmoins l'envelopper de couches de peur. Le cœur d'Œil-de-Nuit se mit soudain à battre la chamade à mes oreilles ; je m'ouvris encore une fois à l'Art, refis mon énergie et entrepris une opération que je n'avais jamais tentée jusque-là : j'envoyai à Œil-de-Nuit de la force d'Art sous forme de Vif. *Pour toi, mon frère !* Je le sentis *repousser* Guillot et se dégager de lui un instant ; Guillot en profita pour fuir notre emprise à tous les deux ; je m'apprêtais à lui donner la chasse quand, derrière moi, je perçus un frémissement du Vif chez le dragon de Réalder. Avec une odeur nauséabonde qui ne dura pas, l'empreinte sanglante de ma main sur sa peau disparut en fumée. La créature s'agita : elle se réveillait – et elle avait faim.

Dans un craquement de branches et une tempête de feuilles soudains, un grand vent s'abattit sur le cœur de la forêt. La femme au dragon atterrit brusquement dans la petite clairière autour du pilier, et, d'un coup de queue, balaya les hommes qui s'y trouvaient. « Là ! » lui cria le fou, et aussitôt le dragon allongea le cou dans un mouvement foudroyant pour saisir un de mes assaillants entre ses redoutables mâchoires. L'homme s'évapora dans une bouffée de fumée, et je sentis l'Art de la créature s'enfler de la vie qu'elle venait de consommer.

Derrière moi, une tête reptilienne se dressa tout à coup. L'espace d'un instant, dans son ombre immense, tout devint noir, puis elle se projeta avec la vivacité d'un serpent pour s'emparer de l'homme le plus proche. Il disparut, et je captai brièvement la puanteur de ce qu'il avait été. Le rugissement que poussa ensuite le dragon m'assourdit.

Mon frère ?

Je suis vivant, Œil-de-Nuit.

Moi aussi, mon frère.

MOI AUSSI, MON FRÈRE, ET J'AI FAIM !

C'était la voix de Vif d'un très grand carnivore. Il faisait partie du Lignage, et sa puissance m'ébranla jusqu'à la moelle. Œil-de-Nuit eut la présence d'esprit de répondre.

Mange, alors, grand frère. Que notre gibier soit le tien, et bienvenue. C'est l'esprit de la meute.

Il ne fut pas nécessaire de répéter l'invitation. J'ignorais qui avait été Réalder mais il avait donné un vigoureux appétit à son dragon. De gigantesques pattes griffues s'arrachèrent à la mousse et à la terre ; une queue fouetta l'air en abattant un petit arbre au passage. J'eus à peine le temps de m'écarter à quatre pattes avant que la créature plonge pour engloutir un deuxième Baugien.

Du sang et le Vif ! Voilà ce qu'il faut : du sang et le Vif ! Nous savons comment éveiller les dragons !

Du sang et le Vif ? Nous avons des deux en abondance. Le loup m'avait aussitôt compris.

Au milieu du massacre, Œil-de-Nuit et moi nous lançâmes dans un jeu dément ; c'était presque un concours pour savoir qui tirerait le plus de dragons de leur léthargie, et le loup l'emporta sans mal. Il se ruait vers une des statues, s'ébrouait pour l'asperger du sang qui couvrait son pelage, puis ordonnait : *Debout, frère, et rassasie-toi. Nous t'avons apporté de la viande.* Enfin, comme le sang fumait sur la créature et l'éveillait, il ajoutait : *Nous sommes de la même meute !*

Ce fut moi qui découvris le roi Sagesse : c'était le dragon aux andouillers ; il émergea de son sommeil en s'écriant : *Cerf ! Pour Castelcerf ! Par El et Eda, je meurs de faim !*

Il se trouve quantité de Pirates rouges au large des côtes de Cerf, mon seigneur. Ils n'attendent que vos mâchoires, lui répondis-je. Malgré sa capacité à s'exprimer, il ne restait guère d'humanité en lui : la pierre et l'âme s'étaient fondues en dragon, et nous nous comprenions comme des carnivores entre eux. Ils avaient jadis chassé en meute et ils se le rappelaient clairement. La plupart des autres dragons n'avaient rien d'humain ; ils avaient été façonnés par des Anciens, non par des hommes, et notre perception mutuelle s'arrêtait au fait que nous étions frères et que nous leur avions apporté de la viande. Ceux qui avaient été engendrés par des clans avaient de vagues souvenirs de Cerf et de rois Loinvoyant ; cependant, ce n'étaient pas ces réminiscences qui les liaient à moi mais ma promesse de leur donner à manger, et je m'estimais heureux d'avoir réussi à imprimer cette idée à des esprits aussi étranges.

Vint un moment où je ne trouvai plus de dragons endormis dans le sous-bois. Derrière moi, dans la zone où les soldats de Royal avaient campé, j'entendais les cris des hommes pourchassés et les rugissements des dragons qui se disputaient non leur chair mais leur vie. Leurs assauts abattaient les arbres et leurs queues tranchaient les buissons comme la faux les épis. J'avais fait halte pour reprendre mon souffle, une main appuyée sur un genou, dans l'autre l'épée de Vérité ; j'avais la gorge sèche et râpeuse, et la douleur commençait à percer l'insensibilité d'Art que j'avais imposée à mon corps. Du sang dégouttait de mes doigts ; sans dragon auquel le donner, je l'essuyai sur mon pourpoint.

« Fitz ? »

Je me retournai pour voir le fou courir vers moi. Il me prit dans ses bras et me serra fort contre lui.

« Tu es vivant ! Grâces soient rendues à tous les dieux de partout ! Elle vole comme le vent, et elle savait où te trouver. Malgré la distance, elle a senti la bataille. » Il s'interrompit pour reprendre sa respiration puis poursuivit : « Elle est insatiable ! Fitz, il faut que tu m'accompagnes ; les dragons sont à court de proies ; monte avec moi sur son dos et mène-les là où ils pourront se repaître, sinon je ne sais pas de quoi ils sont capables. »

Œil-de-Nuit nous rejoignit. *C'est une grande meute affamée. Il va falloir beaucoup de gibier pour la nourrir.*

Veux-tu que nous les accompagnions à la chasse ?

Œil-de-Nuit hésita. *Sur le dos de l'un d'eux ? Dans les airs ?*

C'est ainsi qu'ils chassent.

Pas les loups. Mais si tu dois me laisser ici, je comprendrai.

Je ne t'abandonnerai pas, mon frère. Je ne t'abandonnerai pas.

Le fou avait dû percevoir en partie notre échange, car il secoua la tête avant même que j'ouvre la bouche. « Fou, c'est toi qui dois les guider, sur la femme au dragon. Mène-les jusqu'en Cerf, auprès de Vérité ; ils t'écouteront car tu es de la même meute que nous ; cela, ils le comprennent.

— Fitz, c'est impossible. Je ne suis pas fait pour ces massacres ! Je ne suis pas venu voir disparaître des vies ! Je ne l'ai jamais vu dans mes rêves, je n'en ai jamais entendu parler dans un manuscrit. J'ai peur de conduire le temps dans une mauvaise direction.

— Non. Il en est ainsi qu'il doit être, je le sens. Je suis le Catalyseur et je suis là pour tout changer. Les prophètes deviennent guerriers, les dragons chassent comme les loups. » J'avais du mal à reconnaître ma propre voix ; j'ignorais d'où venaient les mots que je prononçais. Je croisai le regard abasourdi du fou. « Il en est ainsi qu'il doit être. Va.

— Fitz, je... »

Le dragon à la cavalière s'approcha lourdement de nous. Au sol, il avait perdu toute sa grâce, pourtant il se déplaçait avec majesté, tel un énorme ours ou un grand taureau. Le vert de ses écailles brillait comme des émeraudes sombres dans le soleil ; la femme qu'il portait était d'une beauté à couper le souffle malgré ses yeux impassibles. Le dragon leva la tête, ouvrit la gueule et sortit la langue pour goûter l'air. *Encore ?*

« Fais vite », dis-je au fou.

Il m'étreignit presque convulsivement puis, à mon grand désarroi, me baisa la bouche, et enfin s'en fut en courant vers la femme au dragon. Elle se pencha et lui tendit la main pour le hisser derrière elle. Pas un instant elle ne changea d'expression. Elle faisait entièrement partie du dragon.

« À moi ! » cria le fou aux autres créatures qui s'assemblaient autour de nous. Il me lança un dernier regard accompagné d'un sourire ironique.

Suivez le Sans-Odeur ! ordonna Œil-de-Nuit avant que j'eusse le temps de réfléchir. *C'est un puissant chasseur et il vous mènera en terrain giboyeux. Écoutez-le car il est de notre meute !*

La femme au dragon bondit en l'air et déploya ses ailes qui, à battements vigoureux, l'emportèrent dans le ciel, le fou accroché à la cavalière. Il leva la main en signe d'adieu puis la ramena précipitamment pour s'agripper à la taille de la femme. Ce fut la dernière fois que je le vis. Les autres dragons suivirent le premier à grands renforts de cris qui m'évoquèrent des mâtins sur une piste, hormis leur stridence qui rappelait plutôt des rapaces. Même le sanglier ailé s'éleva, d'un vol aussi cahoteux que son saut de départ. Le battement de leurs ailes était si fort que je me bouchai les oreilles et qu'Œil-de-Nuit se tapit au sol près de moi. Les arbres se balancèrent sous leur passage et des branches en churent, tant mortes que fraîches. Pendant quelque temps, le ciel fut empli de créatures étincelantes comme des joyaux verts, rouges, bleus et jaunes. Chaque fois que l'ombre de l'une d'elles passait au-dessus de moi, les ténèbres s'abattaient sur moi un instant, mais c'est les yeux bien ouverts et attentifs que je regardai le dragon de Réalder s'envoler le dernier pour suivre la grande meute dans le ciel. Peu après, les frondaisons les cachèrent à ma vue, et, peu à peu, leurs cris s'éteignirent.

« Vos dragons arrivent, Vérité, dis-je à l'homme que j'avais naguère connu. Les Anciens se sont réveillés pour défendre Cerf, comme vous l'aviez prédit. »

14

ROYAL

Le Catalyseur vient tout changer.

*

Après le départ des dragons, un grand silence s'installa, rompu seulement par le murmure de quelques feuilles qui achevaient de tomber sur le sol de la forêt. Pas une grenouille ne coassait, pas un oiseau ne chantait. Les dragons avaient crevé les frondaisons en s'en allant, et de grands rais de soleil illuminaient un humus qui, avant même ma naissance, n'avait jamais connu que l'ombre. Les gigantesques créatures avaient brisé ou déraciné de nombreux arbres et creusé d'énormes ornières dans la terre ; leurs épaules écailleuses avaient arraché l'écorce d'antiques géants de la forêt et mis le cambium secret à nu ; dans la chaleur de l'après-midi, la terre labourée, les arbres abattus et l'herbe piétinée exhalaient de riches odeurs. Au milieu de la zone de destruction, Œil-de-Nuit à mes côtés, je promenai lentement mon regard sur les ravages ; puis nous nous mîmes en quête d'eau.

Sur notre trajet, nous traversâmes le camp. Étrange champ de bataille ! Des armes, quelques casques, des tentes effondrées et diverses pièces d'équipement jonchaient le sol, mais c'était à peu près tout : les seuls cadavres encore visibles étaient ceux des soldats qu'Œil-de-Nuit et moi avions tués. Les dragons ne s'intéressaient pas à la viande morte ; ils se nourrissaient de la vie lorsqu'elle s'échappait des tissus.

Je retrouvai le ruisseau dont j'avais le souvenir, et je me jetai à plat ventre sur la rive, pour boire comme si ma soif était inextinguible. Œil-de-Nuit but à côté de moi puis s'allongea dans l'herbe fraîche qui poussait près du ru, et entreprit de lécher lentement et avec soin une entaille d'une de ses pattes avant. La peau était fendue, et il enfonçait la langue dans la blessure pour la nettoyer du mieux possible. Il en garderait une balafre sombre et dépourvue de pelage. *Ce n'est jamais qu'une cicatrice de plus,* fit-il dédaigneusement en réponse à ma pensée. *Qu'allons-nous faire maintenant ?*

J'étais en train d'ôter délicatement ma chemise, mais du sang coagulé la collait à mes blessures. Pour finir, je serrai les dents et l'enlevai d'un coup sec, après quoi je me penchai vers le ruisseau pour asperger d'eau froide les taillades que j'avais reçues. Ce ne sont jamais que quelques cicatrices de plus, me dis-je, lugubre. Qu'allons-nous faire ? *Dormir*.

Il n'y a que manger qui me plairait davantage.

« Pour l'instant, je n'ai pas le courage de tuer encore », répondis-je.

C'est l'ennui de tuer des humains : beaucoup de travail et rien à manger à la fin.

Je me redressai lourdement. « Allons fouiller les tentes ; j'ai besoin de trouver de quoi me panser, et il doit bien y avoir des réserves de vivres. »

Je laissai ma chemise là où elle était tombée : je m'en procurerais une autre ; pour le moment, je n'avais nulle envie de me fatiguer à la porter. J'aurais volontiers laissé aussi l'épée de Vérité, mais je l'avais déjà rengainée, et je me sentais si épuisé que je n'avais même plus le courage de la ressortir du fourreau.

Les dragons en chasse avaient piétiné les tentes,

dont l'une s'était écroulée sur un feu et brûlait lentement. Je la tirai à l'écart et, du pied, étouffai les flammèches qui en montaient, puis le loup et moi procédâmes à la récupération systématique de ce qui nous était nécessaire ; grâce à son flair, nous ne tardâmes pas à découvrir les réserves de provisions des soldats : un peu de viande boucanée, mais surtout du pain de voyage ; nous étions trop affamés pour faire les difficiles, et pour ma part il y avait si longtemps que je n'avais plus mangé de pain que celui-là me parut presque bon. Je mis également la main sur une outre de vin, mais la première gorgée me persuada d'employer plutôt le liquide pour nettoyer mes blessures. Je bandai mes plaies avec le tissu brun de la chemise d'un Baugien. Il me restait du vin : j'y goûtai à nouveau, puis tentai de convaincre Œil-de-Nuit de me laisser laver ses entailles, mais il refusa en répliquant qu'il avait déjà assez mal.

Je commençais à sentir les courbatures me gagner mais je me forçai à me lever ; je trouvai le paquetage d'un soldat, en retirai tout ce dont je n'avais pas besoin, roulai deux couvertures et les sanglai fermement sur le sac, puis ramassai un manteau or et brun afin de me garder du froid le soir. Je récupérai encore un peu de pain çà et là et le fourrai dans le paquetage.

Que fais-tu ? Œil-de-Nuit somnolait, proche de l'assoupissement.

Je n'ai pas envie de dormir ici cette nuit, alors je me munis du nécessaire pour notre voyage.

Notre voyage ? Où allons-nous ?

Je restai un moment sans bouger. Retourner en Cerf, auprès de Molly ? Non, plus jamais. Jhaampe ? Pour quoi faire ? À quoi bon cheminer à nouveau sur la route noire, si longue et si épuisante ? Je ne trouvais aucun motif valable de m'y risquer. *En tout cas, je ne veux pas rester ici cette nuit. J'aimerais avoir mis de la distance entre ce pilier et moi avant de prendre du repos.*

Très bien. Puis : *Qu'est-ce que c'était ?* demanda le loup.

Nous nous figeâmes, les sens en alerte. « Allons voir », suggérai-je à mi-voix.

L'après-midi s'avançait dans le soir et, sous les arbres, les ombres noircissaient. Le son que nous avions perçu n'avait rien à voir avec le coassement des grenouilles, le bourdonnement des insectes ni les chants de moins en moins nombreux des oiseaux diurnes ; il provenait du champ de bataille.

Nous découvrîmes Guillot à plat ventre, en train de se traîner en direction du pilier – ou plutôt après qu'il eut renoncé à se traîner, car il était immobile. Une de ses jambes avait disparu, tranchée, et seul en subsistait un moignon déchiqueté ; un os pointait de la chair en charpie. Guillot s'était confectionné un garrot avec une chemise mais il ne l'avait pas assez serré : du sang suintait encore de la blessure. Œil-de-Nuit montra les dents quand je me penchai pour prendre son pouls. Il vivait encore mais à peine. Il avait sans doute espéré s'enfuir par le pilier pour trouver de l'aide auprès d'autres soldats ; Royal le savait certainement vivant mais n'avait envoyé personne à son secours. Il n'avait même pas la décence de faire preuve de loyauté envers un homme qui l'avait servi jusqu'au bout.

Je dénouai la chemise, la renouai plus serrée, puis je soulevai la tête de Guillot et lui fis couler un peu d'eau dans la bouche.

Pourquoi te donner tant de mal ? demanda Œil-de-Nuit. *Nous le haïssons, et il est à l'agonie. Laisse-le mourir.*

Pas encore. Pas tout de suite.

« Guillot ? Tu m'entends, Guillot ? »

Le rythme de sa respiration changea. Je lui versai encore un peu d'eau entre les lèvres. Une partie passa dans sa trachée et il se mit à hoqueter, puis il avala la seconde gorgée. Il inspira plus profondément, puis soupira.

Je m'ouvris pour accumuler de l'Art.

Arrête, mon frère. Laisse-le mourir. Picorer les agonisants, c'est bon pour les oiseaux charognards.

« Ce n'est pas à Guillot que j'en veux, Œil-de-Nuit. C'est peut-être ma dernière chance de me venger de Royal, et j'ai l'intention de ne pas la laisser passer. »

Sans répondre, le loup se coucha dans l'herbe près de moi et me regarda aspirer l'Art en moi. Combien en fallait-il pour tuer ? Parviendrais-je à en amasser suffisamment ?

Guillot était si faible que j'eus presque honte de moi ; je traversai ses défenses aussi facilement que l'on repousse la main d'un enfant malade. Son effondrement n'était pas seulement dû à la perte de sang et à la douleur : il avait aussi pour cause la mort de Ronce, si proche de celle de Carrod, et le choc de la désertion de Royal ; sa loyauté à son roi lui avait été imposée par l'Art, et il n'arrivait pas à concevoir que son maître ne se fût pas senti lié à lui. En outre, il était humilié que je perçoive ce sentiment en lui. *Tue-moi, Bâtard. Vas-y ; je suis mourant, de toute façon.*

Ce n'est pas après toi que j'en ai, Guillot. Je n'en ai jamais eu après toi. Je venais de m'en rendre compte. Je tâtonnai en lui comme si je sondais une blessure, à la recherche d'une pointe de flèche. Il se débattit faiblement contre mon invasion mais je passai outre sa résistance et fouillai ses souvenirs, sans résultat. Oui, Royal avait bien plusieurs clans à sa disposition mais leurs membres étaient jeunes et inexpérimentés ; ce n'étaient que des regroupements d'hommes doués d'un potentiel pour l'Art ; même ceux que j'avais vus dans la carrière manquaient d'assurance. Royal voulait que Guillot créât de grands clans afin d'accumuler du pouvoir, sans comprendre que l'intimité ne pouvait être imposée, ni partagée par tant de personnes. Guillot avait perdu quatre jeunes artiseurs sur la route d'Art : ils n'étaient pas morts mais ils avaient désormais le regard vague et vide ; deux autres l'avaient accompagné par les piliers mais avaient ensuite perdu toute capacité à artiser. Il n'était pas si facile de créer des clans.

Je m'enfonçai davantage ; comme Guillot menaçait de mourir, je me liai à lui et lui instillai de l'énergie malgré lui. *Il n'est pas question que tu meures ! Pas encore !* lui dis-je avec violence. Et là, tout au fond de lui, je trouvai enfin ce que je cherchais. Le lien était faible et ténu ; Royal avait abandonné Guillot en faisant tout son possible pour se séparer de lui mais, comme je l'avais soupçonné, ils avaient été trop intimement liés pour qu'il n'en restât pas trace.

Je rassemblai mon Art, me centrai et m'enfermai sur moi-même, puis, après un instant d'équilibre, je bondis. Telle une cataracte soudaine qui emplit le lit d'une rivière à sec depuis le début de l'été, je me déversai dans le lien d'Art entre Guillot et Royal puis, au dernier moment, je me retins et m'écoulai dans l'esprit de Royal comme un lent poison ; j'écoutai alors par ses oreilles, je vis par ses yeux. Je le connaissais.

Il dormait. Ou plutôt, il somnolait, les poumons pleins de Fumée, la bouche engourdie par l'eau-de-vie. Je me laissai flotter dans ses rêves éveillés. Le lit était moelleux, les couvre-lits tièdes. La dernière crise avait été dure, très dure ; c'était ignoble de tomber ainsi par terre, agité de convulsions comme le Bâtard. Cela ne seyait pas à un roi. Crétins de guérisseurs ! Même pas capables de découvrir l'origine de ces crises ! Qu'allaient penser les gens de lui ? Le tailleur et son apprenti avaient assisté à la scène ; il allait falloir les faire tuer. Nul ne devait être au courant, sans quoi on se moquerait de lui. Le guérisseur l'avait trouvé mieux la semaine passée ; eh bien, il prendrait un nouveau guérisseur et ferait pendre l'ancien le lendemain. Non :

il le jetterait aux forgisés du Cirque royal ; ils avaient très faim. Ensuite, il ferait lâcher les félins sur les forgisés – et le taureau aussi, le grand blanc avec la bosse et les vastes cornes.

Il s'efforça de sourire tout en se persuadant qu'il allait bien s'amuser, que le jour à venir lui procurerait du plaisir. Dans la chambre, l'air était lourd du parfum écœurant de la Fumée, mais même la drogue ne parvenait plus que difficilement à l'apaiser : alors que tout se déroulait à merveille, le Bâtard avait anéanti tous ses plans, il avait tué Ronce, il avait éveillé les dragons et les avait dépêchés auprès de Vérité.

Vérité, Vérité, toujours Vérité ! Depuis sa naissance ! On donnait de grands chevaux à Chevalerie et Vérité, tandis que lui devait se contenter d'un poney ; on fournissait de vraies épées à Chevalerie et Vérité, alors que lui-même devait s'exercer avec une arme en bois. Chevalerie et Vérité toujours ensemble, toujours plus âgés que lui, toujours plus grands que lui, toujours à se croire supérieurs à lui alors qu'il était de plus haute lignée qu'eux et qu'il aurait dû hériter du trône en toute légitimité. Sa mère l'avait prévenu de leur jalousie à son encontre ; elle lui avait toujours recommandé la prudence et plus encore. Ils le tueraient s'ils en avaient l'occasion, c'était sûr, évident ! Maman avait fait de son mieux, elle les avait éloignés autant qu'elle le pouvait ; mais, même envoyés au loin, ils risquaient de revenir. Non, il n'y avait qu'un moyen de se mettre à l'abri, un seul.

Eh bien, il gagnerait le lendemain. Il avait des clans, non ? Des clans composés de jeunes gens beaux et forts, des clans qui sculpteraient des dragons pour lui tout seul ; et comme les clans, les dragons seraient liés à lui. Il créerait de nouveaux clans et de nouveaux dragons, toujours davantage, jusqu'à en posséder plus que Vérité. Oui, mais c'était Guillot qui formait les clans, et à présent Guillot n'était plus bon à rien : il avait été brisé comme un vieux jouet par le dragon qui lui avait arraché une jambe en le jetant en l'air ; il était retombé dans un arbre comme un cerf-volant lâché par le vent. C'était répugnant : un homme qui n'avait qu'une jambe ! Royal ne supportait pas ce qui n'était pas entier. Un œil en moins, c'était déjà difficile à tolérer, mais une jambe arrachée ! Que penseraient les hommes d'un roi qui se faisait servir par un infirme ? Sa mère s'était toujours méfiée des invalides. Ils sont jaloux, l'avait-elle averti, toujours jaloux, et ils finissent par se retourner contre toi. Mais il avait eu besoin de Guillot pour les clans. Crétin de Guillot ! Tout était sa faute ! Mais il savait susciter l'Art chez ses élèves et les regrouper en clans ; peut-être alors devrait-il l'envoyer chercher – s'il était encore vivant.

Guillot ? artisa Royal à titre d'essai.

Pas exactement. Je refermai mon Art sur lui. C'était d'une facilité ridicule, comme s'emparer d'une poule endormie sur son perchoir.

Lâche-moi ! Lâche-moi !

Je sentis qu'il cherchait à contacter ses autres clans. Je les repoussai d'un revers de la main et coupai Royal de leur Art. Il n'avait aucune force, il n'avait jamais possédé de véritable énergie d'Art : tout provenait des membres des clans qu'il avait réduits à l'état de pantins. J'en restai stupéfait : pendant plus d'une année, j'avais été glacé d'effroi, et devant quoi ? Devant un gosse pleurnichard, gâté, qui voulait les jouets de ses grands frères ! La couronne et le trône ne différaient pas pour lui de leurs chevaux ni de leurs épées ; il n'avait aucune notion de la façon de gouverner un royaume : il n'y voyait que le fait de porter la couronne et la liberté de faire ce qui lui plaisait. Sa mère d'abord puis Galen fomentaient les complots à sa place, et il n'avait acquis auprès d'eux qu'un esprit rusé et sournois qui lui permettait d'obtenir ce qu'il désirait. Si Galen n'avait pas lié le clan à lui, il n'aurait jamais eu de vrai pouvoir ; et maintenant, dépouillé de son appui, il apparaissait à mes yeux tel qu'il était réellement : un gamin trop choyé, doté d'un penchant pour la cruauté que personne n'avait jamais bridé.

C'est devant ça que nous avons fui en tremblant ? Ça ?

Œil-de-Nuit, que fais-tu ici ?

Ton gibier est mon gibier, mon frère. J'aimerais voir quel genre de viande nous a fait parcourir un si long chemin.

Royal se tordait, se débattait, littéralement malade à vomir de sentir le Vif du loup sur son esprit ; c'était impur, répugnant, une souillure de chien méchant et puant, aussi révoltante que le rat qui se promenait dans ses appartements la nuit et qu'on n'arrivait pas à attraper... Œil-de-Nuit s'approcha encore et pressa plus fort son Vif contre Royal, comme s'il pouvait humer son odeur de si loin. Royal fut pris de haut-le-cœur et de tremblements convulsifs.

Assez, dis-je au loup qui recula.

Si tu veux le tuer, dépêche-toi, me conseilla-t-il. *L'autre s'affaiblit et il va mourir si tu ne fais pas vite.*

Il avait raison : le souffle de Guillot devenait court et rapide. Je saisis fermement Royal puis alimentai Guillot en énergie. Il essaya de la refuser, mais il ne se maîtrisait plus assez : si on lui en donne l'occasion, le corps choisit toujours de survivre. La respiration de Guillot se calma et son cœur se remit à battre plus vigoureusement. Encore une fois, je refis le plein d'Art, puis je me centrai en moi et affûtai ma résolution ; enfin, je reportai mon attention sur Royal.

Si tu me tues, me dit-il, *tu vas te brûler toi-même. Tu vas perdre ton Art si tu t'en sers pour me tuer.*

J'y avais déjà songé, mais être doué de l'Art ne m'avait jamais beaucoup plu. Je préférais de loin le Vif ; je n'y perdrais donc rien.

Par un effort de volonté, je me rappelai Galen et le

clan fanatisé qu'il avait créé pour Royal, et me servis de ce souvenir pour donner forme à mon dessein.

Comme j'en rêvais depuis bien longtemps, je déchargeai d'un seul coup tout mon Art sur Royal.

Il ne resta ensuite plus grand-chose de Guillot. Pourtant, je demeurai auprès de lui pour lui donner de l'eau quand il en demanda ; j'allai jusqu'à le couvrir quand, d'une voix faible, il se plaignit du froid. Cette veillée funèbre laissait le loup perplexe : un coup de poignard en travers de la gorge aurait été beaucoup plus rapide pour nous deux, et plus miséricordieux aussi, peut-être ; mais j'avais décidé d'en finir avec mon métier d'assassin, et j'attendis donc le dernier soupir de Guillot. Quand il l'eut exhalé, je me redressai et m'en allai.

*

Une grande distance sépare le royaume des Montagnes des côtes de Cerf ; même au vol d'un dragon, qui se déplace vite et sans fatigue, le trajet est long. L'espace de quelques jours, Œil-de-Nuit et moi connûmes la sérénité. Nous partîmes très loin du jardin de pierre désormais désert, très loin de la route d'Art. Nous étions trop courbatus pour bien chasser mais nous avions découvert une bonne rivière à truites et nous la suivîmes. Les journées étaient presque trop chaudes, les nuits claires et fraîches. Nous pêchions, mangions, dormions. Je n'évoquais que des souvenirs qui ne faisaient pas mal : je ne pensais pas à Burrich enlaçant Molly mais à Ortie à l'abri de son bras droit. Ce serait un bon père pour elle ; il avait de l'expérience. J'en vins même à espérer qu'elle aurait des petits frères et des petites sœurs dans les années à venir. Je songeais à la paix revenue dans le royaume des Montagnes, aux Pirates rouges chassés des côtes des Six-Duchés. Je guérissais. Pas complètement : une cicatrice ne remplace pas la chair intacte, mais elle empêche de saigner.

*

J'étais présent l'après-midi d'été où Vérité-le-dragon apparut dans le ciel de Castelcerf. Avec lui j'aperçus, loin en dessous de nous, les tours et les tourelles noires et luisantes du Château. Plus loin, là où s'étendait naguère Bourg-de-Castelcerf, se dressaient des carcasses noircies de maisons et d'entrepôts. Des forgisés déambulaient par les rues, bousculés par des Pirates à la démarche assurée. Des mâts auxquels pendaient des lambeaux de voiles pointaient des eaux calmes. Une dizaine de navires rouges se balançaient paisiblement dans le port. Je sentis le cœur de Vérité-le-dragon s'enfler de colère, et je suis prêt à jurer avoir entendu le cri de détresse de Kettricken devant ce spectacle de désolation.

L'immense dragon turquoise et argenté surgit au-dessus de l'enceinte du château de Castelcerf et, sans prêter attention à la volée de flèches qui monta à sa rencontre ni aux cris des soldats désorientés qui se tapirent à terre sous son ombre, il battit des ailes pour poser sa gigantesque masse. Ce fut un miracle qu'il n'écrasât personne. Alors même qu'il atterrissait, Kettricken s'efforça de se mettre debout sur ses épaules pour crier aux gardes d'abaisser leurs piques et de s'écarter.

Une fois au sol, Vérité inclina l'épaule pour permettre à une reine échevelée de descendre. Astérie Chant-d'Oiseau se laissa glisser jusqu'à terre derrière elle et se fit remarquer en s'inclinant profondément devant la rangée de piques pointées sur elles. Je reconnus plusieurs visages et partageai la douleur de Vérité devant les marques qu'y avaient laissées les privations. Soudain Patience parut, une pique fermement serrée dans les mains, un casque de guingois sur ses cheveux remontés en chignon ; elle se fraya un chemin parmi les soldats frappés de terreur, le visage fermé, un éclat dur dans ses yeux noisette. À la vue du dragon, elle s'arrêta et son regard passa de la reine aux prunelles sombres de la créature. Elle prit une inspiration, la bloqua puis la relâcha en prononçant le mot « Ancien ». Tout à coup, elle jeta en l'air casque et pique en poussant un cri de joie et se précipita pour serrer Kettricken dans ses bras en s'exclamant : « Un Ancien ! Je le savais, j'en étais sûre, je savais qu'ils reviendraient ! » Elle se retourna pour lancer toute une série d'ordres qui allaient de préparer un bain chaud pour la reine jusqu'à se tenir prêts à déclencher une attaque depuis les portes de Castelcerf. Mais le souvenir qui restera toujours gravé dans mon cœur fut celui du moment où, s'adressant ensuite à Vérité-le-dragon, elle tapa du pied en lui intimant de se dépêcher d'aller débarrasser son port de ces fichus navires rouges.

Dame Patience de Castelcerf avait pris l'habitude qu'on lui obéît sans délai.

Vérité prit son vol et s'en alla au combat comme il l'avait toujours fait : seul. Enfin, son souhait se réalisait d'affronter ses ennemis, non par l'Art, mais face à face. À son premier passage, il fracassa deux navires d'un coup de queue. Il avait bien l'intention qu'aucun ne lui échappe. Plusieurs heures plus tard, le fou, la femme au dragon et leur escorte vinrent se rallier à sa chasse, mais il ne subsistait alors plus un navire rouge dans le port de Cerf ; ils se joignirent alors à lui par les rues escarpées des ruines de Bourg-de-Castelcerf. Les habitants qui avaient cherché refuge dans le Château envahirent la ville pour nettoyer les décombres, mais aussi et surtout pour contempler de plus près les Anciens revenus les sauver. Malgré les nombreux dragons présents, c'est celui de Vérité dont les gens de Cerf devaient garder le plus vif souvenir, même si on perd facilement la mémoire quand on se trouve dans l'ombre de ces créatures. Il demeure celui qu'on voit le plus fréquemment représenté sur les tapisseries qui illustrent l'Épuration de Cerf.

Ce fut un été de dragons pour les duchés côtiers. J'en vis toutes les étapes, du moins pendant mes heures de sommeil ; même éveillé, je sentais la présence des gigantesques créatures comme un grondement de tonnerre au loin, qu'on devine plus qu'on ne l'entend. Je sus quand Vérité conduisit les dragons vers le nord pour purger tout Cerf, tout Béarns et même les îles Proches des Pirates et des navires rouges ; j'assistai au nettoyage de Castellonde et au retour de Félicité, duchesse de Béarns, sur son trône. La femme au dragon et le fou suivirent la côte vers le sud jusqu'aux duchés de Rippon et d'Haurfond et à leurs îles pour arracher les Pirates à leurs forteresses. J'ignore comment Vérité avait fait comprendre à ses troupes écailleuses qu'elles ne devaient s'en prendre qu'à nos ennemis, mais ce fut pourtant le cas : les gens des Six-Duchés ne les craignaient point, les enfants sortaient en courant des chaumières et des maisons pour montrer du doigt les créatures scintillantes qui passaient dans le ciel ; quand les dragons dormaient, momentanément rassasiés, sur les plages et les pâtures, les habitants de la région venaient se promener sans peur parmi eux pour toucher de leurs propres mains ces créatures au chatoiement de joyaux ; et partout où les Pirates avaient établi des places fortes, les dragons faisaient bombance.

L'été mourut lentement, l'automne vint raccourcir les jours et annoncer les tempêtes prochaines. Tandis que le loup et moi commencions à chercher un abri pour l'hiver, je vis en songe des dragons survoler des côtes inconnues : l'eau glacée heurtait en bouillonnant d'âpres rivages et de la glace bordait des baies étroites. Il devait s'agir des îles d'Outre-Mer. Vérité avait toujours rêvé de porter la guerre là-bas, et il s'y employa furieusement. Ainsi en avait-il déjà été du temps du roi Sagesse.

Et l'hiver vint. Les neiges avaient déjà recouvert les sommets des Montagnes mais pas encore la vallée où les sources chaudes fumaient dans l'air glacé, quand les dragons passèrent au-dessus de moi pour la dernière fois. À la porte de ma cahute, je les regardai qui volaient en immenses formations, à l'instar des oies à la migration. Œil-de-Nuit tourna la tête pour mieux entendre leurs cris étranges et poussa un hurlement en réponse. Comme ils me survolaient, le monde se mit à clignoter autour de moi et je ne conservai plus qu'un vague souvenir de leur passage ; je ne saurais donc dire si Vérité était à la tête des troupes ni même si la femme au dragon se trouvait parmi elles ; je compris seulement que la paix était revenue dans les Six-Duchés et qu'aucun Pirate rouge ne s'aventurerait plus auprès de nos côtes. En souhaitant aux dragons de jouir comme auparavant d'un sommeil paisible dans le jardin de pierre, je rentrai dans ma cahute tourner le lapin sur la broche. J'espérais un long hiver calme.

C'est ainsi que la promesse des Anciens de secourir les Six-Duchés fut tenue. Ils vinrent comme au temps du roi Sagesse et chassèrent les Pirates rouges des côtes du royaume. Deux Nefs blanches aux vastes voiles furent également coulées lors de ce grand nettoyage. Comme au temps du roi Sagesse encore, l'immense ombre des dragons en vol déroba des instants de vie et des souvenirs aux gens qu'elle recouvrit en passant ; la diversité infinie de leurs formes et de leurs couleurs se retrouva dans les tapisseries, comme cela s'était déjà produit autrefois, et les gens comblèrent par les hypothèses et l'imagination ce qu'ils avaient oublié des batailles de l'époque où les dragons emplissaient le ciel. Les ménestrels en tirèrent des chansons, qui toutes affirmaient que Vérité était revenu en personne, monté sur le dragon turquoise, et qu'il avait lancé la bête dans la bataille contre les Pirates rouges ; les meilleures disaient qu'à la fin des combats les Anciens avaient emporté Vérité avec grand honneur et qu'il s'était endormi à leurs côtés dans leur château magique en attendant que Cerf ait à nouveau besoin de ses secours. Ainsi la vérité, comme m'en avait averti Astérie, devint plus grande que la réalité. C'était après tout une époque de héros et de prodiges sans nombre.

Tel, par exemple, Royal qui se présenta à la tête d'une colonne de six mille Baugiens pour apporter assistance et vivres non seulement à Cerf mais à tous les duchés côtiers. La nouvelle de son retour l'avait précédé car des péniches chargées de bétail, de grain et de trésors prélevés au palais de Gué-de-Négoce avaient commencé à descendre la Cerf en un flux incessant. On racontait avec étonnement que le prince s'était réveillé en sursaut d'un rêve et qu'il s'était précipité à demi nu dans les couloirs en prophétisant le retour du roi Vérité à Castelcerf et l'arrivée des Anciens qui sauveraient les Six-Duchés. Il avait envoyé des oiseaux messagers pour organiser le retrait de toutes les troupes des Montagnes et présenter ses plus humbles excuses accompagnées d'un généreux dédommagement au roi Eyod. Il avait convoqué ses nobles pour leur annoncer que la reine Kettricken portait l'enfant de Vérité, et que lui, Royal, souhaitait le premier prêter serment de loyauté au prochain monarque Loinvoyant. Pour célébrer ce jour, il avait commandé la destruction par le feu de tous les échafauds, le pardon et la libération de tous les prisonniers ; il avait ordonné qu'on rebaptise le Cirque du roi Jardin de la reine, et qu'on le plante d'arbres et de fleurs venus des quatre coins des Six-Duchés en symbole de l'unité nouvelle. Quand plus tard, ce même jour, les Pirates rouges attaquèrent les faubourgs de Gué-de-Négoce, Royal demanda son cheval et son armure et prit la tête de la défense de son peuple ; il combattit côte à côte avec des marchands, des débardeurs, des nobles et des mendiants ; il conquit à cette occasion l'amour du petit peuple de Gué-de-Négoce qui, lorsqu'il annonça qu'il serait toujours fidèle à l'enfant de Kettricken, joignit ses vœux aux siens.

Quand il parvint à Castelcerf, on dit qu'il demeura quelques jours à genoux, vêtu d'une simple robe de grosse toile, aux portes du Château, jusqu'à ce que la reine en personne daigne aller à lui et accepte ses plus abjectes excuses pour avoir douté de son honneur. Il lui rendit la couronne des Six-Duchés et le bandeau frontal de roi-servant. Il ne désirait pas de plus grand titre, dit-il, que celui d'oncle de son souverain. On mit la pâleur et le silence de la reine sur le compte des nausées que lui valait sa grossesse. Au seigneur Umbre, conseiller de la reine, Royal remit tous les manuscrits et grimoires de la maîtresse d'Art Sollicité, en l'implorant de les bien garder car ils renfermaient un savoir qui pouvait servir au mal entre de mauvaises mains. Il avait des terres et un titre qu'il souhaitait donner au fou dès que celui-ci aurait achevé de se battre et reviendrait à Castelcerf ; et à sa chère, très chère belle-sœur Patience, il rendit les rubis que Chevalerie lui avait offerts, car ils n'orneraient jamais aussi bellement un autre cou que le sien.

J'avais envisagé de lui faire ériger une statue à ma mémoire, mais c'eût été pousser le bouchon trop loin : la fidélité fanatique que je lui avais imposée resterait mon meilleur monument commémoratif. Tant que Royal vivrait, la reine Kettricken et son enfant n'auraient pas sujet plus dévoué.

Mais, on le sait, sa vie s'avéra bien courte ; chacun a ouï parler de la mort tragique et bizarre du prince Royal. La sauvage créature qui le déchiqueta dans son lit une nuit laissa des traces sanglantes non seulement sur les draps mais dans toute la chambre, comme si son acte l'avait rendue folle d'exultation. Selon la rumeur, il s'agissait d'un très gros rat de rivière qui avait réussi, on ne sait comment, à le suivre dans son voyage de Gué-de-Négoce à Castelcerf. L'affaire troubla profondément les habitants du Château ; la reine fit venir des chiens ratiers pour examiner chambres et salles, mais en vain. La bête ne fut jamais capturée ni tuée, bien que les rumeurs d'un énorme rat qu'on aurait aperçu çà et là dans Castelcerf allassent bon train chez les serviteurs. Certains affirment que c'est la raison pour laquelle, durant les mois suivants, on vit rarement le seigneur Umbre sans son furet apprivoisé.

15

LE SCRIBE

S'il faut avouer la vérité, la forgisation ne fut pas une invention des Pirates rouges ; c'est nous qui la leur avons apprise à l'époque du roi Sagesse. Les Anciens qui nous vengèrent dans les îles d'Outre-Mer survolèrent fréquemment cette terre d'îles et, si de nombreux Outrîliens finirent dévorés, beaucoup d'autres perdirent leurs souvenirs et leurs sentiments dans les ombres qui passèrent et repassèrent sur eux, et ils devinrent des étrangers froids et insensibles à leur propre race. Tel fut le grief que ce peuple à la longue mémoire ne digéra jamais et, quand les Pirates rouges prirent la mer, ce ne fut pas pour s'approprier les territoires ni les richesses des Six-Duchés, mais pour se venger, pour nous infliger ce que nous leur avions fait subir bien longtemps auparavant, du temps de leurs arrière-arrière-grand-mères.

Ce qu'un peuple sait, un autre peut le découvrir. Les Outrîliens avaient des érudits et des sages, malgré la réputation de barbarie que leur prêtaient les Six-Duchés, et ils étudièrent toutes les mentions de dragons qu'ils purent trouver dans les manuscrits anciens. Bien qu'il soit sans doute difficile d'en apporter la preuve absolue, il ne me paraît pas impossible que certaines copies de manuscrits réunies par les maîtres d'Art de Cerf aient été vendues, avant la menace des Pirates rouges sur nos côtes, à des marchands outrîliens qui payèrent grasse-

ment pour ces articles. Et, quand les glaciers reculèrent lentement sur les côtes outrîliennes en laissant à nu un dragon sculpté dans une pierre noire ainsi que des affleurements de cette même roche, les sages mêlèrent leur savoir à l'insatiable soif de vengeance d'un certain Kemal Paincru : ils résolurent de créer leurs propres dragons pour répandre sur les Six-Duchés les mêmes destructions impitoyables que nous leur avions infligées jadis.

Une seule Nef blanche s'échoua sous les assauts des Anciens lorsqu'ils nettoyèrent Cerf ; les dragons dévorèrent tout l'équipage sans exception, et on ne découvrit dans les cales que de vastes blocs de pierre noire et luisante, dans lesquels étaient enfermés, à mon avis, la vie et les sentiments des habitants forgisés des Six-Duchés. Au cours de leurs études, les chercheurs outrîliens en étaient venus à se convaincre que la pierre, une fois suffisamment imprégnée de force vitale, pouvait être sculptée en forme de dragon au service des îles d'Outre-Mer. On frémit en songeant à quel point ils s'étaient approchés de la vérité sur ce point.

C'était une boucle sans fin, comme me l'a dit un jour le fou : les Outrîliens attaquaient nos côtes, le roi Sagesse avait fait intervenir les Anciens pour les chasser, et les Anciens avaient forgisé les habitants des îles d'Outre-mer à force de survoler leurs chaumières ; des générations plus tard, les Outrîliens étaient revenus piller nos côtes et forgiser notre peuple ; le roi Vérité s'en était donc allé réveiller les Anciens qui avaient chassé à nouveau les assaillants, en les forgisant au passage. Je me demande si la haine va encore une fois s'envenimer au point de...

*

Je repose ma plume avec un soupir. J'ai trop écrit. Il n'est pas nécessaire de tout dire et tout n'est pas bon à dire. Je prends mon manuscrit et me dirige à pas lents vers l'âtre. J'ai les jambes raides d'être resté assis. Il fait froid et humide, aujourd'hui ; le brouillard venu de l'océan s'est infiltré dans toutes mes vieilles blessures et les a réveillées. C'est toujours celle de la flèche la plus douloureuse. Quand le froid resserre cette cicatrice, j'en sens le tiraillement dans tout le corps. Je jette le vélin sur les charbons ; pour ce faire, je dois enjamber Œil-de-Nuit. Son museau grisonne et ses articulations n'apprécient pas plus ce temps que les miennes.

Tu deviens trop gros. Tu ne fais plus que rester allongé devant la cheminée à te cuire la cervelle. Pourquoi ne vas-tu pas chasser ?

Il s'étire en soupirant. *Embête donc le garçon plutôt que moi. Il faut rajouter du bois sur le feu.*

Mais avant que j'aie le temps de l'appeler, mon jeune aide se présente dans la pièce. Il fronce le nez en sentant l'odeur du manuscrit en train de se consumer et me lance un regard mordant. « Vous auriez dû me demander de rapporter du bois. Vous savez le prix du bon vélin ? »

Comme je ne réponds pas, il pousse un soupir, secoue la tête puis s'en va refaire la provision de bûches.

C'est Astérie qui me l'a donné. Je l'ai depuis deux ans et ne me suis toujours pas habitué à lui ; je ne crois pas lui avoir jamais ressemblé. Je me rappelle le jour où elle me l'a amené, et je ne peux m'empêcher de sourire : c'était lors d'une de ses deux ou trois visites annuelles dont elle profite pour me reprocher ma vie d'ermite. Mais cette fois-là elle était accompagnée du petit. Elle avait martelé ma porte pendant qu'il attendait sur un poney décharné, puis, lorsque j'avais ouvert, elle s'était tournée vers lui en criant : « Descends et entre dans la maison. Il fait bon à l'intérieur. »

Il s'était laissé glisser à bas de sa monture et il était resté planté là, frissonnant de froid, à me dévisager. Le vent rabattait ses cheveux noirs sur sa figure, et il tenait un vieux manteau d'Astérie serré autour de ses épaules étroites.

« Je t'amène un aide », fit Astérie avec un sourire complice.

Je lui adressai un regard incrédule. « Tu veux dire... qu'il est pour moi ? »

Elle haussa les épaules. « S'il te convient. Je me suis dit que ça te ferait peut-être du bien. » Elle se tut un instant. « À vrai dire, c'est plutôt à lui que ça ferait du bien, je pense, d'avoir de quoi se vêtir, des repas réguliers et tout ça. Je me suis occupée de lui aussi longtemps que je le pouvais, mais la vie de ménestrelle... » Elle n'acheva pas sa phrase.

« Alors il est... As-tu... Avons-nous... » Je m'empêtrais, essayant de nier l'espoir qui m'avait saisi.

Le sourire d'Astérie s'était élargi tandis que son regard s'adoucissait, compatissant. Elle secoua la tête. « Est-il de moi ? Non. De toi ? Pourquoi pas ? Es-tu passé par Baie-de-Bourbe il y a huit ans à peu près ? C'est là que je l'ai découvert il y a six mois ; il se nourrissait de légumes pourris sur le tas d'ordures du village. Comme sa mère est morte et qu'il a les yeux vairons, sa sœur n'a pas voulu le prendre chez elle ; elle prétend que c'est un enfant du démon. » Elle pencha la tête vers moi en ajoutant : « Il pourrait donc être de toi. » Elle se tourna de nouveau vers l'enfant et leva la voix. « Entre, te dis-je. Il fait chaud à l'intérieur, et un vrai loup habite ici. Œil-de-Nuit te plaira, tu verras. »

Cal a un aspect étrange, avec son œil bleu et l'autre marron. Sa mère n'a fait preuve d'aucune pitié envers lui, et il n'y a aucune douceur dans les souvenirs qu'il a d'elle ; elle l'a baptisé Calamité, et peut-être en était-ce une pour elle, en effet. Pour ma part, sans y prendre garde, je l'appelle le plus souvent « mon garçon » ; cela ne paraît pas le gêner. Je lui ai enseigné les lettres, les chiffres, la culture et le ramassage des simples. Il avait sept ans quand Astérie me l'a confié ; il en a presque dix à présent. Il est doué à l'arc, ce qui lui vaut l'estime d'Œil-de-Nuit : il chasse bien pour le vieux loup.

Quand Astérie vient chez moi, elle m'apporte des nouvelles qui ne sont pas toujours les bienvenues : il y a eu trop de changements, et trop de choses me sont étrangères. Dame Patience règne à Gué-de-Négoce, dont les champs de chanvre alentour donnent aujourd'hui autant de papier que de belle et bonne corde ; l'étendue des jardins a doublé ; ce qui était autrefois le Cirque du roi est devenu un jardin botanique où se retrouvent des végétaux venus des quatre coins des Six-Duchés et d'au-delà.

Burrich, Molly et leurs enfants se portent bien : ils ont Ortie, le petit Chevalerie, et un troisième est en route. Molly s'occupe de ses ruches et de sa boutique de chandelles, tandis que Burrich a employé l'argent des saillies de Rousseau et de son poulain pour commencer un nouvel élevage de chevaux. Astérie sait tout cela, car c'est elle qui les a retrouvés et a fait en sorte que Rousseau et Suie soient remis à Burrich – bien que la pauvre Suie, trop âgée, n'ait pas résisté au voyage depuis les Montagnes. Molly et Burrich me croient mort depuis des années ; j'en ai moi aussi l'impression, parfois. Je n'ai jamais voulu savoir où ils habitaient et je n'ai jamais vu aucun des enfants. En cela, je suis bien le fils de mon père.

Kettricken a eu un fils, le prince Dévoué. Selon Astérie, il a le teint de son père mais, apparemment, il sera grand et mince, peut-être comme Rurisk, le frère de Kettricken. Elle le trouve trop sérieux pour un garçon de son âge, mais tous ses tuteurs l'adorent ; son grand-père est venu de ses lointaines Montagnes pour voir l'enfant qui régnera un jour sur les deux royaumes, et il a été enchanté. Je me demande ce que son autre grand-père aurait pensé de tout ce qui a découlé du traité qu'il avait signé.

Umbre ne vit plus en cachette : c'est l'honoré conseiller de la reine. D'après Astérie, c'est un vieillard qui soigne trop sa toilette et recherche à l'excès la compagnie des jeunes dames ; mais c'est en souriant qu'elle le décrit ainsi, et sa ballade, *La Vie d'Umbre Tombétoile*, lui assurera l'immortalité quand elle aura disparu. J'ai la certitude qu'il sait où me trouver, mais il n'est jamais venu me voir. C'est aussi bien. Parfois, lorsqu'Astérie me fait une visite, elle m'apporte de curieux manuscrits anciens, ainsi que des graines et des racines de plantes singulières ; en d'autres occasions, elle me remet du papier fin et du vélin blanc. Je n'ai pas besoin d'en demander l'origine, et de temps en temps je lui confie en retour des écrits de ma main, des dessins de simples accompagnés d'une notice sur leurs vertus et leurs dangers, des récits du temps que j'ai passé dans l'antique cité, des notes sur mes voyages en Chalcède et au-delà. Elle les accepte avec respect et repart avec.

Une fois, c'est une carte des Six-Duchés qu'elle m'a apportée de la part d'Umbre ; incomplète mais soignée, on y reconnaissait la main et les encres de Vérité. De temps à autre, je la regarde en songeant aux zones vierges que je pourrais combler, mais je l'ai accrochée au mur telle quelle et je ne pense pas que je la retoucherai un jour.

Pour ce qui est du fou, il est retourné à Castelcerf mais brièvement. La femme au dragon l'y a laissé, et il a pleuré tandis qu'elle reprenait son vol sans lui. Il a été aussitôt salué comme un héros et un grand guerrier, et je suis convaincu que c'est pour cela qu'il s'est enfui. Il n'a accepté ni titre ni terre de la part de Royal. Nul ne sait exactement où il s'est rendu ni ce qu'il est devenu ; Astérie est d'avis qu'il est retourné dans son pays natal ; c'est possible : peut-être se trouve-t-il quelque part un fabricant de jouets qui crée d'étonnantes et ravissantes marionnettes. J'espère qu'il porte un clou d'oreille bleu et argent. Les empreintes de doigts qu'il a laissées sur mon poignet sont désormais gris sombre.

Je crois qu'il me manquera toujours.

Il m'a fallu six années pour retrouver le chemin de Cerf : nous en avons passé une dans les Montagnes, et une deuxième chez Rolf le Noir. Œil-de-Nuit et moi en avons appris beaucoup sur notre espèce durant notre séjour, mais nous avons aussi découvert que nous préférions vivre seuls tous les deux. Malgré tous les efforts de Fragon, la fille d'Ollie m'a regardé, puis a décidé que je ne lui convenais pas ; je ne m'en suis pas senti insulté du tout et cela m'a fourni un prétexte pour reprendre ma route.

Nous avons voyagé au nord jusqu'aux îles Proches, où les loups sont aussi blancs que les ours ; nous avons été au sud jusqu'en Chalcède et même au-delà de Terrilville ; nous avons remonté les berges de la Pluie, et nous l'avons redescendue en radeau. Nous avons appris qu'Œil-de-Nuit n'aime pas le bateau et que je n'aime pas les pays sans hiver. Nous nous sommes rendus hors des limites des cartes de Vérité.

Je croyais ne jamais rentrer en Cerf, et pourtant... Les vents d'automne nous y ont ramenés une année, et nous n'en sommes plus repartis. La chaumière que nous nous sommes appropriée appartenait autrefois à un charbonnier ; elle est située non loin de Forge, ou plutôt de l'ancien emplacement de Forge : la mer et les hivers ont dévoré la ville et noyé ses sinistres souvenirs. Un jour peut-être, des hommes reviendront exploiter son riche minerai de fer, mais pas avant longtemps.

Quand elle se rend chez moi, Astérie me réprimande en affirmant que je suis encore jeune. Que sont devenues, me demande-t-elle avec insistance, mes déclarations selon lesquelles j'aurais un jour une existence à moi ? Je lui réponds que je l'ai trouvée ici, dans ma chaumière, avec mes manuscrits, mon loup et mon garçon. Quelquefois, lorsqu'elle dort avec moi et qu'ensuite je reste éveillé à écouter sa lente respiration, je me prends à songer qu'à mon lever je découvrirai un nouveau sens à ma vie ; mais la plupart du temps, quand je me réveille avec les articulations raides et perclues de douleurs, je ne me sens pas jeune du tout : je suis un vieillard pris au piège dans le corps couturé de cicatrices d'un jeune homme.

L'Art ne dort pas paisiblement au fond de moi ; l'été surtout, quand je me promène sur les falaises et que je regarde la mer, j'ai envie de tendre mon esprit comme le faisait autrefois Vérité ; parfois, je m'y laisse aller et je partage un moment la prise d'un pêcheur ou les soucis domestiques du second d'un navire marchand qui passe. Ce qui fait mal, comme me l'a dit un jour Vérité, c'est que personne ne répond jamais. Une fois, alors que la faim d'Art me tenaillait à me rendre fou, j'ai tenté de contacter Vérité-le-dragon, en l'implorant de m'entendre et de répondre.

Il est resté muet.

Les clans de Royal se sont dissous depuis longtemps, par manque d'un maître d'Art pour les former. Même les nuits où j'artise par désespoir, aussi solitaire qu'un loup qui hurle à la lune, en suppliant quelqu'un, n'importe qui, de répondre, je ne capte rien, pas le moindre écho. Alors je m'assieds près de ma fenêtre, et mon regard se perd au-delà des brumes, par-delà le sommet de l'île de l'Andouiller. Je serre mes mains l'une contre l'autre pour les empêcher de trembler et je me retiens de me plonger tout entier dans le fleuve qui attend, qui attend toujours de m'emporter. Ce serait si facile. Parfois, seul m'arrête le contact de l'esprit d'un loup contre le mien.

Mon garçon a appris ce que signifiait ce regard chez moi, et il mesure soigneusement l'écorce elfique pour engourdir ma douleur ; il y ajoute du carryme pour m'aider à dormir, et du gingembre pour masquer l'amertume de l'écorce ; puis il m'apporte du papier, une plume et de l'encre, et me laisse écrire. Il sait qu'au matin il me trouvera la tête sur le bureau, endormi parmi mes manuscrits, Œil-de-Nuit couché à mes pieds.

Nous rêvons de sculpter notre propre dragon.

TABLE

6489

Composition PCA
Achevé d'imprimer en France (La Flèche)
par Brodard et Taupin
le 10 janvier 2003. 16512
Dépôt légal janvier 2003. ISBN 2-290-32552-X

Éditions J'ai lu
84, rue de Grenelle, 75007 Paris
Diffusion France et étranger : Flammarion